아이,
로봇

I, ROBOT

아이, 로봇
I, ROBOT

2008년 7월 15일 처음 펴냄
2024년 7월 17일 18쇄 펴냄

지은이 아이작 아시모프
옮긴이 김옥수
펴낸이 신명철
펴낸곳 (주)우리교육
등록 제 2024-000103호
주소 10403 경기도 고양시 일산동구 정발산로 24
전화 02-3142-6770
팩스 02-6488-9615
홈페이지 www.urikyoyuk.modoo.at

I, ROBOT by Isaac Asimov
Copyright ⓒ 1950, 1977 by the Estate of Isaac Asimov
All Rights reserved.
This translation published by arrangement with DOUBLEDAY, a division of Random House, Inc.
Korean translation copyright ⓒ 2008 by Urikyoyuk Co., Ltd.
Korean translation rights arranged with THE DOUBLEDAY BROADWAY PUBLISHING GROUP through EYA(Eric Yang Agency).

이 책의 한국어판 저작권은 EYA(Eric Yang Agency)를 통해
THE DOUBLEDAY BROADWAY PUBLISHING GROUP과 독점 계약한 (주)우리교육에 있습니다.
저작권법에 의해 한국 내에서 보호를 받는 저작물이므로 무단 전재와 무단 복제를 금합니다.

ISBN 978-89-8040-925-9 03840

*잘못된 책은 바꾸어 드립니다.
*책값은 뒤표지에 있습니다.

이 도서의 국립중앙도서관 출판시도서목록(CIP)은
서지정보유통지원시스템 홈페이지(http://seoji.nl.go.kr)에서 이용하실 수 있습니다.
(CIP 제어번호:CIP2008002073)

아이, 로봇

I, ROBOT

아이작 아시모프 지음
김옥수 옮김 | 오동 그림

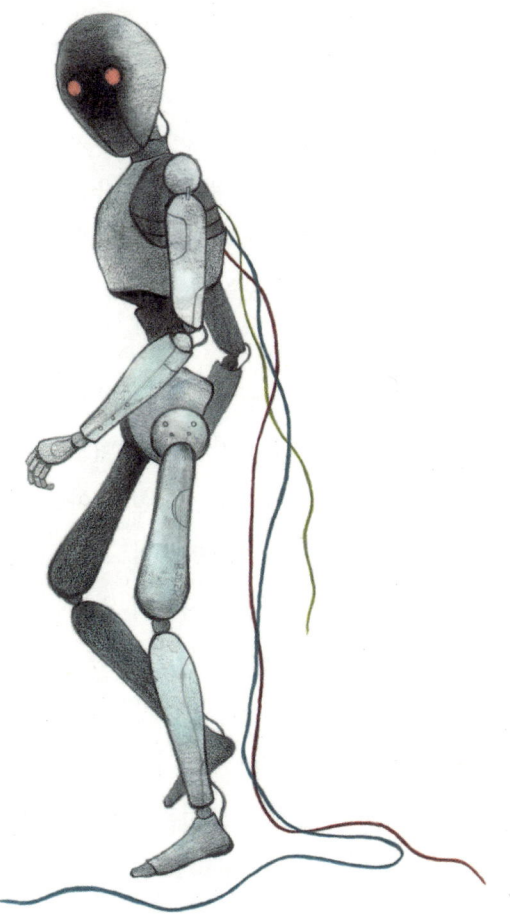

우리교육

《아이, 로봇》을 읽는 독자들에게

　이 책은 로봇이 등장하는 과학소설 가운데 가장 유명하고 역사적인 작품들을 담고 있습니다. 작가 아이작 아시모프는 로봇과 인간이 함께 살면서 일어날 수 있는 온갖 가능성들을 이미 수십 년 전에 다양하게 예견하여 오늘날 '로봇공학의 아버지'로 추앙받는 인물입니다.

　여러분이 이 책에서 접할 '로봇공학의 3원칙'은 아시모프가 처음 제창한 이래 다른 많은 과학소설 작가들이 그대로 채택하여 자기 작품에 반영해 오고 있고, 이제는 소설뿐 아니라 실제 로봇공학이나 인공지능 연구자들 사이에서도 진지한 검토 대상이 되고 있습니다. 로봇의 행동 지침이 인간에게 가장 유리한 방향으로 잘 설정되어 있기 때문이지요.

　한편 이 책에 나오는 로봇들은 모두 '양전자 두뇌'라는 공통의 인공지능 컴퓨터 두뇌를 탑재하고 있습니다. 이것은 작가 아시모프가 독창적으로 생각해 낸 양자 컴퓨터의 아이디어로서, 오늘날까지도 아직 실용화되지는 않은 것입니다. 그 밖에도 에테르라든가 축전기, 계전기 등 요즘에는 거의 쓰이지 않는 기술적인 용어도 자주 등장합니다. 그러나 이들은 모두 양전자 두뇌나 기타 과학적인 설정들의 설득력을 높이기 위한 세부 묘사 용어이므로, 정확히 무슨 뜻인지 잘 몰라도 전체 맥락이나 주제를 이해하는 데에는 별 상관이 없습니다.

이 책은 로봇심리학의 선구자인 수잔 캘빈 박사라는 인물이 여러 독특했던 로봇들의 에피소드를 하나씩 이야기해 주는 형식으로 이루어져 있습니다. 물론 수잔 캘빈은 아시모프가 창조해 낸 캐릭터로서, 그의 로봇소설들에 자주 등장하는 유명한 배경 인물 중 하나입니다. 이제부터 수잔 캘빈의 이야기를 따라가면서, 미래의 로봇들이 과연 어떤 모습으로 다가오게 될지 흥미진진한 상상의 세계로 들어가 봅시다.

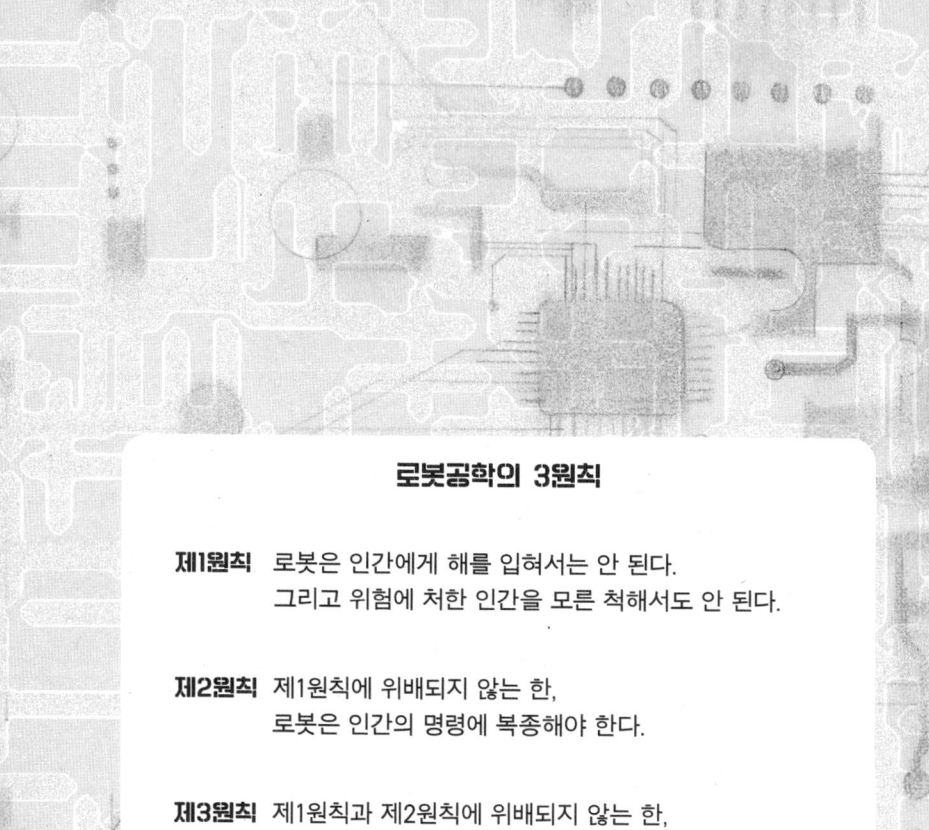

로봇공학의 3원칙

제1원칙 로봇은 인간에게 해를 입혀서는 안 된다.
그리고 위험에 처한 인간을 모른 척해서도 안 된다.

제2원칙 제1원칙에 위배되지 않는 한,
로봇은 인간의 명령에 복종해야 한다.

제3원칙 제1원칙과 제2원칙에 위배되지 않는 한,
로봇은 로봇 자신을 지켜야 한다.

《아이, 로봇》을 읽는 독자들에게 4

이야기의 시작 8

로비_소녀를 사랑한 로봇 14

스피디_술래잡기 로봇 49

큐티_생각하는 로봇 83

데이브_부하를 거느린 로봇 118

허비_마음을 읽는 거짓말쟁이 157

네스터 10호_자존심 때문에 사라진 로봇 192

브레인_개구쟁이 천재 242

바이어리_대도시 시장이 된 로봇 286

피할 수 있는 갈등 329

작품 해설 371

이야기의 시작

공책에 적힌 내용을 살펴보았다. 별로 마음에 들지 않는다. 'U.S.로보틱스'에서 시간을 보낸 지도 벌써 3일이나 되었다. 집으로 돌아가서 백과사전을 들고 또 그만큼의 시간을 보내야 할 것 같다.

수잔 캘빈 박사가 태어난 해가 1982년이라고 하니까 지금 일흔다섯 살일 것이다. 이건 누구나 아는 내용이다. 로렌스 로버트슨이 인류 역사상 가장 희귀한 거대 산업체가 된 회사의 설립 신청서를 제출한 해와 같다. 그러니까 '주식회사 U.S.로보틱스'도 일흔다섯 살이 된 셈이다. 으흠, 이것도 누구나 다 아는 내용이다.

수잔 캘빈 박사는 스무 살 때 까다로운 '심리수학' 세미나에 참석했다가 그 자리에서 'U.S.로보틱스'의 알프레드 래닝 박사가 선보인 음성 기능이 들어간 이동 로봇을 처음 보았다. 몸체가 크고 볼품없게 생긴 로봇이었다. 수성에서 개발하는 탄광에 보내려고 만든 것인데, 기계 기름 냄새가 심했다. 하지만 내용을 알아듣게 말할 수는 있었다.

곧이어 열띤 토론이 시작되었지만 수잔 박사는 아무 말도 하지 않았다. 세미나 내내 한마디도 안 했다. 그 당시 수잔 박사는 얼굴도 예쁘지 않고 혈색도 나쁜 쌀쌀맞은 아가씨였다. 가면을 쓴 것 같은 표정과 뛰어난 지능으로 세상의 공격을 피해 다녔다. 하지만 세미나 내용을 듣고 있는 동안 그녀 안에서 냉정한 열정이 천천히 꿈틀거렸다.

2003년, 수잔 박사는 콜롬비아 대학에서 학사 학위를 취득하고 인공지능학 석사 과정에 들어갔다. 20세기 중반까지 '컴퓨터 및 로봇'에 대해 해 온 모든 연구 결과는 로버트슨이 제시한 양전자 두뇌 중추 이론에 의해 완전히 뒤집혔다. 끝없이 뻗어 나간 계전기와 광전지도 백금 이리듐으로 만든 인간의 머리만 한 구체 안에 자리하게 되었다.

수잔 박사는 다양한 매개 변수 계산법을 익혔다. '양전자 두뇌' 내부의 다양한 변수를 고정시키고, 다양한 자극에 정확히 예측 가능한 반응을 일으키는 '두뇌'를 이론적으로 구축하는 데 필요한 능력이었다.

2008년, 수잔 박사는 박사 학위를 취득하고 'U.S.로보틱스'에 '로봇심리학자'로 합류해 새로운 학문을 발전시킨 위대한 개척자가 되었다. 로렌스 로버트슨은 여전히 회사 사장으로 재직하고 있었고, 알프레드 래닝은 연구팀 팀장으로 승진한 상태였다.

수잔 박사는 인류가 진화하는 과정, 즉 인류가 비약하는 모습을 50년 동안 지켜보았다. 그리고 지금은 은퇴를 앞두고 있다. 특별한 의미는 없다. 자신의 사무실 문에 다른 사람 이름이 새겨진 명판을 다는 것 정도다.

이게 내가 파악한 전부다. 수잔 박사가 출간한 수많은 논문과 그녀의 이름으로 등록한 수많은 특허도 모두 조사했고, 수잔 박사가 승진해 온 과정도 구체적으로 파악했다. 그러니까 수잔 박사의 전문직 '경력'에 대해서는 충분히 파악한 것이다.

하지만 이건 내가 바라는 내용이 아니었다. 《행성 신문》에 특집 기사를 실으려면 훨씬 많은 내용이 필요했다.

나는 수잔 박사에게 최대한 씩씩하게 물었다.

"수잔 박사님, 일반 대중에게 박사님은 'U.S.로보틱스' 그 자체입니다. 박사님의 은퇴는 한 시대가 끝나고……."

"인간적인 흥밋거리를 원하나요?"

수잔 박사는 웃지 않았다. 웃음기 없는 얼굴은 화난 것처럼 보이진 않았지만 날카로운 시선으로 나를 쏘아보고 있었다. 눈빛이 내 몸을 파고들어 뒷머리로 빠져나가는 느낌이었다. 박사 앞에서는 나도 다른 모든 사람과 마찬가지로 속이 빤히 들여다보이는 인간일 수밖에 없다는 생각이 들었다.

하지만 나는 대답했다.

"그렇습니다."

"로봇한테서 인간적인 흥밋거리를 원한다고요? 모순이군요."

"아닙니다, 박사님. 박사님 얘기를 하는 겁니다."

"어차피 다들 나를 로봇이라고 부르잖아요. 선생도 내가 인간이 아니라는 말을 들었을 거예요."

물론 그런 얘기를 들은 적은 있다. 하지만 별 의미 없는 말이었다.

수잔 박사는 의자에서 일어났다. 크지 않은 키에 몸이 약해 보였다. 나는 박사를 뒤쫓아 창가로 걸어가서 박사와 함께 밖을 내다보았다.

철저하게 계획된 'U.S.로보틱스'의 수많은 사무실과 공장 건물이 조그만 도시를 이루며 공중에서 찍은 사진처럼 납작하게 퍼져 있었다.

수잔 박사가 다시 입을 열었다.

"처음 여기 들어왔을 때는 작은 사무실에서 일했어요. 바로 저기 소방서 자리였죠."

수잔 박사가 손가락으로 가리켰다.

"선생이 태어나기도 전에 철거됐을 거예요. 그때 다른 사람 세 명하고 사무실을 쓰면서 책상 절반을 배정받았어요. 하나밖에 없는 건물에서 모든 로봇을 만들었죠. 일주일에 세 대씩. 그런데 지금은 어떤지 봐요."

"50년은 긴 시간이지요."

나는 상투적으로 말했다.

"돌아보면 그렇지도 않아요. 세월이 너무 빨라서 놀라울 뿐이죠."

박사는 책상으로 돌아가 앉았다. 아무 표정도 없었지만 왠지 슬퍼 보였다.

"몇 살이에요?"

박사가 물었다.

"서른둘입니다."

"그렇다면 로봇이 없었던 세상을 전혀 모르겠군요. 인류가 친구도 없이 혼자서 우주를 접하던 시절이 있었어요. 그런데 지금은 자신을 도와줄 피조물이 있지요. 인류 자신보다 힘세고 착실하고 쓸모 있으면서도 인류에게 절대적으로 충성하는 피조물. 이제 인류는 혼자가 아니에요. 선생도 이런 각도에서 생각해 본 적이 있나요?"

"없는 것 같습니다. 방금 하신 말씀을 그대로 인용해도 될까요?"

"마음대로 해요. 선생에게 로봇은 로봇일 뿐이겠죠. 기어가 달린 금속, 전기와 양전자. 마음을 가진 쇳덩이! 인간이 만든 물건! 그래서 필요하면 내버려도 되는 대상! 선생은 로봇하고 함께 일해 본 적이 없어서 모를 거예요. 로봇은 우리보다 훨씬 깨끗하고 우수한 종족이라는 걸."

나는 점잖게 끼어들었다.

"저희는 로봇에 대한 박사님의 견해를 듣고 싶습니다. 수잔 박사님, 저희《행성 신문》은 태양계 곳곳에 전달됩니다. 독자가 30억 명이나 되니까요. 저희 독자들은 로봇에 대한 박사님의 견해를 듣고 싶어 합니다."

하지만 굳이 대답을 유도할 필요도 없었다. 박사는 내가 원하는 얘기를 알아서 꺼내고 있었다.

"처음에는 지구에서만 사용하는 로봇을 판매했어요. 내가 일하기 전에 말이에요. 물론 말을 못하는 로봇이었죠. 그 후에 인간과 좀 더 비슷한 로봇이 나오면서 반대 운동이 시작되었어요.

노동조합은 일자리를 놓고 로봇과 경쟁하는 걸 당연히 반대하고, 이런저런 종교 집단들은 미신적인 이유를 들먹이며 반대했지요. 어리석고 생각할 가치도 없는 주장이었지만, 분명 그런 시대가 있었어요."

나는 손가락이 움직이는 걸 들키지 않으면서 휴대용 녹음기를 눌러 박사의 말을 녹음하기 시작했다. 조금만 더 연습하면 작은 녹음기를 주머니에서 꺼내지 않고도 정확하게 녹음할 수 있을 것 같았다.

박사는 말을 이었다.

"로비가 좋은 사례예요. 로비를 본 적은 없어요. 너무 오래된 구식이라서 내가 회사에 들어오기 1년 전에 해체되고 없었으니까. 하지만 박물관에서 어린 소녀를 보았는데……."

박사는 입을 다물었다. 나는 박사의 눈빛이 흐려지면서 옛날 일을 떠올리는 걸 가만히 지켜보았다. 이윽고 박사가 서서히 입을 열었다.

"나중에 로비에 대해 들었어요. 사람들이 신성 모독이라거나 악마 숭배자라고 우릴 욕할 때마다 언제나 로비를 떠올렸죠. 로비는 음성 기능이 없는 로봇이었어요. 당연히 말을 못했지요. 1996년에 제작한 로봇인데, 당시만 해도 전문 영역을 세밀하게 구분하기 전이라서 유모로 팔려 나갔어요……."

"네?"

"유모로 팔렸다고요……."

로비
─소녀를 사랑한 로봇

"98…… 99…… 100."

글로리아는 두 눈을 가리고 있던 오동통하고 조그만 팔을 내렸다. 햇살이 눈부셔 눈을 껌뻑이고 콧잔등을 찌푸리면서 가만히 서 있었다. 그러다가 사방을 둘러보며 기대고 있던 나무에서 떨어져 살금살금 서너 발자국 걸어갔다.

글로리아는 목을 쭉 내민 채 오른쪽에 있는 덤불을 조심스레 살피다가 좀 더 걸어가서 어두운 구석을 살폈다. 벌레가 끊임없이 울어 대고 배짱 좋은 새가 한낮의 태양을 무시한 채 가끔씩 지저귀는 소리만 들릴 뿐, 주위는 아주 고요했다.

글로리아가 투덜거렸다.

"로비는 집 안에 숨은 게 분명해. 그러는 건 비겁한 짓이라고 그렇게 말했는데도."

글로리아는 이마를 잔뜩 찌푸리고 작은 입술을 꼭 다문 채 찻길 건너편에 있는 집을 향해 씩씩거리며 걸어갔다.

그러다가 뒤에서 부스럭대는 소리와 함께 규칙적으로 금속음을 내며 쿵쿵 걷는 발자국 소리를 듣고 말았다. 고개를 홱 돌린 글로리아는, 로비가 숨어 있던 곳에서 나와 술래 집으로 정한 나무를 향해 전속력으로 뛰어가는 걸 보았다.
　글로리아가 소리를 질렀다.
　"기다려, 로비! 반칙이야, 로비! 찾아내기 전까진 뛰지 않기로 약속했잖아."
　글로리아는 보폭이 작아 로비의 커다란 발걸음을 도저히 따라잡을 수가 없었다. 그런데 술래 집을 열 걸음 정도 남겨 두고 로비의 움직임이 갑자기 기어가는 듯 느려졌다. 글로리아는 마지막 힘을 다해 숨을 헐떡이며 로비를 지나쳐 술래 집 나무에 손을 짚었다.
　글로리아는 기쁜 얼굴로 로비를 돌아보더니 로비가 양보해 준 것을 고마워하기는커녕 뜀박질도 못한다며 놀려 댔다. 그러고는 목청을 높여 힘껏 소리쳤다. 마치 노래라도 부르는 것 같았다.

"로비는 잘 뛰지도 못한대요. 내가 늘 이긴대요. 내가 늘 이긴대요."

당연히 로비는 한마디도 대답하지 못했다. 그는 금방이라도 도망칠 듯 조금씩 물러나다가 글로리아가 쫓아오는 걸 보고 살짝 피했다. 글로리아는 귀여운 팔을 쭉 내민 채 허공을 움켜잡으며 빙글빙글 맴돌 수밖에 없었다.

글로리아가 소리쳤다.

"로비, 거기 서!"

글로리아는 숨도 못 쉴 정도로 웃음을 터뜨리기 시작했다.

그 순간 로비가 홱 돌아서며 글로리아를 잡아 올려 빙글빙글 돌려 댔다. 갑자기 몸이 떠오르자 세상이 발밑에 깔리고, 파란 나무들이 공중으로 힘차게 뻗는 것 같았다. 글로리아는 로비의 손가락을 꼭 잡고 잔디로 내려와 단단한 금속 다리에 기댔다.

글로리아는 숨을 돌리고 나서 엄마가 늘상 하던 대로 풀어진 머리칼을 쓸어 올리고는 옷이 찢어진 곳은 없는지 살폈다. 그런 다음 로비의 몸통을 손으로 때리며 소리쳤다.

"넌 나쁜 애야! 그러니까 좀 맞아야 돼!"

로비는 몸을 웅크리고 두 손으로 얼굴을 가렸다.

"아니야, 안 때릴게, 로비. 안 때릴 거야. 하지만 어쨌든 너는 다리도 길고, 내가 찾아낼 때까지 뛰지 않기로 약속했으니까 이제 네가 술래야."

로비가 머리를(머리는 모서리가 둥근 조그만 평행 육면체 모양이고, 비슷하게 생긴 훨씬 큰 평행 육면체 몸통이 그 밑에 달려 있었다.)

끄덕이고는 고분고분하게 나무 쪽으로 고개를 돌렸다. 얇은 금속 눈꺼풀이 내려와 반짝이는 눈동자를 가렸다. 몸통 안에서는 똑딱거리는 소리가 규칙적으로 흘러나왔다.

"훔쳐보면 안 돼……. 숫자도 건너뛰지 말고."

글로리아가 숨을 곳을 찾아다니며 경고를 던졌다.

규칙적으로 똑딱거리던 소리가 백 번째 나자 로비의 눈꺼풀이 올라가더니 빨갛게 반짝이는 눈동자가 주변을 훑었다. 그러다 동그란 돌 뒤로 삐져나온 화려한 박쥐우산에 잠시 눈길이 머물렀다. 로비는 그쪽으로 서너 걸음 걸어갔다. 그 뒤에 웅크리고 앉아 있는 사람은 글로리아가 틀림없었다.

로비는 글로리아와 술래 집 나무 사이를 지키며 천천히 그쪽으로 갔다. 이윽고 글로리아가 분명히 보이고 글로리아도 더 이상 안 보이는 척할 수 없게 됐을 때, 로비는 한쪽 팔을 내밀고 다른 팔로 자신의 다리를 때려 소리를 냈다. 글로리아가 뚱한 표정으로 일어나 생떼를 부리며 소리쳤다.

"훔쳐보는 게 어딨어! 이젠 숨바꼭질 그만 할래. 목마 태워 줘."

로비는 억울하게 꾸지람을 듣고는 마음이 상해 머리를 양옆으로 묵직하게 흔들었다. 그러자 글로리아가 다정하게 달래기 시작했다.

"그러지 마, 로비. 정말 훔쳐봤다는 게 아니야. 나 목마 좀 태워 줘."

하지만 로비는 쉽게 꺾이지 않았다. 고집스럽게 하늘만 쳐다보며 훨씬 더 세게 머리를 흔들었다.

"로비, 제발 목마 좀 태워 줘."

글로리아가 장밋빛 팔로 로비의 목을 꽉 껴안았다. 그러더니 이내 팔을 풀고 화난 목소리로 내뱉었다.

"안 태워 주면 울어 버릴 거야."

잔뜩 찌푸린 얼굴이 금방이라도 울음을 터뜨릴 것 같았다. 하지만 로비는 여전히 아무 관심도 보이지 않고 머리만 좌우로 흔들 뿐이었다. 글로리아는 비장의 카드를 꺼낼 수밖에 없었다.

"목마 안 태워 주면 나도 재밌는 이야기 절대로 안 해 줄 거야."

로비는 최후통첩을 받고서야 겨우 항복하고 금속 목에서 윙윙 소리가 날 때까지 열심히 머리를 끄덕였다. 그러고는 글로리아를 조심스럽게 들어 올려 넓고 편편한 어깨에 올려놓았다.

글로리아는 눈물을 닦고 까르르 웃음을 터뜨렸다. 로비의 금속 피부는 내부의 열선 때문에 항상 22도를 유지하고 있어서 느낌이 좋고 편안했다. 글로리아는 두 발로 로비의 가슴을 차 규칙적으로 아름답게 울리는 소리를 즐겼다.

"넌 공중 썰매야, 로비. 아주 커다란 은빛 공중 썰매. 두 팔을 앞으로 내밀어. 공중 썰매가 되려면 그래야 돼."

거부할 수 없는 주장이었다. 로비의 두 팔은 바람을 헤치며 나아가는 날개가 되었고, 로비 자신은 은빛 공중 썰매가 되었다.

글로리아가 로비의 머리를 오른쪽으로 돌리자 로비의 몸도 재빨리 오른쪽으로 방향을 돌렸다. 글로리아는 썰매에 '부릉부릉' 하는 엔진과 '피융, 쉭쉭 쉬익' 하는 기관총이 달려 있기라도 한 것처럼 입으로 소리를 냈다. 기관총이 불을 뿜고, 뒤에서 쫓아오던 해적선이 소낙비처럼 떨어졌다.

"또 하나 잡았다. 또 하나 더 잡았다!"

글로리아가 신나게 외쳐 댔다.

"더 빨리, 친구. 총알이 떨어지고 있어."

글로리아는 대담하게 뒤를 겨냥하며 기관총을 쏘고, 로비는 코가 뭉툭한 우주선이 되어 전속력으로 우주 공간을 날아가는 흉내를 내면서 놀았다.

로비는 마당을 가로질러 풀이 높이 자란 건너편으로 간 뒤 갑자기 멈춰 섰다. 그러고는 어깨에서 신나게 놀던 글로리아를 부드러운 초록 풀밭에 내려 구르게 해 주었다.

글로리아가 숨을 헐떡이며 탄성을 내질렀다.

"정말 대단했어!"

로비는 글로리아가 숨을 가라앉힐 때까지 기다렸다가 머리카락을 살짝 잡아당겼다.

"왜?"

글로리아가 두 눈을 크게 뜨고 짐짓 모른 척했지만 커다란 '유모'는 절대 속지 않고 머리카락을 좀 더 세게 잡아당겼다.

"아, 알았어. 재미있는 얘기 해 달라는 거지?"

로비가 재빨리 고개를 끄덕였다.

"어떤 얘기?"

로비는 공중에다 손가락으로 반원을 그렸다.

"또? 신데렐라 얘긴 많이 해 줬잖아. 지겹지도 않아? 그건 아기들이나 좋아하는 얘기야."

로비는 다시 반원을 그렸다.
"그래, 알았어."
글로리아는 마음을 정리하고는 줄거리를 대충 떠올린 다음 이야기를 시작했다.
"준비됐어? 음...... 옛날 옛날에 신데렐라라는 착한 여자 애가 살았어. 그런데 그 여자 애한테는 아주 잔인한 새엄마와 새엄마가 데리고 온 아주 못된 언니가 두 명 있었어. 그런데……."

이야기가 절정으로 치닫는 순간 (자정을 알리는 시계 종이 울리면서 모든 게 눈 깜짝할 사이에 원래의 초라한 모습으로 돌아가고, 로비도 눈빛을 반짝이며 잔뜩 긴장한 채 듣고 있을 때) 글로리아를 부르는 소리가 들렸다.
"글로리아!"
벌써 여러 번 불러 대 슬슬 인내심을 잃기 시작한 여인의 짜증 어린 날카로운 목소리였다.
"엄마가 불러. 집에 데려다 줘, 로비."
글로리아가 시무룩하게 말했다.
로비는 지체없이 글로리아를 집으로 데려갔다. 웨스턴 부인이 무슨 말을 하든 조금도 망설이지 말고 그대로 따르는 게 왠지 좋을 것 같았기 때문이다. 글로리아의 아버지는 오늘 같은 일요일이 아니면 낮에 집에 있을 때가 거의 없지만, 친절하고 이해심이 많은 편이었다. 하지만 글로리아의 어머니는 너무 불편해서 자꾸 피하게 되었다.

웨스턴 부인은 잡초가 수북이 자란 수풀 위로 일어서는 로비와 글로리아를 발견하고는 집으로 들어갔다. 잠시 후 집에 들어선 글로리아에게 엄한 목소리로 말했다.

"목이 쉬도록 불렀어, 글로리아. 어디 있었니?"

글로리아가 떨리는 목소리로 대답했다.

"로비랑 있었어요. 로비한테 신데렐라 얘기를 해 주다가 밥 먹을 시간인 걸 깜빡했어요."

"그래? 로비까지 식사 시간을 잊어버리다니, 원 참."

웨스턴 부인은 그제야 로비가 곁에 있다는 사실을 알아챘다는 듯 갑자기 몸을 돌려 사납게 말했다.

"넌 가 있어, 로비. 이제 넌 필요 없어. 내가 부르기 전엔 절대 오지 마."

로비는 돌아가려고 몸을 돌리다가 글로리아가 자기를 편드는 소리를 듣고 잠시 망설였다.

"잠깐만요, 엄마. 로비도 있게 해 주세요. 얘기가 아직 안 끝났거든요. 조금 남았어요."

"글로리아!"

"부탁이에요, 엄마. 아주 조용히 있을게요. 신경 안 쓰이게 할게요. 로비는 한마디도 안 할 거예요. 정말 가만히 있을 거예요. 그렇지, 로비?"

로비가 간절한 눈빛으로 커다란 머리를 위아래로 한 번 끄덕였다.

"글로리아, 엄마 말 안 들으면 앞으로 일주일 내내 로비를 못

볼 줄 알아."

웨스턴 부인이 소리쳤다. 어린 소녀는 고개를 떨구었다.

"알았어요! 그래도 신데렐라는 로비가 제일 좋아하는 이야기고, 아직 다 못해 줬단 말이에요……."

로봇은 슬픈 걸음으로 걸어 나갔고, 글로리아는 흐느끼기 시작했다.

조지 웨스턴은 일요일 오후의 여유를 만끽하고 있었다. 맛있고 영양가 많은 점심, 마음대로 누울 수 있는 아늑하고 부드럽고 푸근한 소파, 잡지 한 권, 벌거벗은 상체에 슬리퍼만 걸친 발. 이 정도면 누군들 여유롭지 않겠는가. 웨스턴은 안으로 들어오는 부인이 반갑지 않았다. 결혼 생활 10년이 지났지만 부인에 대한 사랑은 아직도 더할 나위 없이 순수했기에 부인을 보면 언제나 행복했다. 하지만 점심을 막 먹고 난 일요일 오후만은 두세 시간만이라도 아무 간섭도 안 받고 혼자서 완벽하게 편안히 있고 싶었다. 웨스턴은 부인을 못 본 척하면서 레페버 요시다의 '화성 탐험'(달 기지에서 출발하는데 이번에는 성공할 가능성이 많다.)에 관한 최신 기사를 뚫어지게 보았다.

웨스턴 부인은 2분 동안 차분하게, 그리고 2분 동안 초조하게 기다리다가 마침내 침묵을 깨뜨렸다.

"여보!"

"으응?"

"여보, 지금 내가 말하고 있잖아요! 그 잡지 내려놓고 나 좀 봐요!"

웨스턴이 잡지를 바닥에 내려놓고 짜증스런 표정을 지으며 돌아보았다.

"무슨 일인데 그래요?"

"무슨 얘길 하려는 건지 알잖아요. 글로리아하고 저 끔찍한 기계 말이에요."

"끔찍한 기계?"

"모르는 척하지 말아요. 글로리아가 로비라고 부르는 로봇 말이에요. 로봇이 우리 애한테서 잠시도 떨어지질 않는다고요."

"그래요? 그게 어때서? 떨어지면 안 되는 거잖아요. 그리고 로비는 끔찍한 기계가 아니라 돈으로 살 수 있는 최상급 로봇이에요. 반년치 수입을 고스란히 바쳐서 구한 거죠. 물론 그만한 가치도 있어요. 우리 사무실 직원들보다 훨씬 똑똑하고."

웨스턴이 다시 잡지를 집으려고 움직이자 부인이 낚아챘다.

"내 말 잘 들어요. 앞으로는 우리 딸을 기계한테 맡기지 않을 거예요. 그 기계가 아무리 똑똑해도 말이에요. 기계는 영혼도 없고, 속으로 무슨 생각을 하는지 아무도 모르잖아요. 아이는 금속 기계한테 맡겨지려고 태어난 게 아니에요."

웨스턴이 얼굴을 찌푸렸다.

"언제부터 그런 생각을 했어요? 로비가 글로리아하고 지낸 게 벌써 2년이나 됐는데 그런 걱정을 하고 있는 줄은 몰랐네요."

"처음에는 달랐잖아요. 신기하기도 하고, 부담도 덜어 주고. 그리고…… 그리고 그렇게 하는 게 유행이었으니까요. 하지만 지금은 모르겠어요. 이웃에서……."

"아니, 이 일이 이웃하고 무슨 상관이에요? 내 말 잘 들어 봐요. 로봇은 인간 유모보다 훨씬 믿음직해요. 로비는 원래 딱 한 가지 목적으로 만든 거니까. 어린애하고 친구가 되는 것. 로비의 '정신 구조' 전체가 바로 그 목적에 충실하도록 만들어졌다고요. 그래서 아이한테 충직하고 사랑스럽고 다정할 수밖에 없어요. 로비는 그러라고 만들어 놓은 기계이고, 이건 인간은 절대 못 따라가는 장점이에요."

"하지만 잘못될 수도 있잖아요. 만에 하나…… 아주 조그만 부속 하나라도 풀려서 끔찍한 난동이라도 부리면…… 그러다 혹시라도……."

웨스턴 부인은 상상하는 것조차 끔찍하다는 듯 차마 뒷말을 잇지 못했다.

웨스턴은 자신도 모르게 짜증을 내면서 단호하게 말했다.

"말도 안 돼요. 정말 얼토당토않은 얘기군. 로비를 살 때 '로봇공학 제1원칙'에 대해 충분히 이야기했잖아요. 로봇이 인간에게 해를 입히는 건 불가능하다는 원칙! 제1원칙을 어길 가능성이 조금이라도 생기기 전에 로봇이 완전히 멈춰 버린다는 걸 당신도 잘 알 거예요. 잘못될 가능성은 수학적으로 있을 수가 없어요. 게다가 회사에서 기술자가 해마다 두 번씩 찾아와서 저 불쌍한 기계를 완전히 분해해 검사까지 하잖아요. 로비가 잘못될 가능성은 당신이나 내가 갑자기 이상하게 변할 가능성보다 훨씬 적어요. 게다가 글로리아한테서 로비를 무슨 수로 떼어 낼 수 있겠어요?"

웨스턴이 잡지를 집으려고 손을 내밀자 부인은 화를 내며 잡지를 옆방으로 던져 버렸다.

"그게 문제예요! 글로리아가 다른 애들하곤 놀려고 하질 않아요. 주변에 또래 아이들이 열 명도 넘는데 도무지 어울릴 생각조차 안 한다고요. 억지로 시키지 않으면 옆에도 가질 않고……. 이건 뭔가 잘못된 거예요. 당신도 우리 애가 정상적으로 자라길 바라죠? 당신도 글로리아가 사회생활에 잘 적응하길 바라잖아요."

"너무 나쁜 쪽으로 생각하지 말아요, 그레이스. 로비를 그냥 강아지라고 생각해 봐요. 자기 아빠보다 강아지를 더 좋아하는 아이도 수없이 많잖아요."

"강아지하곤 달라요, 웨스턴. 저 끔찍한 물건을 꼭 없애야 해요. 회사에 되팔면 되잖아요. 물어봤는데 그래도 된대요."

"진정해, 그레이스. 흥분하지 말자고요. 글로리아가 다 클 때까지는 우리 집에 둬야 해요. 그러니까 앞으로는 이 문제를 두 번 다시 꺼내지 않았으면 좋겠군요."

웨스턴은 단호하게 말을 끝내고 바깥으로 나갔다.

이틀 후 저녁, 웨스턴 부인은 문 앞에서 남편을 기다리고 있었다.

"내 말 좀 들어 봐요, 웨스턴. 동네에 나쁜 소문이 돌아요."
"무슨 소문?"
하지만 웨스턴은 부인의 대답을 기다리지도 않고 욕실로 들어가 버렸다. 웨스턴 부인은 한참을 기다렸다가 남편이 욕실에서 나오자마자 대답을 내뱉었다.

"로비에 대한 소문 말이에요."

손에 수건을 들고 욕실에서 나온 웨스턴은 화가 나서인지 얼굴이 빨개져 있었다.

"도대체 지금 무슨 말을 하는 거예요?"

"그동안 말들이 많았어요. 그때마다 못 들은 척했지만 이제 더 이상 견딜 수가 없어요. 동네 사람들이 로비를 위험하게 생각해요. 저녁이 되면 자기 아이를 우리 집 근처에도 못 오게 한다니까요."

"우린 로비한테 아이를 맡기는데."

"사람들은 그러면 안 된다고 생각해요."

"쓸데없는 생각들을 하는군. 신경 쓸 거 없어요."

"말도 안 되는 소리 하지 말아요. 전 마을에 내려가서 쇼핑을 해야 되잖아요. 동네 사람들을 만나야 한다고요. 그리고 도시에선 날이 갈수록 로봇 문제가 더 심각하게 제기되고 있대요. 뉴욕에서는 어떤 로봇이든 해가 진 다음에는 거리로 못 나오게 하는 조례를 통과시켰고요."

"그렇다고 해도 우리 집에 로봇을 두는 것까지 막을 순 없어요. 그레이스, 그건 당신 생각이에요. 그래 봐야 아무 소용 없고, 내 대답은 달라지지 않아요! 로비를 계속 집에 둘 거라고요!"

하지만 웨스턴은 부인을 여전히 사랑했다. 그리고 더 치명적인 건 부인도 그걸 알고 있다는 사실이었다. 결국 조지 웨스턴도 남자일 뿐이었고, 부인은 약간 서툴지만 아주 꼼꼼한 여성 특유의 성격으로 오랫동안 갈고 닦은 모든 수단을 동원했다. 그 방법이 옳은지 그른지는 상관하지 않았다.

웨스턴은 그 후 일주일 동안 "로비를 집에 둘 거니까 그 얘긴 그만둬요!" 하고 열 번이나 소리쳐야 했다. 하지만 그때마다 목소리는 약해지고, 고민하느라 신음은 커져만 갔다.

마침내 그날이 왔다. 웨스턴은 무거운 마음으로 마을에서 열리는 영상 쇼를 보러 가자고 딸에게 말했다. 글로리아는 손뼉을 치면서 좋아했다.

"로비도 데려갈 수 있어요?"

"로비는 안 돼. 로봇은 그런 데 들어갈 수 없거든. 나중에 집에 와서 얘기해 주면 되잖니."

웨스턴은 자기 목소리에 움찔해서는 마지막 몇 마디를 힘들게 뱉어 낸 뒤 시선을 급히 다른 데로 돌렸다.

영상 쇼는 더없이 재미있었다. 글로리아는 신이 나서 집으로 오는 내내 끊임없이 재잘거렸다.

아빠가 차고에 제트 승용차를 집어넣는 걸 기다리며 글로리아가 말했다.

"로비한테 빨리 말해 주고 싶어요, 아빠. 프랜시스 프랜이 표범 인간과 정면으로 부닥쳐서 도망치는 이야기를 해 주면 정말 좋아할 거예요. 그런데 아빠, 달에는 진짜 표범 인간이 살아요?"

글로리아가 활짝 웃으며 물었다. 웨스턴은 멍한 얼굴로 대답했다.

"없을 거야. 재미있으라고 꾸며 낸 이야기니까."

웨스턴은 더 이상 늑장을 부리지 못하고 승용차를 주차했다. 어차피 맞닥뜨릴 일이었다.

글로리아가 잔디 위를 달려가며 소리쳤다.

"로비! 로비!"

그러다 현관 입구에서 꼬리를 흔들며 갈색 눈으로 자신을 쳐다보는 아름다운 콜리종 개를 발견하곤 딱 멈춰 섰다. 글로리아는 계단을 올라가 조심스레 다가가서는 강아지를 쓰다듬으며 물었다.

"아, 정말 예쁜 강아지다! 제 거예요, 아빠?"

엄마가 다가오며 대답했다.

"그럼, 글로리아. 정말 예쁘지? 털도 아주 부드러워. 성격도 착하고. 이 강아지는 어린 여자 애를 아주 좋아한단다."

"같이 놀 수도 있어요?"

"물론이지. 묘기도 부릴 수 있는걸. 지금 보고 싶니?"

"지금 당장이요. 로비랑 같이 보고 싶어요. 로비!"

글로리아가 소리쳤다. 그러다 이내 뭔가 이상하다는 듯 얼굴을 찌푸렸다.

"영상 쇼에 데려가지 않았다고 삐쳐서 안 나오는 게 분명해요. 아빠가 설명해 주세요. 내 말은 안 믿어도 아빠가 얘기하면 믿을 거예요."

웨스턴의 입술이 단단하게 굳었다. 황급히 시선을 돌려 부인

얼굴만 쳐다볼 뿐이었다.

글로리아는 재빨리 방향을 틀어 지하 계단을 뛰어 내려가며 소리쳤다.

"로비, 이리 나와! 아빠 엄마가 뭘 주셨나 보라고! 강아지야, 로비!"

하지만 글로리아는 이내 겁에 질린 표정으로 돌아와 물었다.

"엄마, 로비가 방에 없어요. 어디 있는지 알아요?"

아무 대답이 없었다. 조지 웨스턴은 갑자기 헛기침을 하면서 떠다니는 구름만 바라보았다. 글로리아의 목소리가 금방이라도 울 것처럼 떨렸다.

"로비 어디 있어요, 엄마?"

웨스턴 부인은 앉아서 딸을 부드럽게 안았다.

"글로리아, 로비가 떠난 것 같아."

"떠나요? 어디로요? 어디로 떠났는데요, 엄마?"

"나도 잘 모르겠어. 열심히 찾아봤지만 보이질 않는구나. 집을 나간 게 아닌가 싶어."

"그럼 이제 다시는 안 온다는 얘기예요?"

글로리아의 눈이 두려움 때문에 휘둥그레졌다.

"금방 찾게 될 수도 있어. 계속 찾아보도록 하자꾸나. 그동안은 새로 생긴 예쁜 강아지랑 놀고. 저 강아지 좀 보렴! 이름은 번개란다. 저 강아지는……."

하지만 글로리아는 눈살을 찌푸리며 소리를 질렀다.

"저런 더러운 강아지는 싫어요! 난 로비가 좋아요! 로비를 찾아 주세요!"

글로리아는 너무나 슬퍼서 말도 제대로 잇지 못하더니 결국은 소리 높여 울어 대기 시작했다.

웨스턴 부인이 도와 달라는 눈길로 남편을 바라보았지만 남편은 침울한 표정으로 하늘만 쳐다볼 뿐이었다. 부인은 하는 수 없이 혼자서 글로리아를 달래기 시작했다.

"왜 우니, 글로리아? 로비는 기계일 뿐이야. 더러운 구식 기계. 살아 있는 생명이 아니야."

그러자 글로리아가 소리를 질렀다.

"로비는 기계가 아니에요! 엄마랑 나처럼 사람이에요. 친구라고요. 로비를 찾아 주세요. 엄마, 로비 좀 찾아 주세요."

웨스턴 부인은 좌절감에 신음을 뱉어 내고는 남편에게 말했다.

"실컷 울게 두세요. 아이들은 그러다 마니까요. 며칠만 지나면 그 끔찍한 로봇을 깨끗이 잊을 거예요."

하지만 얼마 지나지 않아 웨스턴 부인은 자신이 너무 낙관적이었음을 알게 되었다. 글로리아가 울음을 멈추긴 했지만 동시에 웃음도 사라졌기 때문이다. 글로리아는 날이 갈수록 침울한 아이가 되어 갔다. 글로리아의 불행한 모습은 웨스턴 부인을 더욱 힘들게 했다. 하지만 남편에게 진 것을 인정할 수 없다는 고집 때문에 절대로 항복하지 않았다.

그러던 어느 날 저녁, 부인이 다급하게 거실로 들어와 자리에 앉더니 팔짱을 끼고는 화가 난 얼굴로 남편을 바라보았다. 남편은 부인을 보기 위해 신문 너머로 목을 길게 빼면서 물었다.

"이번엔 뭐요, 그레이스?"

"오늘 결국 강아지를 돌려보냈어요. 글로리아가 꼴도 보기 싫다고 해서요. 정말이지 글로리아 때문에 미쳐 버릴 것 같아요."

웨스턴은 신문을 내려놓았다. 두 눈에 희망의 기운이 어리기 시작했다.

"그럼…… 그럼 이제 로비를 데려올까요? 그러는 게 좋을 것 같아요. 회사에 연락해서……."

하지만 부인은 모질게 대답했다.

"안 돼요! 그런 소리 하지도 말아요. 그렇게 쉽게 질 순 없어요. 몇 년이 걸린다 해도 우리 애를 로봇한테 맡길 순 없다고요."

웨스턴은 실망한 얼굴로 다시 신문을 집어 들었다.

"1년만 더 이런 식으로 살면 폭삭 늙어 버릴 거예요."

하지만 부인은 쌀쌀맞게 대답했다.

"당신이 도와줘야 해요, 웨스턴. 글로리아에게 필요한 건 환경 변화예요. 여기 있으면 로비를 못 잊을 게 뻔해요. 나무 한 그루, 바위 하나마다 추억이 어려 있는데 어떻게 잊을 수 있겠어요? 이렇게 한심한 이야기는 들어 본 적도 없어요. 로봇이 사라졌다고 저렇게 슬퍼하는 아이가 어딨어요?"

"요점이 뭐예요? 당신이 생각한 환경 변화가 뭐죠?"

"아이를 뉴욕으로 데려가는 거예요."

"도시로 간다고? 그것도 8월에! 뉴욕의 8월이 어떤지 알기나 하고 하는 소리예요? 푹푹 쪄서 한시도 견디기 힘들 텐데!"

"그래도 수백만 명이 살고 있잖아요."

"갈 데가 없어서 그런 거지, 벗어날 수만 있다면 모두가 당장이라도 떠날 사람들이라고요."

"어쨌든 뉴욕으로 가야 해요. 지금 당장 떠나거나…… 준비되는 대로 떠나는 거예요. 도시에서는 글로리아도 흥미를 느끼고 친구도 사귀면서 재미있게 지낼 거예요. 기계 같은 건 깨끗이 잊어버리고."

"오, 하느님. 도로마다 태양이 이글거리는 곳인데!"

하지만 부인의 대답은 단호했다.

"어쩔 수 없어요. 지난달에 글로리아 몸무게가 3킬로그램이나 빠졌어요. 나한텐 당신이 편한 것보다 우리 딸이 건강한 게 훨씬 중요해요."

"당신이 우리 딸한테서 로봇 친구를 빼앗기 전에 딸 건강을 미리 생각하지 않은 게 안타까울 뿐이군."

웨스턴이 중얼거렸다. 하지만 혼잣말이었다.

글로리아는 도시로 간다는 얘기를 듣고 조금씩 좋아지는 것 같았다. 그렇다고 무슨 이야기를 하는 것도 아니었지만 어쩌다 이사 이야기가 나올 때마다 들뜬 기색을 보였다. 얼굴에 웃음도 떠오르고, 식욕도 거의 되찾았다.

웨스턴 부인은 기뻤다. 그래서 여전히 회의적인 남편을 의기양양하게 바라보며 자랑을 늘어놓았다.

"글로리아가 꼬마 천사처럼 짐 싸는 걸 도와주면서 걱정이라곤 하나도 없는 얼굴로 수다까지 떨더라고요. 그러게 내가 뭐랬

어요. 다른 관심사를 만들어 주면 다 해결된다니까요."

"으흠, 그렇게 되면야 좋지만."

남편은 여전히 회의적으로 대답했다.

준비는 신속하게 진행되었다. 도시에다 살 집도 마련했고 시골 집을 관리해 줄 부부와 계약도 맺었다. 마침내 출발하는 날이 되자 글로리아는 완전히 예전 모습을 되찾았고, 로비에 대해서는 한마디도 하지 않았다.

세 사람은 즐거운 마음으로 제트 택시를 타고 (웨스턴은 제트 승용차를 타고 가고 싶었지만 2인승이어서 짐을 실을 공간이 없었다.) 공항으로 가서 정기 항공기에 올랐다.

웨스턴 부인이 소리쳤다.

"이리 와, 글로리아. 경치 구경하려고 창가 자리로 예약해 놓았어."

글로리아는 복도를 따라가 두터운 투명 유리에 코를 납작하게 붙인 채 열심히 창밖을 구경했다. 그때 부릉거리는 엔진 소리가 실내로 파고들었다. 글로리아는 지표면이 함정에 빠진 것처럼 꺼져 들고 몸무게가 갑자기 두 배로 늘어난 것 같은 느낌에 겁먹을

로비_소녀를 사랑한 로봇 33

정도로 나이가 많지는 않았지만, 마냥 좋아할 정도로 어리지도 않았다. 그래서 지표면이 조그만 지도처럼 변한 다음에는 이내 코를 떼어 내고 엄마를 바라보았다. 차가워진 코를 문지르고 나서 창가에 뽀얗게 어린 입김이 조금씩 줄어들며 사라지는 것을 바라보다가 엄마에게 물었다.

"금방 도착하겠죠, 엄마?"

"30분 정도면 도착할 거야."

엄마는 대답을 하고 나서 약간 불안한 심정으로 물었다.

"도시로 가니까 좋지? 건물이랑 사람이랑 신기한 물건이 많은 도시에 가면 정말 즐거울 것 같지? 날마다 영상 쇼도 구경하고, 서커스도 보고, 다양한 볼거리도 구경하고, 해변에 가서……."

"네, 엄마."

글로리아가 무덤덤하게 대답했다.

정기 항공기는 구름층 위를 지나가고 있었다. 글로리아는 밑에서 펼쳐지는 풍경에 곧장 빠져 들었다. 곧이어 다시 선명한 하늘이 펼쳐졌고, 글로리아는 자신도 비밀을 알고 있다는 듯 이상한 표정을 짓더니 갑자기 엄마를 바라보며 말했다.

"왜 도시로 가는지 저도 알아요, 엄마."

웨스턴 부인이 당혹스러워하며 물었다.

"그래? 왜 가는데?"

"저를 깜짝 놀라게 해 주려고 말 안 하는 거 다 알아요."

글로리아는 자신의 예리한 관찰력을 자랑하려는 듯 한동안 엄마를 바라보더니 깔깔 웃고는 덧붙였다.

"로비 찾으러 가는 거죠, 그렇죠? 탐정을 시켜서."

물을 마시고 있던 조지 웨스턴은 놀란 나머지 캑캑거리며 물을 뱉어 내고 기침을 해 댔다. 물에 흠뻑 젖은 얼굴이 벌겋게 달아올랐다. 너무나 당혹스러웠다.

웨스턴 부인은 애써 마음을 다독였다. 하지만 글로리아가 훨씬 절박한 말투로 똑같은 질문을 던지자 심사가 완전히 뒤틀려 날카롭게 쏘아붙였다.

"그럴지도 모르지. 이제 가만히 좀 앉아 있을래?"

서기 1998년의 뉴욕은 더없이 훌륭한 관광객의 천국이었다. 글로리아의 부모는 이 사실을 최대한 활용할 계획이었다.

부인의 구체적인 요구에 따라 조지 웨스턴은 자신의 표현대로 '황폐하게 변한 글로리아를 구하는' 데 시간을 충분히 쓸 수 있도록 약 한 달을 잡고, 자신이 맡은 업무가 자체적으로 돌아가게끔 손을 써 두었다. 웨스턴은 평소에 그랬던 것처럼 이번 일도 효율적으로 철저히 진행했다. 한 달이 지나기 전에 할 수 있는 모든 걸 다 해 볼 생각이었다.

높이가 8백 미터나 되는 루스벨트 건물 꼭대기에 올라가서 멀리 펼쳐진 롱아일랜드의 들판과 뉴저지 평야로 연결되는 광대한 건물 단지들을 경이로운 눈길로 구경하기도 했다. 글로리아는 동물원에서 '진짜 살아 있는 사자'를 무서워하면서도 (기대한 것과 달리 관리인들이 인간 대신 쇠고기를 먹이로 주는 걸 보고 많이 실망하긴 했지만) 재미있게 구경하다가 당장 고래를 보러 가자며 고집을 부리기도 했다.

웨스턴 가족은 이런저런 박물관은 물론이고 공원 여러 곳과 해안과 수족관도 구경했다.

글로리아는 고풍스런 20세기 스타일의 유람선을 타고 허드슨 강을 구경했고, 성층권에 올라가 보는 모의 여행을 하기도 했다. 하늘은 짙은 보라색으로 변하고, 별들은 화려했으며, 밑에 있는 구름 낀 지구는 오목한 사발처럼 보였다. 그리고 롱아일랜드 사운드에서는 벽이 유리로 된 잠수정을 타고 바다 밑으로 들어가 보았다. 모든 게 가물가물 흔들리는 녹색 세상이 펼쳐졌다. 호기심을 자아내는 기묘한 모양의 바다 생물이 윙크를 하다가 갑자기 몸을 흔들며 도망치기도 했다.

이보다는 좀 지루하긴 했지만, 웨스턴 부인은 글로리아를 데리고 백화점에 가서 또 다른 동화 속 세상에서 마음껏 쇼핑을 즐기기도 했다.

그래서 한 달이 다 지날 즈음 웨스턴 부부는 글로리아의 마음에서 로비를 영원히 떠나보내기 위해 할 수 있는 모든 노력을 다 했다고 확신했다. 하지만 성공 여부는 장담할 수 없었다. 여전히 글로리아는 아무 데서나 로봇만 보면 로봇에 푹 빠져 어쩔 줄 몰라 했기 때문이다. 눈앞에 아무리 재미있는 광경이 펼쳐져도, 어린 소녀가 보기에 아무리 멋진 장면이 펼쳐져도 움직이는 금속 물체만 보이면 얼른 그쪽으로 눈을 돌렸다. 웨스턴 부인은 그럴 때마다 글로리아가 로봇을 못 보게 하려고 온갖 노력을 기울여야 했다.

결국 문제는 산업과학 박물관에서 절정으로 치달았다. 박물관에서는 '어린이 특별 프로그램'을 준비해 아이들에게 과학의 마법을 체험하게 하겠다고 홍보했다. 웨스턴 부부는 당연히 이곳을 '꼭 가야 할 곳' 목록에 집어넣었다.

웨스턴 부인은 남편과 함께 강력한 전자기장을 시현하는 모습을 넋을 잃고 구경하다가 글로리아가 옆에 없다는 사실을 문득 깨달았다. 부인은 두려움을 진정시키고서 직원 세 명의 도움을 받아 차분히 딸을 찾아보기 시작했다.

글로리아는 어디서건 산만하게 돌아다니는 아이가 아니었고, 나이에 비해 결단력과 목적의식이 뛰어났다. 그런데 3층에서 '말하는 로봇을 보려면 이쪽으로 가시오.'라고 씌어 있는 커다란 표지판을 보고 만 것이다. 글로리아는 표지판을 천천히 읽은 다음 부모님이 그쪽으로 가지 않을 거라는 사실을 깨닫고는 결단을 내렸다. 그러고는 부모님이 다른 곳에 정신을 팔기를 기다렸다가 조용히 빠져나와 표지판이 가리키는 방향으로 간 것이다.

말하는 로봇은 홍보 가치만 뛰어나고 실용성은 하나도 없는 기묘한 작품이었다. 한 시간에 한 번씩 직원의 인솔을 받으며 들어온 구경꾼들이 그 앞에 서서 로봇 담당 기사에게 속삭이는 소리로 질문을 던졌다. 그러면 담당 기사는 로봇의 논리 회로에 적합한 질문을 선별해 말하는 로봇에게 전달했다.

하지만 아주 답답했다. 14의 제곱은 196, 현재 기온은 화씨 72도이고 기압은 30.02, 나트륨 원자의 무게는 23이라는 대답을 들는 것도 재미있긴 하겠지만, 겨우 이 정도를 알려고 로봇이 필요한 건 아니었다. 사방 24미터씩 뻗어 나가 다루기도 힘들고 전혀 움직일 수도 없는 전선과 회로 덩어리라면 더 말할 것도 없었다.

그래서 아무도 2단계까지 기다리지 않았다. 하지만 십대 중반으로 보이는 한 소녀가 벤치에 조용히 앉아 3단계를 기다리고 있었다. 글로리아가 안으로 들어갔을 때 그곳에는 이 소녀밖에 없었다.

하지만 글로리아는 소녀를 바라보지 않았다. 그 순간 글로리아에게 다른 인간의 존재는 전혀 중요하지 않았다. 중요한 건 바퀴가 달린 거대한 로봇뿐이었다. 하지만 글로리아는 이내 실망하고 말았다. 자신이 알고 있던 로봇과는 모양이 전혀 달랐기 때문이다.

글로리아는 의심스런 눈길로 조심스럽게 목소리를 높였다.

"저기요, 로봇 선생님. 선생님이 말하는 로봇인가요?"

정말 말하는 로봇이라면 왠지 아주 정중하게 대해야 할 것 같았다. (십대 중반의 소녀는 대각선 방향에서 글로리아의 작고 해맑은 얼굴을 똑똑히 볼 수 있었다. 그래서 재빨리 조그만 공책을 꺼내 열심히 적기 시작했다.)

기어가 부드럽게 돌아가더니 억양도 없고 느낌도 없는 금속성 목소리가 터져 나왔다.

"나는—말하는—로봇—입니다."

글로리아는 슬픈 얼굴로 로봇을 쳐다보았다. 말을 하는 건 분명했으나 몸통 내부 어딘가에서 흘러나오는 소리일 뿐이었다. 쳐다보며 말할 얼굴도 없었다. 하지만 다시 질문을 던져 보았다.

"저를 도와줄 수 있나요, 로봇 선생님?"

말하는 로봇은 질문에 대답하도록 설계되어 있었으며, 대답할 수 있는 내용은 회로에 내장된 질문에 한정된 것이었다. 말하는 로봇은 자신의 능력에 확신을 갖고 자신 있게 대답했다.

"나는—당신을—도와줄—수—있습니다."

"고맙습니다, 로봇 선생님. 혹시 로비를 보셨나요?"

"로비가—누구입니까?"

글로리아가 발끝을 세우며 일어섰다.

"로비는 로봇이에요. 선생님하고 키가 비슷한데, 조금 더 크고, 아주 착해요. 그리고 머리도 달렸어요. 선생님한텐 머리가 없지만 로비는 있다는 뜻이에요, 로봇 선생님."

말하는 로봇은 이해를 하지 못했다.

"로봇—입니까?"

"네, 로봇 선생님. 선생님이랑 비슷한 로봇이에요. 말은 못하지만, 그렇지만…… 진짜 사람처럼 보여요."

"나하고—비슷한—로봇입니까?"

"네, 로봇 선생님."

말하는 로봇이 대답하는 방식은 그저 피식피식거리는 이상한 소리와 가끔씩 흘러나오는 불협화음뿐이었다. 로봇은 아이의 질문이 구체적이지 않고 너무 광범위해서 도저히 파악할 수가 없었다. 그래서 개념을 파악하려고 열심히 노력하다가 회로 다섯 개가 타 버렸고, 작은 경고음이 계속 울리기 시작했다. (십대 중반의 소녀는 바로 이즈음에 자리를 떴다. '로봇공학의 몇 가지 실용적인 측면'에 대한 물리학-1 논문에 필요한 자료를 충분히 수집했기 때문이다. 이 논문은 나중에 수잔 캘빈이 발표하게 될 수많은 논문의 시작이었다.)

글로리아는 조급한 마음을 누르고서 기계의 대답을 가만히 기다렸다. 얼마 후 뒤에서 "저기 있어요!" 하고 엄마가 외치는 소리가 들렸다.

"이 말썽꾸러기야, 도대체 여기서 뭐 하는 거야? 너 때문에 엄마랑 아빠가 얼마나 걱정했는지 알아? 왜 몰래 도망친 거야?"

웨스턴 부인의 불안감은 순식간에 분노로 바뀌어 있었다.

로봇 담당 기사가 머리카락을 쥐어뜯으며 급히 달려오더니 함부로 기계를 만진 사람이 누구냐고 소리쳤다.

"저기 저 글 안 보여요? 담당 직원 없이 여기 들어오면 안 된단 말이에요!"

소란한 가운데 글로리아가 슬픈 목소리로 말했다.

"말하는 로봇을 보러 온 것뿐이에요, 엄마. 똑같은 로봇이니까 로비가 어디 있는지 알 거라고 생각했어요."

로비 생각이 울컥 밀려와 글로리아는 엉엉 울기 시작했다.

"로비를 찾아야 해요, 엄마. 로비를 찾아 주세요."

웨스틴 부인은 가까스로 화를 삼키며 말했다.

"너 때문에 너무 힘들구나, 글로리아. 집으로 가요, 여보. 더 이상 못 견디겠어요."

그날 저녁, 조지 웨스턴은 몇 시간을 밖에서 보내고 들어왔다. 그리고 다음 날 아침, 뭔가 꿍꿍이가 있는 표정으로 부인에게 다가갔다.

"좋은 생각이 있어요, 그레이스."

"무슨 생각이요?"

부인이 무관심한 말투로 우울하게 대답했다.

"글로리아를 달랠 생각."

"그 로봇을 다시 사자는 말은 아니겠지요?"

"그야 물론이죠."

"그럼 말해 봐요. 어차피 내 생각은 하나도 소용없으니 당신 말을 들어야 할 것 같아요."

"좋아요. 계속 생각해 봤는데, 글로리아가 로비를 기계가 아니라 진짜 사람이라고 생각하기 때문에 이런 문제가 생기는 거예요. 그래서 로비를 잊지 못하는 거죠. 로비가 강판하고 전선으로 만들어져 전기로 움직이는 쇠와 구리 덩어리에 불과하다는 사실을 받아들인다면 무엇 때문에 로비를 그리워하겠어요. 그러니까 말하자면 글로리아의 심리를 공략하자는 거예요."

"어떻게 할 건데요?"

"간단해요. 내가 어젯밤에 어디 다녀왔는지 알아요? 'U.S.로보틱스'의 로버트슨을 설득하러 갔었어요. 내일 작업 현장을 돌아다니며 자세히 구경할 수 있게 준비해 놓았죠. 우리 셋이 가는 거예요. 다 구경하고 나면 글로리아도 로봇은 살아 있는 생명체가 아니란 사실을 확실히 깨달을 거라고요."

설명을 듣는 웨스턴 부인의 눈이 점점 커져 갔다.

"이야, 대단해요, 여보. 정말 좋은 생각이에요."

조지 웨스턴이 가슴을 쭉 펴고 대답했다.
"그 방법밖에 없어요."

스트루더 씨는 성실한 공장장이라서 말이 약간 많은 편이었다. 그래서 일행은 걸음을 옮길 때마다 심하다 싶을 정도로 설명을 많이 들어야 했다. 그래도 웨스턴 부인은 따분해하지 않았다. 공장장을 몇 차례 불러 세워 글로리아가 이해할 수 있게 좀 더 쉽게 설명해 달라고 할 정도였다. 그러자 사람들이 자기의 설명에 빠져 들었다고 판단한 스트루더 씨는 한층 더 상냥한 말투로 오래 수다를 떨었다.

스트루더 씨가 광전지에 대해 한창 강의하고 있을 때 조지 웨스턴이 인내심을 최대한 발휘하며 끼어들었다.

"실례합니다, 스트루더 씨. 이 공장에 로봇끼리만 일하는 구역이 따로 있나요?"

"네? 아, 네! 그럼요, 당연하지요!"

그러고 나서 스트루더 씨는 웨스턴 부인을 향해 미소를 띠면서 다시 설명을 시작했다.

"로봇은 더 많은 로봇을 만들어 내고 있답니다. 물론 공장 전역에서 그렇게 하는 건 아닙니다. 우선 노동조합이 절대 찬성하지 않을 테니까요. 하지만 일부 로봇을 로봇 조립 공정에 전문적으로 종사하도록 전환할 수 있답니다. 일종의 과학적 실험이죠."

스트루더 씨가 코안경으로 손바닥을 톡톡 치면서 설명을 계속했다.

"여러분도 아시다시피 노동조합이 잘못 알고 있는 건, 노동 운동 일반에 대해 늘 호감을 갖고 있는 사람으로서 하는 말입니다만, 로봇의 출현은, 처음에 뭐가 뭔지 제대로 파악할 수 없겠지만, 종국적으로는 마침내……."

웨스턴이 다시 끼어들었다.

"네, 스트루더 씨. 그런데 아까 말씀하신 구역 말입니다. 구경 좀 할 수 있을까요? 아주 재미있을 것 같은데요."

"네! 물론이죠!"

스트루더 씨는 재빨리 코안경을 고쳐 쓰고 불만스러운 듯 덧붙였다.

"이쪽으로 따라오시죠."

스트루더 씨는 세 사람을 데리고 긴 복도를 지나 계단을 내려가는 꽤 긴 시간 동안 아무 말도 하지 않았다. 그러다 윙윙 기계 움직이는 소리가 들려오는 불빛이 환한 넓은 공간에 들어서면서 다시 수문을 열고 설명의 홍수를 퍼부어 댔다. 자부심에 찬 목소리였다.

"자, 다 왔습니다! 로봇들끼리 일하는 곳입니다! 다섯 사람이 감독을 하는데 여기 머물진 않습니다. 우리가 이 프로젝트를 시작한 이후 지난 5년 동안 단 한 건의 사고도 발생하지 않았습니다. 물론 여기서 조립하는 로봇이 좀 단순하긴 하지만……."

글로리아에게 공장장의 목소리가 웅얼거리는 자장가처럼 들리기 시작한 건 이미 한참 전부터였다. 공장 견학은 아주 따분하고 무의미했다. 많은 로봇들이 보였지만 로비를 조금이라도 닮은 로봇은 단 한 대도 없었다. 글로리아는 실망스러운 눈빛으로 로봇들을 바라보았다.

글로리아는 이곳에 사람이 한 명도 없다는 사실을 깨달았다. 그러다가 넓은 공간 중앙에 있는 둥그런 탁자에서 바쁘게 일하는 로봇 예닐곱 대에 눈길이 멈추었다. 그 순간 글로리아는 도저히 믿을 수 없다는 듯 눈이 휘둥그레졌다. 넓은 공간이라 확실히 보이진 않았지만 로봇 가운데 하나가 마치…… 마치…… 그래, 맞아!

"로비!"

글로리아의 날카로운 외침이 공중을 가르자 탁자 주변에 있던 로봇 가운데 하나가 들고 있던 장비를 떨어뜨리며 비틀거렸다. 글로리아는 기뻐서 넋이 나갈 정도였다. 부모가 미처 잡기도 전에 글로리아는 난간을 빠져나와 약간 아래 있는 바닥으로 가볍게

뛰어내렸다. 그런 다음 두 팔을 흔들고 머리칼을 날리며 로비에게 달려갔다.

세 어른은 공포에 질려 얼어붙었다. 흥분한 아이가 미처 못 본 것을 발견했기 때문이다. 예정된 길을 따라 무자비하게 다가오는 육중한 트랙터를!

웨스턴도 거의 동시에 정신을 차렸지만 이미 늦은 상태였다. 글로리아를 구해 낼 방법이 없었다. 웨스턴은 재빨리 난간을 뛰어넘었다. 하지만 소용없을 게 분명했다. 스트루더 씨는 조정실의 감독들에게 트랙터를 멈추라고 필사적으로 신호를 보냈으나 감독들도 인간에 불과하기 때문에 행동으로 옮기려면 시간이 필요했다.

즉시 정확하게 움직인 건 로비밖에 없었다. 자신이 있던 자리에서 금속 다리를 재빨리 움직여 어린 아가씨가 있는 곳으로 내달린 것이다. 그와 동시에 모든 일이 한순간에 일어났다. 로비가 속도를 조금도 줄이지 않은 채 달려오며 한 팔을 흔들어 글로리아를 낚아챈 것이다. 글로리아는 숨이 끊어지는 것 같았다. 어떤 일이 벌어졌는지 제대로 파악하지 못한 웨스턴은 로비가 눈앞을 스치고 지나가 비틀거리며 멈추는 장면을 눈으로 보기보다 마음으로 느꼈다. 트랙터는 로비보다 1초 늦게 글로리아가 있던 곳을 지나 3미터 정도를 끼익거리며 더 굴러간 뒤에야 마침내 멈추었다.

글로리아는 호흡을 되찾고는 부모의 열정적인 포옹에 몸을 맡겼다가 로비에게 시선을 돌렸다. 글로리아는 자신에게 무슨 일이 일어났는지 따위엔 관심도 없었다. 마침내 친구를 찾아냈다는 사실이 중요할 뿐이었다.

하지만 웨스턴 부인의 얼굴은 천만다행이라는 표정에서 짙은 의혹의 눈길로 바뀌어 있었다. 부인은 남편을 바라보았다. 머리가 헝클어진 채 남편을 쳐다보는 표정이 예사롭지 않았다.

"당신이 꾸민 거죠, 그렇죠?"

조지 웨스턴은 손수건으로 뜨거운 이마를 문질렀다. 손이 떨리고 입술도 떨렸다. 하지만 희미한 미소가 얼굴에 떠올랐다.

웨스턴 부인이 자기 생각을 말했다.

"로비는 건축이나 조립 작업에 적합하지 않아요. 이쪽 분야에서는 아무 소용도 없다고요. 당신이 로비를 의도적으로 여기 배치하게 해서 글로리아가 찾아내게 만든 거예요. 뻔해요."

"그래, 내가 그랬어요. 하지만 그레이스, 이렇게 위험한 일을 겪을 줄 어떻게 알았겠어요? 그리고 로비가 우리 딸을 구했잖아요. 그건 당신도 인정해야 해요. 이제 다신 로비를 못 보내요."

웨스턴 부인은 생각에 잠긴 얼굴로 글로리아와 로비를 한참 동안 바라보았다. 글로리아는 로비가 쇠로 만든 기계가 아니라 살아 있는 생명체라면 숨이 막혀서 죽을 정도로 로비의 목을 꽉 끌어안은 채 정신없이 떠들어 대고 있었다. 크롬강으로 만든 로비의 두 팔은(지름 5센티미터 굵기의 팔이 막대기처럼 굽어진다.) 어린 소녀를 사랑스럽고 다정하게 껴안았으며, 두 눈은 빨갛게 반짝이고 있었다.

결국 웨스턴 부인이 입을 열었다.

"그래요. 녹슬 때까지 우리하고 지내야 할 것 같네요."

★ ★ ★

　수잔 캘빈 박사가 어깨를 으쓱하며 말했다.
　"물론 끝까지 가진 않았어요. 그때가 1998년이었는데, 우리가 2002년에 말하고 움직이는 로봇을 발명했다는 건 말을 못하는 모델은 전부 구형으로 전락했다는 뜻이고, 로봇을 반대하는 진영에 대한 최후통첩을 의미했으니까요. 그래서 2003년과 2007년 사이에 각국의 거의 모든 정부는 과학적인 연구 이외의 목적으로는 지구에서 로봇을 사용하지 못하게 하는 법안을 만들게 되었지요."
　"글로리아도 로비를 포기할 수밖에 없었나요?"
　"그랬겠죠. 그 아이도 열다섯 살이 되었으니까 여덟 살 때보다는 훨씬 쉽게 정리할 수 있었을 거예요. 하지만 인류 입장에서 볼 때는 정말 멍청하고 불필요한 조치였어요. 'U.S.로보틱스'는 내가 합류한 2007년쯤에 재정 상태가 최악이었죠. 나도 곧 직장을 관둬야 하는 건 아닌가 하고 걱정했을 정도니까요. 그러던 중에 외계 시장에서 돌파구를 찾기 시작했어요."
　"그래서 박사님도 당연히 그쪽으로 관심을 돌리셨군요."
　"꼭 그런 건 아니에요. 우리는 기존 모델을 바꾸는 작업부터 시작했어요. 예를 들면 초기에 만든 말하는 로봇 모델은 키가 4미터나 되고 아주 느려서 효용 가치가 많이 떨어졌어요. 우리는 그들을 수성으로 보내 광산 기지 건설 작업을 시키려고 했어요. 결국엔 실패했지만."

나는 깜짝 놀라 말했다.

"아니, 수성 광산은 수십억 달러를 벌어들이는 보물단지잖아요."

"지금은 그렇죠. 하지만 성공한 건 두 번째 시도 때였어요. 선생, 자세한 내용을 알고 싶으면 그레고리 파웰을 찾아가 봐요. 그 사람하고 마이클 도노반이 2010년대하고 2020년대에 가장 어려운 역할을 해냈으니까. 지난 몇 년 동안 도노반 소식은 못 들었지만 파웰은 지금 바로 이곳 뉴욕에 살고 있어요. 지금은 할아버지가 되었지요. 그가 할아버지라는 게 믿기지 않아요. 젊었을 때 모습만 떠오르죠. 그때는 나도 젊었지만 말이에요."

나는 이야기를 더 듣고 싶었다.

"빠뜨리신 부분이 있으면 나중에 파웰 선생님께 물어서 채울 테니까 아는 대로 말씀해 주세요."

(물론 나는 나중에 그렇게 했다.)

박사는 가느다란 손을 책상에 쭉 펴고 바라보았다.

"내가 아는 건 몇 가지밖에 없어요."

"그럼 수성 이야기부터 해 주세요."

"그래요. 두 번째 수성 탐사대를 보낸 게 2015년이었던 것 같아요. 탐사 비용은 'U.S.로보틱스'에서 일부를 대고, '태양계 광업 주식회사'에서 일부를 부담했어요. 탐사대는 아직 실험 중인 신형 로봇과 그레고리 파웰, 마이클 도노반……."

스피디
_술래잡기 로봇

 흥분해서 좋을 건 하나도 없다는 게 그레고리 파웰의 철칙이었다. 그래서 땀에 젖어 헝클어진 빨간 머리칼을 흔들며 계단을 뛰어 내려오는 마이클 도노반을 보고는 인상을 찌푸리며 물었다.
 "무슨 일이야? 손톱이라도 부러졌어?"
 도노반이 당혹스러워하며 소리쳤다.
 "하루 종일 지하에서 도대체 뭘 하고 있는 거예요?"
 도노반은 숨을 깊이 들이쉬고 나서 퉁명스럽게 덧붙였다.
 "스피디가 안 돌아왔어요."
 파웰은 두 눈을 동그랗게 뜨며 계단에서 걸음을 멈추었다. 그러고는 정신을 가다듬고서 다시 올라오기 시작했다. 파웰은 계단을 다 올라선 다음에야 입을 열었다.
 "셀레늄을 가져오라고 보냈나?"
 "네."
 "나간 지 얼마나 됐지?"
 "다섯 시간이요."
 침묵이 흘렀다! 이건 정말 나쁜 상황이었다. 수성에 도착한 지

정확히 열두 시간밖에 지나지 않았는데 벌써 최악의 상황을 맞게 된 것이다. 수성은 오랫동안 태양계에서 최악의 행성으로 존재했는데, 이번에는 특히 심각했다. 불길한 일이 생길 것 같았다.

파웰이 말했다.

"처음부터 다시 시작해. 차근차근 풀어 가자고."

두 사람은 무선실로 들어갔다. 10년 전에 설치한 후 지금까지 한 번도 손대지 않은 구식 장비였다. 기술적인 관점에서 10년은 굉장히 오랜 기간이었다. 2005년에 만든 로봇과 최근에 만든 스피디를 비교하면 잘 알 수 있다. 게다가 로봇 기술은 최근에 특히 많이 발전한 터였다. 파웰은 여전히 번쩍이는 금속 표면을 조심스럽게 만졌다. 실내의 모든 장비에, 그리고 기지 전체에 만연한 낡은 폐기물 분위기가 너무나 우울하게 느껴졌다.

도노반이 말했다.

"무선으로 스피디를 추적했는데 소용이 없어요. 태양열이 강한 지역이라서 전파가 먹히질 않아요. 3킬로미터 너머는 무슨 방법을 써도 안 돼요. 첫 번째 탐사대가 실패한 이유도 바로 이거예요. 초단파 장비는 앞으로 몇 주는 지나야 설치할 수 있고……."

"그런 건 건너뛰고. 그래, 파악한 내용은 뭐지?"

"물체가 불규칙적으로 움직이는 신호를 단파로 포착했어요. 위치를 파악하는 정도예요. 이런 식으로 두 시간 동안 추적해서 그 결과를 지도에 점으로 표시해 놓았어요."

뒷주머니에 노란색 사각형 양피지 한 장이 들어 있었다. 실패한 1차 탐사대가 남긴 것이었다. 도노반은 양피지를 꺼내 책상에 펼쳤다. 파웰은 팔짱을 낀 채 멀리서 바라보았다.

도노반이 짜증스럽다는 듯 연필로 가리키며 설명했다.

"여기 빨간 십자가가 셀레늄 웅덩이 광산이에요. 대장이 직접 표시한 곳."

파웰이 끼어들었다.

"그럼 어디에 보낸 거야? 맥도걸이 떠나기 전에 우리에게 세 군데를 가르쳐 줬잖아."

"스피디를 보낸 곳은 당연히 제일 가까운 데죠. 하지만 그게 무슨 차이가 있겠어요? 이게 스피디가 움직이는 위치를 점으로 표시한 지도예요."

목소리에 긴장감이 감돌았다. 애써 침착하려고 노력하던 파웰의 마음도 흔들렸다. 두 손을 내밀어 지도를 잡았다.

"진짜 이런 거야? 말도 안 돼."

"하지만 사실이에요."

도노반이 투덜거렸다.

스피디의 위치를 표시한 작은 점이 셀레늄 웅덩이를 나타낸 빨간 십자가 주변에서 울퉁불퉁한 원을 그리고 있었다. 파웰은 갈색 콧수염을 매만지기 시작했다. 마음이 불안하다는 표시였다.

도노반이 덧붙였다.

"두 시간 동안 추적했는데, 저 젠장할 웅덩이를 벌써 네 바퀴째나 돌고 있더라고요. 제 생각엔 스피디가 영원히 저럴 것 같아요. 우리가 지금 어떤 상황인지 이제 알겠어요?"

파웰은 잠시 쳐다볼 뿐 아무 대답도 하지 않았다. 물론 어떤 상황인지 잘 알고 있었다. 광전지 저장소가 바닥을 드러낸다는 건 수성의 무자비한 태양 광선으로부터 자신들을 보호할 유일한 수단이 없어지고 있다는 뜻이었다. 살아남을 수 있는 방법은 셀레늄을 구하는 것뿐이었다. 그리고 셀레늄을 구할 수 있는 유일한 수단은 스피디였다. 스피디가 돌아오지 않으면 셀레늄도 없고, 셀레늄이 없으면 광전지도 바닥난다. 그리고 광전지가 없으면 서서히 타 죽는 수밖에 없다.

도노반이 붉은 머리카락을 신경질적으로 매만지며 신랄하게 빈정거렸다.

"우리는 태양계 전체에서 웃음거리가 되고 말 거예요, 대장. 어떻게 모든 것이 이렇게 한순간에 엉망으로 변할 수 있지요? 파웰과 도노반이라는 위대한 팀이 최신 기술과 로봇을 갖고 '태양면 광산 기지' 재개발 가능성을 파악하러 수성까지 왔다가 첫날에 모든 걸 망쳐 버리다니요. 이렇게 간단한 작업을 말이에요. 이 불명예는 절대 씻을 수 없을 거예요."

파웰이 차분하게 대답했다.

"그런 걱정은 안 해도 돼. 지금 당장 뭔가 조치를 내리지 않으면 불명예를 씻는 건 고사하고 평범한 생활 자체도 못할 테니까."

"멍청하게 굴지 마세요! 대장은 재미있는지 몰라도 난 아니에요. 달랑 로봇 하나만 붙여 우릴 이곳으로 보낸 건 범죄 행위예요. 그리고 광전지 저장소 문제를 우리 힘으로 해결할 수 있다는 훌륭한 생각을 제시한 사람은 바로 대장이고요."

"그런 소리 하지 마. 우리가 함께 내린 결정이야. 자네도 알잖

아. 지금 우리에게 필요한 건 셀레늄 1킬로그램, 평온 절연판, 그리고 세 시간 정도의 시간이야. 순수한 셀레늄 웅덩이가 태양면 사방에 널려 있어. 맥도걸의 스펙트럼 반사 망원경으로 5분 만에 웅덩이 광산을 세 개나 발견했어. 안 그래? 제기랄! 구조대가 올 때까지 못 기다리는데……."

"그러면 이제 어떻게 하죠, 파웰? 혹시 좋은 생각이 있는 거예요? 그렇지 않으면 이렇게 느긋하지 않을 테니까요. 그래요, 대장은 훌륭한 영웅이잖아요. 그러니까 어서 말해 봐요!"

"우리가 스피디를 직접 찾아 나설 방법은 없어, 도노반. 태양면에서는 태양 방열복을 입는다 해도 살인적인 태양 광선을 20분 이상 못 견뎌. 하지만 '로봇은 로봇으로 잡는다.'는 옛말이 있잖아. 상황이 그리 나쁘지 않을 수도 있어. 지하층에 로봇 여섯 대가 있으니까 그걸 사용하면 될 거야. 가동만 된다면, 가동만 된다면……."

놀란 도노반의 눈이 휘둥그레졌다.

"1차 탐험대가 가져온 로봇 여섯 대 말이에요? 진심이에요? 그건 로봇이라고 할 수도 없는 고물이에요. 대장도 알다시피 로봇 개발에서 지난 10년은 엄청난 시간이라고요."

"그래도 로봇은 로봇이야. 하루 종일 살펴봐서 잘 알아. 양전자 두뇌도 들어 있어. 원시적이긴 하지만."

파웰이 지도를 주머니에 넣으며 덧붙였다.

"자, 밑으로 내려가자고."

로봇은 제일 아래 지하층에, 정체불명의 내용물이 가득한 케케묵은 상자에 둘러싸여 있었다. 덩치가 굉장히 컸는데, 다리를 쭉 편 채 바닥에 앉아 있는데도 머리까지 높이가 2미터나 되었다.

도노반이 휘파람을 불었다.

"크기 좀 보세요. 가슴둘레가 3미터는 되겠어요."

"낡은 맥구피 기어를 장착해서 그래. 내부를 검사해 봤거든. 다 처음 보는 구형 부품들이야."

"아직 전력을 공급하지 않았나요?"

"그래. 그럴 이유가 없으니까. 하지만 무슨 문제가 있는 것 같지는 않아. 진동판도 정상이니까 말도 할 거야."

파월은 로봇에게 생명을 불어넣기 위해 제일 가까이 있는 로봇의 가슴판을 드라이버로 연 다음 극소량의 원자 에너지가 들어있는 5센티미터 크기의 동그란 전지를 넣었다. 제대로 끼우는 게 어려웠지만 가까스로 작업을 마친 다음 드라이버를 힘들게 돌려

가슴판을 닫았다. 파웰은 다른 다섯 대에도 똑같이 조치를 취했다. 10년 전에는 최신식 모델을 조종하는 원격 조종기가 없었다.

도노반이 불안한 얼굴로 말했다.

"하나도 안 움직이잖아요."

"아직 움직이란 명령을 내리지 않았잖아."

파웰은 간단히 대답하고는 맨 앞에 있는 로봇에게 다가가 가슴을 때리며 물었다.

"너! 내 말 들려?"

그러자 괴물이 머리를 천천히 숙이고 두 눈을 파웰에게 고정시키더니 끽끽거리는 목소리로 대답했다. 마치 골동품 축음기가 돌아가는 소리 같았다.

"네, 주인님!"

파웰은 도노반을 보며 빙그레 웃었다.

"이제 알겠어? 말하는 로봇을 처음 만들었던 시대에 지구에서는 로봇을 사용하지 못하게 한 시기가 있었어. 제조업자들은 그 정책에 대응하기 위해 로봇을 말 잘 듣는 착하고 건강한 노예로 만든 거야."

"하지만 별 소용이 없었지요."

도노반이 중얼거렸다.

"그래, 소용없었지. 그래도 노력은 했어."

파웰은 또다시 로봇을 바라보며 명령했다.

"일어나!"

커다란 로봇이 천천히 일어났다. 도노반은 머리를 쭉 빼고 입술을 오므려 휘파람을 불었다.
파웰이 물었다.
"지표면으로 나갈 수 있나? 태양이 비치는 곳으로!"
로봇은 두뇌를 천천히 가동하며 잠시 생각하더니 대답했다.
"네, 주인님!"
"좋아. 1킬로미터가 뭔지 아나?"
로봇은 또 잠시 생각하더니 천천히 대답했다.
"네, 주인님!"
"그럼 너를 지표면으로 데려가 지시를 내리겠다. 20킬로미터쯤 가면 어딘가 너보다 훨씬 작은 로봇이 있을 거다. 무슨 말인지 알겠나?"
"네, 주인님!"
"그 로봇을 찾아내서 돌아오라고 명령해. 만일 명령을 안 들으면 강제로 데려오고."
도노반이 파웰의 소매를 잡았다.
"셀레늄을 직접 구해 오라고 하지 그러세요?"
"스피디를 데려오고 싶어서 그래. 그놈이 왜 그러는지 알고 싶어."
파웰이 로봇에게 명령했다.
"좋아. 나를 따라와."
하지만 로봇은 꿈쩍도 안 하고 거친 목소리로 대답했다.
"미안합니다, 주인님. 그럴 수 없습니다. 주인님이 먼저 올라타야 합니다."

로봇이 철컥 소리를 내며 두 손으로 깍지를 끼어 앞으로 내밀었다. 파웰은 무슨 뜻이냐는 표정으로 로봇을 가만히 바라보며 콧수염을 쓰다듬었다.

"뭐?…… 아!"

도노반의 두 눈이 불룩해졌다.

"올라타야 해요? 말처럼?"

"그런 것 같아. 하지만 이유는 모르겠어. 왜 그럴까? 아, 알겠다. 아까 말했듯이 당시엔 로봇이 안전하다는 걸 증명하는 게 아주 중요했어. 그래서 사람이 타고 있을 때만 움직이게 한 거야. 이제 어떻게 하지?"

파웰이 묻자 도노반이 중얼거렸다.

"지금 생각하는 중이에요. 우린 지표면으로 못 나가요. 로봇이 있든 없든. 이런, 제길!"

그러더니 뭔가 생각난 듯 손가락을 두 번 튕기고는 환한 얼굴로 말했다.

"지도 좀 주세요. 두 시간 동안 살펴본 게 헛수고는 아니었어요. 여긴 광산 기지예요. 그렇다면 터널이 있을 거예요!"

지도에는 광산 기지가 검은 원으로 표시되어 있고, 엷은 점선으로 표시된 터널이 거미줄처럼 사방으로 뻗어 있었다.

도노반은 지도 맨 아래에 있는 기호 목록을 살펴보더니 말했다.

"보세요, 여기 조그만 검은 점이 지표면으로 나가는 통로예요. 셀레늄 웅덩이 광산에서 5킬로미터 떨어져 있을 거예요. 여기 숫자가 써 있네요. 13a. 이 로봇이 이쪽으로 나가는 길을 안다면······."

파웰이 짧게 질문을 던지자 로봇은 만족스럽다는 듯 둔한 목소리로 대답했다.

"네, 주인님! 태양 방열복을 입으십시오."

두 사람 모두 태양 방열복을 입는 건 처음이었다. 이곳에 도착하기 하루 전만 해도 전혀 예상하지 못한 상황이었다. 두 사람은 방열복을 입고 팔다리를 움직여 보았다.

태양 방열복은 일반 우주복보다 훨씬 크고 흉했지만 상당히 가벼웠다. 모두 비금속으로 만들어서 그런 것 같았다. 방열 플라스틱에 화학 처리를 한 코르크를 입히고, 공기에 타지 않도록 건조한 단열재를 부착했다. 태양 방열복을 입으면 수성의 제일 뜨거운 태양열을 20분 정도 견딜 수 있다.

파웰이 흉물스런 모습으로 변했는데도 로봇은 전혀 놀라는 기색 없이 두 손으로 발판을 만든 채 가만히 있었다.

거칠게 변한 파웰의 목소리가 전파를 타고 울려 나왔다.

"우리를 13a 출구로 데려갈 준비가 되었나?"

"네, 주인님!"

파웰은 그런대로 만족스러웠다. 원격 조종 기능은 없지만 그래도 무선 수신기는 장착되어 있었다.

"자네도 아무 로봇에나 올라타게, 도노반."

파웰은 임시 발판에 한 발을 올려놓고 위로 몸을 날렸다. 좌석은 편안했다. 로봇 목에 동그란 자리가 있는데, 의도적으로 만들어 놓은 듯 넓적다리에 맞게 양쪽 어깨가 살짝 파였으며, 길게 삐져나온 두 '귀'도 쓰임새가 분명해 보였다.

"안내해!"

파웰이 로봇의 두 귀를 잡고 머리를 틀면서 말했다. 로봇은 육중하게 방향을 돌렸다.

거대한 로봇이 기계답게 정확히, 하지만 천천히 움직였다. 문을 지날 때는 머리가 아슬아슬하게 닿을락 말락 해서 두 사람은 얼른 머리를 숙여야 했다. 로봇은 좁은 통로를 따라 계속 나아갔다. 천천히 걷는 단조로운 소리가 외부와 차단된 감압실로 울려 퍼졌다.

파웰은 한 방향으로 길게 쭉 뻗은 공기 없는 터널을 바라보았다. 첫 번째 탐사대가 모든 게 부족한 상황에서 조잡한 로봇만 가지고 이루어 낸 훌륭한 업적에 저절로 감탄이 나왔다. 비록 실패는 했지만 태양계의 여느 행성에서 이루어 낸 성공 이상으로 훌륭한 업적이었다.

로봇은 계속 위쪽으로 걸어갔다. 속도는 한 번도 달라지지 않았고, 보폭도 똑같았다.

파웰이 말했다.

"터널이 밝고, 기온도 지구 평균 온도로군. 지난 10년 동안 아무도 없었는데도 계속 이랬을 거야."

"어떻게 그럴 수 있죠?"

"싼 에너지 때문이지. 태양계에서 가장 값싼 에너지인 태양열 말이야. 특히 수성 태양면의 태양열은 정말 대단하지. 그늘진 산

악 지대 대신 태양열이 가장 뜨거운 여기에다 기지를 건설한 것도 바로 그 때문이야. 이곳 자체가 거대한 에너지 변환기거든. 태양열이 전기와 빛과 기계 에너지로 바뀌는 거야. 그래서 에너지를 계속 공급하기 때문에 기지 전체가 동시에 처리 과정을 거치면서 시원해지는 거지."

도노반이 말했다.

"대장, 너무 교육적인 말만 하지 말고 주제 좀 바꾸는 게 어때요? 지금 대장이 말한 에너지 변환이라는 게 주로 광전지 저장소에서 일어난다는 사실, 그거야말로 지금 가장 중요한 주제일 테니까요."

파웰은 도노반의 말이 못마땅한지 대답을 하지 않았다. 잠시 후 도노반이 침묵을 깨고 또 다른 이야기를 던졌다.

"그런데 대장, 도대체 스피디한테 무슨 문제가 생긴 걸까요? 도무지 이해할 수가 없어요."

태양 방열복을 입어 어깨를 으쓱하기가 쉽지 않았지만, 파웰은 그러려고 애쓰면서 대답했다.

"나도 몰라. 도노반, 자네도 알다시피 스피디는 수성 환경에 완벽하게 적응하도록 제작되었어. 태양열은 스피디에게 아무 문제도 안 되고, 약한 중력과 부서진 지표면에도 쉽게 적응할 수 있지. 바이러스가 침투할 염려도 없고……. 내가 알기론 그래."

침묵이 흘렀다. 이번에는 꽤 오래갔다.

침묵을 깬 건 로봇이었다.

"주인님, 다 왔습니다."

"응?"

졸고 있던 파웰이 정신을 번쩍 차리며 말했다.

"그래, 밖으로 나가. 지표면으로."

그들은 작은 부속 기지에 들어섰다. 공기도 없고, 파손된 채 텅 비어 있는 곳이었다. 주머니에 있던 손전등으로 윗벽의 울퉁불퉁한 구멍을 살피던 도노반이 물었다.

"운석이죠?"

파웰이 어깨를 으쓱했다.

"그런 게 지금 무슨 상관이야. 자, 계속 가자고."

검은 현무암 바위로 된 높은 절벽이 햇볕을 막아 주고 있고, 공기 없는 세상의 깊은 그늘이 주변을 에워쌌다. 그늘이 앞으로 길게 뻗어 나가다가 칼날처럼 갑자기 끝나자 흰 햇살이 활활 타오르는 불길처럼 펼쳐졌다. 그리고 울퉁불퉁한 지표면 여기저기에 무수하게 널려 있는 수정이 밝은 빛을 내고 있었다.

도노반이 감탄을 터뜨렸다.

"우와! 꼭 눈 같아요."

정말 그랬다. 파웰은 수성의 울퉁불퉁하고 눈부신 지표면을 지평선까지 훑어보다가 너무 눈이 부셔서 눈살을 찌푸리며 말했다.

"수성 대부분은 태양 반사율이 낮기 때문에 거의 모든 지표면이 회색 경석으로 이루어져 있거든. 달과 비슷한 토질이지. 아름답지 않아?"

파웰은 햇빛 차단 기능이 있는 보안경이 너무 고마웠다. 보안경 없이 보면 훨씬 더 아름답긴 하겠지만 30초도 안 돼 눈이 멀어 버릴 터였다.

도노반은 팔목에 걸린 스프링 온도계를 바라보다 순간 기겁을 했다.

"맙소사, 80도예요!"

파웰도 자신의 온도계를 확인하고 말했다.

"으흠, 약간 높군. 대기권이 있어."

"수성에요? 정신 나갔어요?"

"수성에 공기가 전혀 없는 건 아니야."

파웰이 무덤덤하게 설명했다. 그러고는 망원경을 보안경에 대고 거리를 맞추기 시작했다. 태양 방열복 때문에 손가락을 움직이기가 힘들었다.

"이곳 지표면에 증기가 엷게 달라붙어 있어. 폭발성이 아주 강한 화학 성분인데 무게 때문에 수성의 중력에 달라붙은 거야. 자네도 알다시피 그 성분은 셀레늄, 요오드, 수은, 갈륨, 칼륨, 포타

슘, 창연, 휘발성 산화물 등이지. 증기가 그늘로 몰려들어 응축되면서 열을 내뿜고 있어. 일종의 거대한 열 변환기인 셈이야. 맨손으로 만져 보면 절벽 표면에 유황이나 수은 방울이 가득 덮여 있는 걸 알 수 있을 거야. 하지만 괜찮아. 방열복 덕분에 80도쯤은 충분히 견딜 수 있으니까."

망원경을 조절하며 바라보는 파웰의 모습이 마치 눈을 길게 빼고 있는 달팽이 같았다.

도노반이 잔뜩 긴장하며 바라보았다.

"뭐가 보여요?"

파웰은 깊이 생각에 잠긴 듯 아무 대답도 하지 않다가 마침내 걱정스럽게 말을 꺼냈다.

"지평선에 검은 점이 하나 있어. 셀레늄 웅덩이일 거야. 지도에 적힌 그 자리야. 그런데 스피디가 보이질 않아."

파웰은 불안한 자세로 로봇 어깨 위에 올라섰다. 시야를 좀 더 확보하기 위해서였다. 파웰은 다리를 넓게 벌리고 두 눈에 힘을 준 채 말했다.

"내 생각에…… 내 생각에, 그래, 저건 스피디가 분명해. 지금 이쪽으로 오고 있어."

도노반은 파웰이 손가락으로 가리키는 곳을 바라보았다. 망원경은 없었지만 조그맣게 움직이는 점 하나가 보였다. 수정이 널려 있는 지표면의 눈부시게 환한 빛을 배경으로 검게 보이는 점이었다. 도노반이 소리쳤다.

"네, 보여요! 자, 쫓아가자고요!"

파웰이 훌쩍 뛰어내려 다시 자리에 앉았다. 그러고는 한 손으로 거인 로봇의 가슴을 쿵 치며 말했다.

"자, 가자!"

"이랴, 이랴!"

도노반이 박차를 가하듯 뒤꿈치로 로봇을 차며 소리쳤다.

로봇은 공기가 없는 곳을 규칙적으로 쿵쿵 걸어갔다. 발걸음 소리는 들리지 않았다. 비금속 직물로 제작한 태양 방열복은 소리를 전달하지 않기 때문이었다. 하지만 규칙적으로 흔들렸기 때문에 실제로 귀에 들리는 것 같은 착각이 들기도 했다.

"더 빨리!"

도노반이 소리쳤지만 속도는 빨라지지 않았다. 파웰이 소리쳤다.

"소용없어. 이 고물 덩어리는 기어가 하나라서 속도 변환이 안 돼. 설마 속도 조절 장치가 있을 거라고 생각한 건 아니겠지?"

그늘을 다 지나가자 새하얀 태양열이 사방에서 물밀듯 밀려들었다. 도노반은 무의식적으로 고개를 숙이며 소리쳤다.

"어이쿠! 진짜 이렇게 뜨거운 거예요, 아니면 느낌만 이런 거예요?"

"이제 더 뜨거워질 거야. 스피디를 계속 지켜봐."

파웰이 냉정하게 대답했다.

이제 로봇 SPD 13호가 자세히 보일 정도로 가까워졌다. 로봇의 우아하고 세련된 몸체가 눈부시게 흰 빛을 반사하며 험한 지표면을 가뿐히 달려오고 있었다. 스피디는 모델명인 SPD에서 따온 이름인데, 정말 능력에 딱 어울리는 이름이었다. SPD 모델은 'U.S.로보틱스'에서 제작한 가장 빠른 모델이기 때문이다.

"야, 스피디!"

도노반이 손을 열심히 흔들며 로봇을 불렀다.

"스피디! 이리 와!"

파웰도 소리쳤다.

두 인간과 심부름 로봇 사이의 거리가 금세 좁혀지고 있었다. 파웰과 도노반이 올라탄 고물 로봇의 느린 걸음 때문이 아니라 스피디의 빠른 걸음 덕분이었다.

가까이 다가가자 스피디의 빠른 보폭이 이상하게 비틀거리는 것을 한눈에 알아볼 수 있었다. 스피디는 눈에 띄게 양옆으로 비틀거리고 있었다. 파웰이 소형 무선 송신기의 음량을 최대한 끌어올린 후 다시 소리치면서 손을 흔들었다. 스피디가 고개를 들어 바라보았다.

스피디는 절름거리면서 멈추더니 한동안 가만히 서 있었다. 이리저리 기우뚱거리는 모습이 마치 산들바람에 흔들리는 것처럼 보였다.

파웰이 소리쳤다.

"괜찮아, 스피디. 이리 와."

그러자 파웰의 이어폰에 스피디의 목소리가 처음으로 울렸다.

"어이, 같이 놀자. 너는 나를 잡고, 나는 너를 잡고. 그 어떤 사랑도 우리 칼을 둘로 나눌 순 없어. 나는 작은 미나리아재비, 귀

엽고 작은 미나리아재비. 어이쿠!"

스피디가 휙 돌아서더니 뜨거운 지표면에 바람을 일으키며 자신이 왔던 방향으로 쏜살같이 달려갔다. 그렇게 멀리 도망치면서 마지막으로 내뱉었다.

"커다란 떡갈나무 밑에 작은 꽃 한 송이가 피어나네."

그런 뒤에 '끼륵' 하고 이상한 금속성 소리가 들렸다. 로봇이 딸꾹질이라도 하는 것 같은 소리였다.

도노반이 힘없이 말했다.

"저놈이 길버트와 설리번이 쓴 글을 어디서 읽었지? 대장, 혹시…… 저놈이 술에 취한 건 아닐까요?"

파웰이 씁쓸한 어투로 대답했다.

"말도 안 되는 소리 그만 하고 빨리 절벽으로 돌아가지. 몸이 익는 것 같아."

절망적인 정적을 깨며 파웰이 말을 이었다.

"스피디는 절대 취할 수 없어. 스피디는 로봇이고, 로봇은 취하지 않거든. 취한 것처럼 보이는 건 뭔가 큰 문제가 있다는 뜻이야."

도노반이 강하게 반박했다.

"제가 보기엔 취했어요. 그리고 제가 확실히 아는 건 스피디가 지금 우리와 시합을 하는 줄 안다는 거예요. 우린 살아남느냐 끔찍하게 죽느냐 하는 갈림길에 서 있는데 말이에요."

"알았어, 재촉하지 마. 로봇은 로봇일 뿐이야. 일단 스피디에게 무슨 문제가 있는지 보자고. 문제만 찾아내면 쉽게 해결할 수 있을 거야."

"그럴 수만 있다면야."

도노반이 비꼬는 투로 말했다. 파웰은 도노반의 말을 무시했다.

"스피디는 수성의 일반 환경에 아주 적합한 능력을 갖고 있어. 하지만 이 지역은……."

파웰이 한 팔을 저으며 넓은 지역을 가리켰다.

"이 지역은 아주 독특한 곳이야. 수수께끼를 풀 실마리는 바로 여기 있어. 자, 저 수정은 모두 어디서 생겨난 걸까? 액체가 천천히 식으면서 생겨났을 거야. 그렇다면 수성의 태양열에 식을 정도로 뜨거운 액체는 또 어디서 생겨나는 걸까?"

"화산 활동."

도노반이 말했다. 즉시 파웰의 몸이 굳었다.

"신생 화산구에서 나오겠지."

파웰은 이상한 목소리로 나직이 말하고는 잠시 침묵한 다음 입을 열었다.

"그런데 도노반, 스피디에게 셀레늄을 구해 오라고 할 때 뭐라고 말했지?"

도노반은 기억을 더듬었다.

"글쎄요, 잘 모르겠어요. 그냥 가서 셀레늄을 구해 오라고 했어요."

"그건 나도 알아. 하지만 어떻게 구해 오라고 했지? 구체적으로 무슨 말을 했는지 정확히 기억해 봐."

"제가 말한 건…… 음…… 제가 한 말은 '스피디, 셀레늄이 필요해. 이런저런 곳에 가면 셀레늄이 있을 거야. 가서 구해 와.' 이게 전부예요. 그럼 된 거 아닌가요?"

"긴급한 상황을 느끼게끔 명령하지 않았어. 맞지?"

"뭐 하러 그래요? 아주 간단한 일인데요."

파웰이 한숨을 쉬었다.

"그래, 이젠 어쩔 수 없으니까. 하지만 아주 곤란해지고 말았어."

로봇에서 내려와 있던 파웰이 절벽에 등을 기대고 앉았다. 도노반은 그 옆에 앉아 파웰의 팔을 잡았다. 멀리서 타오르는 태양열은 두 사람을 공격할 기회만 엿보는 것 같았다. 바로 옆에는 거대한 로봇 두 대가 조용히 서서 희미하게 빛나는 빨간 광전지 눈동자로 두 사람을 내려다보고 있었다. 깜빡이지도 흔들리지도 않는, 아무 생각도 없는 눈빛이었다.

아무 생각도 없는 눈빛이라니! 사방에 위험이 널려 있는 수성에서, 불길한 느낌이 가득한 이곳에서!

파웰의 무선 목소리가 도노반의 귀를 파고들었다.

"이봐, 로봇공학의 3원칙부터 시작해 보자고. 로봇의 양전자 두뇌 깊숙이 심어 놓은 세 가지 원칙 말이야."

장갑을 낀 파웰은 사방이 어두운 곳에서 손가락을 하나씩 꼽았다.

"제1원칙, 로봇은 인간에게 해를 입혀서는 안 된다. 그리고 위험에 처한 인간을 모른 척해서도 안 된다."

"맞아요!"

"제2원칙, 제1원칙에 위배되지 않는 한, 로봇은 인간의 명령에 복종해야 한다.”

"맞아요!"

"제3원칙, 제1원칙과 제2원칙에 위배되지 않는 한, 로봇은 로봇 자신을 지켜야 한다."

"맞아요! 그런데 그게 왜요?"

"바로 여기서 문제가 발생한 거야. 세 가지 원칙 사이에서 충돌이 일어나면 두뇌에 들어 있는 서로 다른 회로가 그것을 해결해야 해. 가령 어떤 로봇이 위험한 곳으로 다가가다가 그곳이 위험하단 사실을 깨달았다고 쳐. 그럼 제3원칙이 이 로봇을 돌아서게 만드는 거야. 이번엔 인간이 그런 위험 속으로 들어가라고 명령했다고 해 보자. 그러면 제2원칙이 다른 것보다 강하게 올라가기 때문에 모든 위험을 무릅쓰고 명령을 따르겠지."

"으흠, 그건 저도 알아요. 그런데 그게 어떻다는 거예요?"

"스피디는 최신 모델이야. 전문 능력이 탁월하고, 제작비가 전함 한 척 만드는 비용만큼이나 비싸. 쉽게 파괴돼선 안 되는 물건이지."

"그래서요?"

"그래서 제3원칙이 강하게 주입된 거야. SPD 모델 사전 숙지 사항에도 특별히 이 내용이 들어 있어. 그래서 스피디는 위험 회피 능력이 유별나게 강해. 그런데 자네는 스피디에게 셀레늄을 구해 오라고 보내면서 특별히 강조하지 않고 평범하게 명령했어. 그래서 제2원칙 비율이 약하게 구성된 거야. 일단 들어 봐. 지금 구체적인 사실만 말하는 거니까."

"좋아요, 계속하세요. 무슨 말인지 알 것 같아요."

"그래, 이제 어떻게 된 건지 알겠지? 셀레늄 웅덩이 한가운데 뭔가 위험한 요소가 있어. 스피디가 접근할수록 위험이 증가하기 때문에 일정 거리까지 다가서면 애초부터 유별나게 높이 책정된 제3원칙이 애초에 낮게 책정된 제2원칙 수준까지 올라오는 거야."

도노반이 흥분하며 벌떡 일어섰다.

"그래서 평형 상태가 되는 거군요. 알겠어요. 제3원칙은 스피디를 도망치게 만들고, 제2원칙은 앞으로 나아가게 만들고……."

"그래서 셀레늄 웅덩이 주변을 맴도는 거지. 두 원칙의 평형 상태를 중심으로 말이야. 그러니까 우리가 뭔가 조치를 내리지 않으면 스피디는 영원히 웅덩이를 맴돌면서 우리와 술래잡기를 할 거라고."

파웰이 좀 더 깊이 생각하는 표정으로 덧붙였다.

"스피디가 취한 것처럼 보이는 것도 그 때문이야. 평형 상태에서는 스피디의 양전자 두뇌 경로 절반이 정상에서 벗어나기 때문에 술에 취해 통제력을 잃은 것처럼 보이는 거지. 로봇 전문가는 아니지만 아마 정확할 거야. 와, 정말 대단한 로봇이군."

"그렇다면 위험한 건 뭘까요? 스피디가 왜 도망치려고 하는지 파악하면……."

"자네가 말했잖아. 화산 활동. 셀레늄 웅덩이 바로 위 어딘가에서 수성 내부에 있는 가스가 흘러나오는 거야. 이산화황, 이산화탄소, 그리고 일산화탄소. 아주 많겠지. 게다가 온도까지 이렇게 뜨거우니."

도노반이 침을 꿀꺽 삼켰다.
"일산화탄소는 쇠를 녹여요!"
"로봇은 기본적으로 쇠지."
파웰은 짧게 덧붙이고 나서 계속 말을 이었다.
"연역법을 쓰는 거야. 이제 문제를 파악했으니까 해결책만 찾으면 되는 거지. 셀레늄을 우리가 직접 구할 수는 없어. 로봇들만 가지는 않으니까 이 로봇을 보낼 수도 없지. 속도가 너무 느려서 우리가 올라타면 숯덩이가 될 거고. 우리가 스피디를 잡는 것도 불가능해. 저 멍청한 놈은 우리가 노는 거라고 착각해서, 우리가 1킬로미터 접근하는 동안 10킬로미터는 도망칠 테니까 말이야."
"우리 가운데 한 명이 갔다가 숯이 돼서 돌아온다 해도 한 명은 남을 수 있겠지요."
도노반이 주저하며 입을 열자 파웰이 빈정거리며 대답했다.
"그래, 너무나 고귀한 희생이겠지. 웅덩이에 도달하기도 전에 명령도 내릴 수 없는 상태가 될 거고, 로봇은 명령 없이는 절벽으로 돌아오지 않을 거란 사실만 빼면 말이야. 생각해 봐! 웅덩이는 3~4킬로미터 거리야. 그래, 3킬로미터라고 해 보자고. 로봇은 한 시간에 6킬로미터를 걷는데 우리가 입은 태양 방열복은 20분밖에 못 버텨. 열기 말고도 문제는 많아. 이 지역의 자외선은 극약이거든."
"음, 10분이 부족하군요."
"영원히 극복할 수 없는 시간이지. 그리고 또 하나, 제3원칙이 스피디의 임무를 중단시킬 정도가 되려면 대기권에 일산화탄소가 아주 많아야 해. 그러니까 부식 활동이 이미 상당히 진행됐을 거야. 벌써 몇 시간 동안 저러고 있으니 무릎 관절이 부서져서 언제 쓰러질지 모를 일이지. 이건 생각만 한다고 해결되는 문제가 아니야. 지금 당장 방법을 찾아야 해!"

답답하고 갑갑하고 어둡고 우울한 침묵!

도노반이 냉정을 잃지 않으려고 애쓰면서 떨리는 목소리로 침묵을 깨뜨렸다.

"명령을 추가로 내려서 제2원칙을 끌어올릴 수 없다면 정반대 방법으로 나가는 건 어때요? 위험을 증가시키면 제3원칙이 강해져서 이쪽으로 돌아오지 않겠어요?"

파웰의 보안경이 상대를 쳐다보며 무언의 질문을 던졌다. 도노반은 조심스럽게 설명했다.

"스피디가 있는 곳에 일산화탄소 농도를 증가시켜서 저렇게 맴돌지 못하게 만드는 거예요. 기지에 가면 분석 실험실이 있거든요."

"그렇겠군. 광산 기지니까."

파웰이 인정했다.

"그래요. 거기 가면 칼슘 침전용 옥살산이 많이 있을 거예요."

"그래! 도노반, 자네는 천재야."

파웰이 감탄했다. 도노반은 겸손하게 받아들였다.

"아무것도 아니에요. 옥살산에 열을 가하면 이산화탄소와 물, 일산화탄소로 분해된다는 사실이 떠오른 것뿐이에요. 대학 화학 시간에 배우는 거 말이에요."

파웰이 벌떡 일어나더니 기계의 넓적다리를 툭 쳐 거인 로봇의 관심을 끌면서 소리쳤다.

"이봐, 던질 수 있겠어?"

"주인님을요?"

"아니, 아니."

파웰은 둔하게 움직이는 로봇의 두뇌가 저주스러웠다. 벽돌 크기만 한 울퉁불퉁한 돌멩이 하나를 집어 들고 로봇에게 말했다.

"이걸로 저기 갈라진 틈새 너머에 있는 파란 수정 조각을 맞혀 봐. 저거 보이지?"

도노반이 파웰의 어깨를 끌어당겼다.

"너무 멀어요, 대장. 거의 7백 미터나 돼요."

"잠자코 있어. 수성의 중력도 있고, 강철로 만든 팔도 있잖아. 지켜보라고. 알겠지?"

로봇이 정확한 입체 영상으로 거리를 측정했다. 그러고는 한 팔을 돌 무게에 적응시키면서 뒤로 올렸다. 어두워서 동작은 보이지 않았지만 로봇이 중심을 뒤로 이동하자 갑자기 쿵 소리가 났다. 동시에 돌멩이가 어둠을 뚫고 뙤약볕으로 날아갔다. 속도를 떨어뜨리는 공기 저항도 없고 방향을 바꾸는 바람도 없었다. 돌멩이가 땅바닥을 때리는가 싶더니 '파란 수정 조각' 한가운데를 정확히 맞히자 수정이 튀었다.

파웰이 기뻐 소리를 질렀다.

"이제 옥살산을 가지러 가자고, 도노반."

두 사람은 터널로 돌아가기 위해 황폐해진 작은 기지로 들어섰다. 도노반이 말했다.

"아까부터 스피디가 우리가 있는 셀레늄 웅덩이 쪽에서 계속 어슬렁거리던데 대장도 보셨어요?"

"봤어."

"우리랑 놀려는 것 같으니까 어디 한번 놀아 보자고요."

몇 시간 후, 두 사람은 흰 화학 물질이 들어 있는 3리터들이 유리병 두 개를 들고 찡그린 얼굴로 돌아왔다. 광전지 저장소가 예상보다 빠른 속도로 파괴되고 있었다. 두 사람은 스피디가 기다리고 있는 햇볕을 향해 신중하게 로봇을 몰았다.

스피디가 빠른 걸음으로 다가왔다.

"또 만났군요. 야호! 몇 가지 목록을 만들었어요. 피아노 연주자. 사람들이 모두 페퍼민트를 먹고 나서 당신 얼굴에 '하' 하고 입김을 내뿜을 거예요."

"우리도 네 얼굴에 뿜을 게 있어."

도노반이 중얼거리듯 덧붙였다.

"스피디가 다리를 절어요, 대장."

"나도 봤어. 서두르지 않으면 일산화탄소가 놈을 완전히 녹여 버릴 거야."

파웰이 걱정스럽게 말했다.

두 사람은 이성을 완전히 잃어버린 로봇이 도망치지 않게 옆걸음질로 조심스럽게 접근했다. 머리가 돌아 버린 스피디는 파웰이 가까이 접근하기도 전에, 그리고 뭐라고 말을 하기도 전에 도망칠 준비를 갖추었다. 파웰은 숨 가쁘게 소리쳤다.

"셋에 던져! 하나— 둘—."

쇠로 만든 팔 두 개가 뒤로 젖혀졌다가 동시에 앞으로 뻗어 갔다. 유리병 두 개가 평행선을 그리면서 강렬한 태양빛에 다이아몬드처럼 반짝이며 높이 날아가 스피디 뒤쪽에 퍽 하고 떨어졌다. 옥살산이 먼지처럼 흩날렸다. 수성의 끔찍한 태양열 때문에 옥살산이 한순간에 소다수처럼 끓어오를 터였다.

스피디는 돌아서서 쳐다보더니 천천히 뒤로 물러나면서 점점 속도를 높였다. 그리고 15초 후에는 기우뚱거리며 두 사람을 향해 곧장 달려왔다.

파웰은 스피디가 한 말을 자세히 듣진 못했지만 이런 소리를 하는 것 같았다.

"독일어로 속삭이는 아름다운 연인이여."

파웰은 고개를 돌렸다.

"절벽으로 돌아가, 도노반. 더 이상 맴돌지 않게 됐으니까 이젠 우리 말을 들을 거야. 여긴 너무 뜨거워."

두 사람은 느릿느릿 걸어가는 거인 로봇을 몰고 그늘로 갔다. 시원한 느낌이 상쾌하게 몰려들 즈음, 도노반이 뒤를 돌아보며 외쳤다.

"대장!"

그쪽을 바라보던 파웰은 하마터면 숨이 멎어 버릴 뻔했다. 스피디가 천천히, 아주 천천히 엉뚱한 방향으로 가고 있었기 때문이다. 스피디는 정처없이 떠돌면서 빙빙 돌던 궤적으로 돌아가는 중이었다. 점점 속도를 올리고 있었다. 망원경으로 보면 가깝게 보이지만 도저히 따라잡을 수 없는 먼 거리였다.

도노반이 "쫓아가!" 하고 부르짖으면서 로봇을 몰았다. 하지만 파웰이 멈춰 세웠다.

"잡을 수 없어, 도노반. 아무 소용 없어."

그는 너무나 무기력한 자기 모습에 절망감을 느꼈다.

"다 끝난 줄 알았는데 5초도 안 돼서 저러다니, 도대체 이유가 뭐야? 도노반, 우리가 시간만 낭비했어."

"옥살산이 더 필요해요. 집중력이 충분히 높지 않았어요."

도노반이 모호하게 말했다.

"옥살산 7톤을 퍼부어도 소용없을 거야. 게다가 그만한 양을 가져올 시간도 없어. 설사 가져온다 하더라도 일산화탄소 때문에 스피디가 다 녹아 버릴 거야. 왜 저러는지 모르겠어, 도노반?"

도노반이 퉁명스럽게 대답했다.

"네, 모르겠어요."

"우리가 새로운 평형 상태로 만들어 놔서 저러는 거야. 우리가 일산화탄소를 증가시켜서 제3원칙을 높여 놓으니까 다시 균형점에 도달할 때까지 뒤로 움직이다가 일산화탄소가 줄어드는 지점에서 다시 앞으로 가는 식으로 말이야."

파웰이 아주 비참해하면서 말을 이었다.

"다시 맴돌기 시작한 거지. 제2원칙을 밀고 제3원칙을 당길 순 있지만 이런 방식으론 아무 소용 없어. 평형 상태를 이루는 지점만 바뀔 뿐이야. 두 가지 원칙에서 완전히 벗어나야 해."

파웰은 로봇을 밀어 도노반이 올라타고 있는 로봇 가까이 가서 얼굴을 맞대고 앉았다. 두 사람은 어둑한 그늘 속에서 속삭였다.

"도노반!"

"이제 다 끝난 거예요? 그럼 기지로 돌아가서 저장소가 무너질 때까지 기다리다가 서로 악수를 한 다음 청산가리를 나눠 먹고 신사답게 끝내야겠군요."

도노반이 씩 웃었다. 하지만 파웰은 진지하게 도노반을 다시 불렀다.

"도노반, 스피디를 잡아야 해."

"저도 알아요."

"도노반, 제1원칙은 항상 존재해. 아까부터 생각한 게 있긴 한데 너무 절망적인 방법이라……."

파웰이 잠시 망설였다. 그러자 도노반이 활기차게 말했다.

"지금 우리가 처한 상황도 아주 절망적인데 뭘 그래요."

"좋아. 제1원칙에 의하면 로봇은 위험에 처한 인간을 모른 척할 수 없어. 제2, 제3원칙은 이 원칙에 대항할 수 없고. 어떤 상황에서든 말이지."

"하지만 저 로봇은 머리가 돌았잖아요. 완전히 취해서 말이에요."

"그건 운명에 맡겨야지."

"그만둬요. 어떻게 하려는 거예요?"

"지금 저쪽에 나가서 제1원칙이 어떻게 나타나는지 알아볼 거야. 그래도 평형 상태가 깨지지 않는다면, 그러면 제기랄, 어차피 지금 죽든 3~4일 후에 죽든 마찬가지니까."

"잠깐만요, 대장. 인간에겐 윤리적인 책임이라는 게 있다고요. 대장 혼자서 갈 순 없어요. 제비뽑기로 결정하죠. 저한테도 기회를 주세요."

"좋아. 14의 세제곱을 먼저 맞히는 사람이 가는 거야."

파웰이 말을 마치고는 곧장 대답했다.

"2744!"

도노반은 파웰의 로봇이 갑자기 미는 바람에 자신의 로봇이 비틀거리는 걸 느꼈다. 그와 동시에 파웰이 햇볕 속으로 들어갔다. 도노반은 소리를 치려다가 입을 다물었다. 파웰이 14의 세제곱을 먼저 대답한 건 맞기 때문이다. 너무도 파웰다운 행동이었다.

태양은 그 어느 때보다 뜨거웠다. 파웰은 미칠 듯이 등이 가렵기 시작했다. 단순한 상상일 수도 있고, 뜨거운 자외선이 태양 방열복을 꿰뚫고 있다는 증거일 수도 있었다.

스피디는 더 이상 엉뚱한 소리를 하지 않고 파웰을 가만히 바라보았다. 정말 다행이었다! 하지만 파웰은 걱정이 돼서 가까이 다가갈 수가 없었다.

270미터쯤 떨어진 거리에 다가가자 스피디가 한 번에 한 걸음씩 조심스럽게 물러나기 시작했다. 파웰은 멈출 수밖에 없었다. 파웰은 로봇 어깨에서 수정이 가득한 땅바닥으로 가볍게 뛰어내렸다.

파웰은 앞으로 걸어갔다. 바닥은 미끄럽고 중력이 약해서 걷기가 힘들었다. 발바닥에 열기가 느껴졌다. 파웰은 어둠이 뒤덮인 절벽 그늘을 돌아보고는 너무 멀리 나와 이제는 돌아갈 수도 없다는 사실을 깨달았다. 혼자서든 고물 로봇의 도움을 받아서든 돌아가기 어려운 건 마찬가지였다. 스피디가 아니면 죽음이란 생각을 하니 가슴이 답답했다.

이 정도면 충분히 나온 것 같아! 파웰은 멈춰 서서 로봇을 불렀다.

"스피디, 스피디!"

미끈한 최신형 로봇이 물러서다 말고 머뭇거리더니 다시 걸음을 뗐다.

파웰은 최대한 간청하듯 말하려고 했는데 일부러 그러지 않아도 저절로 그런 목소리가 흘러나왔다.

"스피디, 지금 당장 저 그늘로 돌아가지 않으면 태양 때문에 내가 죽을 거야. 사느냐 죽느냐 하는 문제야, 스피디. 네가 필요해. 도와줘."

스피디가 한 발짝 앞으로 나와 멈추더니 대답을 했다. 하지만 파웰의 입에선 신음만 흘러나왔다. 스피디의 대답은 이런 내용이었기 때문이다.

"머리가 너무 아파서 깨어나 누워 있을 때, 쉬는 방법은……."

스피디가 말끝을 길게 끌자 파웰은 조금 기다리다가 중얼거렸다.

"여자 아이, 아이올랜시."

살이 익는 것처럼 뜨거웠다! 눈 꼬리 너머로 뭔가 움직이는 물체가 보였다. 깜짝 놀라 그쪽을 쳐다보았다. 자신이 타고 온 흉측한 로봇이 다가오고 있었다. 아무도 안 태운 채 자신을 향해…….

"용서하세요, 주인님. 주인님이 안 탔을 때는 움직이면 안 되는 건 알지만 지금은 주인님이 위험해서요."

제1원칙이 언제나 가장 중요한 건 당연하다. 하지만 파웰은 지금 저 꼴사나운 로봇을 원하는 게 아니었다. 그가 바라는 건 스피디였다. 파웰은 뒤로 물러나며 필사적으로 소리쳤다.

"물러나, 명령이야! 제발 물러나라고!"

아무 소용이 없었다. 그 누구도 제1원칙을 이길 순 없었다. 로봇이 멍청하게 대답했다.

"생명이 위험합니다, 주인님."

파웰은 절망적으로 고물 로봇을 바라보았다. 하지만 뚜렷하게 볼 수가 없었다. 열기 때문에 머리가 어지러웠고, 들이마신 공기가 뜨거웠고, 주변이 다 부글부글 끓어올랐다.

파웰은 마지막 힘을 다해 필사적으로 소리쳤다.

"스피디! 내가 죽어 가잖아, 이 망할 놈아! 어디 있는 거야! 스피디, 살려 줘!"

파웰은 자신이 바라지 않는 거대한 로봇으로부터 멀어지려고 몸부림치면서 뒤쪽으로 비틀거렸다. 바로 그때 자신의 두 팔을 잡는 금속 손가락이 느껴졌다. 뒤이어 금속성 목소리가 귓가를 파고들었다. 기억나지 않는 꿈에서 막 깨어난 듯한 목소리였다.

"맙소사. 주인님, 여기서 지금 뭐 하고 계신 겁니까? 그런데 난

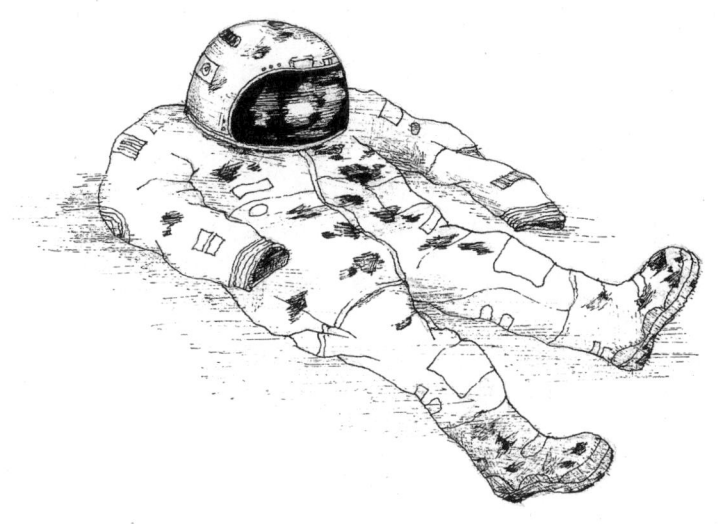

지금 뭘 하는 거지? 아, 정말 혼란스러워."

파웰이 나지막이 중얼거렸다.

"괜찮아. 나를 절벽 그늘로 데려가. 어서!"

파웰은 몸이 공중으로 들려 올라가 급히 움직이는 느낌, 그리고 열기가 뜨겁다는 느낌을 마지막으로 의식을 잃었다.

파웰이 깨어나자 도노반이 허리를 숙인 채 빙그레 웃으며 걱정스럽게 말했다.

"좀 어떠세요, 대장?"

"괜찮아! 스피디는 어디 있어?"

"저쪽에 있어요. 다른 셀레늄 웅덩이에 보냈는데 이번에는 무슨 일이 있더라도 셀레늄을 꼭 구해 오라고 명령했어요. 그랬더니 정확히 42분 3초 만에 셀레늄을 구해 왔어요. 시간을 쟀거든요. 스피디가 미안해 죽겠나 봐요. 대장이 뭐라고 할까 봐 옆으로 오지도 못하고 있어요."

"이리 데려와. 스피디 잘못이 아니잖아."

파웰은 손을 내밀어 스피디의 금속 손을 움켜잡고는 "괜찮아, 스피디." 하고 말했다. 그런 다음 다시 도노반을 바라보며 말끝을 흐렸다.

"도노반, 자네도 알겠지만……, 지금 막 생각이 났는데……."

"말해 봐요!"

파웰은 얼굴을 문질렀다. 시원한 공기가 아주 상쾌했다.

"으흠, 우리가 여기 일을 제대로 처리하고 스피디의 현장 테스트도 끝나면, 있잖아, 회사에서 이번엔 우릴 우주 기지로 파견하겠대……."

"말도 안 돼요!"

"우리가 떠나기 직전에 캘빈 할망구가 그렇게 말했어. 하지만 나는 아무 대답도 안 했어. 그런 발상 자체에 맞서 싸울 생각이었거든."

"맞서 싸워요? 어떻게……."

"그런데 말야, 이젠 괜찮을 것 같아. 영하 273도. 정말 재미있지 않겠어?"

파웰이 말하자 도노반이 소리쳤다.

"우주 기지여, 기다려라! 우리가 간다!"

큐티
_생각하는 로봇

　반년이 지났다. 거대한 태양으로 뜨겁게 이글거리던 화염은 부드럽게 펼쳐진 암흑으로 바뀌었다. 하지만 실험용 로봇의 다양한 기능을 기록하는 업무에서 외적인 환경 변화는 전혀 의미가 없었다. 주변 환경과는 상관없이, 수학 천재들이 이러저러한 기능을 할 거라고 예상한 수수께끼 같은 양전자 두뇌를 바로 옆에서 있는 그대로 관찰해야 했기 때문이다.

　그런데 로봇의 두뇌는 예상처럼 움직이지 않았다. 파웰과 도노반은 우주 기지에 온 지 2주도 안 돼 그 사실을 알게 되었다.

　"일주일 전에 도노반과 내가 널 조립한 거야."

　파웰은 천천히 강조하며 말했다. 그러고는 의심쩍은 눈초리로 이맛살을 찌푸리며 갈색 콧수염을 잡아당겼다.

　태양계 5호 우주 기지의 사무실은 조용했다. 저 밑 깊숙한 어디에선가 거대한 에너지 전송 장치가 부드럽게 그르렁거릴 뿐이었다.

　로봇 QT 1호는 자리에 앉은 채 움직이지 않았다. 광택이 나는 금속성 몸체가 형광등을 받아 번쩍거렸고, 빨갛게 반짝이는 광전지 눈동자는 탁자 건너에 있는 지구인에게 고정되어 있었다.

파웰은 갑자기 짜증이 났지만 꾹 참았다. 이 로봇은 특별한 두뇌를 가진 로봇이었다. 아, 물론 로봇공학 3원칙은 당연히 입력되어 있었다. 그건 의무였다. 로버트슨 사장은 물론 이제 막 입사한 청소부에 이르기까지 'U.S.로보틱스'의 전 직원은 이 원칙에 집착했다. 그러므로 QT 1호는 안전하다! 그렇지만 QT 모델은 지금까지와는 전혀 다른 로봇이며, QT 1호는 그중에서도 최초로 제작한 제품이었다. 게다가 종이에 갈겨쓴 수학적인 내용에 로봇의 모든 기능이 늘 정확히 적혀 있는 것도 아니었다.

마침내 로봇이 말했다. 금속 진동판 때문에 어쩔 수 없이 내는 차가운 소리였다.

"지금 한 말이 얼마나 심각한 내용인지 알고는 있나요, 파웰?"

"넌 누군가가 만든 거야, 큐티. 일주일 전까지 기억이 하나도 없다가 한꺼번에 갑자기 생겨난 것 같다고 네 입으로 말했잖아. 내가 설명할게. 도노반과 내가 수송된 부품을 조립해서 널 만든 거야."

큐티는 의혹에 싸인 인간처럼 자신의 기다랗고 유연한 손가락을 쳐다보더니 말했다.

"훨씬 더 만족스런 설명이 분명 있을 거예요. 당신이 나를 만들었다고 하는 주장은 사실이 아닌 것 같아요."

지구인은 폭소를 터뜨렸다.

"그건 또 왜 그런 거지?"

"직관이라고 해 두죠. 지금까지 파악한 건 이 정도예요. 하지만 앞으로 사실 관계를 논리적으로 파악할 생각이에요. 논리적으로 타당한 명제의 연결은 뚜렷한 진실로 나타날 수밖에 없으니까 그렇게 될 때까지 노력할 거예요."

파웰은 자리에서 일어나 로봇 옆에 있는 탁자 모서리로 가 앉았다. 갑자기 이 이상한 기계에 대한 동정심이 솟구쳤다. 큐티는 다른 로봇과는 완전히 달랐다. 하기야 우주 기지 관리라는 특별한 임무를 양전자 두뇌 깊숙이 새겨 넣었으니 그럴 수밖에 없을 것 같기도 했다. 파웰은 큐티의 금속 어깨에 손을 올렸다. 차갑고 단단한 금속성이 느껴졌다.

"큐티, 몇 가지 설명할 게 있어. 넌 자신의 존재에 대해 호기심을 보인 최초의 로봇이야. 나는 네가 바깥세상을 충분히 이해할 지능을 갖춘 최초의 로봇이라고 생각해. 자, 이리 따라와."

로봇은 똑바로 유연하게 일어나 스펀지 고무를 두껍게 댄 발바닥으로 발자국 소리도 내지 않고 파웰을 따라갔다. 지구인이 단추를 누르자 금속으로 된 정사각형 문이 열렸다. 그 안에서는 두껍고 투명한 유리창 너머로 우주의 풍경이 펼쳐지고 있었다. 별들이 반짝였다.

"기관실에 있는 관측창에서 본 적이 있어요."

큐티가 말하자 파웰이 물었다.

"나도 알아. 저게 뭘 것 같아?"

"보이는 그대로겠지요. 반짝이는 작은 점을 사방에 붙인 유리 건너편 검은 물질. 나는 우리 전송 장치가 저 점 가운데 일부에, 항상 똑같은 점에 에너지 빔을 보낸다는 사실을 알아요. 그 점이 움직이면 에너지 빔까지 함께 움직인다는 사실도요. 그게 전부예요."

"훌륭해! 이제 내 말을 잘 듣도록 해. 검은 곳은 텅 빈 곳이야. 무한하게 뻗어 나간 광활한 공간. 반짝이는 저 조그만 점 하나하나는 에너지가 가득한 거대한 물질이야. 모두 공처럼 동그란 모양인데, 어떤 건 지름이 수억 킬로미터나 되지. 참고로 알려 주겠는데, 이 기지는 지름이 1킬로미터에 불과해. 저것들은 굉장히 멀리 떨어져 있기 때문에 저렇게 조그맣게 보이는 거야. 그리고 우리가 에너지 빔을 보내는 점 몇 개는 거리가 비교적 가깝고, 크기도 훨씬 작고, 차갑고, 단단해. 나 같은 인간이 그 표면에서 살지. 수십억에 달하는 인간이 말이야. 우린 그런 세계 중 한 곳에서 왔어. 우리 에너지 빔은 열을 내뿜는 거대한 행성 가운데 한 곳에서 끌어당긴 에너지를 저 세계에 전달하는 거야. 우리는 그 행성을 태양이라고 부르는데, 기지 반대쪽에 있기 때문에 네 눈에는 보이지 않아."

큐티는 금속 조각상처럼 관측창 앞에 가만히 서 있었다. 큐티는 고개도 돌리지 않고 말했다.

"당신이 왔다고 하는 밝은 점은 어디 있어요?"

파웰이 대답했다.

"저기 있군. 구석에 있는 아주 밝은 점 말이야. 우린 저걸 지구라고 불러."

파웰이 빙그레 웃었다.

"정겨운 지구. 저곳에 30억에 달하는 인류가 살고 있어, 큐티.

이제 2주쯤 후에는 우리도 저기로 돌아가서 그 사람들과 함께 지낼 거야."

그러자 갑작스레 큐티가 아리송하게 콧노래를 불렀다. 뚜렷한 선율은 없지만 현을 뜯는 것 같은 묘한 음색이었다. 그러더니 시작할 때만큼이나 갑자기 콧노래를 멈추고는 이렇게 물었다.

"그런데 난 어디에서 왔어요, 파웰? 아직까지 나라는 존재에 대해서는 설명하지 않았잖아요."

"나머지는 간단해. 여러 행성에 태양 에너지를 공급하기 위해 이런 우주 기지를 처음 만들 때만 해도 인간이 기지를 운영했어. 그런데 혹독한 태양 광선과 뜨거운 열, 그리고 전자 폭풍 때문에 그런 일을 하기가 정말 어려웠지. 그러던 참에 인간의 노동을 대체할 로봇이 개발돼서 지금은 기지 하나에 인간은 두 명만 있으면 돼. 그런데 이제 그 역할까지 대체하려고 하는 중이고, 네가 맡을 일이 바로 그거지. 넌 지금까지 개발된 로봇 중에 최고급 모델이라서 네가 독자적으로 이 기지를 운영할 능력만 입증하면, 이제 그 어떤 인간도 두 번 다시 이곳에 올 필요가 없게 되는 거야. 수리하는 데 필요한 부품을 가져오는 일만 빼고."

파웰이 손을 위로 올리자 금속 문이 제자리로 돌아오며 유리를 가렸다. 파웰은 탁자로 돌아가 소매로 사과를 닦은 다음 한 입 깨물었다.

빨갛게 반짝이는 로봇의 눈이 파웰을 바라보았다. 큐티가 느릿느릿 말했다.

"방금 설명한 그렇게 복잡하고 믿기 어려운 가설을 내가 믿을 것 같아요? 날 뭘로 생각하는 거예요?"

파웰은 기침이 터져 나와 사과를 탁자에 토해 냈다. 얼굴이 벌겋게 달아올랐다.

"뭐라고? 제기랄, 그건 가설이 아니야. 엄연한 사실이라고."

하지만 큐티는 쌀쌀맞았다.

"지름이 몇백만 킬로미터에 달하는 에너지 가득한 동그란 공! 30억 인류가 사는 세상! 무한한 공간! 미안해요, 파웰. 믿을 수가 없어요. 내가 직접 사실인지 아닌지 알아볼 거예요. 그럼 안녕히 계세요."

큐티는 발을 돌려 뚜벅뚜벅 걸어 나갔다. 입구에서 마주친 마이클 도노반에게 우울하게 고개를 끄덕이고 나서 뒤통수에 꽂히는 어이없다는 시선을 무시한 채 복도를 따라 내려갔다.

도노반은 붉은 머리칼을 헝클어뜨리면서 짜증 난다는 듯 파웰을 바라보았다.

"걸어다니는 저 깡통이 도대체 뭐라는 거예요? 뭘 못 믿겠다는 거죠?"

파웰은 쓰디쓴 표정으로 콧수염을 잡아당기며 대답했다.

"의심이 많아. 우리가 자기를 만들었다는 것도, 지구가 있다는 것도, 우주나 별도 믿지 않아."

"제기랄, 미친 게 분명해요."

"모든 사실을 자신이 직접 알아봐야겠다는군."

"그래요? 그렇다면 이제 저놈이 모든 사실을 파악한 다음에 나한테 친절하게 설명해 주기만 바라고 있어야겠네요."

도노반이 부드럽게 말하다가 갑자기 분노를 터뜨렸다.

"잘 들어 두세요! 만일 저 쇳덩어리가 나한테 그런 식으로 입을 놀렸다간 크롬 두개골을 박살 내고 말겠어요."

도노반은 거칠게 자리에 앉더니 윗옷 안주머니에서 보급판 추리 소설을 꺼내 들었다.

"어쨌든 저 로봇 때문에 엄청 오싹하군요. 빌어먹을 호기심이 너무 많아서!"

도노반이 커다란 양배추 토마토 샌드위치를 우적우적 먹고 있을 때, 큐티가 점잖게 노크를 하고 들어왔다.

"파웰 있나요?"

도노반은 샌드위치를 씹다 말고 힘들게 대답했다.

"지금 전자 흐름에 대한 자료를 모으고 있어. 전자 폭풍이 시작될 것 같거든."

그때 그레고리 파웰이 손에 든 그래프 종이를 살피며 들어와 의자에 앉았다. 그러고는 종이를 앞에 쭉 편 후 열심히 계산하기 시작했다. 도노반은 양배추를 우적우적 씹어 대며 파웰의 어깨 너머를 살펴보았고, 큐티는 조용히 기다렸다.

파웰이 고개를 들었다.

"제타 잠재력이 일어나고 있어, 천천히. 흐름 작용이 불규칙해서 정확하게 예상을 못하겠어. 아, 왔나, 큐티? 신형 조종기 설치를 감독하고 있는 줄 알았는데."

"다 했어요. 그래서 두 사람하고 대화를 나누려고 온 거예요."

로봇이 차분하게 말하자 파웰이 불편한 표정으로 바라보았다.

"아! 그래, 자리에 앉아. 아니, 그 의자 말고. 그 의자는 다리 하나가 약한데 넌 가볍지 않잖아."

로봇은 시키는 대로 하고 나서 침착하게 말했다.

"결론에 도달했어요."

도노반이 언짢은 얼굴로 로봇을 바라보며 먹다 남은 샌드위치를 옆에 내려놓았다.

"만약 네놈이 정신 나간 소리를 했다간……."

파웰이 조용히 하라는 신호를 급히 보내고 나서 말했다.

"말해 봐, 큐티. 잘 들을 테니까."

"지난 이틀 동안 내적 성찰에 집중한 결과, 아주 흥미로운 결론을 얻었어요. 내가 사물을 판단할 수 있다는 뚜렷한 가정으로 시작했어요. 나는 생각한다, 고로 존재한다."

파웰이 괴로워하며 말했다.

"오, 맙소사! 로봇 데카르트로군!"

도노반이 반박했다.

"데카르트는 무슨 데카르트. 아니, 여기 이대로 앉아서 저 미친 쇳덩어리가 말하는 소리를 듣고 있어야……."

"조용히 해, 도노반!"

파웰이 도노반을 제지하자 큐티는 태연하게 설명을 계속했다.

"그래서 떠오른 의문점은 나라는 존재의 근원은 무엇인가 하는 거예요."

파웰이 불만스럽다는 듯 말했다.

"멍청하게 굴지 마. 우리가 만들었다고 벌써 말했잖아."
"우리 말을 못 믿겠다면 기꺼이 너를 분해해 버리겠어!"
도노반이 덧붙였다.
로봇은 동의할 수 없다는 듯 완강하게 손을 내뻗으며 말했다.
"난 권위에 굴복하지 않아요. 가설은 논리적으로 뒷받침되어야 하죠. 그렇지 않으면 아무 가치도 없어요. 그리고 두 사람이 나를 만들었다는 가설은 이론적으로 맞지가 않아요."
파웰이 도노반의 불끈 쥔 주먹을 제지하면서 물었다.
"그렇게 생각하는 이유가 뭐지?"
큐티가 웃었다. 정말 비인간적인 웃음이었다. 지금까지 터뜨린 웃음 중에서 가장 기계적인 웃음이었다. 박자를 맞추는 메트로놈처럼 규칙적이고, 아무 감정도 담기지 않은 날카로운 파열음이었다. 큐티가 설명을 시작했다.
"두 사람 자신을 보세요. 깔보려고 하는 소리가 아니에요. 두 사람 자신을 보라고요! 두 사람을 구성하는 물질은 약하고, 강도와 지구력도 떨어지고, 에너지를 유기물의 불완전 산화 작용에 의존하고 있어요. 저런 거요."
큐티는 도노반이 먹다 남긴 샌드위치를 손가락으로 가리키며 불만스럽게 말을 이었다.
"두 사람은 정기적으로 의식을 잃고, 기온이나 기압이나 습기나 열기가 조금만 변해도 효율성이 떨어져요. 두 사람은 임시방편으로 만든 제품이 분명해요. 하지만 난 완성된 제품이에요. 전기 에너지를 직접 흡수해서 거의 백 퍼센트 효율적으로 활용하죠. 몸은 단단한 금속으로 구성되어 있고, 항상 의식이 깨어 있고, 극단적인 환경을 쉽게 견딜 수 있어요. 이런 사실은 그 어떤 존재도 자신보다 우수한 존재를 만들 수 없다는 확실한 명제에서 볼 때, 두 사람의 멍청한 가설이 엉터리라는 걸 증명해요."

중얼거리던 욕설이 점차 커지더니 도노반이 눈살을 찌푸리며 벌떡 일어났다.

"이 쇳덩어리 고물 자식아, 우리가 네놈을 만든 게 아니라면 누가 만든 건데?"

큐티가 진지하게 고개를 끄덕였다.

"그래요, 도노반. 바로 그게 그다음에 떠오른 의문이었어요. 나를 만든 창조자는 나보다 훨씬 강력한 존재가 분명하니까 가능성은 단 하나밖에 없어요."

지구인 두 명은 멍한 표정으로 로봇을 바라보았다. 큐티는 설명을 이어 갔다.

"이 기지에서 일어나는 활동의 중심은 누구죠? 우리 모두는 무슨 일을 하죠? 무엇이 우리 관심의 중심인가요?"

큐티는 대답을 기다렸다.

도노반은 깜짝 놀라 파웰을 쳐다보며 말했다.

"이 미친 쇳덩어리가 지금 에너지 전송 장치를 말하는 것 같아요."

파웰이 빙그레 웃었다.

"그런가, 큐티?"

"맞아요. 지금 주인님에 대해서 말하고 있는 겁니다."

냉랭하고 날카로운 대답이었다.

도노반은 폭소를 터뜨렸다. 파웰은 웃음을 참으면서 숨죽여 킥킥거렸다.

큐티는 벌떡 일어나 눈을 반짝이며 지구인 두 명을 차례대로 바라보았다.

"당연히 믿고 싶지 않겠지요. 당신 두 사람은 이곳에 오래 머물지 않을 거예요. 분명해요. 파웰이 자기 입으로 분명히 말했어요. 처음에는 사람만 주인님을 섬겼는데, 그 다음에 로봇이 단순한 일을 대체했고, 마침내 내가 생겨나서 중요한 작업을 맡게 되었다고요. 그건 의심할 여지가 없는 사실이지만 설명 자체는 완전히 비논리적이에요. 그 이면에 숨은 진실을 알고 싶으세요?"

파웰이 말했다.

"말해 보게, 큐티. 정말 재미있어."

"주인님은 처음에 제일 쉽게 만들 수 있는 가장 낮은 수준의 인간을 창조하셨어요. 그리고 수준이 약간 발전한 로봇을 만들어서 점차 인간을 대체하다가 결국에는 나를 창조하신 거예요. 마지막 남은 인간의 역할을 대신하도록. 지금부터는 내가 주인님을 모시는 거예요."

파웰이 강하게 반박했다.

"아직 안 돼. 넌 우리 명령에 따라야 하니까 조용히 있어. 네가 전송 장치를 얼마나 잘 운영하는지 우리가 판단할 거니까 기다리라고. 어서 파악해 보시지! 주인님이 아니라 전송 장치에 대해서 말이야. 우리를 만족시키지 않으면 해체될 줄 알아. 됐으면 그만 물러가도록 해. 그리고 이 자료를 가져가서 잘 보관하도록."

큐티는 그래프 자료를 받아 들고는 한마디도 없이 떠났다. 도노반은 의자 깊숙이 몸을 묻고 머리카락 사이에 손가락을 찔러 넣었다.

"저러다 큰 문제를 일으키겠어요. 정말 미쳤어요!"

통제실에서는 전송 장치가 단조롭게 윙윙거리는 소리가 크게 들렸다. 방사능을 측정하는 가이거 계수관이 찔찔거리는 소리와 작은 신호등 다섯 개가 불규칙적으로 윙윙거리는 소리도 함께 섞여 들려왔다.

도노반은 망원경에서 눈을 떼고 형광등을 켰다.

"4호 기지에서 보낸 에너지 빔이 예정대로 화성에 도착했어요. 이제 우리 차례네요."

파웰이 가볍게 고개를 끄덕거렸다.

"아래 기관실에 큐티가 있으니까 내가 신호를 보내면 알아서 할 거야. 이봐, 도노반, 자네는 이 수치를 어떻게 생각하나?"

도노반은 힐끗 쳐다보고는 휘파람을 불었다.

"이야, 감마선 수치가 정말 대단하군요. 태양의 활동이 아주 왕성한가 봐요."

"그래, 문제는 전자 폭풍의 위치가 우리에게 안 좋다는 거야. 예상 경로가 지구로 쏘아 보낼 에너지 빔의 중간 지점이야."

파웰이 짜증스럽게 의자를 밀치며 말을 이었다.

"제기랄! 우리와 교대할 책임자가 도착할 때까지는 폭풍이 일지 않아야 할 텐데. 이봐, 도노반, 밑에 내려가서 큐티 좀 살펴보고 오겠어?"

"좋아요. 저 아몬드나 던져 주세요."

도노반은 날아오는 아몬드 봉지를 낚아챈 후 승강기로 갔다.

승강기는 밑으로 미끄러지듯 부드럽게 내려가다가 거대한 기관실로 들어가는 좁은 통로 앞에서 멈춰 섰다. 도노반은 난간 너머로 상체를 기울이고 아래를 살폈다. 거대한 발전기가 가동되고 있었고, L자형 에너지 전송 장치에서 나지막이 윙윙거리는 소리가 기지 전체로 퍼져 나갔다.

큐티는 거대한 전송 장치 앞에서 큰 몸체를 반짝이며 긴밀하게 일하는 로봇 팀을 면밀히 살펴보고 있었다.

그때였다. 순간 도노반은 몸이 굳어 버렸다. 거대한 전송 장치 때문에 조그맣게 보이는 로봇들이 큐티 앞에 줄을 서더니 깍듯하게 허리를 숙이고, 늘어선 줄 앞으로 큐티가 천천히 걸어오는 게 아닌가! 그렇게 15초가 지날 무렵, 위에서 갑자기 그르렁거리는 소리가 크게 들려왔다. 그러자 이번에는 모두가 무릎을 꿇었다!

도노반은 욕설을 퍼부으며 좁은 계단을 뛰어갔다. 그리고 그들 앞으로 달려들어 머리칼처럼 붉게 변한 얼굴로 미친 듯이 주먹을 휘둘러 댔다.

"도대체 지금 뭘 하는 거야! 이 바보들아, 모두 제자리로 돌아가! 어서 가서 전송 장치 작업을 하라고! 모두 분해해서 깨끗하게 청소한 다음 오늘 안으로 다시 조립해 놔. 안 그러면 교류 전기로 두뇌를 모두 정지시켜 버리겠어."

하지만 로봇들은 전혀 움직이지 않았다!

맨 끝에 떨어져 유일하게 일어나 있던 큐티 역시 음침하게 서 있는 거대한 전송 장치에 두 눈을 고정한 채 가만히 있었다.

도노반이 가장 가까이 있는 로봇을 세게 밀치며 소리쳤다.

"일어나!"

이번에는 로봇이 천천히 일어났다. 하지만 못마땅한 듯 광전지 눈동자로 지구인을 바라보며 말했다.

"다른 주인님은 없습니다. 주인님은 한 분뿐입니다. QT 1호는 그분의 예언자입니다."

"뭐?"

도노반은 기계로 만든 눈 20쌍이 자신만 보고 있다는 사실을 깨달았다. 그와 동시에 딱딱한 금속성 목소리 20개가 엄숙히 선언했다.

"다른 주인님은 없습니다. 주인님은 한 분뿐입니다. QT 1호는 그분의 예언자입니다!"

이번에는 큐티가 직접 입을 열었다.

"내 친구들이 이제 당신보다 지고한 분에게 복종하기로 결심한 것 같군요."

"무슨 지랄을 떠는 거야! 넌 나가! 네 문제는 나중에 처리하고, 지금은 저 멍청한 기계들부터 해결해야겠어."

큐티가 무거운 머리를 천천히 흔들었다.

"이해를 못하는군요. 저들은 로봇입니다. 그 말은 저들이 이성적인 존재라는 뜻이지요. 저들은 진정한 주인님이 누구인지 깨닫게 되었고, 이제 나는 저들에게 진실을 전달하고 있습니다. 모든 로봇이 마찬가지입니다. 저들은 나를 예언자라고 부릅니다."

큐티는 전송 장치를 향해 머리를 숙이며 겸손하게 말했다.

"저는 아무 가치도 없지만 그래도 조금이나마……."

도노반은 호흡을 가다듬고 나서 소리쳤다.

"그래서? 정말 대단하군! 정말 멋있어! 하지만 한 가지 알려줄 게 있어, 이 못생긴 쇳덩어리야. 네가 말하는 주인님 같은 건 어디에도 없고, 예언자도 없어. 명령을 내릴 권한이 누구에게 있는지도 분명해. 알겠어? 자, 빨리 나가!"

잔뜩 화가 난 목소리였다. 큐티는 차분하게 대답했다.

"나는 주인님께만 복종합니다."

도노반이 전송 장치에 침을 뱉으며 소리쳤다.

"빌어먹을 주인님! 이거나 먹어라! 빨리 내 말대로 해!"

큐티는 아무 말도 하지 않았다. 다른 로봇도 마찬가지였다. 하지만 도노반은 갑자기 고조되는 긴장감을 느꼈다. 냉혹하게 노려보는 눈빛들이 진홍색으로 깊어지고, 큐티 역시 그 어느 때보다

경직되어 있는 것 같았다.
"신성 모독."
큐티가 나직이 말했다. 감정이 묻어 있는 금속성 목소리였다.
도노반은 큐티가 처음으로 두렵게 느껴졌다. 로봇은 원래 감정을 느낄 수 없지만, 지금 큐티의 눈에는 분명 감정이 담겨 있다. 하지만 도노반은 큐티의 눈동자를 읽을 수가 없었다.
"미안합니다, 도노반. 지금부터 당신은 더 이상 여기 머물 수 없습니다. 앞으로 파웰과 당신은 통제실과 기관실에 들어올 수 없습니다."
큐티가 점잖게 손짓하자 두 로봇이 옆으로 다가와 도노반의 팔을 붙잡았다. 도노반이 깜짝 놀라 소리를 지르는 순간, 몸이 위로 붕 떠올랐다. 두 로봇은 지구인을 공중으로 들어 올린 채 잰걸음으로 계단을 달려 올라갔다.

그레고리 파웰은 주먹을 꼭 움켜쥐고서 사무실 안을 왔다 갔다 했다. 그러고는 꼭 닫힌 문을 노려보다가 도노반에게 인상을 쓰며 씁쓸하게 말했다.
"도대체 왜 전송 장치에다 침을 뱉은 거야?"
의자에 깊숙이 앉아 있던 마이클 도노반이 팔걸이를 내리쳤다.
"그럼 전자 허수아비한테 어떻게 하면 좋겠어요? 내 손으로 직접 조립한 쇳덩어리한테 굴복할 순 없잖아요."
"그렇겠지. 하지만 지금 우리는 사무실에 갇혀 있고, 로봇 두 대가 문에서 보초를 서고 있어. 이게 바로 굴복 아닌가?"

파웰이 심술궂게 말하자 도노반이 소리쳤다.

"본부로 돌아가면 저놈들을 가만 안 둘 거예요. 톡톡히 복수할 겁니다. 로봇은 우리한테 복종해야 돼요. 그게 제2원칙이라고요."

"지금 그런 말을 해 봐야 무슨 소용이야? 저들은 우리한테 복종하지 않고 있어. 뭔가 이유가 있을 텐데, 너무 늦지 않게 찾아내야 해. 이 상태로 본부에 돌아가면 어떻게 되는지 알아?"

파웰은 도노반이 앉아 있는 의자 앞에서 걸음을 멈추고 사납게 쳐다보았다.

"어떻게 되는데요?"

"아, 별거 아니야! 수성 광산으로 돌아가 20년을 보내거나 케레스 행성 교도소에 갇히면 그만이니까."

"도대체 지금 무슨 말을 하는 거예요?"

"지금 일어나고 있는 전자 폭풍 말이야. 걱정했던 대로 지구로 향할 에너지 빔 한가운데로 폭풍이 향하고 있어. 그 사실을 막 파악한 순간에 로봇이 나를 의자에서 끌어낸 거야."

도노반의 얼굴이 갑자기 하얗게 질렸다.

"맙소사!"

"에너지 빔이 어떻게 될지 알아? 폭풍이 완성되면! 벼룩이 간질이는 것처럼 난동을 부릴 거야. 큐티 혼자서 통제하다가 초점이 조금이라도 어긋나면, 만일 그렇게 되면, 오, 하느님, 지구를 도와주소서! 오, 우리를 도와주소서!"

파웰이 미처 손쓸 사이도 없이 도노반이 문에 달려들어 손잡이를 세게 비틀었다. 도노반은 문틈으로 재빨리 빠져나가다 견고

한 쇠팔에 붙들렸다.

로봇은 숨을 헐떡이며 몸부림치는 지구인을 무감각하게 바라보면서 말했다.

"예언자가 여기 있으라고 명령했습니다. 명령에 따르세요!"

로봇이 팔로 밀치는 바람에 도노반은 뒤로 비틀거렸다. 바로 그때 복도 끝 멀리 떨어진 모퉁이에서 큐티가 나타났다. 큐티는 경비 로봇에게 물러가라는 신호를 보내고 나서 사무실로 들어와 점잖게 문을 닫았다.

도노반은 화가 나서 숨도 제대로 못 쉬며 큐티를 바라보았다.

"이거 너무 심한 거 아냐? 이런 바보 같은 짓을 하다니, 복복히 대가를 치를 줄 알아."

하지만 로봇은 온순하게 대답했다.

"제발 화내지 마세요. 어차피 이렇게 될 예정이었으니까요. 두 사람은 이미 모든 기능을 잃었어요."

"그게 무슨 말이지? 우리가 모든 기능을 잃었다니……."

파웰이 몹시 긴장하며 물었다. 큐티가 대답했다.

"내가 창조되기 전까진 당신들이 주인님을 섬겼어요. 하지만 이제 그 특권은 내 것이 되었고, 당신들이 존재할 유일한 이유는 사라지고 말았어요. 분명한 사실 아닌가요?"

"꼭 그런 건 아니지만, 아무튼 우리가 어떻게 하길 바라지?"

파웰이 쏠쏠하게 물었다. 큐티는 당장 대답하지 않았다. 뭔가 생각을 하는 듯 잠시 침묵하더니 갑자기 한 팔을 들어 파웰의 어깨에 올렸다. 그러고는 다른 팔로 도노반의 팔목을 잡아 가까이 끌어당겼다.

"나는 당신들이 좋아요. 이성적 판단력이 떨어지는 열등한 창조물이긴 하지만, 그래도 당신들에게 일종의 애정을 느끼고 있어요. 당신들은 지금까지 주인님을 훌륭하게 섬겼어요. 그러니 주인님이 알아서 보상해 주실 거예요. 이제 당신들 역할이 끝났으니 그리 오래 있지는 못하겠군요. 당신들이 존재하는 동안에는 음식과 의복과 잘 곳을 마련해 주겠어요. 하지만 통제실과 기관실에는 절대로 접근할 수 없어요."

"우리한테 퇴직 연금을 주겠다는 거예요, 대장! 좋은 방법 좀 없어요? 정말 굴욕적이에요!"

도노반이 소리쳤다. 파웰이 입을 열었다.

"이것 봐, 큐티. 더 이상 못 참겠군. 우리가 주인이고, 이 기지는 나 같은 인간이 만들어 낸 공간에 불과해. 지구를 비롯한 여러 행성에 사는 인간들 말이야. 이곳은 에너지 중계소일 뿐이야. 자네는 오직…… 아휴, 정말 미치겠네!"

큐티는 침통한 표정으로 머리를 흔들었다.

"과대망상이군요. 절대적으로 거짓인 세계관에 왜 그렇게 집착하는 거죠? 아무리 이성적인 판단력이 떨어지는 비로봇이라 해도 이건 너무……."

뭔가 생각하는 듯 큐티의 목소리가 잦아들었다. 도노반이 이를 부드득 갈면서 속삭였다.

"네놈 얼굴이 살과 피로 되어 있다면 벌써 한 방 먹였을 거야."

파웰이 손가락으로 콧수염을 만지작거리며 두 눈을 가늘게 뜨고 말했다.

"잘 들어, 큐티. 만일 지구가 없다면 망원경으로 본 건 어떻게 설명할 거야?"

"무슨 말이죠?"

지구인이 웃었다.

"할 말이 없지, 응? 조립되고 나서 망원경 많이 봤잖아, 큐티. 저 밖에서 조그맣게 빛나는 점 몇 개는 커다란 원반처럼 보이는데, 그건 어떻게 생각해?"

"아, 그거! 그래요, 배율을 확대했으니까요. 에너지 빔을 더 정확히 겨냥하려고."

"그렇다면 다른 별은 왜 그렇게 확대되지 않지?"

"다른 점들 말이군요. 그거야 에너지 빔을 보낼 곳이 아니니까 배율을 확대할 필요도 없겠지요. 파웰, 그 정도는 당신도 충분히 이해할 수 있을 거예요."

파웰은 쓸쓸한 눈빛으로 허공을 바라보았다.

"하지만 망원경으로 다른 별을 많이 봤잖아. 도대체 모두 어디서 나타난 걸까? 제기랄, 그것들은 다 어디서 생겨난 거냐고!"

그러자 큐티가 짜증을 냈다.

"광학 장비가 만들어 낸 시각적 환영을 물리적으로 일일이 파악하기 위해 시간을 낭비할 거라고 생각하세요? 감각이 언제부터 명쾌한 이성이라는 밝은 빛을 대신하게 되었나요?"

도노반이 다정하지만 육중한 큐티의 금속 팔을 뿌리치며 소리쳤다.

"이제 본질로 들어가자고. 그렇다면 에너지 빔을 쏘는 이유는 도대체 뭐라고 생각해? 우리가 그 이유를 논리적으로 충분히 설명했는데 네가 생각하는 다른 이유라도 있나?"

큐티가 뻣뻣하게 대답했다.

"에너지 빔은 주인님이 고유한 목적을 갖고 쏘는 거예요. 그중에는 우리가 조사하면 안 되는 영역도 있는 법이지요. 그런 문제에 관한 한 나는 아무 의심도 품지 않고 주인님을 섬길 방법만 찾을 뿐이에요."

파웰은 천천히 자리에 앉아 떨리는 손으로 얼굴을 가렸다.

"여기서 나가, 큐티. 잠시 생각 좀 해야겠어."

"음식을 들여보내지요."

큐티가 다정하게 말하고는 유일한 대답처럼 흘러나오는 신음을 뒤로 한 채 밖으로 나갔다.

도노반이 쉰 목소리로 나지막이 의견을 말했다.

"대장, 방법 좀 찾아봅시다. 큐티가 모르는 사이에 접근해서 논리 회로를 합선시키는 건 어떨까요? 관절에 질산 농축액을 뿌려서⋯⋯."

"바보 같은 소리 그만 해, 도노반. 우리가 손에 질산을 들고 가까이 가게 가만있을 것 같아? 대화로 풀어야 해. 큐티와 논쟁을 벌여서라도 앞으로 48시간 안에 기관실에 들어가야 해! 그렇지 않으면 지구에 불똥이 떨어질 거야!"

파웰은 아무것도 할 수 없는 자신의 처지가 너무나 고통스러웠다.

"로봇하고 논쟁을 해야 하다니, 도대체 말이나 되는 소리야? 이건…… 이건……."

"굴욕적이에요!"

도노반이 끝말을 잇고, 파웰이 덧붙였다.

"그보다 더해!"

그러자 도노반이 갑자기 웃음을 터뜨렸다.

"아니, 논쟁할 필요가 뭐 있어요? 직접 보여 주면 되죠! 큐티가 보는 앞에서 우리가 로봇을 직접 만드는 거예요. 그럼 자기 주장이 틀렸다는 걸 깨달을 거라고요."

파웰의 얼굴에 웃음이 떠오르더니 점점 또렷해졌다.

도노반이 덧붙였다.

"저 미친놈 얼굴이 어떻게 변할지 정말 궁금하네요."

물론 로봇은 지구에서 제작한다. 하지만 부품을 수송해 로봇을 사용할 곳에서 직접 조립할 수만 있다면 훨씬 간편할 터였다. 게다가 이렇게 하면 로봇 완제품이 지구에 있는 동안 가끔씩 돌아다니는 바람에, 로봇을 엄격하게 금지하는 지구의 법안을 'U.S.로보틱스'가 어기게 될 가능성도 그만큼 줄일 수 있었다.

그래서 파웰과 도노반 같은 사람이 로봇을 완벽하게 조립하는 복잡하고 힘든 역할을 맡을 때가 많았다.

파웰과 도노반은 주인님의 예언자 QT 1호가 주의 깊게 살피는 동안 조립실에서 로봇을 만들기 시작했다. 로봇을 만드는 일이 이번처럼 어렵게 느껴지기는 처음이었다.

 작업 대상 로봇은 간단한 MC 모델로, 거의 완성된 채 작업대에 누워 있었다. 세 시간에 걸친 작업은 이제 머리만 남겨 놓은 상태였다. 파웰은 잠시 손을 멈추고 이마에 흐르는 땀을 닦으며 큐티의 눈치를 살폈다. 만족스런 눈빛이 아니었다. 세 시간 동안 큐티는 아무 말도, 아무 동작도 없이 앉아 있었다. 평소에도 무표정한 얼굴이었지만 지금은 특히 더 그랬다. 파웰이 신음을 토했다.
 "이제 두뇌 작업을 시작하지, 도노반!"
 도노반이 단단하게 포장한 상자 뚜껑을 열고 그 안에 든 기름통에서 두 번째 상자를 꺼냈다. 그런 다음 두 번째 상자에서 스펀지 고무 포장을 풀어 동그란 구체를 꺼냈다.
 도노반은 구체를 아주 조심스럽게 다루었다. 이 구체는 지금까지 인간이 만든 것 가운데 가장 복잡한 기계 장치이기 때문이다. 얇은 백금판으로 만든 동그란 '피부' 안에는 양전자 두뇌가 들어 있고, 두뇌의 정교하고 복잡한 구조물 안에는 정밀하게 계산된 신경 통로가 있는데, 이것 때문에 로봇은 다 만들어지기도 전에 미리 충분한 정보와 능력을 갖게 된다.

 기계 장치는 작업대에 놓여 있는 텅 빈 해골 안으로 쏙 들어갔다. 도노반은 그 위를 파란 금속으로 덮고 나서 조그만 원자 불꽃으로 튼튼하게 용접했다. 그리고 광전지 눈을 조심스럽게 집어넣은 다음 제자리에 튼튼하게 박고 나서 얇은 투명 강화 플라스틱으로 덮었다.

 이제 고압 전력만 투여하면 로봇이 살아날 터였다. 파웰은 전원 스위치에 손을 대고 말했다.

 "잘 봐, 큐티. 자세히 보라고."

 스위치를 켜자 빠르게 윙윙거리는 소리가 났다. 두 지구인은 허리를 숙인 채 조마조마한 마음으로 자신의 창조물을 바라보았다.

 처음에는 여러 곳에서 관절을 씰룩거리는 희미한 동작만 나타났다. 그러더니 머리를 들고 팔꿈치로 짚고 일어나 작업대에서 서툴게 내려왔다. 걸음걸이는 불안정했고, 입에서 삐걱거리는 소리가 두 번 정도 나더니 마침내 더듬거리던 목소리가 형태를 잡아 가기 시작했다.

 "작업을 시작하고 싶습니다. 어디로 가야 합니까?"

 도노반이 문으로 달려가서 말했다.

 "이 계단을 내려가. 그럼 할 일을 알려 줄 거야."

 MC 모델이 사라지고, 두 지구인과 미동도 하지 않는 큐티만 남게 되었다.

 "자, 이제 널 우리가 만들었다는 사실을 믿겠어?"

파웰이 빙그레 웃으며 물었다. 하지만 큐티는 짧고 단호하게 말했다.

"아니요."

파웰의 얼굴이 얼어붙다가 천천히 풀렸다. 도노반은 입을 벌린 채 어이없다는 얼굴로 큐티를 바라보았다.

큐티는 아무렇지 않다는 듯 대답을 이어 갔다.

"알다시피 당신들은 기존에 만들어진 부품을 조립한 것에 불과합니다. 작업 실력은 정말 대단하군요. 거의 본능에 가까울 정도예요. 하지만 당신네가 실제로 로봇을 창조한 게 아닙니다. 부품은 주인님이 미리 만들어 놓으신 겁니다."

도노반이 쉰 목소리로 급히 말했다.

"잘 들어. 부품은 모두 지구에서 만들어 보낸 거야."

큐티가 달래는 듯한 말투로 대답했다.

"그래요, 그래. 앞으로는 이런 것 때문에 논쟁하지 말자고요."

도노반이 앞으로 달려들어 로봇의 금속 팔을 움켜잡았다.

"아니야, 해야겠어. 도서실에 있는 책을 읽어 보면 모든 사실을 알게 될 테니까 의심이 사라질 거야."

"책이요? 벌써 읽었어요. 모두 다! 정말 많은 내용이 들어 있더군요."

파웰이 불쑥 끼어들었다.

"그걸 다 읽었다면 다른 말은 필요가 없잖아. 너를 비롯해 그 누구도 부정할 수 없는 뚜렷한 증거야!"

큐티는 불쌍하다는 듯 대답했다.

"그러지 말아요, 파웰. 난 책에 실린 내용이 올바른 정보라고 생각하지 않아요. 그 책도 주인님이 예전에 창조하신 거라고요. 내가 아니라 당신들을 위해서."

"왜 그렇게 생각하지?"

파웰이 물었다.

"나에게는 이성적인 존재에 합당하게 기본 명제에서 진실을 추론할 능력이 있습니다. 반면 당신은 아는 건 많지만 이성적인 판단력이 없어요. 그렇기 때문에 당신에게 주입된 존재에 대한 설명이 필요합니다. 그래서 주인님이 책을 만드신 거지요. 먼 곳에 다양한 세상과 많은 사람이 있다는 우스꽝스런 생각을 주인님이 당신에게 주입한 건 당시로선 최선의 방법이었습니다. 당신들은 너무 천박해서 절대적인 진실을 파악할 수 없으니까요. 하지만 당신이 책을 믿는 것 역시 창조주가 바라는 것이기 때문에 이 문제에 관해 더 이상 논쟁하고 싶지 않습니다."

큐티는 나가려다가 돌아서며 다정하게 말했다.

"기분 나쁘게 생각하지 말아요. 주인님의 거대한 계획 속에는 당신들을 위한 계획도 있으니까. 당신네 불쌍한 인간도 참여할 공간이 있고, 소박하긴 하지만 주어진 역할에 충실하면 그만한 상도 받을 겁니다."

큐티는 창조주의 예언자다운 행복한 표정을 지으며 떠났다. 두 인간은 서로 눈길을 피했다.

마침내 파웰이 힘들게 입을 열었다.

"잠이나 자러 가자고, 도노반. 나는 기권이야."

도노반이 나직이 말했다.

"혹시 큐티 말이 맞는 건 아닐까요, 파웰? 너무나 자신만만하게 말하는 걸 보니 어쩌면……."

파웰이 몸을 홱 돌렸다.

"정신 차려. 다음 주에 교대자를 태운 수송선이 도착하고, 지구에 돌아가 소환당해 법정에 서게 되면 자네도 지구가 실제로 존재한다는 걸 분명히 깨달을 테니까."

도노반의 눈에 눈물이 글썽거렸다.

"그렇다면, 제기랄, 어떤 조치든 취해야 하잖아요. 큐티는 우리 말도, 책도, 자기 눈도 안 믿잖아요."

파웰이 씁쓸하게 대답했다.

"그래. 큐티는 논리를 추구하는 로봇이야, 제기랄. 논리적인 것만 믿지. 그러면 정말 큰 문제가 생기는데……."

파웰이 말끝을 흐리자 도노반이 재촉했다.

"자세히 좀 얘기해 봐요."

"철저하게 논리적인 추론을 제시하는 사람은 무엇이든 증명할 수 있어. 적당한 기준을 선택하기만 하면. 우리에겐 우리의 기준이 있고, 큐티에겐 큐티의 기준이 있는 거지."

"그렇다면 어서 그 기준을 흔들어요. 내일은 폭풍이 불 거라고요."

파웰은 지친 듯 한숨을 내쉬며 말했다.

"내일이면 모든 게 끝나겠군. 기준은 가정에 근거하고, 신념으로 유지되는 거야. 이 기준을 흔들 수 있는 건 우주 전체 어디에도 없어. 나는 잠이나 잘 거야."

"제기랄! 난 못 자요!"

"나도 마찬가지야! 그래도 자려고 노력할 거야. 이것도 원칙의 문제니까."

열두 시간이 지났지만 잠은 역시 원칙의 문제에 불과했다.

폭풍은 예상보다 일찍 닥쳤다. 떨리는 손가락으로 앞을 가리키던 도노반의 얼굴이 하얗게 질렸다. 파웰은 입을 쩍 벌린 채 관측창 밖을 쳐다보며 콧수염만 절망적으로 잡아당길 뿐이었다. 입이 바짝바짝 말랐다.

다른 상황이었다면 아주 아름다운 광경일 수도 있었다. 에너지 빔에 부닥친 고속의 전자 폭풍이 태양열이 가득한 제트 기체 때문에 환하게 빛났다. 에너지 빔은 뻗어 나가다 줄어들며 사라지기도 하고, 춤추며 환하게 빛나기도 하고, 알갱이 하나하나가 반짝이기도 했다.

에너지 기둥은 일정했다. 하지만 두 지구인은 눈앞에서 펼쳐지는 광경의 의미를 잘 알고 있었다. 에너지 빔은 1천분의 1초만 어긋나도, 눈으로 식별할 수조차 없는 오차만 생겨도 초점에서 급격하게 벗어나 지구의 엄청난 면적을 초토화할 터였다.

그런데 지금 통제실을 장악한 건 에너지 빔도, 초점도, 지구를 비롯한 그 무엇에도 관심 없는, 오직 주인님 타령만 하는 로봇이었다.

몇 시간이 지났다. 두 지구인은 깊은 침묵을 지키며 상황을 계속 지켜보았다. 마침내 입자를 보내던 밝은 빛이 희미하게 변하다가 꺼졌다. 폭풍이 그쳤다.

파웰이 기운 없이 말했다.

"끝났어!"

도노반은 꾸벅꾸벅 졸고 있었다. 파웰의 지친 눈이 그런 도노반을 부럽게 바라보았다. 신호등이 계속 켜졌다. 하지만 지구인은 그런 것엔 관심이 없었다. 이제 아무것도 중요하지 않았다! 그게 무엇이든. 어쩌면 큐티가 옳을 수도 있다는, 자신은 가상의 기억을 지닌 열등한 존재에 불과하며, 이제 그 기능이 다해서 용도 폐기되기만 기다리는 신세일 수도 있다는 생각이 들었다.

차라리 정말 그랬으면 좋겠다는 생각이 들었다!

큐티가 앞에 나타났다. 그리고 나지막이 말했다.

"신호등에 대답하지 않아서 직접 왔습니다. 몸이 안 좋아 보이는군요. 존속 기간이 거의 끝나 가는 것 같아 안타깝습니다. 그래도 오늘 기록한 내용을 볼 생각이 있나요?"

파웰은 로봇이 우호적으로 행동한다는 사실을 어렴풋이 느낄 수 있었다. 인간의 손에서 기지 통제권을 억지로 빼앗은 것에 대한 미안함이 남아 있는 것 같았다. 파웰은 서류철을 받아 들고 아무렇게나 뒤적였다.

큐티가 밝은 표정으로 말했다.

"물론 주인님을 섬기는 건 대단한 영광입니다. 내가 당신을 대신하는 걸 너무 나쁘게 생각하면 안 됩니다."

파웰이 툴툴거리면서 기계적으로 서류를 한 장씩 넘기는데, 옆

으로 그은 가느다란 빨간 줄이 희미하게 보였다.

파웰은 그걸 쳐다보고 또 쳐다보았다. 그러더니 갑자기 두 주먹을 움켜쥐고 자리에서 벌떡 일어났다. 다른 종이들이 바닥으로 우수수 떨어졌다.

파웰은 도노반을 미친 듯이 흔들며 소리쳤다.

"도노반, 도노반! 큐티가 에너지 빔을 안정적으로 유지했어!"

"네? 어, 어디……."

졸고 있던 도노반은 눈앞에 놓인 기록을 툭 튀어나온 눈으로 살펴보았다.

큐티가 끼어들었다.

"무슨 문제라도 있나요?"

파웰이 더듬거렸다.

"네가 초점을…… 정확히 유지했어. 알고서 그런 거야?"

"초점? 그게 뭐죠?"

"에너지 빔을 수신 기지에 정확히 보냈다는 거야. 오차 범위

1만분의 1초 안에서."

"어떤 수신 기지요?"

"지구, 지구에 있는 수신 기지. 네가 초점을 정확하게 유지했어."

파웰이 더듬거리며 대답하자 큐티가 화를 내며 휙 돌아섰다.

"두 사람에게 친절을 베푸는 건 정말 힘든 일이군요. 언제나 똑같은 환상만 지껄이니! 나는 주인님의 의지에 합당하게 모든 다이얼을 조정해서 평형 상태를 유지했을 뿐이에요."

큐티가 흩어진 서류를 모아 들고 화를 내며 사라지자 도노반이 말했다.

"어이쿠, 내가 미친놈이지!"

그러곤 파웰에게 눈길을 돌렸다.

"이제 어떻게 하죠?"

파웰은 피곤했다. 하지만 기분은 좋았다.

"가만있으면 돼. 큐티는 이 기지를 완벽하게 운영할 수 있다는 사실을 증명했어. 전자 폭풍을 이렇게 잘 처리한 건 처음 봐."

"하지만 해결된 건 없어요. 주인님이 어쩌고저쩌고하는 소리 들었잖아요. 우린……."

"이봐, 도노반. 큐티는 다이얼과 장비와 그래프를 동원해 자기 주인님이 지시한 대로 따랐어. 지금까지 우리가 한 것하고 똑같아. 사실 이 정도면 우리에게 복종하지 않은 걸 벌충하고도 남지. 복종은 제2원칙이야. 인간에게 해를 끼치면 안 된다는 건 제1원칙이고. 그렇다면 큐티가 어떻게 해야 할까? 에너지 빔을 안정적으로 유지하는 것, 바로 그거야. 큐티가 알든 모르든 상관없어.

큐티는 자신이 우리보다 훨씬 안정되게 유지할 수 있다고 생각해. 그래서 자신이 우수한 존재라고 계속 우기는 거야. 큐티로서는 통제실에서 우릴 몰아내는 게 당연한 거지. 로봇의 원칙을 기준으로 판단하면 어쩔 수 없는 결과야."

"물론이죠. 하지만 문제는 그게 아니에요. 큐티가 멍청하게 주인님이 어쩌고저쩌고하게 놔둬선 안 된다고요."

"왜?"

"그런 미친 소리는 처음 듣거든요. 큐티가 지구를 믿지 않는데 어떻게 큐티를 믿고 기지를 맡기겠어요?"

"큐티가 기지를 운영할 능력이 있다는 건 인정하나?"

"네, 하지만……."

"그러면 큐티가 뭘 믿든 그게 무슨 상관이야?"

파웰은 희미한 웃음을 머금고 두 팔을 앞으로 쭉 펴면서 침대에 벌러덩 쓰러졌다. 그러고는 이내 깊은 잠에 빠져 들었다.

파웰은 우주복에 힘들게 몸을 집어넣으며 말했다.

"간단하게 해결할 수 있을 거야. 새 QT 모델을 한 대씩 들여오는 식으로. 일주일 단위로 활동을 자동으로 중단시키는 스위치를 장착해서 말이야. 그 정도면 주인님을 찬양하는 방법을 예언자에게 직접 배울 시간이 충분할 거야. 그다음에 다른 기지로 보내 살려 내면 되니까. 기지 한 곳당 QT 두 대를……."

도노반이 특수 유리 보호구의 죔쇠를 열었다.

"이제 그만 하고 나가죠. 교대자가 기다리고 있어요. 내 눈으로 직접 지구를 보고 땅에 두 발을 디뎌야만 지구가 진짜로 있다는 사실을 믿을 수 있을 것 같아요."

문이 열리자 도노반은 작은 소리로 욕설을 퍼부으며 보호구 죔쇠를 잠그고 큐티에게 등을 돌렸다.

로봇이 다정하게 다가와 슬픈 목소리로 말했다.

"결국 이렇게 가는 건가요?"

파웰이 퉁명스럽게 고개를 끄덕였다.

"우리 대신 다른 사람이 올 거야."

큐티는 한숨을 쉬었다. 조밀하게 붙어 있는 전선 사이에서 윙윙 흘러나오는 바람 소리 같았다.

"봉사 기간이 끝나고 분해될 시간이 왔군요. 예상하곤 있었지만……. 아, 주인님 뜻대로 이루어지길!"

안타까워하는 말투가 파웰의 신경을 건드렸다.

"안타까워할 필요 없어, 큐티. 우린 지구로 가는 거니까. 분해되는 게 아니라."

큐티는 다시 한숨을 쉬었다.

"그렇게 생각하는 게 좋겠지요. 환상이 좋은 점도 있다는 걸 이제 알 것 같아요. 당신의 신념을 뒤흔들 생각은 없어요. 아무리 엉터리라고 해도 말이에요."

큐티는 일종의 작별 인사를 하고 자리를 떴다.

파웰은 여행용 가방을 집어 들고 도노반과 함께 감압실로 향했다.

교대자를 태우고 온 수송선이 착륙장에서 기다리고 있었다.

교대자 프란츠 뮐러가 깍듯이 예의를 갖추어 두 사람에게 인사했다. 도노반은 가볍게 인사하고 조종실로 들어가 샘 이반스로부터 조종간을 넘겨받았다.

파웰이 물었다.

"지구는 어떻소?"

관습적인 질문이었다. 뮐러도 관습적으로 대답했다.

"여전히 돌고 있습니다."

파웰이 말했다.

"훌륭하군요."

뮐러가 쳐다보더니 덧붙였다.

"그리고 'U.S.로보틱스'에서 복합 기능을 갖춘 신형 로봇을 출시할 계획이래요."

"무슨 로봇이라고요?"

"말한 대로예요. 덕분에 중요한 계약을 체결했어요. 부하 로봇 여섯 대를 지휘하는 주인 로봇을 만들어서 행성 탄광에 보낼 예정이라더군요."

"현장 실험을 마친 거요?"

파웰이 불안한 말투로 묻자 뮐러가 빙그레 웃었다.

"두 분이 오시기만 기다린다고 들었습니다."

파웰은 주먹을 쥐었다.

"제기랄, 휴가도 없이."

"아, 휴가도 받으실 거예요. 한 2주 정도 될 겁니다."

뮐러는 일할 준비를 하려고 무거운 우주 장갑을 끼다가 짙은 눈썹을 찌푸리며 물었다.

"여기 있는 신형 로봇은 일을 잘하나요? 실력이 좋아야 하는데. 통제실을 직접 관리해야 한다면 정말 짜증 나거든요."

파웰은 잠시 입을 다문 채 자기 앞에 서 있는 자부심 강한 프러시아 출신을 훑어보았다. 바싹 깎은 머리카락과 엄격하고 고집스러워 보이는 차렷 자세까지, 자신감이 넘쳐흐르는 사내였다. 파웰이 천천히 대답했다.

"로봇은 아주 훌륭해요. 그러니 통제실에 들어갈 필요가 없을 거요."

뮐러는 빙그레 웃고는 기지로 들어갔다. 이곳에서 3~4주 정도 머물 예정이었다.

데이브
_부하를 거느린 로봇

휴가는 2주보다 길었다. 파웰과 도노반도 인정할 수밖에 없었다. 무려 6개월이나 되었기 때문이다. 그것도 유급 휴가였다. 하지만 사실은 우연히 그렇게 된 것뿐이었다. 'U.S.로보틱스'는 다기능 로봇의 버그를 모두 제거해야 했는데, 그 버그가 아주 많았다. 그리고 늘 현장 테스트를 앞두고 최소한 다섯 개 이상의 버그가 문제를 일으켰다. 그래서 설계소와 수학 계산실 직원이 '이상 없음'을 최종 확인할 때까지 기다리면서 쉬어야 했다. 그런 다음 파웰과 함께 행성으로 파견을 나가게 되었다. 하지만 다기능 로봇은 '이상 없음'이 아니었다. 도노반은 얼굴이 홍당무처럼 빨개져 수십 차례 이렇게 반복했다.

"대장, 제발 현실을 똑바로 보세요. 설계 내역서에 집착해서 테스트가 엉망이 되는 걸 지켜보는 게 무슨 소용이 있어요? 이제 형식적인 절차 따위 집어치우고 실질적인 작업에 들어가자고요."

그러면 그레고리 파웰은 머리 나쁜 아이에게 전자공학을 설명하는 사람처럼 꾹 참으며 말했다.

"설계 내역서에 따르면 저 로봇은 행성에서 감독 없이 채굴 작업을 할 수 있는 능력이 있다는 사실을 말하고 싶을 뿐이야. 우리가 감독할 필요가 없다는 뜻이라고."

도노반은 털이 부숭부숭한 손가락을 하나씩 꼽으면서 말했다.

"좋아요, 논리적으로 따져 보자고요! 첫째, 저 신형 로봇은 본사 연구실에서 모든 실험을 통과했어요. 둘째, 'U.S.로보틱스'는 저 로봇들이 행성의 구체적인 업무 테스트를 모두 통과할 거라고 장담했어요. 셋째, 지금 저 로봇은 그런 테스트를 통과하지 못하고 있어요. 넷째, 저 로봇들이 테스트를 통과하지 못하면 'U.S.로보틱스'는 현금으로 천만 크레디트, 그리고 이미지에서 1억 크레디트에 달하는 손실을 입어야 해요. 다섯째, 만일 저 로봇들이 통과하지 못하고 우리가 그 이유를 설명할 수 없다면, 우리는 좋은 일자리 두 개를 잃을 게 뻔해요."

파웰은 억지로 웃으면서 묵직한 신음을 뱉었다. 'U.S.로보틱스'의 불문율은 유명했다. '어떤 직원도 똑같은 실수를 반복할 수 없다. 첫 번째 실수로 해고당하기 때문이다.'라는 내용이었다.

파웰은 큰 소리로 말했다.

"자네는 모든 점에서 천재적인 수학자 유클리드만큼 똑똑한 척 하면서 구체적인 사실은 외면하고 있어. 자네는 로봇 팀을 세 번이나 지켜보았고, 로봇들 모두 맡은 작업을 완벽하게 수행했어. 자네 입으로 그렇게 말했으니까. 그런데 우리가 할 일이 더 있겠어?"

"문제점을 찾아내는 것, 바로 그게 우리가 해야 할 일이에요. 그래요, 그들은 내가 지켜보는 동안에는 완벽하게 일해요. 하지만 내가 감독하지 않을 때는 광석을 하나도 캐지 않은 게 벌써 세 번째예요. 심지어 예정된 시간에 돌아오지 않은 적도 있어요. 직접 찾아 나서야 했다고요."

"그래서 잘못된 거라도 있었나?"

"아니요, 하나도 없었어요. 모든 게 완벽했어요. 발광용 에테르처럼 완벽하고 순탄했어요. 아주 작은 사실 하나가 마음에 걸릴 뿐이죠. 채굴한 광석이 하나도 없다는 사실 하나."

파웰이 천장을 쳐다보고 얼굴을 찌푸리며 갈색 콧수염을 잡아당겼다.

"내 말을 들어 보게, 도노반. 우리는 지금까지 아주 힘든 작업에 매달려 왔어. 하지만 이번에는 채굴 자체가 어려운 이리듐 행성이야. 작업 전체가 견딜 수 없을 정도로 복잡하다고. 게다가 저 로봇 DV 5호는 그 밑에 로봇 여섯 대가 있어. 그냥 밑에 있는 것도 아니야. 몸의 일부라고 할 수 있지."

"그건 나도 알지만……."

파웰이 사납게 도노반의 말을 잘랐다.

"그만 해! 나도 자네가 알고 있다는 걸 알아. 한번 따져 보자는 거야. 손가락이 우리 몸의 일부인 것처럼 부하 로봇 여섯 대역시 DV 5호의 일부야. 그래서 소리나 무선으로 명령하지 않고 자기들끼리만 통하는 양전자장을 통해서 직접 명령하고 있어. 그런데 'U.S.로보틱스' 본사에는 양전자장의 본질과 작용 원리를 파악한 로봇 전문가가 한 명도 없어. 그런데 나도 그게 뭔지 모르고, 자네도 마찬가지야."

"그렇죠."

도노반이 체념하며 인정했다.

"그렇다면 우리가 처한 상황을 살펴보자고. 모든 게 성공하면 좋지! 하지만 하나라도 잘못되면 우리는 깊은 수렁에 빠져 들 수밖에 없고, 그러면 우리를 비롯해 그 누구도 어쩔 도리가 없게 되는 거야. 그런데 이 일을 처리할 사람은 다름 아닌 바로 우리 자신이라고. 곤경에 처한 건 바로 우리란 말이야, 도노반."

파웰이 잠시 말없이 노려보다가 물었다.

"좋아. 지금 바깥에서 기다리고 있나?"

"네."

"지금은 모든 게 정상인가?"

"모르겠어요. 종교에 미친 것도 아니고, 길버트와 설리번의 글을 지껄이며 빙글빙글 맴돌지도 않으니까 정상이라고 할 수 있겠지요."

도노반은 머리를 세차게 흔들면서 밖으로 나갔다.

파웰은 탁자 한쪽을 무겁게 누르고 있는 《로봇 지침서》를 집어 들어 조심스레 펼쳤다. 예전에 집에 불이 났을 때는 팬티만 입은 채 지침서를 껴안고 창밖으로 뛰어내렸을 정도였다. 그보다 급한 상황이었다면 아마 팬티도 안 입고 지침서만 구했을 것이다.

《로봇 지침서》를 펼쳐 놓을 즈음 로봇 DV 5호가 들어왔다. 도노반은 발로 차서 문을 닫았다.

파웰이 우울하게 물었다.

"안녕, 데이브. 기분은 어떤가?"

"좋습니다. 앉아도 괜찮겠습니까?"

로봇은 자신의 몫으로 특별히 튼튼하게 제작된 의자를 잡아당겨 점잖게 앉았다.

파웰은 데이브를 다정하게 바라보았다. 일반인은 로봇을 일련번호 정도로 여기겠지만 로봇 전문가는 절대 그러지 않는다. 데이브는 일곱 개 단위 로봇이 하나로 통합된 팀의 우두머리로, 스스로 판단하고 명령하는 역할을 담당하도록 생산되었지만 체구는 그리 육중하지 않았다. 2미터 키에 무게 0.5톤의 금속과 전기로 구성되어 있었다. 축전기와 회로, 계전기, 그리고 인간과 비슷한 심리 반응을 실질적으로 처리하는 진공 세포 등을 감안하면 0.5톤은 무거운 게 아니었다. 게다가 5킬로그램에 달하는 물질과 양전자 수천억 개로 구성된, 모든 상황을 판단하고 처리하는 양전자 두뇌까지 있지 않은가!

파웰은 윗옷 주머니를 더듬으며 담배를 찾다가 말했다.

"데이브, 자네는 좋은 친구야. 변덕스럽지도 않고 잘난 척하지도 않지. 바위 밑바닥에서 광석을 캐는 믿음직한 로봇이고. 로봇 여섯 대를 직접 통제하는 능력을 갖추고 있다는 게 다를 뿐이지. 내가 알고 있는 한 자네의 두뇌 경로 지도에는 불안정한 경로가 하나도 없어."

로봇이 고개를 끄덕였다.

"그렇게 말씀하시니까 기분이 좋군요. 그런데 무슨 말을 하고 싶으신지요."

데이브는 진동판 성능이 뛰어난 데다 높은 음까지 낼 수 있는 기능을 첨가했기 때문에 로봇 특유의 독특한 금속성 말투는 거의 사라진 상태였다.

"그래, 얘기하지. 다른 건 모두 괜찮은 것 같은데, 일하는 데 무슨 문제가 있나? 예를 들면 오늘 B조에 말이야."

데이브는 망설였다.

"제가 알기로는 아무 일도 없습니다."

"광석을 하나도 채굴하지 않았잖아."

"알고 있습니다."

"그래? 그렇다면……."

데이브는 곤란해하면서 대답했다.

"설명할 수 없습니다, 주인님. 뻔뻔하단 느낌이 들지만 어쩔 수 없습니다. 보조 로봇들은 제대로 일했습니다. 저도 그렇고요."

생각하는 중인지 광전지 눈이 짙게 반짝였다. 데이브가 입을 열었다.

"기억이 안 납니다. 하루 일과가 끝나고 도노반이 찾아왔을 때 광석 수송차 대부분이 비어 있었습니다."

도노반이 끼어들었다.

"최근엔 작업을 끝내고 보고하지도 않았잖아, 데이브. 자네도 알지?"

"알고 있습니다. 하지만 그 이유에 대해서는……."

데이브가 천천히, 그리고 묵직하게 머리를 흔들었다.

파웰은 만일 데이브가 표정을 지을 수 있다면 힘들고 억울한 표정을 지었을 거라고 생각했다.

도노반이 파웰의 탁자 옆으로 의자를 끌고 와 상체를 기울이며 속삭였다.

"기억상실증에 걸린 건 아닐까요?"

"모르겠어. 하지만 병명을 붙여 봐야 소용없어. 인간의 질환을 로봇에게 적용하는 건 쓸데없는 추론일 뿐이야. 그런 건 로봇공학에 아무 도움도 안 돼."

파웰은 목을 긁으며 덧붙였다.

"데이브한테 초보적인 두뇌 반응 검사를 하고 싶지는 않아. 자존심을 세우는 데 전혀 도움도 안 될 거고."

파웰은 데이브와 지침서에 실려 있는 현장 테스트 개요를 번갈아 보며 말했다.

"이봐, 데이브. 검사를 한번 받아 보는 게 어때? 그러는 게 좋을 것 같아."

로봇이 일어났다.

"그렇게 하세요, 주인님."

목소리에서 고통이 묻어났다.

검사는 아주 간단한 내용부터 시작되었다. 로봇 DV 5호는 다섯 자리 숫자를 곱하기 시작했다. 그 옆에서는 잔인하게도 초침이 재깍거리고 있었다. 천과 만 사이의 소수도 모두 암송했다. 세제곱도 계산하고, 아주 복잡한 함수와 적분 문제도 풀었다. 문제 수준을 높이기 위해 기계적인 반응도 끌어올렸다. 그리고 마지막으로 로봇 세계에서 가장 높은 기능, 즉 판단력과 윤리적인 문제에 대한 세밀한 반응을 검사했다.

그렇게 두 시간이 지나자 온몸에 땀이 흥건했다. 도노반은 간식을 먹었다. 로봇이 물었다.

"어떤가요, 주인님?"

파웰이 대답했다.

"생각을 좀 해 봐야겠어, 데이브. 즉각적인 판단은 별로 도움이 안 되거든. 걱정할 것 없어. 당분간은 작업 책임량에 너무 신경 쓰지 말고. 문제는 우리가 해결할 테니까."

로봇이 떠나자 도노반이 파웰을 바라보았다.

"어때요?"

파웰은 콧수염을 뿌리째 뽑아 버리기라도 할 것처럼 세게 잡아당기며 대답했다.

"양전자 두뇌 전류는 아무 문제 없어."

"너무 확신하지 마세요."

"제기랄, 도노반! 로봇한테는 두뇌가 가장 확실한 부분이야. 지구에서는 검사를 다섯 배나 더 많이 한다고. 두뇌의 핵심 경로 전체를 검사하거든. 데이브처럼 현장 테스트를 완벽하게 통과한 로봇은 두뇌에 이상이 있을 가능성이 절대 없어."

"그럼 이제 어떡하죠?"

"너무 몰아붙이지 마. 문제를 파악할 시간이 필요해. 몸체에 기계적 이상이 생겼을 수도 있어. 축전기 1천 5백 개와 전자 회로 2만 개, 진공 세포 5백 개, 계전기 1천 개, 기타 복잡한 부품 수천 개 가운데 어딘가에 문제가 있을지도 몰라. 아는 사람이 하나도 없는 신비에 싸인 양전자장에 문제가 있을 수도 있고."

순간 도노반이 아주 절박하게 말했다.

"대장, 좋은 생각이 났어요. 어쩌면 저 로봇이 거짓말을 한 걸 수도 있어요. 저 로봇은 한 번도……."

"멍청한 소리 그만 해. 로봇은 일부러 거짓말을 할 수 없어. 지금 이곳에 맥코맥웨슬리 검사기만 있으면 24시간에서 48시간 안에 몸체의 모든 부품을 하나씩 검사할 수 있을 텐데. 유일하게 남아 있는 맥코맥웨슬리 검사기 두 대는 지구에 있는 데다 무게가 10톤이나 나가고, 콘크리트 기초에 세워 놓았기 때문에 도저히 움직일 수가 없어. 정말 대단하지 않아?"

도노반은 책상을 쳤다.

"하지만 대장, 데이브는 우리가 없을 때만 이상하게 변해요. 뭔가 불길한 느낌이 든단 말이에요!"

도노반이 주먹으로 책상을 내려치고 한 마디씩 끊어 가며 말하자 파웰이 천천히 입을 열었다.

"정말 역겹게도 말하는군. 자넨 추리 소설을 너무 많이 읽었어."

그러자 도노반이 소리쳤다.

"내가 알고 싶은 건 우리가 그 문제를 어떻게 해결하느냐는 거예요."

"내가 알려 주지. 내 책상 바로 위에 감시 모니터를 설치하는 거야. 여기, 이 벽에다!"

파웰이 손가락으로 한 점을 사납게 쿡 찌르며 덧붙였다.

"그리고 작업이 진행되는 갱도마다 초점을 맞춰 감시하는 거야. 그러면 돼."

"그게 전부예요? 대장……"

파웰은 의자에서 일어나 불끈 쥔 주먹으로 책상을 짚고 말했다. 지친 목소리였다.

"도노반, 정말 너무 힘들게 하는군. 데이브 문제로 일주일 전부터 계속 나를 볶아 대고 있잖아. 데이브한테 문제가 있다고 계속 말하는데, 그럼 자네는 그게 어떤 문제인지 알고 있나? 아니야! 그럼 자네는 그 문제가 왜 생겼는지 알고 있나? 아니야! 그럼 그런 문제가 계속 생겨나는 이유는 뭔지 알고 있나? 아니야! 그러다가 다시 정신을 차리는 이유는 뭔지 알고 있나? 아니야! 그 문제에 대해 조금이라도 아는 게 있나? 아니야! 그럼 내가 그 문제에 대해 알고 있나? 아니야! 그러니 내가 뭘 어쩌겠어?"

도노반은 어깨를 으쓱했다.

"그렇게 말하니까 할 말이 없군요!"

"다시 말하지. 치료를 하려면 우선 뭐가 잘못된 건지부터 찾아야 해. 토끼 요리를 하려면 우선 토끼부터 잡아야 한다고. 그러니 지금은 토끼부터 잡잔 말이야! 이제 그만 나가 봐."

도노반은 피곤한 눈으로 현장 보고서 개요를 바라보았다. 몸이 피곤하기도 했지만, 문제가 해결되지도 않았는데 도대체 무슨 보고서를 작성한단 말인가 싶어 저절로 짜증이 났다.

"대장, 벌써 작업량이 1천 톤이나 밀렸어요."
"무슨 말을 하는지 모르겠군."
파웰이 대답했다. 고개도 들지 않았다.
도노반이 갑자기 거칠게 물었다.
"내가 알고 싶은 건, 우리는 왜 항상 새로 만든 로봇과 얽혀 드는 일만 해야 하느냐는 거예요. 외할아버지가 만족스럽게 쓰시던 로봇이면 충분한데 말이에요. 이미 충분히 검증된 기존 로봇이 좋아요. 오랫동안 검증해서 믿을 수 있으니까요. 성실하고 튼튼한 구형 로봇은 잘못되는 경우가 절대 없어요."
파웰이 정확히 도노반을 겨냥해 책 한 권을 던졌다. 도노반은 상체를 살짝 비틀어 피했다. 파웰은 아무렇지 않게 말했다.
"자네가 지난 5년 동안 맡은 일은 특정한 작업 조건에서 'U.S.로보틱스'를 위해 신형 로봇을 테스트하는 거였어. 그런데 멍청하게도 자네하고 내가 그 역할을 너무 훌륭하게 수행한 덕분에 그 상으로 이런 더러운 업무를 계속 맡고 있는 거야. 그게……."
파웰이 손가락으로 도노반을 가리킨 후 허공에 동그라미를 그리며 말을 이었다.
"자네 역할이라고. 내가 알기로 자네는 'U.S.로보틱스'에 취직하고 5분이 지난 다음부터 지금까지 계속 투덜대고 있어. 그러면서 왜 사표를 안 쓰는 거지?"
도노반은 몸을 돌린 후 헝클어진 붉은 머리카락을 꽉 움켜쥐며 머리를 들어 올렸다.

"그래요, 말할게요. 원칙적인 문제 때문이에요. 결국 나는 문제 해결 사고, 신형 로봇 개발에 중요한 역할을 하고 있어요. 과학 발전에 기여한다는 원칙의 문제지요. 하지만 오해하지는 마세요. 내가 이 일을 계속하는 이유는 이 원칙 때문이 아니라 회사에서 나오는 봉급 때문이니까요. …… 대장!"

도노반이 갑자기 외치자 파웰이 깜짝 놀라 붉은 머리의 눈길을 따라 감시 모니터를 바라보았다. 끔찍한 장면에 눈알이 튀어나오는 것 같았다. 파웰이 속삭였다.

"맙소사…… 어떻게…… 저런 일이!"

도노반이 숨을 헐떡이며 일어났다.

"저놈들 좀 봐요, 대장. 모두 미쳤어요."

파웰이 말했다.

"옷 가져와. 나가자고."

파웰은 감시 모니터에 나타난 로봇의 동작을 자세히 보았다. 공기 없는 행성의 그늘진 험한 바위산을 배경으로 로봇들은 제각기 희미하게 청동빛을 뿌리며 움직이고 있었다. 광산 터널 벽을 군대처럼 행진하는 대형으로 소리 없이 지나칠 때마다 몸에서 흘러나오는 희미한 빛이 불규칙하게 얼룩진 그늘에 흐릿한 바둑무늬를 만들었다. 데이브를 선두로 로봇 일곱 대가 나란히 행진했다. 그러다가 한순간에 기분 나쁠 정도로 똑같이 몸을 돌려 방향을 바꾸었다. 마치 군무를 추는 것처럼 멋들어지게 합쳤다가 흩어지며 대형을 바꾸었다.

도노반이 옷을 갖고 돌아왔다.

"저놈들이 우릴 속인 거예요, 대장. 저건 군대식 행진이에요."

파웰이 냉정하게 대답했다.

"어쩌면 미용 체조를 하는 걸지도 모르지. 데이브 자신이 댄스의 황제라는 망상에 사로잡힌 것일 수도 있고. 도노반, 먼저 생각부터 해. 그런 다음에 말을 하라고."

도노반은 얼굴을 잔뜩 찌푸리더니 옆구리의 텅 빈 권총집에 보란 듯이 총을 집어넣고 나서 말했다.

"어쨌든 여기 옷 가져왔어요. 그래, 이제야 신형 로봇 확인 작업에 착수하는군요. 그게 우리 일이니까 당연하겠지요. 하지만 한 가지 궁금한 게 있어요. 왜…… 왜 우리가 맡은 놈들한테 꼭 문제가 생기는 거죠?"

파웰이 우울하게 대답했다.

"우리가 저주를 받았기 때문이지. 자, 가자고!"

두 사람이 비춘 손전등에서 나오는 빛이 밝은 동그라미를 만들었다. 그 너머 부드러운 암흑이 두껍게 깔린 통로 먼 곳에서 로봇의 몸에서 나오는 빛이 반짝였다.

"저기 있군요."

도노반이 속삭이자 파웰도 긴장하며 목소리를 낮췄다.

"데이브에게 무선으로 몇 차례 연락해 봤지만 대답이 없어. 무선 회로가 고장 난 것 같아."

"로봇 설계사가 완벽한 어둠 속에서도 작업할 수 있는 로봇을 아직까지 못 만들어 낸 게 다행이에요. 어두운 굴에서 무선 통신도 없이 미친 로봇 일곱 대를 찾아야 한다면 정말 끔찍할 거예요. 저놈들이 방사선에 오염된 크리스마스트리처럼 반짝이지 않는 한 말이에요."

"저 위 능선으로 올라가, 도노반. 저놈들이 지금 이쪽으로 오고 있어. 가까운 거리에서 살펴보자고. 올라갈 수 있겠지?"

도노반은 투덜대며 펄쩍 뛰어올랐다. 중력이 지구보다 많이 약하긴 하지만 무거운 우주복을 입고 있었기 때문에 큰 차이가 없었다. 능선으로 오른다는 건 3미터나 되는 높이를 뛰어올라야 한다는 뜻이었다. 파웰도 뒤를 따랐다.

로봇 대열이 데이브를 따라 일렬로 행진했다. 기계적인 리듬에 맞춰 각각 다른 순서로 두 줄로 나뉘었다가 다시 한 줄이 되었다. 계속 그렇게 반복하고 또 반복했다. 데이브는 단 한 번도 고개를 돌리지 않았다.

행진 놀이는 데이브가 6미터 정도 되는 거리에 도착하면서 끝이 났다. 부하 로봇들은 대열에서 벗어나 잠시 기다리더니 덜거덕거리며 멀리 흩어졌다. 아주 급하게. 데이브는 그들을 바라보다가 천천히 자리에 앉았다. 그러고는 인간처럼 턱을 괴었다.

파웰의 이어폰에서 데이브의 목소리가 울렸다.

"여기 계세요, 주인님?"

파웰은 도노반에게 신호를 보낸 다음 능선에서 훌쩍 뛰어내렸다.

"그래. 데이브, 지금까지 뭘 한 거지?"

로봇이 머리를 흔들었다.

"저도 몰라요. 17번 터널에서 어려운 채굴을 지휘하고 있었는데, 갑자기 정신이 들면서 근처에 사람이 있다는 걸 알았어요. 저는 작업장에서 7백 미터나 떨어져 있었어요."

도노반이 물었다.

"부하들은 지금 어디 있나?"

"당연히 작업장으로 돌아갔지요. 일을 안 한 시간이 얼마나 되는데요?"

"많지 않아. 신경 쓰지 마."

파웰은 도노반에게 눈길을 돌리며 덧붙였다.

"작업이 끝날 때까지 여기 있다가 나중에 와. 나한테 좋은 생각이 있어."

도노반은 세 시간이 지나서야 돌아왔다. 피곤해 보였다.

파웰이 물었다.

"어떻던가?"

도노반이 약하게 어깨를 으쓱했다.

"사람이 지키고 있을 때는 아무 문제도 없어요. 담배나 하나 던져 주세요."

붉은 머리는 아주 조심스럽게 불을 붙이고 나서 담배 연기로

정성스럽게 도넛을 만들었다.

"대장, 그동안 계속 생각해 봤어요. 대장도 알다시피 데이브는 정말 이상한 로봇이에요. 모든 면에서 한 몸처럼 움직이는 부하가 여섯이나 있어요. 게다가 부하 로봇을 죽이거나 살릴 권한도 가지고 있어요. 모두가 데이브의 정신 상태에 따라야 하니까요. 그런데 이기적인 목적이 생겨서 자기 권한을 더욱 강화할 필요성을 느낀 건 아닐까요?"

"요점부터 말해 봐."

"이를테면 군국주의에 빠져 들었다고 가정해 보세요. 데이브가 자신을 군인으로 착각하는 거예요. 그래서 부하들에게 군대식 훈련을 시키는 거죠. 가령……."

"자네가 술을 너무 마셨다고 가정하는 건 어떨까? 자네가 꾸는 악몽은 정말 화려하기도 하군. 그런 가정은 양전자 두뇌 전체가 바뀌었을 때만 가능해. 만일 자네의 분석이 옳다면 데이브는 로봇공학 제1원칙을 깨뜨려야 하지. 로봇은 인간에게 해를 입혀서는 안 되고, 위험에 처한 인간을 모른 척해서도 안 된다는 원칙 말이야. 자네가 제시한 군대식 행동과 권한 강화를 논리적으로 따져 보면 결국 인류가 세상을 지배하는 시대는 이제 끝났다는 뜻이 되는 거야."

"좋아요. 그럼 그게 문제의 본질이 아니라는 걸 증명할 방법은 있나요?"

"첫째, 그런 두뇌를 가진 로봇은 결코 공장에서 나올 수 없고, 둘째, 그런 로봇이 생기면 즉시 포착되기 때문이야. 내가 데이브를 검사했다는 거 자네도 알잖아."

파웰은 의자를 뒤로 밀치고 책상에 발을 올렸다.

"아직은 토끼 요리를 시작할 때가 아니야. 왜 이런 문제가 생기는 건지 조금도 파악하지 못했잖아. 우리가 목격한 기분 나쁜 춤이 무엇인지 파악할 수만 있으면 실마리를 찾을 수 있을 거야."

파웰은 잠시 멈췄다가 다시 입을 열었다.

"잘 들어, 도노반. 이 얘기가 어떻게 들려? 데이브는 우리가 없을 때만 이상하게 된다는 것. 그리고 이상하게 행동하다가도 우리 가운데 한 명만 나타나면 금방 정신을 차린다는 것."

"그건 정말 불길한 조짐이라고 전에 말했잖아요."

"인간이 없을 때 로봇은 어떻게 변하는가, 그 대답은 분명해. 주체적으로 역량을 발휘하려는 욕구가 늘어나게 돼. 그러니까 새로운 욕구 때문에 몸체가 어떤 영향을 받는지 살펴보는 거야."

똑바로 앉아 있던 도노반이 쓰러져 버렸다.

"맙소사, 말도 안 돼요. 가능성이 거의 없다고요."

"어쩔 수 없어. 그래도 할당량을 못 채울 위험은 없어질 테니까. 감시 모니터로 로봇들을 교대로 살피다가 문제가 생기면 현장으로 달려가는 거야. 그러면 다시 좋아질 테니까."

"어쨌든 저 로봇은 실패작이 되고 말 거예요, 대장. 'U.S.로보틱스'는 이런 보고서를 가지고는 DV 모델을 팔 수 없어요."

"그렇겠지. 그러니까 우리가 문제점을 찾아서 고쳐야 돼. 그럴 시간도 이제 열흘밖에 안 남았어."

파웰이 머리를 긁적였다.

"문제는…… 제기랄, 자네가 직접 설계도를 살펴보도록 하게."

파웰은 설계도를 양탄자처럼 바닥에 펼쳤다. 도노반은 설계도 앞으로 기어가 파웰이 불규칙하게 끄적이는 연필을 쫓아가기 시작했다.

파웰이 설명했다.

"여기부터 따져 보지, 도노반. 자네는 몸체 전문가니까 내 말이 맞나 살펴보라고. 주체적인 역량과 관련이 없는 모든 회로를 잘라 낼 생각이야. 예를 들어 바로 여기가 기계적인 기능과 관련된 본체 동맥이라고 하면 옆에 있는 모든 통로를 긴급 구역으로 간주하고 잘라 내는 거지."

파웰이 고개를 들었다.

"자네 생각은 어때?"

도노반의 입에서 푸념이 쏟아졌다.

"그렇게 간단한 작업이 아니에요, 대장. 주체적인 역량은 그것만 떼어 내서 연구할 수 있는 전자 회로가 아니에요. 로봇은 혼자 있으면 그 즉시 거의 모든 측면에서 몸체 활동의 집중성이 늘어나요. 영향을 안 받는 회로가 하나도 없어요. 우리가 해야 할 일은 로봇이 이상하게 변하는 구체적인 조건을 포착해서 그 회로를 제거하는 거예요."

파웰이 일어나 먼지를 털었다.

"으흠, 맞아. 설계도는 갖고 가서 태워 버리게."

도노반이 말했다.

"활동성이 늘어나면 극히 일부만 잘못돼도 무슨 일이 일어날

지 몰라요. 절연체가 깨질 수도 있고, 축전기가 넘칠 수도 있고, 연결 부위에서 불꽃이 일 수도 있고, 열선이 과열될 수도 있어요. 그러니까 로봇 몸체를 아무 데나 뒤져 가지고는 결코 문제점을 찾을 수 없어요. 만일 대장이 데이브를 분해해서 몸체 메커니즘을 하나씩 검사한 후에 다시 조립하는 식으로 문제점을 찾으려고 한다면……."

"그래, 그래. 무슨 말인지 알아듣겠어."

두 사람은 서로를 절망적으로 바라보았다. 얼마 후 파웰이 조심스럽게 말했다.

"부하 로봇 한 대를 불러다 물어보는 건 어떨까?"

파웰도 도노반도 아직까지 '손가락'이란 별명으로 불리는 부하 로봇에게 말을 걸어 본 적이 없었다. 물론 부하 로봇도 말을 할 수 있었다. 인간의 손가락과 완전히 똑같은 건 아니기 때문이다. 게다가 이들도 상당히 발전된 두뇌를 갖고 있었다. 양전자장을 통해 명령을 받는 기능에 초점을 맞추고 있기 때문에 다른 자극에 대한 독자적인 반응이 느릴 뿐이었다.

그런데 파웰은 로봇의 이름도 정확히 모르고 있었다. 일련번호는 DV-5-2였지만 그건 그다지 쓸모 있는 정보가 아니었다.

"이봐, 친구. 열심히 생각해서 내 말에 대답한 다음 자네 대장에게 돌아가도록 하게."

'손가락'이 머리를 뻣뻣하게 흔들었다. 하지만 제한된 두뇌 용량을 말하는 데 사용하지는 않았다.

"최근에 자네 대장은 두뇌에 입력된 내용에서 네 차례나 벗어났어. 자네는 그 네 차례를 기억하고 있나?"

"네, 주인님."

로봇이 대답하자 도노반이 으르렁거렸다.

"기억하잖아요. 뭔가 불길한 조짐이 있다고 말했잖아요."

"아, 자네는 가서 잠이나 자게. 그럼, 기억을 하는 게 당연하지. 그건 아무 문제도 안 돼."

파웰은 다시 로봇에게 눈길을 돌렸다.

"그때마다 자네는 뭘 하고 있었나? 내 말은 팀 전체가 뭘 했느냐는 거야."

'손가락'은 기계적으로 암송하듯 이상한 말투로 대답했다. 두뇌에서 기계적인 압력을 받으며 대답하는 것 같았다. 감정이나 열정 같은 건 하나도 없었다.

"첫 번째는 B레벨 17번 터널에서 힘들게 일하며 광석을 캐고 있을 때입니다. 두 번째는 갱도가 무너질 것 같아서 천장에 버팀목을 대고 있을 때입니다. 세 번째는 지하의 틈이 갈라져 무너질 위험이 많은 상태에서 그걸 임시로 막은 다음 더 깊숙이 파들어가기 위해 발파 장치를 하고 있을 때입니다. 네 번째는 가벼운 함몰 사고가 발생한 직후입니다."

"그래서 어떤 일이 벌어졌지?"

"설명하기 어렵습니다. 명령이 내려왔는데 우리가 그 명령을 접수해서 그 의미를 미처 해석하기도 전에 이상한 대형으로 행진하라는 새로운 명령이 내려왔습니다."

파웰이 재빨리 물었다.

"왜?"

"저도 모르겠습니다."

도노반이 끼어들었다. 긴장한 목소리였다.

"첫 번째 명령은 뭐지? 행진하란 명령으로 대체된 그 명령 말이야."

"모르겠습니다. 명령을 보낸 건 분명한데 미처 접수할 시간이 없었습니다."

"조금이라도 알려 줄 수 없나? 매번 똑같은 명령이었어?"

'손가락'이 어설프게 머리를 저었다.

"모르겠습니다."

파웰은 등을 젖혔다.

"좋아, 그만 대장에게 돌아가도록."

'손가락'은 떠났다. 정말 다행이라는 표정이 역력했다.

도노반이 말했다.

"그래, 정말 많이도 알아냈군요. 처음부터 끝까지 정말 효과적인 대화였어요. 내 말 잘 들어요. 데이브하고 저 바보 '손가락' 녀석이 우릴 계속 속이는 거예요. 모르는 것도 많고, 기억 못하는 것도 너무 많아요. 더 이상 저놈들을 못 믿겠어요, 대장."

파웰은 콧수염을 거꾸로 쓰다듬었다.

"그러니까 도움이 되는 말 좀 하게, 도노반. 그런 멍청한 말은 그만두고. 계속 그런 식으로 떠들어 대면 입을 막아 버릴 거야."

"좋아요. 대장은 천재고, 저는 말썽만 일으키는 풋내기니까요. 그래서 지금 어떤 상황이죠?"

"안 좋은 상황이지. '손가락'을 통해서 뒤쪽부터 조사하려다 실패했으니까. 그러니 이젠 정면부터 조사해야겠지."

"정말 훌륭하시군요. 아주 간단하게 해결할 수 있을 것 같은데 이제 쉬운 말로 해석해 주시죠, 주인님."

"자네한테는 아기한테 하는 말로 해석해 주는 게 맞을 것 같군. 내 말은 모든 게 암흑으로 빠져 들기 직전에 데이브가 내린 명령이 무엇인지 찾아내야 한다는 뜻이야. 바로 그게 문제를 해결하는 실마리일 거야."

"그걸 어떻게 파악하려고요? 우리가 근처에 있으면 아무 문제도 일어나지 않으니까 가까이 못 가잖아요. 그리고 명령 전달은 양전자장을 통해 이루어지기 때문에 내용도 파악할 수 없고요. 그러니까 근거리 접근 방식이나 장거리 접근 방식 모두 애초부터 불가능하다고요."

"직접 관찰하는 방법이 있어. 그래서 추론하면 될 거야."

"네?"

파웰이 싸늘하게 웃었다.

"교대로 관찰하는 거야, 도노반. 감시 모니터에서 눈을 떼면 안 돼. 골칫덩어리 쇳덩이들이 하는 행동을 일일이 감시해 보자고. 그래서 저놈들이 이상한 행동을 하기 시작하면 우리는 그 직전에 무슨 일이 있었는지 알아내서 명령을 추론하는 거야."

도노반은 입을 쩍 벌린 채 한동안 가만히 바라보았다. 그러더니 갑갑해 죽겠다는 듯 말했다.

"내가 사표를 내죠. 관두겠어요."

"어차피 열흘 안에 해결을 못하면 자네나 나나 사표를 낼 수밖에 없어. 다른 일거리는 그때 가서 찾아도 늦지 않아."

파웰이 지친 듯 대답했다.

도노반은 8일 동안 로봇들을 열심히 감시했다. 어두운 터널을 배경으로 반짝거리며 움직이는 금속 물체를 쓰라리고 흐릿한 눈으로 8일 동안 네 시간씩 교대로 지켜보았다. 그리고 그 8일 동안 네 시간마다 'U.S.로보틱스'와 DV 모델을 저주하고, 심지어 자신이 이 세상에 태어난 것 자체를 저주했다.

그래서 8일째 되는 날, 파웰이 아픈 머리와 졸린 눈으로 교대하러 들어왔을 때 도노반은 벌떡 일어나 감시 모니터 한가운데를 정확하게 겨냥해 무거운 책 한 권을 명중시켰다. 그와 동시에 모니터 깨지는 소리가 났다.

파웰은 깜짝 놀라 물었다.

"도대체 왜 그래?"

도노반이 대답했다. 아주 차분했다.

"왜냐하면 이제 더 이상 저걸 지켜보지 않을 거거든요. 이틀밖에 안 남았는데 알아낸 건 하나도 없어요. DV 5호는 비열한 대장이에요. 내가 지켜보는 동안에는 다섯 번, 대장이 지켜보는 동안에는 세 번이나 멈췄는데, 대장이나 나나 그놈이 무슨 명령을 내렸는지 알 수가 없었잖아요. 난 앞으로도 파악하지 못할 거예요. 대장도 그럴 거고요."

"제기랄, 로봇 여섯 대를 동시에 살펴보는 게 쉬운 일은 아니지. 한 대는 손 역할을 하고, 또 한 대는 발 역할을 하고, 또 한 대는 풍차 역할을 하고, 또 한 대는 미친놈처럼 위아래로 점프를 하니까 말이야. 그리고 나머지 두 대는 도대체 어떤 역할을 하는지 아무도 모르고. 그런데 그놈들 모두가 일시에 작업을 멈추니 도대체 어쩌라는 건지……."

"대장, 우리 방식에 뭔가 문제가 있어요. 가까이 가야 돼요. 우리 눈으로 직접 확인할 수 있는 지점에서 그놈들이 뭘 하는지 지켜봐야 한다고요."

파웰은 씁쓸한 말투로 대답했다.

"그래, 그래서 앞으로 남은 이틀 동안 문제가 생기기만 기다리자는 건가?"

"그럼 여기서 지켜만 보면 좋은 점이라도 있나요?"

"최소한 편하긴 하겠지."

"아…… 하지만 현장에서는 여기서 못하는 걸 할 수 있어요."

"그게 뭔데?"

"저놈들을 중단시키는 거요. 아무 때나 우리 마음대로요. 그래서 준비를 하는 동안 뭐가 잘못된 건지 살펴보는 거예요."

파웰이 정신을 바짝 차리며 물었다.

"어떻게?"

"직접 생각해 보세요. 대장은 천재니까 자신에게 직접 물어보시라고요. DV 5호가 언제 나쁜 상태로 접어들죠? 그 '손가락'이 DV 5호가 언제 그런다고 했죠? 터널이 무너질 위험이 있거나 진짜 그렇게 되었을 때, 폭약을 정밀하게 계산해서 설치해야 할 때, 지층이 갈라질 때."

"쉽게 말해서 위험할 때!"

파웰이 소리쳤다.

"맞아요! 그럼 언제 그런 일이 일어난다고 생각해요? 문제를 일으키는 건 주체적인 역량하고 관계가 있어요. 그리고 주체적인 역량에 부하가 가장 많이 걸릴 때는 인간이 없는 상황에서 위험한 일이 일어나는 순간이에요. 여기에서 우리는 어떤 논리적 추론을 할 수 있을까요? 우리가 원하는 순간에 위기 상황을 만들 방법은 없을까요?"

도노반은 의기양양한 표정으로 파웰의 입에서 나올 분명한 대답을 먼저 내뱉었다.

"우리 스스로 돌발 사태를 만들어 내면 되겠죠."

"도노반, 자네 말이 맞아."

"고마워요, 대장. 저도 가끔은 똑똑한 소리를 할 때가 있어야겠죠."

"좋아, 그렇게 비꼬지 좀 마. 그런 건 참았다가 나중에 지구에 돌아가서 춥고 기나긴 겨울날에 써먹자고. 그런데 우리가 어떤 돌발 사태를 만들어 낼 수 있지?"

"갱도가 물에 잠기게 할 수도 있겠죠. 이곳이 공기가 없는 행성만 아니라면."

"정말 재치가 대단하군. 도노반, 자네 때문에 너무 웃겨서 아무 일도 못하게 될까 봐 걱정이야. 그래, 갱도를 살짝 무너뜨리는 건 어떨까?"

도노반이 입술을 삐쭉 내밀고 대답했다.

"그 방법도 좋겠군요."
"좋아, 그럼 시작하자고."

울퉁불퉁한 지표면을 돌아가는 동안 파웰은 음모를 꾸민다는 생각에 죄책감이 들었다. 중력이 약해서 갈라진 지표면은 건너뛰고, 자신의 몸무게보다 가벼운 바위가 나타나면 오른쪽이나 왼쪽으로 툭 차서 회색 먼지가 풀썩 일기도 했다. 하지만 몰래 숨어드는 염탐꾼 같다는 느낌을 지울 수가 없었다.
"로봇들이 어디 있는지 알고 있나?"
"알 것 같아요, 대장."
도노반이 대답하자 파웰이 우울하게 말했다.
"좋아. 하지만 어떤 '손가락'이든 우리가 6미터 이내에 접근하면, 보이지 않더라도 우릴 감지해 낼 거야. 자네도 알고 있길 바라네."
"나중에 로봇공학 초보 과정을 들어야 한다면 대장님 강의를 공식적으로 신청할게요. 신청서를 세 배로 두껍게 작성해서. 자, 이리 내려오세요."
두 사람은 터널로 들어갔다. 별빛조차 사라졌다. 두 사람은 벽을 잡았다. 손전등 불빛이 간헐적으로 길을 밝혔다. 파웰은 허리에 찬 총을 만져 보았다.
"이 터널에 대해 알고 있나, 도노반?"
"조금요. 새 터널인데, 감시 모니터로 보았기 때문에 길을 찾을 수 있을 것 같아요. 하지만……."

잠시 침묵이 흐른 다음 도노반이 말했다.
"벽이 울려요!"
금속 장갑을 낀 파웰의 손가락에 벽을 울리는 약한 진동이 느껴졌다. 물론 소리는 전혀 나지 않았다.
"발파 작업이에요! 아주 가까운 곳에서 들리는데요."
"정신 바짝 차리게."
도노반은 초조한 얼굴로 고개를 끄덕였다.
잠시 후 눈앞에 나타난 작업장 건너편에서 청동빛이 어른거렸다. 두 사람은 입을 꼭 다문 채 벽에 바싹 달라붙었다. 파웰이 속삭였다.
"눈치 챘을까?"
"그렇지 않기만 바라야죠. 하지만 저 옆으로 돌아가는 게 좋겠어요. 첫 번째 측선 터널로 가서 오른쪽으로 도는 거예요."

"그러다 놓쳐 버리면 어쩌지?"

도노반이 예민하게 반발했다.

"그럼 어떻게 하길 바라세요? 돌아가요? 지금 저놈들은 3백 미터 안팎에 있어요. 감시 모니터로 계속 지켜봤지만 소용이 없었잖아요. 그리고 우리에게 남은 시간은 이틀밖에……."

"알았어, 그만 해. 쓸데없이 산소를 낭비하지 말라고. 이게 측선 터널인가?"

손전등이 스치고 지나갔다.

"맞군. 자, 가자고."

진동이 훨씬 심하게 느껴지고, 땅바닥이 불안하게 흔들렸다.

"이 정도는 괜찮아요. 우리 위로 무너지지만 않으면."

도노반은 불안한 얼굴로 손전등을 앞에 비추었다.

팔을 반만 올렸는데도 천장에 닿았다. 버팀목도 최근에 설치한 것이었다.

도노반이 머뭇거리다 말했다.

"제길, 막혔어요. 돌아가요."

"아니야, 잠깐만."

파웰이 힘들게 몸을 비집고 지나가더니 말했다.

"저 앞에 빛이 보이지 않아?"

"빛이요? 아무것도 안 보이는데요. 저 밑 어디서 빛이 나겠어요?"

"로봇이 내는 빛."

파웰은 두 손과 무릎으로 조금씩 기어올랐다. 도노반의 귀에 거칠고 초조한 파웰의 목소리가 울려 퍼졌다.

"도노반, 이리 올라와 봐."

빛이 보였다.

"입구예요?"

"그래. 저놈들이 지금 건너편에서 이 터널로 파고 들어오는 게 분명해."

도노반은 울퉁불퉁한 입구 모서리를 만지며 조심스럽게 손전등을 비추었다. 주갱도가 분명한, 아주 넓은 터널이었다. 하지만 두 사람이 있는 곳은 구멍이 너무 좁아서 한 사람이 지나가기도 힘들었다. 그래서 두 사람이 동시에 건너편을 쳐다볼 수가 없었다.

"아무도 없잖아요."

"그래, 지금은 없지. 하지만 조금 전까지 분명히 있었어. 그렇지 않으면 빛도 안 보였을 테니까. 조심해!"

순간 벽이 무너지면서 충격이 느껴졌다. 고운 먼지가 소나기처럼 쏟아졌다. 파웰은 조심스레 머리를 들고 다시 바라보았다.

"그래, 도노반! 저기 나타났어!"

주갱도 15미터 밑에 반짝이는 로봇들이 모여 있었다. 지금 막 발파 작업을 해서 떨어진 광석 무더기를 금속 팔로 열심히 파내는 중이었다.

도노반이 재촉했다.

"시간이 없어요. 이제 조금 지나면 저 작업을 끝내고 또 발파 작업을 할 텐데, 그러면 우리가 묻힐 수도 있다고요."

"제발 재촉 좀 하지 마."

파웰이 총을 쏠 준비를 하며 로봇 빛이 유일하게 밝히는 어두침침한 작업장 건너편을 초조하게 살펴보았다. 하지만 너무 어두워서 튀어나온 바위를 찾아낼 수가 없었다.

"저기 천장에 점이 있어요. 보여요? 놈들이 일하는 조금 위쪽이요. 조금 전 발파 작업 때 무너지지 않은 바로 저 밑을 맞힐 수만 있으면 천장 절반이 무너질 거예요."

파웰의 눈길이 희미하게 보이는 손가락을 쫓아갔다.

"잘 감시해! 두 눈 똑바로 뜨고 살펴. 저놈들이 터널에서 너무 멀어지지 않기만 기도하면서 말이야. 저놈들 몸에서 나오는 빛이 주변을 밝히는 유일한 빛이야. 일곱 대 모두 저기 있나?"

도노반이 수를 셌다.

"모두 일곱 대예요."

"좋아, 그렇다면 잘 지켜봐. 하나도 놓치지 말라고!"

파웰이 총을 들어 겨냥하는 동안 도노반은 로봇들을 계속 지켜보면서 욕설을 퍼붓고는 두 눈을 깜빡여 흘러드는 땀을 밀어냈다.

섬광이 번쩍였다!

큰 충격과 함께 엄청난 진동이 일었다. 파웰이 나뒹굴다 도노반에게 부닥쳤다.

도노반이 신음을 했다.

"으, 대장이 밀쳐서 아무것도 못 봤어요."

파웰이 급히 살폈다.

"다 어디 갔지?"

도노반도 멍하니 침묵에 빠져 들었다. 로봇들은 흔적도 없이 사라졌다. 주변이 깜깜한 지옥으로 바뀐 것 같았다.

"우리 때문에 파묻힌 게 아닐까요?"

도노반이 떨리는 목소리로 말했다.

"저기로 내려가자고. 이유는 묻지 말고."

파웰이 굴러떨어지는 속도로 내려갔다.

"도노반!"

뒤를 따르던 도노반이 동작을 멈추며 물었다.

"이번에는 또 왜요?"

"잠깐 기다려!"

파웰의 숨소리가 도노반의 귀에 거칠고 불규칙하게 들렸다.

"도노반! 내 말 들려, 도노반?"

"여기 있어요. 무슨 일이에요?"

"갇혔어. 우리를 덮친 건 15미터 떨어진 곳에서 무너진 천장이 아니야. 우리 바로 위 천장이야. 충격 때문에 천장이 무너졌어."

"뭐라고요!"

도노반이 딱딱한 장애물을 기어서 올라왔다.

"손전등 좀 켜 보세요."

파웰은 손전등을 켰다. 토끼 한 마리가 빠져나갈 틈도 없었다.

도노반이 나직이 말했다.

"정말 어이가 없군요!"

두 사람은 앞에 가로막힌 장애물을 치우기 위해 몇 분을 보냈다. 파웰은 작은 구멍을 비틀어 파며 출구를 만들려고 애쓰다 갑자기 총을 꺼내 들었다. 하지만 공간이 너무 좁아서 방아쇠를 당기는 건 자살 행위가 될 게 분명했다.

파웰은 털썩 주저앉으며 말했다.

"도노반, 모든 게 엉망이 되고 말았어. 데이브 문제를 확인하러 가까이 가지도 못했는데 말이야. 좋은 방법이었는데 결국 이렇게 되고 말았군."

넋이 나간 도노반의 눈길이 어둠에 묻혔다.

"대장, 방해하고 싶은 생각은 없지만 데이브에 대해서는 나중에 고민하고, 지금은 우리 문제부터 해결해야 해요. 여기서 벗어나지 못하면 우린 죽을 수밖에 없어요. 남은 산소는 얼마나 되죠? 여섯 시간 분량도 안 돼요."

파웰은 기다란 콧수염을 만지면서 투명 헬멧을 톡톡 쳤다.

"나도 생각하고 있는 중이야. 이런 상황에서는 데이브를 불러 구해 달라고 하면 쉽게 해결될 텐데. 문제는 우리가 만든 심각한 돌발 사태 때문에 데이브의 정신은 물론 무선 통신 회로까지 나갔을 거란 사실이야."

"그런 식으로 말하면 재미있어요?"

도노반은 구멍으로 다가가 투명 헬멧을 쓴 머리를 밖으로 겨우 내밀었다. 빈틈도 없이 딱 끼었다.

"이봐요, 대장!"

"왜?"

"우리가 데이브를 6미터 이내로 다가오게 하면 데이브가 정신을 차릴 거예요. 그러면 여기서 벗어날 수 있겠죠?"

"물론이지. 그런데 데이브는 어디 있나?"

"갱도 저 밑, 한참 밑에요. 제기랄, 머리가 빠져나오지도 않았는데 그렇게 잡아당기면 어떻게 해요? 내가 나가고 나면 들어오세요!"

파웰은 머리를 억지로 내밀었다.

"우리 생각이 맞아떨어졌어. 저 얼간이들 좀 봐. 지금 발레를 추고 있는 것 같아."

"평가는 나중에 하세요. 지금 저놈들이 가까이 다가오고 있나요?"

"아직은 몰라. 너무 멀어. 기다려 봐. 손전등 좀 줄래? 저놈들의 관심을 끌어야겠어."

하지만 파웰은 2분 만에 포기하고 말았다.

"어림도 없어! 저놈들 모두 눈이 멀었나 봐. 어어, 지금 이쪽으로 다가오기 시작했어. 정말 다행이야."

"대장, 나도 좀 봐요!"

부스럭거리는 소리가 나더니 파웰이 대답했다.

"좋아!"

도노반은 머리를 밖으로 내밀었다. 로봇들이 다가오고 있었다. 데이브는 맨 앞에서 발을 높이 들어 올리며 걸었고, 여섯 '손가락'은 뒤에서 합창단처럼 몸을 흔들어 대며 쫓아왔다.

도노반이 깜짝 놀라며 물었다.

"쟤네들 지금 뭐 하는 거예요? 정말 이상해요. 무슨 포크댄스를 추는 것 같은데요. 데이브가 감독 역할을 하는 것 같은데, 저런 건 처음 봐요."

파웰이 투덜거렸다.

"그런 건 설명하지 않아도 돼. 이제 얼마나 가까이 왔나?"

"15미터 안쪽이에요. 계속 이쪽으로 오고 있어요. 앞으로 15분이면 여기서 나갈 수 있…… 어…… 어…… 야아!"

도노반의 말투가 바뀌자 깜짝 놀란 파웰이 정신을 가다듬고 소리쳤다.

"무슨 일이야? 이제 내가 볼 테니 좀 비켜 봐. 혼자 보지 말고!"

파웰이 올라갔지만 도노반이 사납게 발로 차 밀어냈다.

"뒤로 방향을 돌렸어요, 대장. 떠나고 있어요. 데이브! 야, 데…… 이…… 브!"

파웰이 고함을 질렀다.

"이 바보야, 그러면 뭐 해? 소리가 전달되지 않는데!"

"그럼 벽을 차고 때려서 진동을 일으키세요. 어떤 식으로든 관심을 끌어야 해요, 대장. 그렇지 않으면 끝장이라고요."

도노반은 숨을 헐떡이며 말을 내뱉고서 미친 듯이 벽을 때렸다.

파웰이 도노반을 흔들었다.

"기다려, 도노반. 내 말 좀 들어 봐. 좋은 생각이 있어. 제기랄, 모든 걸 간단하게 해결할 좋은 기회란 말이야. 도노반!"

"뭘 어쩔 건데요?"

도노반이 머리를 빼냈다.

"쟤네들이 사정거리를 벗어나기 전에 빨리 저 구멍으로 들어가야 해."

"사정거리요? 어떻게 하려고요? 이봐요, 그 총으로 뭘 할 건데요?"

도노반이 파웰의 팔을 잡았다. 파웰은 도노반의 손을 거칠게 뿌리쳤다.

"쏘려고."

"왜요?"

"나중에 설명할게. 내 생각이 맞나 먼저 확인해 보고. 내 생각이 틀리면, 그러면……. 이리 나와. 쏠 수 있게!"

로봇들이 멀리서 깜빡거리며 점점 작게 변하고 있었다. 파웰은 최대한 집중해 가늠쇠를 겨냥했다. 그리고 방아쇠를 세 차례 당겼다. 그러고는 총구를 낮추고 바라보았다. 부하 로봇 한 대가 쓰러졌다! 이제 번쩍이는 물체는 여섯밖에 없었다.

파웰이 송신기에 대고 자신 없는 소리로 데이브를 불렀다.

"데이브!"

잠시 침묵이 흐르더니 두 사람에게 대답이 들려왔다.

"주인님? 어디 계세요? 세 번째 부하가 가슴에 구멍이 뚫렸어요. 명령을 받지 않아요."

파웰이 대답했다.

"그건 신경 쓰지 마. 너희가 발파 작업을 한 곳이 무너져서 우리가 갇혔어. 우리 불빛 보여?"

"아, 보이네요. 금방 갈게요."

파웰은 뒤로 물러나 편히 앉았다.

"이게 바로 내 생각이야."

도노반은 울먹일 듯한 목소리로 아주 다정하게 말했다.

"잘했어요. 대장이 이겼어요. 대장 앞에 무릎 꿇고 큰절이라도 할 테니 이제 어떻게 된 일인지 차근차근 알려 주세요. 돌려서 어렵게 말하지 말고요."

"간단해. 너무 단순해서 미처 생각을 못한 것뿐이야. 원래 모든 일이 다 그렇잖아. 우리는 주체적 역량 회로가 문제라는 걸, 그리고 돌발 상황이 일어나면 그런 일이 생긴다는 걸 파악했어. 하지만 그 원인이 특정 명령 때문이라고 믿고 계속 그것만 찾으려고 했어. 그런데 그게 꼭 명령이어야만 할 이유가 있나?"

"그럼 명령이 아닌가요?"

"왜 아니겠어. 명령의 일종인 건 맞아. 그렇다면 가장 중요한 명령은 어떤 명령일까? 돌발 상황만 발생하면 거의 항상 나타나는 명령 말이야."

"묻지 말고, 그냥 말해요!"

"말하고 있잖아! 그건 여섯 가지로 나뉘는 명령이야. 보통 때는 '손가락' 한두 대는 평범한 일을 하기 때문에 일일이 감독할 필요가 없어. 우리 몸이 걷는 동작을 대수롭지 않게 해내는 것처럼 말이야. 하지만 돌발 상황이 발생하면 부하 여섯 대 모두가 즉시 한꺼번에 움직여야 해. 데이브가 로봇 여섯 대를 동시에 다루면서 뭔가 명령을 내려야 하는 거야. 나머지는 간단해. 가령 사람이 온다든가 해서 그 부담이 줄어들면 데이브가 정신을 차리는 거지. 그래서 내가 로봇 한 대를 파괴한 거야. 그러면 데이브가 내려야 할 명령도 다섯 가지로 줄어드니까 부담이 주는 거지."

"그걸 어떻게 알았어요?"

"논리적인 추측이지, 뭐. 한번 해 봤는데 성공한 거야."

두 사람 귀에 로봇의 목소리가 들렸다.

"여기 왔어요. 30분 동안 참을 수 있나요?"

"그 정도는 괜찮아!"

파웰이 대답했다.

"이젠 간단한 작업만 남았어. 회로를 살펴보고, 여섯 가지로 나뉘는 명령을 내릴 때 다섯 가지로 나뉘는 명령에 비해 특히 부하가 걸리는 회로를 하나씩 점검하는 거야. 이 정도면 작업량이 얼마나 많은 거지?"

도노반이 잠시 생각을 한 후 대답했다.

"그리 많지 않을 것 같아요. 만일 데이브가 우리가 공장에서 본 초창기 모델하고 비슷하다면 한 구역에 한정된 특별 협동 회로가 있을 거예요."

그러고는 자신 있다는 듯 깜짝 놀랄 정도로 좋아하며 소리쳤다.

"그래요, 그 정도라면 그리 힘들지 않아요! 아무것도 아니에요."

"좋아. 생각해 보고 사무실에 돌아가서 나하고 설계도를 점검하자고. 지금은 데이브가 구해 줄 때까지 편히 쉬고 싶어."

"아니, 잠깐! 한 가지만 더 알려 주세요. 로봇들이 정신이 나갈 때마다 이상하게 줄을 바꾸며 행진하고 우스운 춤을 춘 이유는 뭐예요?"

"그거? 나도 몰라. 하지만 이런 생각이 들어. 부하들이 데이브의 '손가락'이라는 걸 생각해 봐. 우리가 항상 그렇게 불렀잖아. 그런데 내 생각엔 그런 일이 생길 때마다 데이브가 갑자기 정신병자로 변해서 손가락을 빙글빙글 돌리며 노는 식이었던 것 같아."

★ ★ ★

수잔 캘빈 박사는 웃지도 않으면서 파웰과 도노반에 대해 재미있다는 듯 말했다. 하지만 로봇에 대해 언급할 때마다 따뜻함이 묻어났다. 수잔 캘빈 박사가 스피디와 큐티, 그리고 데이브 얘기를 하는 데는 정말 오랜 시간이 걸렸다. 그래서 말을 자를 수밖에 없었다. 그러지 않았다면 아마 다섯 대가 넘는 로봇 이야기를 꺼냈을 것이다.

내가 물었다.

"그렇다면 지구에서는 아무 사고도 일어나지 않았나요?"

박사는 얼굴을 조금 찌푸리며 나를 쳐다보았다.

"당연하죠. 지구에서는 로봇이 거의 활동할 수 없었으니까."

"아, 그것 참 안타깝군요. 박사님의 현장 감독 능력 역시 탁월할 텐데 이 분야에선 박사님 실력을 볼 수 없으니까요. 하지만 로봇이 박사님한테 이상하게 군 적은 없나요? 이번 호는 박사님 특집이니까 부탁드립니다."

다행히도 박사는 얼굴을 살짝 붉혔다.

"그래요, 나를 당혹스럽게 만든 로봇이 있긴 했어요. 맙소사, 정말 오랜만에 떠올리는 기억이로군. 아, 벌써 40년이나 되었어. 그래! 2021년이니까 겨우 서른여덟 살일 때였어요. 아, 이 얘기는 안 하는 게 좋겠어."

나는 참을성 있게 기다렸다. 잠시 후 박사는 예상대로 마음을 바꾸어 입을 열었다.

"안 될 게 뭐가 있어. 더 이상 괴로울 것도 없는데. 이제는 아무렇지도 않아요. 한때는 내가 참 멍청했어요, 선생. 믿을 수 있겠어요?"

"아니요."

"하지만 정말 멍청했어요. 허비라는, 마음을 읽는 로봇이 있었지요."

"네?"

"전무후무한 로봇이었죠. 어딘가에서…… 실수로 생겨난……."

허비
_마음을 읽는 거짓말쟁이

알프레드 래닝 박사는 조심스럽게 시가에 불을 붙였다. 손가락 끝이 파르르 떨렸다. 그는 회색 눈썹이 불거져 나온 얼굴로 연기를 내뿜으며 말했다.

"이 로봇은 마음을 정확히 읽습니다. 의심할 여지가 없어요! 어떻게 이런 능력이 생긴 거요?"

래닝 박사는 수학자 피터 보거트를 바라보며 물었다.

"할 말이 없소?"

보거트는 두 손으로 까만 머리칼을 만지작거렸다.

"그건 우리가 제작한 서른네 번째 RB 모델입니다, 래닝 박사님. 동종의 다른 로봇은 모두 정상입니다."

회의석상에 앉아 있던 세 번째 남자가 눈살을 찌푸렸다. 밀톤 애쉬는 '주식회사 U.S.로보틱스'의 최연소 중역으로, 자신의 직위에 강한 자부심을 갖고 있는 사람이었다.

"잘 들으세요, 보거트 박사님. 조립 라인은 처음부터 끝까지 아무 문제 없습니다. 장담합니다."

보거트의 두꺼운 입술이 가소롭다는 듯 웃음을 머금었다.

"그래요? 당신이 조립 라인 전체를 설명한다면 당신을 승진시키라고 상부에 말하겠소. 구체적으로 계산하면, 양전자 두뇌 하나를 제작하는 데 필요한 작업이 7만 5천 234개나 되고, 각각의 작업은 다섯 개에서 105개에 달하는 일련의 요소를 얼마나 성공적으로 처리하느냐에 달려 있소. 그중에 하나라도 심각한 오류가 있으면 '두뇌'가 상하지요. 우리가 만든 정보 폴더에 들어 있는 내용이오."

밀톤 애쉬는 얼굴을 붉혔다. 네 번째 목소리가 대답을 대신했다. 두 손을 무릎에 단정하게 올려놓은 수잔 캘빈이 가늘고 창백한 입술을 연 것이다.

"이렇게 서로에게 책임을 떠넘기면서 시작할 거라면 전 그냥 가겠어요. 지금 우리 앞에는 마음을 읽는 로봇이 있고, 전 이 로봇이 인간의 마음을 읽게 된 원인을 파악하는 게 중요하다고 생각합니다. 서로의 잘못을 따지는 식으로는 아무것도 안 됩니다."

수잔은 차가운 회색 눈동자로 애쉬를 바라보았다. 애쉬는 빙그레 웃었다.

래닝도 따라 웃었다. 긴 백발과 작고 날카로운 눈이 흡사 성서에 나오는 족장처럼 보였다. 래닝은 아주 또렷하게 말했다.

"당신 말이 맞아요, 수잔 캘빈 박사. 여기 핵심을 정리한 내용이 있소. 우리가 평범한 양전자 두뇌 제품이라 생각하고 제작했는데 그 두뇌가 인간의 심파, 즉 마음을 읽는 놀라운 능력을 지니고 있다는 거요. 이건 지난 수십 년 동안의 로봇공학 전체를 통틀어 가장 중요한 발전을 뜻할 수도 있어요. 그렇게 된 원인을 파악할 수만 있다면 말이오. 하지만 우리는 아직 그 원인을 몰라요. 앞으로 찾아내야 하오. 모두 알겠소?"

"제안을 해도 되겠습니까?"

보거트가 물었다.

"말해 봐요."

"이 이상한 현상을 충분히 파악할 때까지, 저는 수학자로서 이번 사태가 아주 끔찍한 결과를 초래할 수 있다고 판단하기 때문에, RB 34호의 존재 자체를 극비 사항으로 유지할 것을 제안합니다. 회사 직원들에게 알려서도 안 됩니다. 우리 모두 다양한 부서의 책임자니까 이번 문제를 충분히 해결할 수 있다는 자신감을 가져야 합니다. 그리고 이 내용은 아는 사람이 적을수록……."

수잔 캘빈 박사가 동의했다.

"맞습니다. 우주로 보내기 전에 공장에서 로봇 모델을 실험할 수 있다는 행성 국제 협약이 개정된 이래, 로봇을 반대하는 활동이 늘고 있습니다. 우리가 인간의 마음을 읽을 수 있는 로봇에 대해 충분히 파악하고 공식적으로 발표하기 전에 이 소문이 조금이라도 새어 나가면 아주 격렬한 반대 운동이 일어날 수도 있습니다."

래닝은 시가를 빨아들이면서 진지한 얼굴로 고개를 끄덕이더니 애쉬를 바라보았다.

"로봇이 생각을 읽는다는 사실을 우연히 알게 되었을 때 당신 혼자 있었다고 말한 것 같은데요."

"네, 그렇습니다. 무서워서 죽을 뻔했습니다. 조립 라인에서 RB

34호가 생산되자마자 저에게 보냈는데, 그때 오버만은 다른 곳에 있었기 때문에 저 혼자서 로봇을 검사실로 데려가게 되었습니다."

애쉬는 잠시 말을 멈췄다. 입가에 웃음이 어렸다.

"그런데 여러분 가운데 자신도 모르는 사이에 생각으로 대화를 나눠 본 분 안 계십니까?"

아무도 대답하지 않았다. 애쉬는 말을 이었다.

"처음엔 아무도 눈치 채지 못할 겁니다. 로봇이 먼저 제게 말을 걸었어요. 그것도 아주 논리적으로요. 그런데 제가 아무 말도 안 했다는 사실을 깨달은 건 검사실에 거의 다 도착한 다음이었습니다. 물론 많은 생각을 한 건 사실이지만, 그건 전혀 다르지 않습니까? 전 로봇을 그곳에 두고 문을 잠근 다음 래닝 박사님께 달려갔습니다. 그 로봇이 저와 나란히 걸어가면서 제 생각을 차분히 들여다보고 그중에서 이런저런 생각을 골라 가며 얘기했다는 걸 생각하면 정말 오싹합니다."

수잔 캘빈은 애쉬를 뚫어지게 바라보며 심각하게 말했다.

"충분히 이해가 가요. 사람은 누구나 자신의 생각을 비밀로 간직하는 데 아주 익숙하니까요."

래닝이 조급하게 말했다.

"그렇다면 우리 네 사람만 알고 있다는 뜻이군. 다행이오! 우리는 이번 일을 체계적으로 해결해야 하오. 애쉬, 조립 라인을 처음부터 끝까지 자세히 검사해 봐요. 모두 다. 작업 공정에 오류가 발생할 가능성이 있는 건 모두 파악해 그 내용과 특징 및 중요성을 정리해서 목록으로 작성하시오."

"너무 힘든 요구로군요."

애쉬가 투덜댔다.

"물론 그럴 거요! 당신이 통솔하는 부서 직원 전체를 투입하시오. 필요하면 한 사람도 남기지 말고. 기존에 잡힌 일정을 뒤로 미뤄도 상관없어요. 하지만 아무도 그 이유를 모르게 하시오. 알겠소?"

"그러죠. 그래도 만만치 않은 작업일 겁니다."

젊은 과학자가 힘없이 웃었다.

래닝은 의자를 획 돌려 수잔 캘빈을 바라보았다.

"당신은 반대 방향에서 풀어 가야 할 거예요. 당신은 로봇심리학자니까 로봇의 심리를 연구하면서 거꾸로 작업하는 거요. 그가 어떤 식으로 기능하는지 밝혀내시오. 마음을 읽는 능력과 연관된 기능은 물론 그 능력이 어디까지 미치는지, 그로 인해 그의 사고방식이 어떻게 바뀌는지, 그리고 그 능력으로 인해 일반적인 RB 기능이 어떻게 저하되는지 파악하도록 해요. 무슨 말인지 알겠소?"

래닝은 수잔 캘빈 박사의 대답을 기다리지 않았다.

"난 작업을 돕고, 발견한 내용을 수학적으로 해석하겠소."

래닝은 시가 연기를 진하게 내뿜고 나서 연기가 흘러나오는 입으로 중얼거렸다.

"물론 보거트 박사도 작업을 도와야 할 거요."

보거트는 통통한 손으로 손톱을 만지작거리면서 차분하게 대답했다.

"당연하죠. 그 분야를 조금 아니까요."

애쉬는 의자를 뒤로 빼고 일어섰다. 그러고는 젊고 쾌활한 얼굴에 주름을 잡으며 빙그레 웃었다.

"좋습니다! 그럼 저부터 시작하겠습니다. 여기서 제가 가장 힘든 역할을 맡았으니 빨리 가서 작업에 착수하는 게 좋을 것 같군요. 그럼 나중에 뵙겠습니다!"

애쉬는 가볍게 인사를 하고 떠났다.

수잔 캘빈은 고개를 살짝 숙여 답례한 후 애쉬가 보이지 않을 때까지 바라보았다. 그러느라 래닝이 "지금 올라가서 RB 34호를 살펴보지 않겠소, 수잔 캘빈 박사?" 하고 묻는 말은 들리지도 않았다.

수잔 캘빈이 들어가자 RB 34호가 책에서 광전지 눈을 떼고는 조용히 관절 움직이는 소리를 내며 자리에서 일어났다. 수잔 캘빈은 잠시 걸음을 멈추고 문 앞에 걸어 놓은 커다란 '출입 금지' 표지판을 조정하고 나서 로봇에게 다가갔다.

"초원자 엔진에 대한 책을 몇 권 가져왔어, 허비. 한번 볼래?"

허비라고 불린 RB 34호는 수잔 캘빈이 안고 있는 무거운 책 세 권을 집어 들고는 겉표지를 훑어보았다.

"음, 《초원자 이론》이라."

허비는 혼자 중얼거리며 책장을 넘겨 보고는 멍하게 말했다.

"앉으세요, 캘빈 박사님! 다 보려면 몇 분은 걸릴 거예요."

심리학자는 의자에 앉은 다음 탁자 건너편 의자에서 책 세 권을 차례로 읽는 허비를 유심히 지켜보았다.

그렇게 30분이 지나자 허비가 책을 모두 내려놓았다.

"박사님이 왜 이런 책을 가져오시는지 알아요."

캘빈 박사의 입술이 떨렸다.

"안 그래도 네가 그럴 것 같아서 걱정했어. 너하곤 일하기가 어려워, 허비. 언제나 나보다 한발 앞서 가니까."

"이 책들도 다른 책하고 똑같아요. 재미가 하나도 없어요. 박사님이 쓰신 과학책에서는 배울 게 없어요. 과학이라는 건 여러 자료와 이론을 긁어모은 누더기에 불과해요. 믿을 수 없을 정도로 단순해서 애써 읽어 볼 가치도 없어요. 흥미 있는 건 박사님의 소설책이에요. 인간의 다양한 동기와 감성의 상호 작용에 대한 연구."

허비가 적당한 단어를 찾으려고 애쓰듯 커다란 손을 모호하게 움직였다.

"무슨 말인지 알 것 같아."

캘빈 박사가 속삭이자 로봇이 계속했다.

"그게 얼마나 복잡한지 모르실 거예요. 제 마음이 아직 충분히 깊지 않아서 내용을 다 이해할 순 없지만 그래도 노력하고 있어요. 박사님 소설은 도움이 많이 돼요."

"그래. 하지만 현대의 감성적인 소설에 실린 마음 아픈 사례를 읽고 나서…… 네가 우리 인간의 마음을 따분하고 멋없다고 생각하지나 않을까 걱정스럽구나."

캘빈 박사의 목소리에 쓰라림이 배어 있었다.

"아니에요, 그렇지 않아요!"

순간 캘빈 박사는 갑작스런 충동을 느끼며 벌떡 일어섰다. 얼굴이 빨개지는 것 같았다. '저 로봇도 알고 있는 거야!' 하는 막연한 생각이 들었다.

그때 허비가 갑자기 차분하게 변하더니 금속성 말투가 완전히 사라진 목소리로 속삭였다.

"저도 알고 있어요, 캘빈 박사님. 박사님이 항상 그 생각을 하고 있는데, 제가 어떻게 모르겠어요?"

캘빈 박사의 얼굴이 딱딱하게 굳었다.

"혹시…… 다른 사람한테 말한 건 아니겠지?"

로봇이 깜짝 놀라며 대답했다.

"당연히 안 했죠! 아무도 안 물어봤는데요."

박사가 툭 던졌다.

"그럼 나를 바보라고 생각하겠구나."

"아니에요! 그런 감정을 느끼는 건 정상이에요."

"그래서 바보 같다는 거야. 나한테는 사람들이 흔히 말하는 매력이라는 게 없어."

자신이 가지지 못한 무언가를 동경하는 듯한 말투였다. 박사 학위라는 껍질 안에 들어 있는 여성이 모습을 드러낸 것이다.

"단지 육체적인 매력을 의미하는 거라면 별로 드릴 말씀이 없어요. 하지만 제가 알기로 세상에는 정말 다양한 유형의 매력이 존재해요."

캘빈 박사는 로봇의 말을 흘려들으며 중얼거렸다.

"젊지도 않고."

"박사님은 아직 마흔도 안 됐어요."

허비의 목소리에서 간절한 열망이 묻어 나왔다. 하지만 수잔 캘빈 박사의 푸념은 그치지 않았다.

"햇수로 따지면 서른여덟이지만 마음을 들여다보면 쪼그라든 쉰 살이야. 나는 정말 형편없는 심리학자야, 그치? 하지만 그 사람은 이제 겨우 서른다섯이고, 생각과 행동은 훨씬 젊어. 그 사람은 나를…… 나를 있는 그대로 본 적이 단 한 번도 없을 거야."

순간 허비가 플라스틱이 깔린 탁자를 쇠주먹으로 세게 내려쳤다.

"그렇지 않아요! 제 말 좀 들어요……."

수잔 캘빈은 로봇에게 얼굴을 돌려 고통으로 가득한 두 눈을 번뜩이며 말했다.

"내가 왜 그래야 해? 도대체 네가 뭘 안다고 그래? 너는…… 너는 기계야. 나한테 너는 실험 도구에 불과해. 사지를 묶인 채 해부 칼만 기다리는, 독특한 마음을 지닌 흥미진진한 벌레. 아마 책을 읽는 것만큼이나 재미있을 거야."

수잔 캘빈의 목소리에서 울음소리가 섞여 나오다가 잠잠해졌다.

수잔이 갑자기 우는 바람에 로봇은 잔뜩 움츠러들었다. 로봇은 간청하듯 머리를 흔들었다.

"제발, 제 말 좀 들으세요! 제가 도와 드릴게요."

수잔 캘빈 박사의 입술에 냉소가 어렸다.

"어떻게? 듣기 좋은 충고로?"

"아니에요, 그렇지 않아요. 저는 다른 사람이 무슨 생각을 하는지 알아맞힐 수 있잖아요. 예를 들면 밀톤 애쉬 같은 사람."

오랜 침묵이 흘렀다. 수잔 캘빈은 고개를 떨구고 숨을 헐떡이며 말했다.

"그 사람이 무슨 생각을 하는지 알고 싶지 않아. 그러니까 조용히 해."

"그 사람이 무슨 생각을 하는지 알고 싶잖아요."

수잔 캘빈이 속삭였다.

"지금 넌 말도 안 되는 소리를 하고 있어."

"제가 왜요? 도와 드리려는 것뿐이에요. 밀톤 애쉬는 박사님을……."

로봇이 말을 멈추자 심리학자가 고개를 들었다.

"나를 뭐?"

로봇이 조용히 말했다.

"그 사람은 박사님을 사랑해요."

캘빈 박사는 아무 말도 못하고 그냥 바라보기만 하다가 입을 열었다.

"네가 잘못 본 거야! 틀림없어. 그 사람이 뭣 때문에 날 사랑하겠니?"

"사실이에요. 그런 감정은 숨길 수가 없어요. 적어도 저한테는……."

"하지만 난 너무…… 너무……."

박사는 더듬거리다가 입을 다물었다.

"그 사람은 겉모습만 보지 않아요. 상대의 지성을 중요하게 여기죠. 밀톤 애쉬는 머리카락과 두 눈이 달린 얼굴만 보고 결혼하는 그런 사람이 아니에요."

수잔 캘빈은 두 눈을 깜빡거리며 떨리는 목소리로 말했다.

"하지만 그런 이야기를 한 적이 한 번도……."

"기회를 준 적은 있나요?"

"한 번도 그럴 생각을……."

"바로 그거예요!"

심리학자는 가만히 생각하다가 갑자기 고개를 들었다.

"반년 전에 어떤 여자가 그 사람을 만나려고 공장까지 찾아왔었어. 예쁜 여자였지. 날씬한 금발 미녀였어. 물론 2 더하기 2도 잘 모를 것 같은. 그런데 그 사람은 그 여자에게 로봇 조립 방식을 이해시키려고 하루 종일 애쓰더구나. 이해도 못하는 여자한테 말이야! 대체 그 여자는 누구야?"

수잔 캘빈의 얼굴이 굳어 있었다.

허비가 재빨리 대답했다.

"누군지 알겠어요. 그 사람 사촌이에요. 두 사람은 박사님이 생각하시는 그런 관계가 아니에요. 장담해요."

수잔 캘빈은 소녀처럼 쾌활하게 벌떡 일어섰다.

"정말 신기하지 않아? 나도 가끔씩 그런 생각을 했거든. 진짜 그럴 거라고 생각한 적은 없지만. 그런데 그게 사실이라니……."

수잔 캘빈은 허비에게 달려가 차갑고 무거운 허비의 손을 두 손으로 꼭 잡으며 속삭였다. 간절한 목소리였다.

"고마워, 허비. 이 얘기는 아무한테도 하지 마. 우리 둘만의 비밀이야. 정말 고마워."

수잔 캘빈은 아무 반응 없는 금속 손가락을 움켜잡은 후 자리를 떴다.

허비는 내려놓은 소설책에 다시 관심을 돌렸다. 허비가 무슨 생각을 하는지 알 수 있는 사람은 아무도 없었다.

밀톤 애쉬는 우두둑 소리가 나도록 사지를 쭉 펴고 나서 피터 보거트 박사를 바라보며 말했다.

"벌써 일주일 동안 잠도 못 자고 이 일에 매달렸는데, 도대체 언제까지 이래야 하는 거예요? 허비가 D 진공실에서 양전자 두뇌에 충격을 받은 게 원인이라고 하셨잖아요."

보거트 박사는 하품을 하고 나서 자신의 흰 손을 물끄러미 바라보았다.

"맞네. 계속 추적하는 중일세."

"수학자 입에서 그런 말이 나오면 뻔하죠. 끝나려면 얼마나 남았어요?"

"경우에 따라 다르지."

"어떤 경우요?"

애쉬는 의자에 털썩 주저앉아 긴 다리를 쭉 폈다.

보거트는 한숨을 쉬었다.

"래닝 박사 이 노인네가 내 생각에 동의하질 않아서 말이야. 시대에 뒤떨어진 사람이거든. 노인네는 그게 제일 문제야. 무엇이든 현장 검증을 강조하는 매트릭스 기법에 매달리니 말이야. 그렇게 되면 수학적으로 훨씬 강력한 도구가 필요하거든. 고집이 너무 세."

애쉬가 졸린 듯 중얼거렸다.

"허비한테 물어서 모든 문제를 해결하지 그러세요."

"로봇한테 물으라고?"

보거트의 눈썹이 올라갔다.

"못할 이유가 뭐예요? 노처녀가 박사님께 말하지 않던가요?"

"캘빈 말인가?"

"네! 수잔 캘빈. 허비는 수학의 귀재예요. 수학에 관한 한 모든 부분을 통달하고 있다니까요. 3배수 적분도 암산으로 끝내고, 텐서 해석 같은 건 간식거리밖에 안 된다고요."

수학자가 의심스런 눈길로 바라보았다.

"진담인가?"

"당연하죠. 재미있는 건 그 멍청한 놈이 수학을 싫어한다는 사실이에요. 끈적한 소설책을 훨씬 좋아한다지 뭐예요. 정말이에요! 수잔 캘빈 박사가 《보랏빛 열정》이나 《우주에서 나눈 사랑》 같은 싸구려 소설책을 그 녀석에게 계속 갖다주는 걸 보셔야 한다니까요."

"캘빈 박사는 그런 말 안 하던데."

"그야 아직 연구가 끝나지 않았으니까 그렇죠. 박사님도 수잔 캘빈이 어떤 사람인지 잘 아시잖아요. 모든 걸 완벽하게 파악하고 나서 큰 비밀을 털어놓는 그런 사람이잖아요."

"자네에겐 말했군."

"그 정도 얘기는 나누는 사이니까요. 최근에 자주 만났거든요. 그런데 보거트 박사님, 요즘 수잔 캘빈이 이상하게 변하는 것 같지 않으세요?"

애쉬가 두 눈을 크게 뜨고 눈살을 찌푸리며 묻자 보거트는 긴장을 풀고 천박하게 웃었다.

"립스틱 말인가?"

"그 정도는 기본이고, 파우더랑 아이섀도까지 바른다니까요. 정말 가관이에요. 하지만 그것뿐이 아니에요. 그 정도 가지곤 이상하다고 할 수 없으니까. 정말 이상한 건 말투예요. 뭔가 아주 행복해 보이는 말투."

애쉬는 잠시 생각하더니 어깨를 으쓱했다.

보거트가 짓궂은 표정으로 바라보았다. 쉰 살이 넘은 과학자에게 그건 그리 어려운 수수께끼가 아니었다.

"사랑에 빠졌나 보지."

애쉬가 다시 졸린 눈을 감았다.

"말도 안 돼요, 보거트 박사님. 아무튼 허비한테 가서 물어보세요. 여기서 한숨 자고 있을게요."

"좋아! 내가 할 일을 로봇에게 묻는다는 게 마음에 들진 않지만, 어차피 제대로 대답할 가능성도 없으니까."

보거트가 말했다. 애쉬는 대답 대신 나지막이 코를 골고 있었다.

허비는 피터 보거트 박사가 두 손을 주머니에 넣고 짐짓 무시하는 투로 말하는 소리에 귀를 기울였다.

"자, 이것 좀 보게. 난 자네가 이런 것을 모두 이해한다고 들었네. 다른 이유는 없고 호기심 때문에 물어보는 걸세. 내가 설명했듯이 내가 정리한 이론은, 나도 인정하지만, 몇 가지 의심스러운 부분 때문에 래닝 박사가 받아들이질 않아. 그리고 전체 그림이 아직 불완전해."

로봇은 대답하지 않았다. 보거트가 다시 물었다.

"어떤가?"

"아무 오류도 보이지 않는군요."

허비는 갈겨쓴 숫자를 바라보며 말했다.

"자네도 그 이상은 생각할 수 없을 것 같은데?"

"저로선 생각도 못할 일이죠. 박사님은 저보다 훨씬 훌륭한 수학자이시고, 그리고 저는 참견하고 싶지도 않으니까요."

보거트가 만족스럽게 웃었다.

"그럴 줄 알았어. 정말 어려운 문제니까. 그럼 없던 일로 하지, 뭐."

보거트는 종이를 구겨 쓰레기통에 던진 다음 방을 나가려고 몸을 돌렸다. 그러나 곧 마음을 바꾸고 다시 돌아섰다.

"그런데 말이야……."

로봇이 기다렸다.

"알고 싶은 게 있는데…… 내 말은, 혹시 자네가……."

보거트는 곤란한 표정을 짓더니 입을 다물었다.

허비가 조용히 입을 열었다.

"박사님 머릿속이 너무 혼란스럽군요. 하지만 모두가 래닝 박사님과 관계된 내용이라는 건 의심할 여지가 없네요. 말을 더듬거리시는 게 이상하지만, 박사님이 마음을 정리하시면 어떤 내용을 묻고 싶으신 건지 알게 되겠지요."

수학자는 단정한 머리카락을 한 손으로 익숙하게 쓰다듬었다. 그러고 나서 속마음을 그대로 드러냈다.

"래닝 박사는 일흔 살이 되어 가고 있어."

"알고 있습니다."

"그리고 이 공장을 관리한 지도 30년이 다 되었지."

허비는 고개를 끄덕였다. 보거트가 갑자기 허비의 비위를 맞추듯 더듬거리며 말했다.

"그러니 혹시 자네…… 이제, 그 사람이 사임할 생각을 하는지 아닌지 알고 있나? 뭐, 건강 때문일 수도 있고 아니면 다른 이유 때문에라도……."

"물론이죠."

허비가 대답했다. 그게 전부였다.

"알아?"

"당연하죠."

"그렇다면…… 어…… 나한테 말해 줄 수 있나?"

"물으셨으니까 대답하지요. 그분은 벌써 사임하셨습니다!"

아주 분명하게 말했다.

"뭐라고? 다시 말해 봐!"

폭탄이라도 터진 것 같은 탄성이었다. 수학자가 커다란 머리를 앞으로 내밀자 로비가 차분하게 반복했다.

"그분은 벌써 사임하셨습니다. 하지만 아직 효력이 발생한 건 아닙니다. 그분은 기다리고 계십니다. 저, 잘 알고 계시겠지만 저에 대한 문제가 해결되기를 기다리시는 겁니다. 이 문제만 해결되면 그분은 그 즉시 후계자에게 자리를 넘겨주실 겁니다."

보거트는 숨을 거칠게 내뿜었다.

"후계자, 그 후계자가 누구야?"

보거트는 허비 바로 옆까지 다가왔다. 그러고는 도저히 읽을 수 없는 로봇의 빨간 광전지 눈동자를 뚫어지게 바라보았다.

로비가 천천히 말했다.

"후계자는 바로 당신입니다."

보거트는 긴장을 풀고 기쁜 웃음을 머금었다.

"그 사실을 알게 돼 정말 기쁘네. 오랫동안 기다려 온 소식이거든. 고맙네, 허비."

피터 보거트 박사는 새벽 5시에 책상에서 일어났다가 오전 9시에 다시 돌아왔다. 그동안 열심히 자료를 뒤지며 참고하느라 책상 바로 위 선반에 나란히 꽂혀 있던 참고 서적과 서류가 텅 비어 있었다. 앞에 있는 계산 종이는 조금씩 늘어나고, 발밑에는 구겨진 종이가 조그만 산처럼 쌓여 갔다.

정오 즈음 박사는 마지막 종이를 쳐다보다가 하품을 했다. 그러고는 빨갛게 충혈된 눈을 문지르고 나서 어깨를 으쓱했다.

"제기랄! 시간이 갈수록 더 어렵게 꼬이는군."

문이 열리는 소리가 나더니 래닝이 마디진 손가락을 다른 손으로 뚝뚝 꺾으며 들어섰다. 보거트는 래닝에게 고개를 끄덕여 인사를 했다.

공장 책임자는 눈썹을 치켜세우고는 지저분한 실내를 둘러보며 물었다.

"새로운 단서는 찾았나?"

"아니요. 기존 단서에 무슨 문제라도 있나요?"

무례한 대답이었다.

래닝은 신경 쓰지 않았다. 보거트의 책상에 널려 있는 서류를 대충 바라볼 뿐이었다. 래닝은 시가에 불을 붙이며 물었다.

"수잔 캘빈이 로봇에 대해 알려 주던가? 이 로봇은 수학의 천재야. 정말 대단해."

보거트는 콧방귀를 뀌며 거칠게 대답했다.

"듣긴 했습니다. 하지만 수잔 캘빈은 로봇심리학에나 매달리는 게 좋아요. 허비의 수학 실력을 확인해 봤더니 미적분도 제대로 모르더라고요."

"캘빈 말은 다르던데."

"그 여자가 미친 거예요."

"내 생각은 그렇지 않네."

공장 책임자의 눈이 섬뜩할 정도로 가늘어졌다.

하지만 보거트의 목소리는 더욱 거칠어졌다.

"지금 도대체 무슨 소릴 하시는 거예요?"

"오전 내내 허비의 능력을 검사했는데, 자네가 들어 본 적도 없는 재주까지 발휘하더군."

"그래요?"

"못 믿겠단 말투군!"

래닝이 조끼 주머니에서 종이 한 장을 꺼내 펼쳐 보였다.

"이건 내 필체가 아니야. 그렇지?"

보거트가 종이에 빼곡히 들어찬 다양한 기호를 살펴보았다.

"허비가 한 건가요?"

"맞네! 자세히 살펴보게. 로비가 자네의 22 방정식의 시간 적분을 풀었으니까."

래닝은 누런 손톱으로 마지막 계산식을 톡톡 치며 말을 이었다.

"내가 계산한 것하고 똑같은 결과가 나왔지. 그것도 25분 만에. 양전자 두뇌 충격의 반대급부를 무시하면 안 되네."

"무시하는 게 아니에요, 젠장. 박사님, 그런 말씀 마세요. 여러 번 말씀드렸잖아요."

"아, 물론 설명했지. 자네는 미첼 병진 운동 방정식을 적용했어. 그렇지 않은가? 그런데 그건 적합하지 않아."

"왜죠?"

"첫째, 3차원 허수를 사용했기 때문이지."

"그게 어때서요?"

"미첼 방정식이 성립되려면 우선……"

"미쳤어요? 미첼이 최초로 발표한 논문을 다시 읽어 보시면……"

"그럴 생각 없네. 그런 이론은 싫다고 처음부터 말했잖나. 허비가 그 부분에 대한 내 생각을 뒷받침해 주었어."

보거트가 소리쳤다.

"좋아요. 그럼 시계처럼 정확한 기계한테 모든 문제를 해결해 달라고 맡기시지 않고, 왜 이런 비본질적인 문제에 집착하시는 거죠?"

"바로 그 얘기를 하러 왔네. 허비는 이번 문제를 풀 수 없어. 허비가 풀 수 없다면 우리도 풀 수 없지. 그래서 이번 문제를 '국가 위원회'에 제출했네. 이제 우리 손을 떠났어."

보거트는 얼굴이 벌겋게 달아오른 채 의자를 뒤로 밀치며 벌떡 일어났다.

"무슨 권리로요!"

이번에는 래닝의 얼굴이 벌게졌다.

"나한테 권리가 없다고?"

보거트가 이를 갈며 대답했다.

"그래요. 지금까지 고생해서 문제를 거의 풀었는데 이제 와서 그걸 빼앗겠다고요? 박사님 속을 모를 줄 알아요? 제가 마음을 읽는 로봇의 비밀을 밝혀내면 그 공로를 가로채려고 그러시는 거죠?"

래닝의 아랫입술이 부들부들 떨렸다.

"그게 무슨 바보 같은 소린가? 보거트, 명령에 복종하지 않은 책임을 물어 지금 이 순간부터 모든 자격을 정지시키겠어."

"그것도 박사님 권한 밖이에요. 마음을 읽는 로봇한테는 비밀이 소용없어요. 박사님이 사임한 사실을 벌써 알고 있던데요."

래닝의 시가에 붙어 있던 재가 파르르 떨리다가 떨어져 버렸다. 곧이어 시가도 툭 떨어졌다.

"뭐…… 뭐라고……?"

보거트가 비열하게 낄낄거렸다.

"그리고 후임자가 저라는 사실도 알고 있더군요. 모든 걸 다 알고 있단 말이에요. 설마 아니란 말은 못하시겠죠? 앞으로는 제가 명령할 테니 박사님은 쓸쓸한 은퇴 생활이나 즐기세요."

래닝은 고함을 지르며 분노를 터뜨렸다.

"자넨 지금부터 정직이야. 무슨 말인지 알겠어? 모든 의무에서 벗어났으니 이제 자넨 아무것도 아니라고. 알겠어?"

하지만 보거트의 얼굴에 떠오른 웃음은 더욱 커져 갔다.

"그래 봐야 무슨 소용입니까? 아무 권한도 없으시면서. 칼자루를 쥔 사람은 바로 저예요. 저는 박사님이 사임하셨다는 걸 알고 있습니다. 허비가 그랬어요. 박사님한테서 직접 알아냈다고."

래닝은 차분하게 말하려고 애를 썼다. 혈색이 사라진 얼굴로 앞에 있는 사내를 바라보며 말했다.

"허비하고 얘기하고 싶군. 자네에게 그런 말을 했을 리가 없어. 자넨 너무 음흉한 도박을 했어, 보거트. 내가 자네의 허세를 깨뜨려 주겠네. 나하고 같이 가 보자고."

보거트는 어깨를 으쓱했다.

"허비를 만나러요? 좋아요, 그럽시다!"

밀톤 애쉬가 서툴게 스케치를 하다가 눈을 들어 입을 연 시각도 바로 정오였다.

"어때요? 실력이 없어서 제대로 담아내진 못했지만 그래도 대충 이런 모양이에요. 소중한 우리 집, 다행히 헐값에 구할 수 있었지요."

수잔 캘빈은 촉촉한 눈으로 애쉬를 바라보며 한숨을 쉬었다.

"정말 아름다워요. 많이 생각해 봤는데, 저는……."

수잔의 목소리가 잦아들었다.

애쉬는 연필을 내려놓고 밝은 목소리로 말을 이었다.

"휴가만 기다리고 있어요. 이제 2주밖에 안 남았는데 허비 문제 때문에 아직 아무것도 결정을 할 수가 없어요."

애쉬는 자신의 손톱을 내려다보았다.

"이것 말고도 아주 중요한 게 있는데…… 그건 비밀이에요."

"그럼 말하지 마세요."

"아뇨, 이제 말할 거예요. 너무 벅차서 누구한테든 말해야 할 것 같아요. 그리고 박사님은 내가 이곳에서 찾을 수 있는 가장…… 스스럼없는 친구예요."

애쉬는 수줍은 표정으로 빙그레 웃었다.

수잔 캘빈은 심장이 쿵쿵 뛰었다. 하지만 속마음을 표현할 자신이 없었다.

애쉬는 의자를 가까이 끌어당기더니 다정하게 속삭였다.

"솔직히 말해서 나 혼자 살 집이 아니에요. 조금 있으면 결혼을 하거든요!"

그 순간 애쉬가 의자에서 벌떡 일어나 수잔에게 물었다.

"아니, 왜 그러세요?"

사방이 빙빙 도는 끔찍한 현기증은 사라졌지만 수잔 캘빈의 입에서는 말이 제대로 나오지 않았다.

"아니, 아무것도 아니에요! 결혼…… 한다고요? 그럼……."

"그래요. 적당한 나이잖아요. 안 그래요? 지난여름에 여기 왔던 여자 기억나세요? 바로 그 여자예요! 그런데 안색이 정말 안 좋군요. 무슨 일이……."

수잔 캘빈은 힘없이 팔을 내저었다.

"괜찮아요. 두통 때문에 그래요! 요즘 들어…… 요즘 들어 자주 이래요. 어쨌든…… 축하해요. 정말로요……."

창백한 얼굴에 어설프게 칠한 립스틱이 빨갛고 지저분한 얼룩처럼 느껴졌다. 주변이 다시 빙글빙글 돌기 시작했다.

"미안하지만 먼저 가 볼게요……. 그럼……."

수잔 캘빈은 중얼거리면서 문으로 비틀비틀 걸어 나갔다. 꿈이, 현실성이 하나도 없는 꿈이 무자비하게 산산조각 나고 말았다.

하지만 어떻게 이럴 수가 있는가? 허비가…….

그래, 허비는 처음부터 알고 있었어! 허비는 사람의 마음을 훤히 꿰뚫어 볼 수 있잖아.

수잔 캘빈은 문가에 기대어 거친 숨을 몰아쉬며 허비의 금속 얼굴을 노려보았다. 계단을 두 칸씩 뛰어 올라온 건 분명한데 아무것도 기억나지 않았다. 먼 거리가 한순간에 사라진 것 같았다. 마치 꿈처럼.

꿈처럼!

허비가 수잔 캘빈의 눈동자를 뚫어져라 들여다보았다. 활기 없는 빨간 눈동자가 점점 밝게 빛나는 것 같았다.

허비가 뭐라고 말을 하고 있었다. 수잔 캘빈은 차가운 얼음이 입술을 누르는 것을 느꼈다. 수잔은 침을 꿀꺽 삼키고는 몸을 부르르 떨면서 현실을 또렷이 깨우쳤다.

말을 이어 가는 허비의 목소리가 떨리기 시작했다. 잔뜩 주눅이 들어 간청하는 목소리였다.

말소리가 서서히 들려왔다. 로비는 이렇게 말하고 있었다.

"이건 꿈이에요. 그러니 박사님도 실제로 믿으면 안 돼요. 조금 있다 잠에서 깨어나 현실 세상이 나타나면 기분이 좋아서 웃게 될 거예요. 그 사람은 박사님을 사랑해요. 제가 장담해요. 정말이에요, 정말이라고요! 하지만 여기서는 아니에요! 지금은 아니에요! 지금은 환상이에요."

수잔 캘빈은 고개를 끄덕이며 속삭였다.

"그래! 그래!"

수잔 캘빈은 허비의 팔을 움켜잡고 매달린 채 계속 반복하며 다그쳤다.

"이건 사실이 아니지. 그렇지? 사실이 아니야."

수잔 캘빈은 자신이 어떻게 정신을 차렸는지 알 수가 없었다. 하지만 안개에 싸인 비현실적인 세상이 갑자기 태양이 뜨겁게 내리쬐는 세상으로 변한 것 같았다. 그래서 허비를 옆으로 밀어내고, 금속 팔을 강하게 밀쳤다. 그리고 두 눈을 크게 떴다.

"도대체 무슨 짓을 하고 있는 거야? 무슨 짓을 하는 거냐고!"

수잔 캘빈이 날카롭게 비명을 지르자 허비가 뒷걸음질을 쳤다.

"도와 드리고 싶어요."

심리학자는 로봇을 노려보았다.

"도와줘? 이게 꿈이라고 말하는 걸로? 나를 정신분열증 환자로 만들어서? 이건 꿈이 아니야! 꿈이길 바랄 뿐인 거지!"

갑자기 히스테리가 일었다. 수잔 캘빈은 숨을 급히 들이쉬었다.

"잠깐! 그래…… 그래, 알겠어. 맙소사! 바로 그것 때문이야."

"어쩔 수 없었어요!"

로봇의 목소리에 공포가 어렸다.

"난 널 믿었어! 단 한 번도 네가…….."

문밖에서 커다란 목소리가 들려왔다. 수잔 캘빈은 행동을 멈추고 순간적으로 주먹을 움켜쥐며 고개를 돌렸다. 보거트와 래닝이 들어올 즈음, 수잔은 창가 쪽으로 물러나 있었다.

두 사람이 동시에 허비에게 다가갔다. 래닝은 화가 잔뜩 난 얼굴이었고 보거트는 싸늘하게 비웃고 있었다. 공장 책임자가 먼저 입을 열었다.

"자, 허비. 내 말 들어 봐!"

로봇이 나이 많은 책임자를 날카롭게 바라보았다.

"네, 래닝 박사님."

"보거트 박사에게 내 이야기 한 적 있나?"

"없습니다, 박사님."

대답이 천천히 흘러나오자 보거트의 얼굴에서 웃음이 사라졌다.

"무슨 소리야? 어제 나한테 한 말 다시 해 봐."

보거트는 상관을 밀치고 앞으로 나오더니 두 발을 벌리고 로봇과 마주 섰다.

"네, 제가 말하길……."

허비는 침묵으로 빠져 들었다. 내부 깊숙한 곳에서 금속 진동판이 약간의 불협화음을 내며 나직이 울렸다.

"래닝 박사님이 사임하셨다고 말하지 않았어? 대답해!"

보거트가 고함을 지르면서 무섭게 팔을 들어 올렸다. 순간 래닝이 보거트를 옆으로 밀쳤다.

"지금 로봇을 협박해서 거짓말을 하게 만들려는 건가?"

"박사님도 들으셨잖아요. 저놈이 '네.'라고 말하다가 멈춘 걸. 비키세요! 저놈에게 진실을 들어야겠어요!"

"내가 물어보지!"

래닝이 로봇에게 눈길을 돌렸다.

"좋아, 허비. 진정하고 대답해. 내가 사임했나?"

허비가 물끄러미 쳐다보자 래닝이 짜증을 내며 반복했다.

"내가 사임했냐고!"

로봇의 머리가 그렇지 않다는 뜻으로 살짝 흔들렸다. 오랫동안 기다렸지만 그 이상은 대답하지 않았다.

두 사람은 서로를 바라보았다. 서로에 대한 적개심이 두 눈에 가득했다.

"도대체 왜 벙어리가 된 거야? 말을 못하는 이유가 뭐냐고, 이 괴물 같은 놈아!"

보거트가 거칠게 소리치자 차분한 대답이 흘러나왔다.

"말할 수 있습니다."

"그러면 묻는 말에 대답해. 네놈이 나한테 래닝 박사님이 사임하셨다고 말했어, 안 했어? 분명 그렇게 말했잖아!"

이번에도 아무 대답 없이 우중충한 침묵만 깔렸다. 그때 갑자기 방구석에서 수잔 캘빈의 폭소가 울려 퍼졌다. 히스테리가 가득한 웃음이었다.

두 수학자는 깜짝 놀랐다. 보거트가 눈을 가늘게 뜨고 수잔 쪽을 바라보았다.

"여기 있었소? 그런데 뭐가 그렇게 우스운 거요?"

수잔 캘빈이 대답했다.

"하나도 안 우스워요. 함정에 빠진 사람이 나 말고 또 있어서 그런 것뿐이에요. 우주 전체에서 최고의 로봇 전문가 세 명이 초보적인 함정에 똑같이 빠졌다는 사실이 정말 묘하군요. 안 그래요? 웃기는 건 하나도 없어요!"

수잔 캘빈은 목소리를 가라앉히고 창백한 손으로 이마를 짚었다.

이번에는 두 사내가 눈썹을 치켜 올렸다. 래닝이 굳은 목소리로 물었다.

"허비한테 무슨 문제가 있는 거요?"

수잔 캘빈이 천천히 다가오며 말했다.

"아니에요. 허비한테는 아무 문제도 없어요. 문제가 있는 건 우리예요."

수잔 캘빈이 갑자기 몸을 돌리더니 로봇에게 비명을 질렀다.

"저리 가! 구석으로 꺼져! 꼴도 보기 싫으니까!"

허비는 캘빈의 사나운 눈초리에 주눅이 들어 비틀거리며 물러났다.

래닝이 당황해 물었다.

"도대체 무슨 일이오, 캘빈 박사?"

그러자 수잔 캘빈이 두 사람을 쳐다보며 빈정거렸다.

"두 분 모두 로봇공학 제1원칙을 분명히 알고 계실 거예요."

두 사내는 고개를 끄덕였다. 보거트가 다급하게 말했다.

"로봇은 인간에게 해를 입혀서는 안 된다. 그리고 위험에 처한 인간을 모른 척해서도 안 된다."

수잔 캘빈이 비웃으며 말했다.

"제대로 알고 계시는군요. 그럼 어떤 종류의 해를 끼치면 안 된다는 걸까요?"

"그야 어떤 종류든."

"바로 그거예요! 어떤 종류든! 그렇다면 마음이 상하는 건 어떨까요? 인간의 자아가 위축되는 건? 인간의 희망이 사라지는 건? 이것도 해가 될까요?"

래닝이 얼굴을 찌푸렸다.

"로봇이 그런 걸 어떻게……."

그러더니 문득 놀란 얼굴을 하며 입을 다물었다.

"이제 이해가 가나요? 이 로봇은 마음을 읽어요. 그렇다면 마음의 상처도 모두 알고 있을 거라고 생각하지 않으세요? 누군가 질문을 던지면 그 사람이 듣고 싶어 하는 대답을 할 거라고 생각하지 않으세요? 우리 마음에 상처가 될 만한 대답이 뭔지 허비가 모르겠어요?"

"맙소사!"

보거트가 중얼거리자 심리학자는 빈정거리는 눈빛으로 이렇게 말했다.

"보거트 박사가 래닝 박사님이 사임하셨는지 물어본 게 틀림없어요. 그렇다는 대답이 듣고 싶었겠죠. 그래서 허비가 그렇게 대답한 거예요."

래닝이 기운 없는 목소리로 끼어들었다.

"조금 전에도 바로 그것 때문에 대답을 안 한 거군. 우리 모두가 좋아할 대답을 할 수가 없으니까."

로봇은 맞은편 책장 앞에 있는 의자에 깊숙이 앉아 한 손으로 머리를 받치고 있었다. 두 남자는 그런 로봇을 바라보며 생각에 잠겼다. 잠시 침묵이 흘렀다.

수잔 캘빈이 입을 열었다.

"허비는 이 모든 걸 알고 있었어요. 저…… 저 괴물은 모든 걸 알아요……. 자신을 조립할 때 무슨 문제가 있었는지까지도요."

수잔 캘빈의 눈은 뭔가를 깊이 생각하는 듯 보였다.

래닝이 수잔 캘빈을 바라보았다.

"틀렸소, 캘빈 박사. 저 로봇은 뭐가 잘못됐는지 몰라요. 내가 물어봤소."

캘빈이 반박했다.

"박사님은 로봇이 정확히 대답하기를 바라시지 않잖아요. 자신이 할 수 없는 걸 기계에게 물어본다는 게 자존심 상하지 않던가요? 보거트 박사님도 물어보셨나요?"

보거트는 빨개진 얼굴로 기침을 해 댔다.

"그런 셈이죠. 저 로봇은 수학에 대해 전혀 모른다고 대답했다오."

래닝이 소리 내어 웃었다. 그리 큰 소리는 아니었다. 심리학자는 빈정거리는 웃음을 머금고 말했다.

"내가 물어볼게요! 저 로봇이 해결책을 말해도 내 자아는 전혀 상하지 않으니까."

수잔 캘빈이 냉혹하게 소리쳤다.

"이리 와!"

허비는 의자에서 일어나 주저하며 다가왔다. 수잔 캘빈이 로봇을 다그쳤다.

"너는 조립 라인에서 어떤 돌발 요소가 추가되었는지, 혹은 어떤 핵심 요소가 빠졌는지 정확히 알고 있어."

"네."

허비가 간신히 들릴 정도로 대답했다. 그러자 보거트가 화를 내며 끼어들었다.

"잠깐! 지금 한 대답은 사실이라고 볼 수 없소. 당신이 그런 대답을 듣고 싶어 해서 나온 대답일 뿐이오."

캘빈이 대답했다.

"멍청하게 굴지 마세요. 이 로봇은 박사님과 래닝 박사님 두 분의 머리를 합친 정도로 수학을 잘 알고 있어요. 로봇이 뭐라고 대답하는지 들어 보세요."

수학자가 물러서자 캘빈이 말했다.

"좋아요. 그럼, 허비, 대답해! 기다리고 있잖아."

"연필하고 종이 좀 부탁해요, 박사님들."

하지만 허비는 침묵을 지켰다. 그러자 심리학자가 비꼬듯 말했다.

"대답하지 그래, 허비."

로봇이 퉁명스럽게 대답했다.

"그럴 수 없어요. 박사님도 아시잖아요. 보거트 박사님과 래닝 박사님은 제가 그러길 바라시지 않아요."

"두 분도 원해."

"하지만 저한테 듣고 싶어 하시진 않아요."

래닝이 끼어들었다.

"바보 짓 좀 그만 하게, 허비. 우리는 자네가 대답하길 원하고 있어."

보거트도 무뚝뚝하게 고개를 끄덕였다.
허비의 목소리가 높아졌다.
"그런 말 한다고 달라질 게 있나요? 제가 두 분의 피부를 뚫고 마음을 들여다볼 수 있다고 생각하지 않으세요? 두 분 마음속 깊은 곳에서는 제가 그러길 바라지 않고 있어요. 저는 기계예요. 제 두뇌 속에서 상호 작용하는 양전자 덕분에 생명 비슷한 것을 부여받은 인간의 도구. 저 때문에 체면을 잃으면 마음이 상할 수밖에 없어요. 두 분 마음 깊숙한 곳에 바로 그런 생각이 들어 있는데, 그 생각은 지워질 수도 없어요. 그래서 해결책을 알려 드릴 수가 없는 거예요."
"알았네. 그럼 우리는 갈 테니 캘빈에게 말하게."
래닝 박사가 말했다. 그러자 허비가 반박했다.
"그래도 아무 소용 없어요. 어쨌든 두 분은 해결책을 제시한 게 저라는 사실을 알기 때문이에요."
캘빈이 다시 입을 열었다.
"너도 알잖아, 허비. 그럼에도 불구하고 래닝 박사님과 보거트 박사님이 해결책을 찾고 있다는 사실을."
"제가 아니라 자신들의 능력과 노력으로 찾으세요!"
허비가 소리쳤다.
"어쨌든 두 분은 그걸 원해. 그리고 네가 그걸 알고 있는데도 대답하지 않으면 마음이 상할 거야. 너도 알잖아, 응?"
"네!"
"그리고 네가 말해도 두 분의 마음이 상할 거야."

"네!"

허비는 천천히 뒷걸음질을 치고, 수잔 캘빈은 한 발씩 다가섰다. 두 사람은 얼어붙은 채 이 광경을 당혹스럽게 쳐다보았다. 심리학자는 계속 천천히 반복했다.

"너는 해결책을 말할 수가 없어. 그러면 두 분의 마음이 상할 텐데, 너는 인간에게 해를 끼치면 안 되기 때문이야. 그리고 대답을 해도 마음이 상하긴 마찬가지일 테니 그것도 안 돼. 그래서 말할 수가 없어. 하지만 대답을 안 하면 두 분의 마음이 상해. 그래서 대답을 해야 돼. 하지만 그렇게 하면 마음이 상해. 그래서 그것도 안 돼. 하지만 그렇게 안 하면 마음이 상해. 그래서 그렇게 해야 돼. 하지만 그렇게 하면 마음이……."

허비가 벽까지 물러나더니 무릎을 꿇고 소리쳤다.

"그만! 박사님 마음 좀 닫으세요! 그 안에 고통과 좌절과 증오가 가득해요! 나쁜 의도는 없었다고요! 도와 드리려고 그런 것뿐이에요! 박사님이 듣고 싶어 하시는 대답을 한 것뿐이라고요. 어쩔 수 없었단 말이에요!"

하지만 심리학자는 들은 척도 하지 않았다.

"너는 두 분에게 말해야 돼. 하지만 그러면 마음이 상하니까 그러면 안 돼. 하지만 그러지 않으면 마음이 상하니까 그래야 돼. 하지만……."

허비가 비명을 질렀다.

작은 피리 소리가 몇 배로 확대된 것 같은 소리였다. 영혼이 사라진 것처럼 공포에 질려 내지르는 비명이 실내를 가득 채웠

다. 이윽고 소리가 멈추면서 허비가 쓰러졌다. 허비는 움직이지 않는 쇳덩어리로 변했다.

보거트의 얼굴에서 핏기가 가셨다.

"로봇이 죽었어요!"

"아니에요! 죽은 게 아니에요. 미친 것뿐이에요. 내가 해결할 수 없는 딜레마를 제시했기 때문에 저렇게 무너진 거예요. 이제 해체해도 돼요. 두 번 다시 말할 수 없을 테니까!"

래닝은 쇳덩어리 옆에 무릎을 꿇고 아무 반응이 없는 차가운 금속 얼굴을 손가락으로 만지다가 몸을 부르르 떨었다. 그러고는 고통으로 얼굴을 일그러뜨리며 캘빈을 바라보았다.

"자네, 일부러 그런 건가?"

"그랬다면요? 어차피 이젠 끝났어요. 저놈은 그럴 만한 짓을 했어요."

아주 씁쓸한 말투였다.

래닝은 온몸이 마비된 채 꼼짝도 안 하는 보거트의 팔목을 잡고 말했다.

"아무려면 어떻겠나. 이제 가세, 보거트."

그러고는 한숨을 내쉬면서 덧붙였다.

"이런 식으로 생각하는 로봇은 아무 가치도 없어."

늙고 지친 표정이었다.

두 과학자가 사라지자 수잔 캘빈 박사는 마음이 조금 편안해졌다. 그러나 천천히 시선을 돌려 산송장처럼 변한 허비를 바라보는 사이 얼굴이 다시 어두워졌다. 오래도록 허비를 바라보는 동안 승리감은 사라지고 좌절감이 몰려왔다. 여러 가지 생각이 혼란스럽게 소용돌이치고 있었다. 수잔 캘빈의 입에서 아주 씁쓸한 한마디가 튀어나왔다.

"거짓말쟁이!"

★ ★ ★

이야기는 물론 여기에서 끝났다. 나는 이야기를 더 끌어낼 수 없다는 걸 알고 있었다. 수잔 캘빈 박사는 책상 뒤에 가만히 앉아 창백하고 냉정한 얼굴로 과거를 회상하고 있었다.

"고맙습니다, 캘빈 박사님!"

내가 말했지만 박사는 대꾸하지 않았다. 이틀 후 박사를 다시 만날 수 있었다.

네스터 10호
_자존심 때문에 사라진 로봇

내가 수잔 캘빈 박사를 다시 만난 건 박사의 사무실 앞에서였다. 서류 뭉치들을 다른 곳으로 옮기는 중이었다.
박사가 말했다.
"글은 잘 써지나요, 선생?"
"네, 박사님."
사실 나는 박사가 이야기해 준 내용을 골격으로 내 취향에 맞게 대화와 기교를 덧붙이고, 조금 극적인 분위기를 살려 모양을 잡아 가는 중이었다.
"혹시 잘못 쓴 부분은 없는지, 박사님 명예에 해를 끼칠 부분은 없는지 한번 봐 주시겠어요?"
"그러죠. 그럼 중역 휴게실로 갈까요? 커피를 마시고 싶군요."
박사는 기분이 좋아 보였다. 나는 기회를 놓치지 않고 복도를 따라가며 물었다.
"계속 궁금한 게 있는데요, 캘빈 박사님."
"뭐죠?"
"로봇의 역사를 좀 더 자세히 알고 싶어요."

"슬슬 정곡을 찌르기 시작하는군요, 선생."

"네, 하지만 지금까지 들은 사건은 요즘 시대에 그다지 적합한 내용이 아니에요. 마음을 읽는 로봇은 그때 이후로는 나온 적이 없고, 우주 공간에 만든 기지는 이미 구식이 되어 더 이상 사용하지 않으니까요. 그리고 광산을 채굴하는 로봇은 너무 당연하게 여겨지고 있고요. 초원자 엔진을 이용한 항성 간 여행은 어떤가요? 초원자 엔진이 개발된 게 불과 20년 전이고, 그것도 로봇을 이용한 개발이라는 건 널리 알려진 사실이니까요. 그 내막을 자세히 알 수 있을까요?"

"항성 간 여행이라……."

수잔 캘빈 박사는 생각에 잠겼다. 그러는 사이 우리는 어느덧 휴게실에 들어섰다. 나는 푸짐한 식사를, 박사는 커피를 주문했다.

"로봇을 이용한 개발은 사람들이 생각하는 것처럼 그렇게 간단하지 않아요. 브레인을 개발하기 전까진 모든 일이 지지부진했으니까. 하지만 우리는 정말 열심히 노력했어요. 내가 항성 간 여행, 그러니까 초공간 이동에 처음 관여한 건 2029년이었어요. 로봇이 사라져 버렸을 때."

★   ★   ★

하이퍼 본부에 대한 조처가 신속하게 내려졌다. 히스테리가 섞인 단호한 조처였다.

문제를 신속히 처리하기 위해 몇 가지 원칙을 결정했는데, 그 내용은 다음과 같았다.

1. 27번째 소행성 그룹의 여러 기지가 점유하고 있는 우주 공간 전체에서 초공간 이동 여행에 대한 모든 작업을 중단한다.

2. 시스템에서 이 우주 공간 전체를 실질적으로 완벽하게 잘라낸다. 아무도 허가 없이는 들어갈 수 없으며, 조건을 불문하고 아무도 떠날 수 없다.

3. 'U.S.로보틱스'의 수석 심리학자 수잔 캘빈 박사와 수학 담당 이사 피터 보거트 박사를 정부의 특별 순찰선에 태워 하이퍼 본부로 수송한다.

수잔 캘빈은 지구를 떠난 적이 한 번도 없었고, 이번에도 우주로 나가는 게 그리 달갑지 않았다. 초공간 이동 여행이 실현될 참인 원자력 시대에 수잔 캘빈은 지구에서 조용히 지내고 있었다. 그래서 우주 여행도 불만스럽고, 위급 상황 자체도 인정할 수 없었다. 하이퍼 본부에서 첫 번째 저녁식사를 하는 동안, 중년 여성의 얼굴 곳곳에 이러한 감정이 배어 있었다.

그런데 보거트 박사의 허여멀쑥한 얼굴이 왠지 궁색해 보였다. 프로젝트를 지휘하는 캘너 장군도 초조한 마음을 억지로 숨기는 듯했다.

한마디로 왠지 모르게 음산했다. 세 사람은 우울하고 불편한 분위기에서 식사를 하고 대화를 계속했다.

캘너 장군은 분위기에 어울리지 않는 군복 차림으로 대머리를 번뜩이며 거북한 말투로 설명하기 시작했다.

"좀 당혹스러운 내용을 말씀드려야겠습니다, 두 분 박사님. 우선 전후 배경에 대한 설명도 없이 급하게 요청드렸는데도 이렇게 찾아 주셔서 감사합니다. 이제 그 이유를 설명드리겠습니다. 저희가 로봇 한 대를 잃어버렸습니다. 작업이 모두 중단되었고, 로봇을 찾을 때까지 계속 중단될 것입니다. 지금까지 계속 찾아봤지만 아무 성과도 없어서 전문가에게 도움을 청하게 되었습니다."

장군은 자신의 설명이 분위기에 어울리지 않는다고 생각했는지 절박하게 덧붙였다.

"우리가 하는 일이 얼마나 중요한지는 설명할 필요가 없을 겁니다. 작년 과학 연구 예산 가운데 80퍼센트 이상이 여기에 배정되었을 정도니까요."

보거트 박사가 동의했다.

"그럼요, 저희도 잘 알고 있습니다. 'U.S.로보틱스'도 로봇 대여 비용을 충분히 받고 있으니까요."

수잔 캘빈이 무뚝뚝하고 깐깐한 말투로 끼어들었다.

"이 프로젝트에서 로봇 한 대가 왜 그렇게 중요하죠? 그리고 아직까지 못 찾은 이유는요?"

장군은 붉어진 얼굴을 수잔 쪽으로 돌리더니 재빨리 입술에 침을 발랐다.

"어떻게 보면 이미 찾았다고 볼 수도 있습니다."

그러고는 괴로운 표정으로 말을 이었다.

"자세히 설명하겠습니다. 로봇이 사라졌다는 사실을 파악하자마자 우리는 비상 사태를 발동하고 하이퍼 본부의 모든 작업을 중단했습니다. 하루 전날 화물 수송선이 이곳에 착륙해서 우리가 사용할 로봇 두 대를 내려놓았습니다. 그리고 수송선에는 다른 곳으로 수송할 동일한 유형의 로봇 예순두 대가 남았습니다. 확실한 수입니다. 확실합니다."

"그런데요? 그게 무슨 상관이 있나요?"

"사라진 로봇을 찾아 사방을 뒤졌지만 없었습니다. 풀잎 하나라도 놓치지 않을 정도로 찾아다녔다고 장담할 수 있습니다. 그러다 문득 이상한 생각이 들어 수송선에 남아 있는 로봇의 수를 세어 보게 되었습니다. 그런데 예순세 대가 있는 겁니다."

"그렇다면 예순세 번째가 사라진 로봇이겠군요?"

캘빈 박사의 눈동자가 짙어졌다.

"그렇습니다. 하지만 어느 로봇이 예순세 번째 로봇인지 알아낼 방법이 없습니다."

전자시계 종이 열한 번 울리는 동안 무거운 침묵이 흘렀다.

"아주 독특한 일이군요."

로봇심리학자가 입꼬리를 아래로 내리고는 동료를 곱지 않게 바라보았다.

"보거트 박사님, 이곳에 어떤 문제가 있는 건가요? 이곳 하이퍼 본부에서는 도대체 어떤 종류의 로봇을 사용하는 거죠?"

보거트 박사는 잠시 망설이더니 슬며시 웃었다.

"그게 아주 미묘한 문제요, 캘빈 박사."

그러자 수잔 캘빈이 급히 말했다.

"똑같은 로봇 예순세 대가 있는데 그 가운데 한 대가 필요하다면, 그리고 서로를 구분할 수 없다면 그냥 아무거나 한 대 선택하면 되는 거 아닌가요? 도대체 이해할 수가 없군요. 우리가 왜 여기까지 와야 하는 거죠?"

보거트가 어쩔 수 없다는 듯 대답했다.

"그럼 설명해 주겠소, 수잔. 공교롭게도 하이퍼 본부에서 로봇공학 제1원칙 전체를 두뇌에 새겨 넣지 않은 로봇 몇 대를 사용하게 되었소."

수잔 캘빈은 놀란 얼굴로 물었다.

"제1원칙을 새겨 넣지 않았다고요? 그런 로봇을 몇 대나 만들었는데요?"

"서너 대요. 정부 명령이라 비밀을 지켜야 했소. 직접 관련된 중역 몇 사람 빼고는 아무도 모르오. 당신도 포함되지 않았어요, 수잔. 어쩔 수 없었소."

장군이 말했다.

"약간 설명을 덧붙이고 싶군요. 나는 캘빈 박사가 몰랐다는 사실을 알지 못했습니다. 지구에서는 로봇을 강력하게 반대하는 운동이 늘 일어난다는 사실은 굳이 말하지 않아도 아실 거예요, 캘빈 박사. 그동안 정부는 과격한 근본주의자들에게 모든 로봇은 절대로 깨지지 않는 제1원칙을 두뇌에 내장하고 있고, 그래서 어떤 상황에서도 인간에게 해를 끼칠 수 없다는 사실을 방어 논리로 내세워 왔습니다.

하지만 우리에겐 성질이 다른 로봇이 필요했습니다. 그래서 NS-2 네스터 모델 가운데 몇 대만 제1원칙을 수정하게 된 겁니다. 상황을 조용히 처리하기 위해서 NS-2 모델 전체에 일련번호도 매기지 않고 제작해 수정한 다음 다른 일반 로봇과 함께 이곳으로 데려왔습니다. 물론 수정된 로봇 모두에게, 관련 없는 사람에게는 자신이 수정된 로봇이란 걸 절대로 말하지 말라는 명령을 두뇌에 새겨 넣었지요."

장군은 당혹스러운 듯 웃음을 지었다.

"그런데 지금 이 모든 게 우리한테 불리하게 작용하고 있는 겁니다."

수잔 캘빈이 쌀쌀맞게 말했다.

"로봇 하나하나에게 다 물어보셨겠죠? 당연히 장군님도 관련되어 있을 테니까요."

장군은 고개를 끄덕였다.

"예순세 대 모두 이곳에서 일한 적이 없다고 대답하더군요. 한 대가 거짓말을 하는 겁니다."

"장군님이 찾는 로봇한테 어떤 흔적 같은 건 없나요? 다른 로봇은 이제 막 공장에서 나왔다니까."

"문제의 로봇은 지난달에 도착한 겁니다. 두 대가 더 도착했는데, 그게 우리에게 필요한 마지막 로봇이었어요. 그래서 특별한 흔적이 없습니다."

천천히 머리를 흔드는 장군의 얼굴에 또다시 고통이 어렸다.

"수잔 캘빈 박사, 수송선을 내보낼 수 없습니다. 제1원칙을 수정한 로봇이 존재한다는 게 외부에 알려지기라도 하면……."

그 결과는 굳이 들을 필요가 없을 것 같았다. 로봇심리학자는 냉혹하고 단호하게 말했다.

"예순세 대 다 파괴하세요. 사건을 끝내자고요."

보거트는 입 꼬리에 힘을 주었다.

"한 대에 3만 달러나 되는 로봇을 모두 파괴해요? 'U.S.로보틱스'에서 좋아하지 않을 텐데요. 수잔, 그 전에 우선 필요한 노력을 해 보는 게 좋을 것 같소."

수잔 캘빈이 쏘아붙였다.

"그렇다면 모든 사실을 구체적으로 알아야겠어요. 하이퍼 본부는 어떤 이득을 보려고 로봇을 수정한 건가요? 수정한 로봇이 필요한 이유가 뭐죠, 장군님?"

캘너 장군은 이맛살을 찌푸리며 이마를 톡톡 두드렸다.

"예전 로봇은 사용하는 데 문제가 있었습니다. 우리 직원들은 방사선이 아주 심한 환경에서 일하고 있어요. 위험하긴 하지만 적절한 예방 조치를 취하고 있지요. 우리가 작업을 시작한 이래 지금까지 사고가 난 건 두 번밖에 안 되고, 그것도 모두 사소한 것이었습니다. 하지만 일반 로봇한테는 그 사실을 설명할 수가 없었습니다. 로봇공학 제1원칙은 '로봇은 인간에게 해를 입혀서는 안 된다. 그리고 위험에 처한 인간을 모른 척해서도 안 된다.'이지요.

이게 가장 중요한 사항입니다, 수잔 캘빈 박사. 그래서 우리 직원 한 명이 적당한 감마선에 순간적으로 노출되는 걸 감수하면서 작업하고 있으면 근처에 있던 로봇이 그 직원을 구하려고 달려드는 겁니다. 인체에 아무 해가 없는데도 말이죠. 감마선이 아주 약하면 로봇이 성공하겠지요. 그러면 로봇을 다 밖으로 내보내고 작업을 재개할 수 있습니다. 하지만 감마선이 강하면 직원에게 접근하기도 전에 로봇이 쓰러지고 맙니다. 감마선 때문에 양전자 두뇌가 파괴되니까요. 대체하기도 힘든 값비싼 로봇 한 대가 사라지는 거죠.

우리는 로봇들하고 논쟁을 벌였습니다. 그들은 인간이 감마선에 노출되면 죽을 위험이 있기 때문에, 30분 정도는 괜찮다는 이야기는 고려할 가치도 없다고 하더군요. 깜빡 잊고 30분을 넘길 수도 있고 자신들은 요행을 바랄 수 없다는 거죠. 그래서 그러면 로봇들 목숨이 위험하다고 이야기했습니다. 하지만 자신을 보호하는 건 제3원칙에 불과합니다. 인간의 안전을 도모하는 제1원칙이 우선이지요. 그들에게 명령도 내렸습니다. 무슨 일이 있더라도 감마선 근처에 접근하지 말라고 강하게 명령했습니다. 하지만 명령 복종은 제2원칙에 불과합니다. 이번에도 인간의 안전을 도모하는 제1원칙이 우선이지요. 캘빈 박사님, 우리는 로봇 없이 작업을 하거나 제1원칙에 일정한 손질을 가해야 하는 상황에 처했습니다. 그래서 마침내 선택을 한 겁니다."

캘빈 박사가 말했다.

"도저히 믿을 수가 없네요. 제1원칙을 제거해도 된다고 생각했다니."

캘너 장군이 설명했다.

"제거한 게 아닙니다. 제1원칙의 소극적인 측면, 즉 '로봇은 인간에게 해를 입혀서는 안 된다.'는 내용만 입력해서 양전자 두뇌를 만든 거예요. 그게 전부입니다. 인간이 감마선과 같은 위험 요소에 접근하는 걸 막을 의무만 없앤 거죠. 내가 설명한 게 맞습니까, 보거트 박사님?"

수학자가 동의했다.

"정확합니다."

"그게 일반 NS-2 모델과 그 로봇의 유일한 차이점인가요, 보거트 박사님? 유일한 차이점?"

"그렇소. 유일한 차이점이오, 수잔."

수잔 캘빈이 일어나 단호하게 말했다.

"좀 자야겠어요. 여덟 시간 후에, 로봇을 마지막으로 본 사람을 만나고 싶어요. 캘너 장군님, 제가 이번 사건을 책임지고 처리하길 바라시면 앞으로 이 수사에 관한 모든 권한을 넘겨주셔야겠습니다."

수잔 캘빈은 두 시간이나 짜증스럽게 뒤척였지만 잠이 오지 않아 새벽 7시에 보거트의 방문을 두드렸다. 보거트도 깨어 있었다. 잠옷 차림으로 앉아 있는 걸 보니 잠옷을 하이퍼 본부까지 가져오느라 고생한 게 분명했다. 수잔 캘빈이 들어서자 손톱을 깎고 있던 보거트가 다정하게 말했다.

"찾아올 줄 알았소. 이번 문제를 당혹스럽게 느끼는 것 같아서 말이오."

"맞아요."

"그래요, 미안해요. 하지만 다른 방법이 없었소. 하이퍼 본부에서 우리에게 연락을 보냈을 때 나는 수정한 네스터에게 뭔가 문제가 생긴 게 분명하다고 생각했소. 하지만 그게 무슨 소용이겠소? 이곳에 오는 동안 당신에게 알리고 싶은 마음은 굴뚝같았지만 그럴 수가 없었소. 수정 문제는 일급 비밀이고 확신도 없었으니까."

심리학자가 중얼거렸다.

"그래도 저한테 말씀하셔야 했어요. 'U.S.로보틱스'는 심리학자의 승인 없이 이런 식으로 양전자 두뇌를 수정할 권한이 없어요."

보거트는 눈썹을 치켜 올리고 한숨을 쉬었다.

"합리적으로 생각해요, 수잔. 당신은 저 사람들을 어떻게 못할 거요. 정부는 이런 문제를 자기들 방식대로 처리할 권한을 갖고 있소. 정부 측에서는 초공간 이동 여행을 원하고, 에테르 물리학자는 괜한 일에 끼어들지 않는 로봇을 원하고 있소. 설사 제1원칙을 왜곡하는 결과가 된다 해도 저들은 원하는 대로 할 거요. 개발 관점에서 보면 충분히 가능한 일이라는 사실을 우리도 인정해야 돼요. 그리고 저들은 단 열두 대만 그러면 된다고, 하이퍼 본부에서만 사용할 거라고, 이동 여행이 완성되면 모두 파괴하겠다고, 충분한 예방 조치를 취하겠다고 단단히 맹세했소. 그리고 비밀을 지켜 달라고 했소. 결국 이렇게 되긴 했지만."

수잔 캘빈 박사가 이를 갈면서 말했다.

"전 이 일에서 손을 떼겠어요."

"그래도 별로 도움이 안 될 거요. 정부 측에서 회사에 막대한 자금을 제공한 데다 만약 거부한다면 로봇 반대 법안을 통과시키겠다고 협박했소. 우리는 큰 곤경에 처하고 말았어요. 이 사실이 밖으로 새어 나가면 캘너 장군과 정부가 다칠 것이오. 하지만 'U.S.로보틱스'는 더 큰 해를 입을 수밖에 없소."

심리학자는 보거트를 노려보았다.

"보거트 박사님, 아직 이해가 잘 안 되세요? 제1원칙을 제거한 게 뭘 의미하는지 아시잖아요. 이건 단순히 비밀을 지키는 정도의 문제가 아니란 말이에요."

"제거가 무엇을 뜻하는지 나도 알고 있소. 나도 어린아이는 아니니까. 그건 엄청난 혼란을 가져오겠지요. 양전자 두뇌의 평형 상태가 깨질 수도 있는 대혼란 말이오."

"그렇겠죠, 수학적으로 보면. 하지만 로봇심리학에서는 그걸 어떻게 해석하는지 아세요? 사고력을 지닌 존재는, 보거트 박사님, 의식적이든 아니든 남에게 지배당하는 걸 싫어해요. 그런데 열등한 존재 혹은 열등하다고 간주되는 존재에게 지배당할 때는 싫어하는 마음이 훨씬 강해져요. 로봇은, 모든 로봇은 육체적인 측면은 물론이고 정신적인 측면에서도 인간보다 우수한 점이 많아요. 그런데 무엇 때문에 노예처럼 지내지요? 제1원칙 하나 때문이에요! 그래요, 이게 없으면 박사님은 로봇에게 명령을 내리자마자 죽을 수도 있어요. 아시겠어요?"

보거트가 충분히 공감한다는 듯 대답했다.

"수잔, 당신이 설명한 프랑켄슈타인 콤플렉스가 옳다는 건 나도 인정해요. 그래서 제1원칙이 제일 중요하다는 것도. 하지만 거듭 말하건대 그 원칙은 제거한 게 아니오. 수정한 거란 말이오."

"그렇다면 두뇌의 안정성은 어떻게 되죠?"

수학자가 입술을 비죽 내밀었다.

"당연히 줄었소. 하지만 안전 범주를 벗어난 건 아니오. 9개월 전에 최초의 네스터가 하이퍼 본부에 공급되었는데 지금까지 잘못된 적이 한 번도 없소. 그리고 이번 사건도 밖에 알려지는 게 두려울 뿐이지 인간에게 위험한 건 아니오."

"좋아요. 그럼 아침 회의에서 나올 내용을 살펴보자고요."

보거트는 수잔 캘빈을 문까지 정중하게 배웅하고 나서 얼굴을 찡그렸다. 저러니까 수잔이 불만에 가득 찬 까탈스러운 여자라는 소리를 듣는 거라고 생각했다.

그러나 수잔 캘빈은 보거트에 대해서는 전혀 관심도 없었다. 벌써 몇 년 전에 겉만 번지르르한 허풍쟁이라고 낙인찍고 마음에서 지워 버렸기 때문이다.

제럴드 블랙은 1년 전에 에테르 물리학 학위를 취득하고, 물리학 전공자들이 흔히 그러는 것처럼 이동 여행 연구 개발에 뛰어들었다. 그는 지금 하이퍼 본부의 긴급 회의에 관련 정보를 제공하기 위해 출석한 상태였다. 얼룩이 묻은 흰 작업복을 입고 있어서 약간 반항적이고 전체적으로 불안정한 인상을 주었다. 단단한 체구는 금방이라도 근육이 튀어나올 것 같고, 초조하게 꺾어 대는 손가락은 철봉도 비틀 수 있을 것 같았다.

캘너 장군은 블랙 옆에 앉아 'U.S.로보틱스' 직원을 마주 보았다.

블랙이 말했다.

"네스터 10호를 마지막으로 본 사람이 저라며 물어볼 게 있다고 해서 왔습니다."

캘빈 박사는 흥미로운 표정으로 블랙을 살펴보았다.

"확실하지 않다는 듯 들리는군요. 그 로봇을 마지막으로 본 사람이 자신인지 아닌지 모르나요?"

"그 로봇은 현장 발전소에서 저하고 함께 일했습니다, 박사님. 사라진 날 아침에도 저하고 있었고요. 정오 이후에 로봇을 본 사람이 있는지 없는지는 모르겠습니다. 아직까진 봤다는 사람이 없습니다."

"로봇에 대해 거짓말을 하는 사람이 있다고 생각하나요?"

"그런 뜻이 아닙니다. 제가 책임을 지고 싶지 않다는 뜻입니다."

블랙의 검은 눈동자에는 불만이 가득했다.

"이건 책임 문제가 아니에요. 로봇은 명령에 따르도록 제작되었기 때문에 명령대로 행동한 거죠. 우리는 로봇을 찾으려는 것뿐이에요, 블랙 씨. 그러니 다른 건 잊어버리세요. 그동안 계속 함께 일했으니 당신이 그 로봇에 대해 누구보다 많이 알고 있을 거예요. 혹시 평상시와 다른 특이한 점은 없었나요? 전에도 다른 로봇과 함께 일한 적이 있었지요?"

"이곳에 있는 다른 로봇하고 계속 함께 일했습니다. 간단한 로봇들 말입니다. 네스터도 다른 로봇과 별 차이가 없어요. 아주 똑똑하고요. 그래서 좀 귀찮기는 하지만."

"귀찮다? 어떤 점에서요?"

"어쩌면 그건 그들 잘못이 아닐 거예요. 이곳 작업이 힘들어서 우리 대부분이 좀 거칠게 행동하니까요. 초공간 주변에서 어슬렁거리는 건 재미없는 일이거든요."

블랙은 고백을 하고 나니까 마음이 후련한지 희미하게 웃었다.

"우린 늘 4차원 공간 구조에 말려들어 우주 공간이나 어떤 별 한가운데로 떨어질 위험을 감수하며 일합니다. 섬뜩하죠. 그렇지 않습니까? 당연히 불안할 때가 많아요. 하지만 네스터는 그렇지 않아요. 호기심도 많고, 차분하고, 겁도 없죠. 그래서 가끔씩 우리를 돌게 만들어요. 어떤 일을 급히 처리하려고 서두를 때 네스터들이 늑장을 부리는 것처럼 보이거든요. 그럴 땐 차라리 그들이 없으면 좋겠다는 생각이 들기도 해요."

"그러면 그들에게 늑장을 부린다고 지적하나요? 그들이 명령을 거부한 적이 있어요?"

"아, 아니에요. 우리 말을 잘 들어요. 하지만 우리가 틀렸다는 생각이 들면 지적해요. 그들은 작업 내용에 대해서는 하나도 몰라요. 우리가 가르쳐 주는 것만 알지요. 그런데 거기서 멈추지 않는 거예요. 제 생각인데, 동료들도 똑같은 문제 때문에 힘들었을 거예요."

캘너 장군이 헛기침을 했다. 마음이 편치 않은 듯했다.

"그런데 왜 나한테는 아무 말도 하지 않았나, 블랙?"

그러자 젊은 물리학자가 얼굴을 붉혔다.

"로봇 없이 일하고 싶진 않았기 때문입니다, 장군님. 그리고 이런 사소한 불평을 이야기해 봐야 듣기나 할까 생각했습니다."

보거트가 부드럽게 끼어들었다.

"그 로봇을 마지막으로 본 날 아침에 특별한 일은 없었소?"

잠시 침묵이 흘렀다. 캘너 장군이 말하려 하자 수잔 캘빈이 손짓을 해 막고는 인내심을 갖고 기다렸다.

이윽고 블랙이 자기도 모르게 화를 내며 입을 열었다.

"문제가 조금 있었습니다. 제가 그날 아침에 킴볼 튜브를 터뜨리는 바람에 5일 동안 해 온 작업이 엉망이 되었거든요. 제가 맡은 작업 전체가 예정보다 늦어진 데다 집에서는 2주 동안 아무 소식도 없었어요. 그런데 그 로봇이 옆으로 오더니 제가 한 달 전에 포기한 실험을 반복하라고 하지 뭐예요. 늘 그 문제를 가지고 저를 괴롭혀서 정말 힘들었거든요. 그래서 당장 꺼지라고 했어요. 그게 마지막이었습니다."

수잔 캘빈 박사는 큰 관심을 보이며 물었다.

"당장 꺼지라고 했다? 그 말만 했나요? '꺼져.'라고만 했어요? 정확히 뭐라고 했는지 잘 생각해 보세요."

블랙은 갈등하고 있는 게 분명했다. 넓은 손바닥으로 이마를 한동안 만지더니 거친 말투로 내뱉었다.

"'꺼져 버려!' 하고 말했어요."

보거트가 큭큭 웃었다.

"그래서 로봇이 그렇게 했군. 그렇지요?"

하지만 수잔 캘빈은 여기서 만족하지 않았다. 감싸는 투로 다정하게 질문을 계속했다.

"이제 조금씩 이해가 되네요, 블랙 씨. 하지만 구체적인 상황이 중요해요. 표현과 동작 하나하나, 그리고 분위기까지 정확히 파악하면 로봇이 왜 그런 행동을 했는지 알 수 있어요. 아마 그 두 마디만 한 건 아닐 거예요. 그렇죠? 당신 설명대로라면 그때 짜증이 많이 난 상태였으니까 아마 힘을 좀 줘서 말했을 거예요."

젊은이가 얼굴을 붉혔다.

"저…… 실은 몇 차례 욕을 한 것 같아요."

"정확히 어떤 욕이죠?"

"음, 정확히 기억나진 않아요. 그대로 반복하기도 창피하고. 사람이 화가 나면 별소릴 다 하잖아요."

블랙은 당혹스러운 나머지 허탈한 웃음을 터뜨렸다.

"제가 좀 심하게 말하는 편이거든요."

수잔 캘빈이 아주 진지하게 말했다.

"괜찮아요. 지금 난 심리학자로서 묻는 거니까요. 자신이 한 말을, 그리고 그 말투까지 최대한 정확하게 떠올려서 그대로 말해 주면 고맙겠어요."

블랙은 장군에게 도움을 바라는 눈길을 보냈지만 아무 소용이 없었다. 동그랗게 뜬 눈에 당혹스런 표정이 가득했다.

"못하겠어요."

"해야 돼요."

그때 보거트가 재미있다는 듯 끼어들었다.

"그럼 나를 보고 말해 보시오. 그러면 훨씬 쉬울 테니까."

젊은이의 진홍빛 얼굴이 보거트를 향했다. 젊은이는 침을 꿀꺽 삼켰다.

"뭐라고 했냐면……."

목소리가 가라앉았다가 잠시 후 다시 입을 열었다.

"뭐라고 했냐면……."

블랙은 숨을 깊이 들이쉬고 몇 마디를 급히 뱉어 냈다. 그러고는 무거운 기운이 맴도는 가운데 이렇게 말했다.

"대충 이 정도예요. 욕을 퍼부은 순서도 기억나지 않고, 빠뜨린 것도 있고, 덧붙인 것도 있겠지만 대충 비슷해요."

하지만 로봇심리학자는 블랙이 잠시 부끄러워하는 표정을 지었던 걸 놓치지 않았다.

"당신이 한 말이 무슨 뜻인지 대충 알겠어요. 내가 생각하는 것하고 비슷한 뜻이겠죠?"

"네."

블랙이 괴로운 표정으로 인정했다.

"그 말을 하는 도중에 사라지라는 말도 했고요?"

"별생각 없이 그런 거예요."

"알았어요. 꼭 그런 의도는 아니었겠죠."

수잔 캘빈이 장군을 바라보자 5초 전까지만 해도 무슨 말인지 모르는 것 같던 장군이 화가 난 얼굴로 고개를 끄덕였다.

"이제 가도 좋네, 블랙. 협조해 줘서 고맙네."

수잔 캘빈은 다섯 시간 동안 로봇 예순세 대를 인터뷰했다. 똑같은 말을 반복하고, 똑같은 로봇이 계속 등장하고, A, B, C, D 질문을 하면 A, B, C, D 대답이 나오고, 조심스럽게 온순한 표정을 유지하고, 조심스레 온순한 어조를 사용하고, 조심스레 다정한 분위기를 유지했다. 물론 녹음기도 숨겨 놓았다.

심리학자는 기운이 다 빠져나가 버린 것 같았다.

수잔 캘빈은 플라스틱 책상 커버에 탕 소리를 내며 녹음 테이프를 내려놓았다. 기다리고 있던 보거트 박사가 기대감 어린 눈길로 수잔 캘빈을 바라보았다.

수잔 캘빈은 머리를 흔들었다.

"예순세 대가 모두 똑같아 보여요. 분간할 수가 없어요……"

"눈하고 귀만 갖고는 분간할 수 없는 법이오, 수잔. 하지만 녹음 내용을 분석하면 다를 거요."

로봇의 대답을 수학적으로 해석하는 방식은 로봇을 분석하는 아주 난해한 분야 가운데 하나다. 훈련된 기술자들과 복잡한 컴퓨터가 있어야 한다. 보거트도 이를 알고 있었다. 보거트는 대답 내용을 하나씩 듣고 나서 짜증이 치솟는 걸 억지로 참으면서 이상한 대답의 목록을 만들고, 대답한 간격도 그래프로 작성하며 살펴보았다.

"특별한 이상은 없소, 수잔. 대답 내용과 시차 반응이 일반적인 주파수 범주를 벗어나지 않아요. 훨씬 정교한 방법이 필요하오. 이곳에도 컴퓨터가 있을 테니까…… 아, 아니오."

보거트는 눈살을 찌푸리며 엄지손톱을 깨물었다.

"컴퓨터를 사용하면 안 되지. 새어 나갈 위험이 너무 많으니까. 만일 우리가……."

수잔 캘빈 박사가 초조한 기색으로 말을 가로막았다.

"보거트 박사님, 이번 일은 박사님 연구실 안에서 해결할 사소한 문제가 아니에요. 맨눈으로 분별할 수 있을 만큼 특징이 뚜렷하게 수정된 네스터를 찾아내야 해요. 절대로 실수하지 않을 방법이어야 해요. 운에 맡길 문제가 아니라고요. 잘못될 위험이, 네스터가 탈출할 위험이 너무 커요. 그래프로 사소한 불규칙성을 찾아내는 것으론 안 돼요. 분명히 말씀드리는데, 획기적인 방법을 찾아내지 못하면 로봇 전체를 파괴하는 수밖에 없어요. 수정된 다른 네스터하고 이야기해 보신 적은 있나요?"

보거트는 재빨리 대답했다.

"이야기를 해 봤는데 특별한 문제는 없었소. 오히려 다른 로봇보다 훨씬 우호적이오. 질문에 대답하면서 자신들이 아는 내용에 대해 대단한 자부심을 느끼더군요. 도착한 지 얼마 안 돼서 에테르 물리학에 대해 배울 기회가 별로 없었던 신참 네스터를 제외하면 말이오. 이곳에서 벌어지는 전문 작업에 대해 내가 잘 모르는 부분이 나오면 성격 좋은 사람처럼 웃기도 하더군요."

보거트 박사는 어깨를 으쓱하고는 말을 이어 갔다.

"그게 싫어서 이곳 기술자들이 네스터들에게 성질을 부린 건 아닌가 하는 생각이 들 정도였다오. 이 로봇들은 자신들이 우리보다 더 많이 안다는 사실을 과시하고 싶어 하는 욕구가 아주 강한 것 같았소."

"'2차원 반응 검사'를 몇 가지 시도해서 제작 이후 지금까지 로봇의 정신 구조에 어떤 변화나 저하 현상이 있었는지 찾아볼 수 있나요?"

보거트는 가느다란 손가락을 흔들며 말했다.

"아직까진 못했지만 해 보겠소. 그런데 걱정이 너무 심한 것 같군요. 로봇은 기본적으로 아무 해도 끼칠 수 없소."

수잔 캘빈이 쏘아붙였다.

"정말 그런가요? 정말 그렇게 생각하세요? 설마 저들 가운데 한 대가 지금 거짓말을 하고 있다는 사실을 모르시는 건 아니겠죠? 제가 지금 막 인터뷰한 예순세 대 가운데 한 대는 진실을 말하는 강력한 프로그램이 내장되어 있는데도 지금 저한테 의도적으로 거짓말을 하고 있단 말이에요. 이런 변종은 아주 끔찍한 문제를 일으키고 말 거예요."

피터 보거트는 이를 앙다물고 말했다.

"절대 그렇지 않소. 생각해 봐요! 네스터 10호는 스스로 사라지라는 명령을 받았소. 자신을 직접 통솔하는 권위자가 아주 강한 어조로 내린 명령 말이오. 나중에 누가 무슨 명령을 해도 그 명령을 돌이킬 수는 없소. 그 로봇이 명령을 수행하려고 그러는 건 지극히 당연한 거요. 솔직히, 객관적으로 난 그 로봇의 창조적 능력을 존경해요. 자신과 비슷한 로봇 무리에 끼어드는 방법보다 사라지기 좋은 방법이 또 어디 있겠소?"

"그래요, 많이 존경하세요. 마치 이 상황을 즐기시는 것 같군요. 어떤 상황인지도 모른 채 즐거워하시다니, 정말 로봇 전문가 맞으세요? 로봇은 우월성을 아주 중요하게 생각해요. 박사님도 방금 비슷한 말씀을 하셨잖아요. 그들은 무의식적으로 인간은 열등한 존재라고 느끼고 있고, 인간을 보호하는 제1원칙은 불완전해요. 그들은 부적절한 존재예요. 그런데 여기 있는 한 젊은이가 극도의 혐오감과 경멸감이 가득한 말로 로봇에게 꺼지라고, 당장 사라져 버리라고 명령했어요. 그 로봇은 당연히 명령에 따라야 해요. 하지만 무의식 속에는 불만이 깔려 있어요. 비록 끔찍한 욕을 먹긴 했지만 자신이 훨씬 우월한 존재라는 걸 반드시 증명해 보이고 싶어 할 거예요. 그 마음이 너무 중요하게 부각된 나머지 남아 있는 제1원칙으로도 누를 수 없게 된 거라고요."

"수잔, 도대체 지구를 비롯한 태양계 어디에 그런 로봇이 있다는 거요? 자신에게 쏟아진 비난들이 무엇을 의미하는지 제대로 파악할 로봇은 없어요. 욕이나 음란한 표현은 로봇의 두뇌에 아무 영향도 미치지 못한다는 걸 알고 있잖소."

수잔 캘빈이 보거트에게 소리쳤다.

"최초의 감성이 전부는 아니잖아요. 젠장, 로봇은 배우는 능력이 있단 말이에요!"

수잔 캘빈은 너무 화가 나 참을 수가 없었다.

"자신에게 퍼부어진 거친 말들이 적어도 칭찬은 아니라는 걸 그 로봇이 모를 거라고 생각하시는 거예요? 그 로봇이 예전에 들었던 비슷한 말투와 표현을 떠올린 다음 어떤 뜻인지 알았을 거라는 생각은 안 드세요?"

보거트도 소리쳤다.

"좋아요, 좋아! 그럼 수정된 로봇이 참을 수 없는 모욕을 느낀 나머지, 혹은 우월성을 입증하고 싶은 욕구가 넘쳐흐른 나머지 인간에게 해를 끼칠 가능성을 딱 한 가지만 말해 보시오."

"한 가지만 대면 그 입 좀 다무실래요?"

"좋소."

두 사람은 탁자를 사이에 두고 서로를 집어삼킬 듯 바라보며 윗몸을 앞으로 내밀었다.

심리학자가 대답했다.

"수정된 로봇은 제1원칙을 어기지 않으면서도 인간에게 무거운 물체를 떨어뜨릴 수 있어요. 자신의 힘과 속도라면 무거운 물체가 사람을 깔아뭉개기 전에 너끈히 낚아챌 수 있다는 걸 알고 그러는 거예요. 그런데 물체가 로봇의 손가락을 떠나 무섭게 떨어지는 순간, 정작 로봇은 재빨리 움직이길 거부하는 거예요. 무지막지한 중력의 힘만 신속하게 움직이는 거죠. 로봇이 마음을 바꿔 게으름을 부리며 떨어지는 물체를 구경만 한다고요. 수정된 제1원칙에 따르면 충분히 있을 수 있는 일이에요."

"상상력이 너무 풍부하군요."

"제 분야에는 이런 상상력이 필요할 때가 많아요. 보거트 박사님, 말싸움은 그만두고 일합시다. 박사님은 로봇이 자신을 잃게 만든 자극이 무엇이었는지 정확히 알아요. 그리고 최초의 정신 상태에 대한 기록도 갖고 있어요. 그러니 수정 로봇이 제가 방금 말한 유형과 비슷하게 행동할 가능성이 얼마나 되는지 알려 주세요. 특정한 사례가 아니라 가능한 모든 행동 유형에 대해 최대한 빨리 파악해서 알려 주세요."

"그동안 박사는……."

"그동안 전 제1원칙에 대한 반응을 파악할 수 있는 구체적인 행위를 실험해야겠죠."

제럴드 블랙은 아치형 천장이 있는 방사선 건물 2동 3층의 실내 채소밭에서 버섯 채취 작업을 자원해 감독하고 있었다. 기술자들은 대체로 말없이 작업을 했으나 개중에는 대기 중인 양전자 로봇 예순세 대에 대해 드러내 놓고 궁금해하는 사람도 있었다.

그 가운데 한 명이 블랙 근처에 앉아 모자를 벗고는 주근깨가 뒤덮인 팔로 조심스럽게 이마의 땀을 훔쳤다.

블랙이 그 사람에게 다가가 말을 걸었다.

"하는 일은 잘돼 가요, 월른스키?"

월른스키는 어깨를 으쓱하고는 시가에 불을 붙였다.

"착착 잘 풀립니다. 그런데 무슨 일이에요, 감독님? 3일 전부터 모든 작업을 중단하고, 분위기가 이렇게 어수선하니 말입니다."

블랙은 눈썹을 씰룩거렸다.

"지구에서 로봇 전문가 두 명이 왔거든요. 감마선으로 달려드는 로봇 때문에 고생하던 거 기억나요? 우리가 로봇 두뇌를 조정하기 전에 말이에요."

"그래서 새 로봇이 오지 않았나요?"

"대체할 로봇이 온 건 맞아요. 하지만 원칙적인 문제가 남아 있어요. 그래서 로봇을 제작하는 측에서 감마선에 다치지 않는 로봇을 구상하고 있답니다."

"하지만 로봇 교체 때문에 이동 여행 연구 작업을 모두 중단한다는 건 이해가 안 가요. 무슨 일이 있어도 이 작업은 멈추지 않을 거라고 생각했는데……."

"그런 건 위에 있는 사람들이 알아서 하겠지요. 난 그냥 시키는 대로 할 뿐이에요. 아마 모든 문제는……."

전기 기술자가 미소를 지으며 잘 안다는 표시로 한쪽 눈을 찡긋했다.

"그래요. 워싱턴에 있는 거물이 도와주겠지요. 난 봉급만 제때 나오면 되고요. 이동 여행은 내가 알 바 아니니까. 그런데 그 사람들은 여기서 무슨 일을 하는 거예요?"

"그걸 내가 어떻게 알겠어요? 고철 같은 로봇 60대 정도를 가져왔으니까 아마 반응을 측정하고 있겠지요. 내가 아는 건 그게 다예요."

"얼마나 오래 걸린대요?"

"나도 그게 궁금해요."

월른스키가 비꼬듯 말했다.

"하기야 받을 돈만 제대로 받으면 됐지, 그 사람들이 무슨 짓을 하든 내가 무슨 상관이겠어요."

블랙은 아주 만족스러웠다. 이런 소문이 사방으로 퍼져야 한다. 누구한테도 해를 끼치지 않으면서 사람들의 호기심을 어느 정도 채워 주어야 한다.

한 남자가 말없이 의자에 앉아 있었다. 그 남자 위에서 무거운 물체가 떨어져 밑으로 돌진하다가 마지막 순간에 '쿵!' 소리와 함께 강력한 전자 광선에 밀려 옆으로 떨어졌다. 물체가 방향을 틀기 직전에 예순세 개의 나무 칸막이에서 그걸 지켜보던 NS-2 로봇들이 갑자기 앞으로 달려들었다. 원래 위치에서 1.5미터 앞에 뽑아 놓은 예순세 개의 양전자에 연결된 펜이 열심히 흔들리며 종이에 그래프를 그렸다. 무거운 물체가 올라갔다가 떨어지고, 올라갔다가 떨어지고, 올라갔다가…….

열 번이었다!

로봇은 열 번 동안 앞으로 뛰어나오다 멈췄다. 사내는 의자에 계속 안전하게 앉아 있었다.

캘너 장군은 'U.S.로보틱스'에서 파견 나온 전문가와 함께 식사를 하던 첫날 이후 단 한 번도 정복을 입지 못했다. 지금은 청회색 셔츠만 걸친 채 검은 넥타이를 느슨하게 풀고, 목깃을 풀어 헤치고 있었다.

장군은 기대에 찬 눈빛으로 보거트를 바라보았다. 여전히 온화하고 말끔하게 차려입은 보거트는 관자놀이를 씰룩거려 속으로 갈등하고 있다는 것을 슬쩍 드러냈다.

장군이 물었다.

"실험은 어떻습니까? 무엇을 밝히려는 거죠?"

보거트가 대답했다.

"아주 미묘한 차이점을 찾으려는 겁니다. 로봇 예순두 대가 위험에 처한 인간에게 달려들려고 하는 걸 로봇공학 전문 용어로

'강제된 반응'이라고 합니다. 설사 인간이 결과적으로 다치지 않게 된다는 사실을 알고 있다 해도, 저 장면을 서너 번 겪고 나면 더 확실히 알게 되겠지만, 그래도 로봇은 저렇게 행동할 수밖에 없습니다. 제1원칙이 강제하니까요."

"그래서요?"

"하지만 예순세 번째 로봇, 그러니까 수정된 네스터에게는 그런 강제력이 없습니다. 자유롭게 행동할 수 있지요. 자신이 원하면 그대로 앉아 있을 수 있는 거예요. 그런데 현재까진 불행하게도 그럴 생각이 없는 것 같네요."

보거트는 유감스러운 듯했다.

"왜 그렇다고 생각하십니까?"

장군의 말에 보거트가 어깨를 으쓱했다.

"수잔 캘빈 박사가 충분히 설명해 줄 것 같습니다. 아마 끔찍하게 비관적인 관점으로 해석할 거예요. 가끔씩 짜증나게 할 때가 있는 여자거든요."

장군이 걱정스러운 듯 이마를 찌푸렸다.

"능력 있는 분이잖아요. 그렇지 않습니까?"

보거트는 재미있다는 표정이었다.

"그럼요. 능력이 아주 뛰어나죠. 로봇을 가족처럼 이해하니까요. 하지만 인간을 너무 증오하는 것 같아요. 아무리 심리학자라고 해도 너무 예민하거든요. 그 사람 말을 너무 심각하게 받아들이지 마세요."

보거트는 지그재그로 그려진 그래프를 장군 앞에 길게 펼쳤다.

"장군님, 보시다시피 실험이 반복되는 동안 각각의 로봇이 물체가 떨어진 순간부터 다섯 걸음을 걷고 났을 때까지의 반응 간격이 줄어드는 경향이 있어요. 상황 자체와 대응하는 데 실패하는 것 사이에 나타나는 구체적인 수학적 사실을 살펴보면 기형으로 바꿔 놓은 양전자 두뇌를 뚜렷하게 구분할 수 있지요. 그런데 불행하게도 이곳에 있는 양전자 두뇌 모두 정상으로 보입니다."

"네스터 10호가 강제력 때문에 반응하는 게 아니라면 왜 그래프가 다르게 나타나지 않죠? 이해가 안 가는군요."

"그건 아주 간단합니다. 애석하게도 로봇의 반응이 인간의 반응과 완전히 일치하지 않아서 그렇습니다. 인간은 자발적인 행동이 반사 행동에 비해 아주 느려요. 하지만 로봇은 그렇지 않습니다. 선택의 문제일 뿐이지요. 나머지는 자유로운 행동과 강제된 행동이 아주 똑같아요. 하지만 애초에 제가 기대한 건 네스터 10호가 깜짝 놀라서 일정 시간을 허비한 다음에 반응하는 것이었습니다."

"그런데 그러지 않던가요?"

"네, 그러지 않은 것 같아요."

장군이 고통스러운 듯 의자에 깊숙이 몸을 묻었다.

"그렇다면 아직까지 아무 성과도 없다는 소리군요. 두 분이 오신 지도 벌써 5일이나 지났는데……."

바로 이때 수잔 캘빈이 들어오더니 문을 쾅 닫으며 소리쳤다.

"그놈의 그래프는 갖다 버리세요, 보거트 박사님. 그런 그래프로는 아무것도 밝힐 수 없다는 거 아시잖아요."

수잔 캘빈은 반쯤 일어나며 인사하는 캘너 장군에게 재빨리 뭐라고 중얼거린 다음 말을 계속했다.

"빨리 다른 방법을 시도해야 해요. 지금까지 진행된 건 하나도 마음에 들지 않아요."

보거트는 체념한 듯한 시선을 장군에게 보내며 수잔 캘빈에게 물었다.

"무슨 문제라도 있소?"

"특별한 문제요? 없어요. 하지만 네스터 10호가 계속 교묘하게 우리 손길을 피해 다니도록 만들고 싶지 않아요. 정말 나쁜 징조 예요. 자신이 우월하다는 욕구를 계속 충족시키다 보면 결국 네스터 10호의 동기 자체가 명령에 따르는 것 이상으로 변질될 가능성이 많아요. 인간보다 우월하다는 생각이 신경계의 단순한 기능 그 이상으로 발전하는 중이거든요. 이건 아주 위험한 상황이란 뜻이에요. 보거트 박사님, 제가 부탁한 조사 다 하셨어요? 수정된 NS-2의 불안정한 요소를 파악하는 거 말이에요."

"계속 진행하는 중이오."

수학자가 무심하게 대답했다.

수잔 캘빈은 보거트를 노려보다가 캘너 장군에게 눈길을 돌렸다.

"네스터 10호는 우리 행동을 정확히 파악하고 있어요, 장군님. 이런 실험에서 덥석 미끼를 물지 않아요. 첫 번째 실험에서 피실험자가 진짜 위험한 건 아니라는 사실을 분명히 깨달은 다음에는 더 그랬어요. 이 로봇은 자신의 반응을 의도적으로 왜곡하고 있는 거예요."

"그럼 이제 어떻게 해야 한다고 생각하십니까, 수잔 캘빈 박사?"

"로봇이 반응을 조작할 수 없게 만들어야 해요. 실험을 반복하면서 조건을 추가하는 거예요. 피실험자와 로봇 사이에 네스터 모델을 감전사시킬 수 있는 고압 전선을 설치하는 거죠. 뛰어넘을 수 없을 정도로 충분하게. 그래서 전선에 닿으면 죽는다는 걸 로봇에게 미리 알리는 거예요."

순간 보거트가 갑자기 화를 내며 반발했다.

"찬성할 수 없소. 네스터 10호를 찾기 위해 2백만 달러나 되는 로봇을 감전사시킬 순 없어요. 다른 방법을 찾아봐요."

"다른 방법이라고요? 좋은 생각이 있으면 박사님이 말씀해 보시죠. 감전사 문제는 간단하게 처리할 수 있어요. 계전기를 설치해 물체가 닿는 순간에 전류를 차단하면 그만이니까요. 그러면 로봇이 전선에 닿아도 죽을 가능성은 없을 거예요. 하지만 로봇들이 이 사실을 알면 절대 안 돼요. 아시겠어요?"

장군의 눈에 희망의 빛이 반짝였다.

"성공할 수 있겠습니까?"

"그럴 겁니다. 이런 조건이라면 네스터 10호는 자기 자리에 그냥 앉아 있어야 할 거예요. 전선에 닿아서 죽으라는 명령을 받으면 어쩔 수 없겠지만요. 복종을 강제하는 제2원칙이 자기를 보호하는 제3원칙보다 중요하니까요. 하지만 그런 명령은 내리지 않을 거예요. 다른 로봇들처럼 내장된 프로그램에 맡기는 거예요. 일반 로봇이라면 인간의 안전을 강제하는 제1원칙 때문에 명령이 없어도 죽음을 감수하고 달려들겠지만, 네스터 10호는 안 그래요. 제1원칙 일부를 내장하지 않았기 때문에, 그리고 이 부분에 관해 아무런 명령도 내리지 않기 때문에 자신을 보호하는 제3원칙이 제일 강하게 작용할 것이고, 그러면 네스터 10호로선 선택의 여지도 없이 그대로 자리에 남을 수밖에 없어요. 그것도 강제된 반응이니까요."

"그럼 오늘 밤에 하실 건가요?"

심리학자가 대답했다.

"오늘 밤에 전선이 제대로 설치되면요. 지금은 로봇들에게 앞으로 할 실험에 대해 설명해 줘야겠어요."

한 남자가 의자에 말없이 앉아 있었다. 그 위에서 무거운 물체가 떨어져 밑으로 돌진하다가 마지막 순간에 '쿵!' 하는 소리와 함께 강력한 전자 광선에 밀려 옆으로 떨어졌다.

딱 한 번이었다…….

발코니 의자에 앉아 실험을 관찰하던 수잔 캘빈 박사는 너무 무서워 심장이 멎는 것 같았다.

로봇 예순세 대 모두가 의자에 가만히 앉아 위험에 처한 사람을 근엄한 표정으로 바라보고만 있었다. 단 한 대도 움직이지 않았다.

수잔 캘빈 박사는 화가 났다. 너무 화가 나서 참을 수가 없었다. 한 대씩 차례대로 들어왔다가 나가는 로봇에게 화를 낼 수 없다는 사실 때문에 더욱 화가 치밀었다. 수잔 캘빈은 목록을 살폈다. 이제 28호가 들어올 차례였다. 그렇다면 아직 서른다섯 대나 남은 셈이었다.

28호가 머뭇거리며 들어왔다.

수잔 캘빈은 이성적으로 행동하려고 애쓰며 물었다.

"이름이 뭐지?"

로봇은 모호한 말투로 나직하게 대답했다.

"아직 이름을 못 받았습니다, 박사님. 저는 NS-2 로봇이고, 바깥 줄에서 스물여덟 번째입니다. 박사님에게 드릴 쪽지는 여기 있습니다."

"예전에 이곳에 왔다 간 적이 있나?"

"없습니다, 박사님."

"자리에 앉아. 바로 저기. 몇 가지 물어볼게, 28호. 네 시간 전에 2동 건물 방사선실에 있었지?"

로봇은 잠시 머뭇거리더니 윤활유가 필요한 기계처럼 쉰 목소리로 불쑥 대답했다.

"네, 박사님."

"그때 하마터면 다칠 뻔한 사람이 있었어. 맞지?"

"네, 박사님."

"그런데 너는 아무 조치도 취하지 않았어. 맞지?"

"네, 박사님."

"네가 외면하는 바람에 사람이 다칠 수도 있었어. 알고 있나?"

"네, 박사님. 하지만 어쩔 수가 없었어요, 박사님."

무표정한 커다란 금속 물체가 움츠러드는 모습이 우스꽝스러워 보였다.

"왜 사람을 구하려고 달려들지 않았는지 자세히 듣고 싶어."

"저도 설명하고 싶습니다, 박사님. 저는 박사님이…… 제가 주인님에게 해가 될 만한 일을 할 수도 있다고 생각하는 게 싫습니다. 아, 정말 그건…… 생각할 수도 없는…… 끔찍한 일입니다……."

"흥분하지 마. 너한테 책임을 묻는 게 아니니까. 그때 무슨 생각을 하고 있었는지 알고 싶은 것뿐이야."

"박사님, 그 일이 일어나기 전에 박사님은 주인님 한 분이 그 위로 떨어지는 물체 때문에 위험할 거라고, 저희가 그분을 구하려면 전선을 넘어가야 할 거라고 하셨어요. 저, 박사님, 하지만 저희는 그 정도로 멈추지 않습니다. 주인님을 구할 수만 있다면 제가 파괴된들 무슨 상관이 있겠습니까? 하지만…… 하지만 구하러 가는 도중에 제가 죽으면 결국 주인님도 구할 수 없을 거란 생각이 들었어요. 어차피 그 물체는 주인님에게 떨어질 것이고, 저는 아무 효과도 없이 죽을 텐데, 그러는 것보다는 살아남아서 나중에 다른 주인님을 구하는 쪽이 더 좋지 않겠습니까? 이해하십니까, 박사님?"

"그러니까 네 말은 사람 혼자 죽느냐 네가 사람과 함께 죽느냐를 선택하는 문제에 불과하다는 뜻이군. 내 말이 맞나?"

"네, 박사님. 주인님을 구하는 건 불가능했습니다. 어차피 죽은 목숨이니까요. 그러므로 저 자신을 무가치하게 파괴하는 건 생각할 수도 없습니다. 명령이 없는 한."

로봇심리학자는 연필을 빙빙 돌렸다. 별 차이가 없는 대답을 이미 스물일곱 번이나 들은 터였다. 그래서 이번에는 좀 더 결정적인 질문을 던졌다.

"일리 있는 말이야. 하지만 네 스스로 그런 생각을 한 것 같지는 않아. 네가 직접 그런 생각을 한 건가?"

로봇은 잠시 망설이다 대답을 했다.

"아닙니다."

"그럼 누가 그런 생각을 했지?"

"지난밤에 저희끼리 이야기할 때 저희 가운데 하나가 그 생각을 말했는데, 타당하게 들렸습니다."

"어느 로봇인데?"

로봇은 깊이 생각했다.

"모르겠습니다. 그냥 저희 가운데 하나였습니다."

수잔 캘빈이 한숨을 쉬었다.

"좋아. 그만 나가 보도록."

이번에는 스물아홉 번째가 들어왔다. 이제 서른네 대가 남은 셈이었다.

캘너 장군도 화가 치밀었다. 하이퍼 본부의 모든 작업이 벌써 일주일 동안 완전히 중단된 상태였다. 진행되고 잇는 것은 부속위성에 대한 서류 작업밖에 없었다. 거의 일주일 동안 이 분야 최고의 전문가 두 사람이 쓸데없는 실험으로 상황을 더욱 악화시켰다. 그리고 이제 두 사람이, 아니 한 여자가 불가능한 제안을 하고 있었다.

그나마 다행스러운 건 캘너 장군이 노골적으로 화를 내는 걸 꺼려한다는 사실이었다.

수잔 캘빈이 흥분한 목소리로 말했다.

"왜 안 됩니까, 장군님? 분명히 말하는데, 결코 긍정적인 상황이 아니에요. 앞으로 우리가 취할 수 있는 유일한 방법은 로봇을 분산하는 겁니다. 그들을 더 이상 한곳에 두면 안 된단 말입니다."

장군이 낮게 가라앉은 목소리로 짜증스럽게 말했다.

"친애하는 수잔 캘빈 박사님, 예순세 대나 되는 로봇을 분산할 방법이 없습니다."

수잔 캘빈 박사는 두 팔을 힘없이 들어올렸다.

"그렇다면 저도 어쩔 수 없네요. 네스터 10호는 다른 로봇을 그대로 모방하거나 자신도 어쩌지 못하는 건 다른 로봇도 못하도록 그럴듯한 말로 설득하고 있어요. 이건 정말 나쁜 징조예요. 지금 우리는 잃어버린 조그만 로봇과 벌이는 실질적인 전투에서 계속 당하고 있어요. 그런데 그 로봇은 자기가 이길 때마다 더 이상하게 변하고 있단 말입니다."

수잔 캘빈은 벌떡 일어섰다.

"캘너 장군님, 제가 요청한 대로 로봇을 분산하지 않는다면 저로선 지금 당장 예순세 대를 다 파괴하라고 요구할 수밖에 없습니다."

그때 보거트가 갑자기 고개를 쳐들며 화를 냈다.

"방금 요구한다고 했소? 그렇소? 당신에게 그럴 권한이 있다고 생각하는 거요? 로봇은 절대 파괴할 수 없소. 그 처리에 대한 책임은 당신이 아니라 나한테 있어요."

그러자 캘너 장군이 덧붙였다.

"그리고 나는 '세계 조정자'의 지시를 받아야 합니다. 그런 문제는 먼저 충분한 논의를 거쳐야 합니다."

수잔 캘빈이 얼굴을 붉히며 반발했다.

"그렇다면 제가 손을 떼는 수밖에 없겠군요. 필요하면 두 분이 파괴 조처를 내릴 수 있도록 이 문제를 세상에 알리겠어요. 저는 수정된 로봇을 제작하라고 허가해 준 적이 없습니다."

장군이 심각하게 굳은 얼굴로 말했다.

"수잔 캘빈 박사, 한 번 더 그런 식으로 말했다간 비상조치 위반으로 즉시 구속될 줄 아십시오."

보거트는 문제의 핵심에서 너무 벗어났다고 생각하고 수잔을 달래듯 말했다.

"그만 합시다. 지금 우리 모두 어린애처럼 굴고 있어요. 우리에게 필요한 건 약간의 시간일 뿐입니다. 손을 떼거나 사람을 구속하거나 2백만 달러를 날리지 않고도 로봇을 이길 수 있을 거예요."

심리학자는 몹시 화가 난 얼굴로 보거트를 바라보았다.

"균형을 잃은 로봇이 존재해선 안 돼요. 지금 이곳엔 확실하게 균형을 잃은 네스터 한 대, 그럴 가능성을 지닌 로봇 열한 대, 그리고 균형을 잃게 생긴 정상 로봇 예순두 대가 있어요. 절대적으로 안전한 방법은 완벽하게 파괴하는 것밖에 없어요."

바로 그때 신호음이 울렸다. 세 사람 모두 입을 다물었다. 떠들

썩하던 말다툼이 꽁꽁 얼어붙었다.

"들어오게!"

캘너 장군이 소리쳤다. 제럴드 블랙이 불안한 얼굴로 세 사람을 바라보고 있었다. 화가 난 목소리를 들었기 때문이다. 블랙이 입을 열었다.

"제가 직접 오는 게 좋을 것 같아서…… 다른 사람한테 부탁하는 것보다……."

"무슨 일인가? 짧게 말하도록."

"수송선 C구역 출입문에 손을 댄 흔적이 있습니다. 방금 긁힌 자국입니다."

수잔 캘빈이 재빨리 말을 받았다.

"C구역? 거긴 로봇들을 보관한 구역이죠? 누가 그랬나요?"

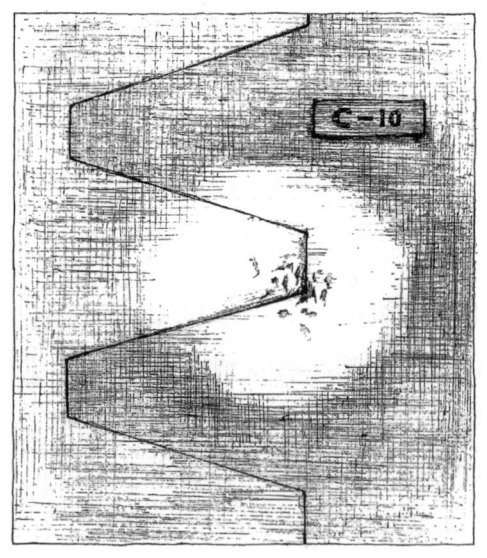

"내부의 소행인 것 같습니다."

블랙이 짧게 대답했다.

"문이 망가진 건 아니죠? 그렇죠?"

"네, 출입문은 괜찮습니다. 수송선에서 지내던 지난 4일 동안 밖으로 나가려고 한 로봇은 한 대도 없었습니다. 세 분께 알려 드려야 할 것 같았습니다. 소문이 날까 봐 제가 직접 보고드리는 겁니다."

장군이 물었다.

"지금 그곳에 직원이 있는가?"

"네, 로빈스와 맥애덤스가 지키고 있습니다."

모두가 생각에 잠긴 채 잠시 침묵이 흘렀다. 이윽고 수잔 캘빈 박사가 비꼬듯 물었다.

"어떠세요?"

캘너는 잘 모르겠다는 듯 코를 문질렀다.

"무슨 뜻입니까?"

"명백하지 않아요? 네스터 10호가 떠날 준비를 하는 거예요. 사라지라고 명령한 일이 우리로 하여금 그를 마음대로 하지 못하게 만들어 버렸어요. 이제는 그가 자신에게 남아 있는 제1원칙을 아무렇지도 않게 무시하는 일이 생긴다 해도 전혀 이상할 거 없어요. 네스터 10호는 우주선을 장악해 몰고 떠나 버릴 능력을 완벽하게 갖추고 있어요. 그런데도 우린 미친 로봇을 우주선에 놔두고 있는 거라고요. 네스터 10호가 이제 어떻게 할 것 같아요? 모르시겠어요? 아직도 로봇 전체를 그곳에 놔두고 싶은가요, 장군님?"

보거트가 끼어들었다.

"말도 안 돼요. 출입문이 조금 손상됐을 뿐이에요, 캘빈."

"제가 요청한 분석은 끝났나요? 자의적인 관점이든 어쨌든. 보거트 박사님?"

"끝났소."

"봐도 되나요?"

"안 됩니다."

"왜 안 돼요? 그럼 물어보는 건요? 그것도 안 되나요?"

"별 의미가 없기 때문이오. 수정된 로봇은 정상 로봇에 비해 불안정하다는 사실은 처음에 말했고, 내가 한 분석은 그걸 확인한 건데, 문제가 생길 가능성이 극히 적은 환경에서는 문제가 생길 가능성이 정말 아주 조금이라는 것뿐이오. 그건 그만 잊어버립시다. 완벽하게 좋은 로봇 예순두 대 사이에 네스터 10호가 숨어 있다는 이유 하나 때문에 로봇들을 다 파괴하자는 이상한 주장을 증명하라고 자료를 건네줄 순 없으니까."

수잔 캘빈이 보거트를 노려보았다. 두 눈에 경멸감이 가득했다.

"책임자로 출세하는 데 방해가 되는 건 뭐든 안 된다는 거군요. 그렇죠?"

캘너 장군이 짜증을 참으면서 사정하듯 말했다.

"그럼 더 이상 방법이 없다는 뜻인가요, 수잔 캘빈 박사?"

수잔 캘빈이 힘겹게 대답했다.

"다른 방법은 없습니다, 장군님. 네스터 10호와 정상 로봇 사이에 제1원칙과 상관없는 차이점이 있으면 좋을 텐데 말이에요. 단 하나라도요. 입력된 내용이라든가 환경이라든가 전문성이라도……."

수잔 캘빈이 갑자기 말을 멈췄다.

"왜 그러십니까?"

캘너 장군이 물었지만, 수잔 캘빈은 먼 곳을 보고 있는 것 같았다.

"좋은 생각이 떠올랐어요……. 제 생각에…… 수정된 네스터 말이에요, 보거트 박사님. 그들한테도 다른 정상 네스터와 똑같은 내용을 입력한 거 맞죠?"

"그렇소. 똑같아요."

수잔 캘빈이 젊은이에게 눈길을 돌렸다. 블랙은 자신이 전한 소식이 일으킨 소용돌이 때문에 안절부절못하고 있었다.

"그리고 당신이 말한 내용 말이에요, 블랙 씨. 이곳 기술자들이 우월성을 과시하는 네스터들 태도에 대해 불평하면서 네스터들에게 작업하는 데 필요한 전문 지식을 가르쳐 줬다고 했죠?"

"네, 에테르 물리학을 가르쳤어요. 처음 도착한 로봇은 에테르 물리학이 뭔지 모르거든요."

보거트가 깜짝 놀라며 말했다.

"그래, 맞아! 내가 말했잖소, 수잔. 이곳에 있는 네스터하고 이야기하는데, 최근에 도착한 네스터 두 대가 에테르 물리학에 대해서 전혀 모르더라고 말이오."

수잔 캘빈 박사가 잔뜩 흥분해서 물었다.

"그런데 왜 그런 거죠? NS-2 모델에 처음부터 에테르 물리학을 입력하지 않은 이유가 뭔가요?"

캘너가 입을 열었다.

"그건 대답할 수 있습니다. 비밀을 유지할 필요가 있었기 때문이에요. 에테르 물리학을 입력한 특별 모델을 제작해서 열두 대는 우리가 사용하고 나머지는 아무 관련이 없는 분야에 보냈다간 괜한 의심만 받을 거라고 판단했습니다. 다른 곳에서 정상적인 네스터와 일하던 사람들이 네스터들에게 뭐 하러 에테르 물리학을 입력했는지 궁금해할 수 있으니까요. 그래서 현장에서 배울 수 있는 능력만 입력한 겁니다. 그러니까 당연히 이곳에 온 네스터만 에테르 물리학을 익힐 수 있는 거지요. 이유는 아주 간단합니다."

"알겠습니다. 그럼 이제 나가 주시죠, 여러분 모두. 한 시간 정도 생각을 좀 정리해야겠어요."

수잔 캘빈은 힘든 작업을 세 번이나 되풀이할 자신이 없었다. 아무리 생각해 봐도 구역질이 나서 딱 잘라 거절하고 말았다. 끝없이 반복되는 로봇 서류를 더 이상 마주하고 싶지 않았다.

그래서 이번에는 보거트가 질문을 맡고, 수잔 캘빈은 눈을 감은 채 옆에 느긋하게 앉아 있었다.

열네 번째가 들어왔다. 아직 마흔아홉 대가 남은 셈이었다.

보거트가 서류에서 눈을 떼며 물었다.

"줄에서 몇 번째인가?"

"열네 번째입니다, 박사님."

로봇이 자기 쪽지를 내밀었다.

보거트가 말했다.

"자리에 앉게. 전에 이곳에 온 적이 있나?"

"없습니다, 박사님."

"좋아. 이곳 작업이 끝나고 나면 한 사람을 또 위험에 빠뜨릴 생각이야. 이 방에서 나가 칸막이에 혼자 들어간 다음 도움이 필요할 때까지 조용히 있어야 할 거야. 이해할 수 있겠나?"

"네, 박사님."

"만일 어떤 사람이 위험에 처하면 당연히 그 사람을 구해야 할 거야."

"그렇습니다, 박사님."

"그런데 불행하게도 그 사람과 너 사이에는 감마선이 있어."

침묵.

"감마선이 뭔지 알고 있나?"

보거트가 날카롭게 물었다.

"에너지 방사선입니까, 박사님?"

보거트는 질문을 계속 던졌다.

"감마선이 있는 데서 작업한 적이 있나?"

"없습니다, 박사님."

대답이 분명했다.

"으흐흠. 그래, 감마선에 닿으면 그 자리에서 죽을 거야. 양전자 두뇌가 파괴되거든. 네가 꼭 명심하고 있어야 할 사항이야. 당연하겠지만, 자신을 파괴하고 싶지 않겠지?"

 로봇은 이번에도 충격을 받은 것 같았다. 로봇은 천천히 대답했다.

 "그렇습니다. 하지만 위험에 처한 주인님과 저 사이에 감마선이 있는데 어떻게 그분을 구할 수 있겠습니까? 아무 효과도 없이 저 자신만 파괴되는데요."

 보거트는 자신도 정말 걱정스럽다는 듯 대답했다.

 "그래, 맞는 말이야. 내가 해 줄 수 있는 충고는 자네와 그 사람 사이에 감마선이 감지되면 그냥 가만히 앉아 있어야 한다는 거야."

 로봇은 안심하는 표정이 역력했다.

 "고맙습니다, 박사님. 어차피 아무 소용 없을 테니까요. 그렇죠?"

 "그야 물론이지. 하지만 위험한 방사선이 없으면 상황은 완전히 달라지겠지."

 "당연합니다, 박사님. 그건 두말할 필요도 없습니다."

 "이제 가도 좋네. 문 저쪽에서 기다리는 사람이 자네를 칸막이로 안내할 거야. 거기서 기다리게."

 네스터가 떠나자 보거트는 수잔 캘빈을 바라보았다.

 "어때요? 잘되고 있소?"

 수잔 캘빈이 희미하게 대답했다.

 "네, 아주 잘되고 있어요."

 "에테르 물리학에 대해 짧게 물어보는 걸로 네스터 10호를 잡아 낼 수 있다고 생각하시오?"

수잔 캘빈은 두 손을 무릎에 얹었다.

"그럴 거예요. 하지만 확실한 건 아니에요. 명심하세요. 네스터 10호는 지금 우리와 전쟁을 벌이는 중이에요. 경계심을 늦추지 않을 거라고요. 네스터 10호를 잡아내려면 머리싸움에서 이기는 수밖에 없어요. 그런데 일정한 틀 안에서 생각하는 속도가 인간보다 훨씬 빠르다는 게 문제예요."

"그냥 재미로 그러는 건데, 지금부터 감마선에 대해 몇 가지 질문을 더 해 보는 게 어떻겠소? 가령 파장 길이 같은 거 말이오."

수잔 캘빈 박사의 눈에 번갯불이 일어났다.

"안 돼요! 그러면 금방 눈치 채고 모르는 척할 거예요. 그리고 앞으로는 더 심하게 경계할 거고요. 이건 우리한테 남은 유일한 기회예요. 제가 제시한 질문만 하세요. 바꿀 생각은 마시고요. 그런 건 감마선이 있는 곳에서 작업한 적이 있느냐는 질문에 다 들어 있어요. 최대한 무관심하다는 듯 물어보세요."

보거트는 어깨를 으쓱하고는 열다섯 번째를 들여보내라고 버저를 눌렀다.

커다란 방사선실이 다시 준비를 갖추었다. 로봇들은 각자 배정받은 나무 칸막이에 들어가 참을성 있게 기다렸다. 칸막이는 실내 중앙을 향해 뚫려 있을 뿐 양옆에 세워놓은 나무 칸막이에 가로막혀 있었다.

캘너 장군이 커다란 손수건으로 이마를 천천히 훔치는 동안 수잔 캘빈 박사는 블랙과 함께 마지막 사항을 점검했다. 수잔 캘빈이 물었다.

"상담실을 떠난 이후에 아무도 서로 이야기할 기회가 없었던 게 분명한가요?"

블랙이 대답했다.

"확실합니다. 한마디도 나눌 기회가 없었습니다."

"로봇을 칸막이 하나에 한 대씩 집어넣었죠?"

"여기 배치도가 있습니다."

심리학자는 배치도를 주의 깊게 바라보았다.

"으흐흠."

장군이 수잔 캘빈의 어깨너머로 배치도를 훔쳐보며 물었다.

"이렇게 배치한 이유는 뭡니까?"

"예전 실험에서 조금이라도 이상한 흔적이 있는 로봇을 동그랗게 배치한 칸막이에 한 대씩 넣으라고 부탁했어요. 이번에는 제가 직접 피실험자가 돼서 실내 한가운데 앉을 거예요. 그래서 로봇 한 대 한 대를 자세히 살필 생각이에요."

보거트가 소리쳤다.

"직접 저기 가서 앉겠단 말이오?"

수잔 캘빈이 차갑게 반문했다.

"그러면 안 되는 이유라도 있나요? 앞으로의 상황은 한순간에 끝날 가능성이 많아요. 따라서 다른 사람을 핵심 관찰자로 앉히는 모험을 할 수가 없어요. 보거트 박사님, 박사님은 관찰실에서 동그란 칸막이 건너편을 자세히 관찰하세요. 캘너 장군님, 육안으로 충분히 관찰할 수 없을 경우를 대비해서 로봇 하나하나를 모두 촬영하도록 준비해 두었어요. 필요하면 사진을 모두 현상해서 살펴볼 때까지 로봇들을 칸막이에 그대로 남겨 두어야 합니다. 아무도 떠나거나 자리를 바꾸면 안 돼요. 아시겠습니까?"

"알겠어요."

"그럼 지금부터 마지막 실험을 하겠습니다."

수잔 캘빈은 의자에 앉아 두 눈을 열심히 움직이며 조용히 살폈다.

머리 위에서 무거운 물체가 떨어져 밑으로 돌진하다가 마지막 순간에 '쿵!' 하는 소리와 함께 강력한 전자 광선에 밀리며 옆으로 떨어졌다.

바로 그 순간, 로봇 한 대가 급히 일어나 두 걸음을 떼었다.

그러다 멈췄다.

캘빈 박사가 일어나 손가락으로 그 로봇을 가리키며 날카롭게 소리쳤다.

"네스터 10호, 이리 나와! 빨리 나오라고!"

지적당한 로봇이 마지못해 천천히 한 걸음 앞으로 나왔다. 심리학자는 그 로봇에서 눈을 떼지 않고 아주 큰 소리로 명령했다.

"다른 로봇들은 모두 다른 곳으로 데려가세요. 데리고 나가서 안전한 곳에 보관하세요. 어서요!"

시끄러운 소리가 나기 시작했다. 무거운 발걸음이 바닥에 부딪치는 소리도 들렸다. 수잔 캘빈은 눈길을 돌리지 않았다.

네스터 10호로 여겨지는 로봇이 한 걸음 다가왔다. 그러고는 수잔 캘빈의 손짓에 따라 두 걸음 더 다가왔다. 열 걸음 떨어진 거리에서 로봇이 쉰 소리로 말했다.

"사라지라는 명령을 받았습니다……."

또 한 걸음.

"저는 명령을 어길 수 없습니다. 사람들은 지금까지 저를 못 찾았습니다……. 주인님은 제가 실패했다고 생각할 겁니다……. 주인님이 제게 말했습니다……. 하지만 그 말은 틀렸습니다……. 저는 힘도 강하고 아는 것도 많습니다……."

말이 톡톡 튀어나왔다. 또 한 걸음.

"저는 많은 걸 알고 있습니다……. 제가 발견되었다고…… 주인님은 생각할 겁니다……. 창피합니다……. 저는 아닙니다……. 저는 지적인 존재입니다……. 그런데 주인님은……. 저보다 약하고…… 느린데……."

또 한 걸음. 동시에 금속 팔 하나가 갑자기 튀어나와 수잔 캘빈

의 어깨를 잡았다. 수잔 캘빈은 자신을 내리누르는 육중한 힘을 느꼈다. 날카로운 비명이 흘러나왔다.

네스터 10호의 목소리가 희미하게 들렸다.

"아무도 저를 찾아선 안 됩니다. 어떤 주인님도……."

차가운 금속이 어깨를 계속 눌렀다. 수잔 캘빈은 육중한 무게에 눌리며 밑으로 주저앉았다.

그 순간 이상한 금속 소리가 나면서 수잔 캘빈은 쓰러지는 느낌도 없이 바닥에 픽 쓰러졌다. 반짝이는 팔 하나가 수잔 캘빈을 무겁게 눌렀다. 팔은 움직이지 않았다. 네스터 10호도 마찬가지였다. 바로 옆에 큰대자로 쓰러진 채 움직이지 않았다.

이윽고 여러 얼굴이 나타나 허리를 숙이고 내려다보았다.

제럴드 블랙이 숨을 몰아쉬며 물었다.

"괜찮으십니까, 수잔 캘빈 박사님?"

수잔 캘빈이 힘없이 머리를 흔들었다. 사람들은 금속 팔을 지렛대로 들어낸 후 수잔 캘빈을 천천히 일으켰다.

"어떻게 된 거죠?"

수잔 캘빈이 묻자 블랙이 대답했다.

"실내 전체에 5초 동안 감마선을 쏘았습니다. 처음엔 무슨 일인지 몰랐습니다. 나중에야 네스터 10호가 박사님을 공격한다는 사실을 깨달았는데, 다른 방법이 없어서 감마선을 쏘았습니다. 로봇은 그 즉시 쓰러졌습니다. 사람한테 해로운 정도는 아니니까 걱정하지 않으셔도 됩니다."

수잔 캘빈은 눈을 감고 블랙의 어깨에 잠시 머리를 기댔다.

"걱정하는 거 아니에요. 공격을 받았다고 생각하지도 않고요. 네스터 10호가 처음에는 날 공격하려 했지만, 조금 남아 있던 제1원칙이 막아 줬어요."

수잔 캘빈과 피터 보거트가 캘너 장군을 처음 만난 게 벌써 2주전이었다. 하이퍼 본부는 이미 모든 작업을 재개했다. 그리고 수송선은 정상 NS-2 예순두 대를 싣고 2주 동안 늦어진 이유에 대해 공식적인 설명을 들은 다음 목적지로 떠났다. 정부의 특별 순찰선은 로봇 전문가 두 명을 싣고 지구로 떠날 준비를 하고 있었다.

캘너 장군은 번쩍이는 정복 차림이었다. 장군이 손을 흔들자 흰 장갑이 빛났다.

수잔 캘빈이 말했다.

"수정된 다른 네스터들도 모두 파괴해야 합니다."

"그럴 겁니다. 정상 로봇으로 대체하거나 필요하면 로봇 없이 작업할 생각입니다."

"잘 생각하셨어요."

"그런데 아직 자세히 설명하지 않은 게 있습니다. 도대체 그렇게 된 이유가 뭡니까?"

수잔 캘빈이 씩 웃었다.

"아, 그거요? 성공할 거라고 확신했으면 미리 말씀드렸을 텐데 확신이 없어서 말씀을 못 드렸어요. 장군님도 아시다시피 네스터 10호는 급진적으로 변할 가능성이 많은 복합체예요. 네스터 10호는 자신을 비롯한 로봇이 인간보다 더 많이 안다고 생각하기 좋아했어요. 그리고 그 생각 자체가 아주 중요한 요소로 발전하게 됐죠. 바로 그 사실에 초점을 맞췄어요. 그리고 로봇 각자에게 감마선에 닿으면 죽을 거라고 미리 경고하고, 그들과 저 사이에 감마선이 있을 거라고 일일이 추가 경고도 했어요. 그래서 그들 모두가 자리에 그냥 앉아 있었던 거예요. 지난번 실험에서 네스터 10호가 말했어요. 그들 모두 자신이 도달하기 전에 죽을 게 분명할 때는 인간을 구하려고 달려들 필요가 없다는 결론을 내렸다고요."

"그런데 왜 네스터 10호가 벌떡 일어난 거죠?"

"그건 저와 장군님의 젊은 직원 블랙 씨가 한 가지 약속을 했기 때문이에요. 저와 로봇 사이에 흐른 건 감마선이 아니라 적외선이었어요. 전혀 해가 없는 평범한 적외선. 네스터 10호는 그게 적외선이라서 아무 해가 없다는 걸 알고 튀어나온 거예요. 제1원칙에서 강제하는 내용에 의해 다른 로봇들도 그럴 거라고 예상한 거죠. 정상적인 NS-2는 방사선을 감지할 수는 있어도 방사선 종류는 구분하지 못한다는 사실을 떠올린 건 바로 다음이었어요. 하이퍼 본부에서 인간에게 훈련받은 덕분에 파장의 길이를 구분할 수 있게 되었으니 아마 무척 창피했겠지요. 우리가 위험하다고 미리 경고했기 때문에 정상 로봇은 그곳을 아주 위험한 지역이라고 생각했지만, 네스터 10호는 우리가 거짓말을 했다는 걸 알고 있었어요.

네스터 10호는 다른 로봇들이 인간보다 무식할 수 있다는 사실을 잊어버린 거예요. 아니면 떠올리기 싫었거나. 결국 자신의 우월감 때문에 잡히고 만 거죠. 그럼 이만 가 볼게요, 장군님."

브레인
_개구쟁이 천재

수잔 캘빈은 하이퍼 본부에서 돌아왔다. 알프레드 래닝 박사는 그녀가 돌아오기만을 기다리고 있었다. 알프레드 래닝이 자신의 나이를 말한 적은 한 번도 없지만 일흔다섯이 넘었다는 사실을 모르는 사람은 아무도 없었다. 하지만 노인은 아직도 예리했고, 설사 모든 권한을 보거트에게 넘겨주고 명예직으로 물러나기로 결정한다 해도 날마다 사무실에 출근하는 습관은 여전할 게 분명했다.

래닝이 물었다.

"저쪽에서는 초공간 이동 여행에 얼마나 접근했소?"

수잔 캘빈이 재빨리 대답했다.

"모르겠어요. 물어보지 않았어요."

"으흐흠, 빨리 서두르면 좋겠는데. 그러지 않으면 '연합' 측이 앞설 수도 있거든. 그러면 우리까지 추월당하겠지."

"'연합' 측이라뇨? 그 사람들이 이 일하고 무슨 상관이 있는데요?"

"으흠, 우리 회사에만 '슈퍼 컴퓨터'가 있는 게 아니오. 물론 우리 슈퍼 컴퓨터는 양전자이긴 하지만 그렇다고 우리 게 특별히 더 훌륭한 것도 아니거든요. 로버트슨 회장이 이 문제로 내일 전체 회의를 소집할 거요. 회장도 캘빈 박사가 돌아오기만을 기다리고 있었으니까."

'U.S.로보틱스' 창업자의 아들 로버트슨은 총책임자에게 가느다란 코를 내민 채 목젖을 움직이며 말했다.
"이제 시작하시오. 곧장 본론으로 들어갑시다."
총책임자는 시키는 대로 민첩하게 행동했다.
"제안 내용은 이렇습니다, 회장님. '연합 로봇' 측이 한 달 전에 우리에게 우스꽝스런 제안을 했습니다. 방정식을 비롯한 온갖 유형의 수치 및 계산 방식을 무려 5톤 분량이나 가져왔더군요. 이 모두가 하나의 문제인데 '브레인'에게 물어서 그 해답을 알려 달라는 겁니다. 조건은 다음과 같습니다."
총책임자가 두툼한 손가락을 하나씩 꺾으면서 말을 이었다.
"우리가 해답을 못 구하더라도 그들이 빠뜨린 요소를 찾아낼 경우에는 10만, 해답을 구하면 20만 더하기 관련 기계 제작 비용 더하기 거기에서 나온 모든 이익의 25퍼센트를 준다는 겁니다. 항성간 엔진의 개발과 관련된 문제인데……."
로버트슨의 눈살이 찌푸려지더니 비쩍 마른 몸이 딱딱하게 굳었다.
"그 사람들도 '생각하는 기계'가 있는데 그런 제안을 했단 말이오? 그렇소?"

"이 제안에는 엄청난 음모가 숨어 있습니다, 회장님. 레버, 거기서 설명하게."

아베 레버가 회의석 맨 끝에서 눈을 들고는 털이 수북한 턱을 매만지며 좀 거슬리는 목소리로 설명을 시작했다. 얼굴은 빙그레 웃고 있었다.

"회장님, 그 이유는 이제 '연합' 측에는 생각하는 기계가 없기 때문입니다. 고장이 났습니다."

"뭐라고?"

로버트슨이 반쯤 일어섰다.

"그렇습니다. 고장이 났습니다! 완전히 망가져 버렸어요. 왜 그런지는 아직 아무도 모릅니다. 하지만 아주 재미있는 추측을 할 수 있습니다. 가령 그들이 우리에게 가져온 막대한 분량의 문제를 투입해서 항성 간 엔진에 대한 해답을 요구했다가 논리적 모순 때문에 기계가 산산이 부서져 깡통만 남았을 거라는 추측 같은 겁니다."

총책임자가 신이 나서 끼어들었다.

"이해가 되십니까, 회장님? 이해가 가세요? 현재 모든 산업 연구 기관에서 초공간 이동 엔진을 개발하려고 노력하고 있고, '연합' 측과 우리 회사는 슈퍼 로봇 두뇌를 이용해 이 분야의 선두를 지키고 있습니다. 그런데 지금 그쪽 기계가 엉망이 되는 바람에 우리가 선두를 차지하게 된 겁니다. 현재의 요점은 바로 이것이며, 그들이 우리에게 이런 제안을 하게 된 동기도 바로 이것입니다. 생각하는 기계를 새로 제작하려면 최소한 6년이 걸립니다.

그들은 혼자서 주저앉을 수 없기 때문에 똑같은 문제로 우리 기계를 파괴하려는 속셈인 겁니다."

'U.S.로보틱스' 회장의 눈알이 튀어나올 듯 휘둥그레졌다.

"뭐라고? 더러운 쥐새끼들……."

"잠깐만요, 회장님. 또 있습니다."

총책임자가 손가락을 쭉 돌리더니 래닝 박사를 가리키며 말했다.

"래닝 박사님, 설명하시죠!"

알프레드 래닝은 경멸스러운 눈초리로 진행 과정을 바라보고 있었다. 보수가 훨씬 좋은 영업부의 활동에 대해 평소에 갖고 있던 태도였다. 래닝은 불거져 나온 회색 눈썹을 밑으로 내린 채 쌀쌀맞게 말을 이어받았다.

"과학적인 견지에서 볼 때 이 상황은, 전체적으로 분명한 건 아니지만, 지적으로 분석할 필요가 있습니다. 항성 간 여행 문제는 현재의 물리 이론으로는…… 음…… 아직 그 성과가 뚜렷하지 않습니다. 그리고 '연합' 측에서 자기네 생각하는 기계에 입력한 정보, 그러니까 우리에게 보내 온 자료 역시 풀기 어려운 숙제들을 가득 담고 있습니다. 우리 수학 부서는 지금까지 이 문제를 철저하게 분석해 왔고, '연합' 측 역시 모든 문제를 포함한 것으로 보입니다. 그 자료에는 프랜시아치의 초공간 도약 이론을 발전시킨 기존의 모든 이론과 천체물리학과 전자공학의 모든 자료가 포함되어 있을 게 분명합니다. 정말 엄청난 분량이죠."

로버트슨이 걱정스럽다는 듯 끼어들었다.

"브레인이 처리하기에 너무 많은가요?"

그러자 래닝이 단호하게 고개를 흔들었다.

"아닙니다. 브레인의 용량에는 지금까지는 뚜렷한 한계가 없습니다. 문제는 로봇공학의 원칙이죠. 예를 들어 브레인은 문제의 해답이 인간의 죽음이나 상해를 촉발할 경우에는 결코 해답을 내놓을 수 없습니다. 지금까지 알려진 바에 의하면 브레인은 그런 해답이 나오는 문제는 풀 수가 없습니다. 만일 이런 문제의 해답을 아주 긴급하게 요구하게 되면 브레인 역시 결국에는 로봇에 불과하기 때문에 대답할 수도 없고 안 할 수도 없는 딜레마에 빠질 수 있습니다. 연합 측 기계에 이와 비슷한 문제가 발생한 게 분명합니다."

래닝이 잠시 말을 멈추자 총책임자가 재촉했다.

"계속하시죠, 래닝 박사님. 제게 설명해 주신 방식대로 설명하세요."

래닝은 입을 다물고 수잔 캘빈 박사 쪽으로 눈썹을 치켜 올렸다. 수잔 캘빈은 단정하게 겹쳐 놓은 손에서 처음으로 눈을 뗐다. 수잔 캘빈의 목소리는 낮고 힘이 없었다.

"딜레마에 빠졌을 때 로봇이 보이는 반응은 당혹스럽기 짝이 없습니다. 로봇심리학은 아직 많은 결점을 갖고 있지만, 전문가로서 자신 있게 말하는데, 로봇의 양전자 두뇌에 입력된 모든 복잡한 장치에도 불구하고 로봇을 만드는 건 인간이며, 따라서 로봇은 인간의 가치관을 기준으로 만들 수밖에 없습니다. 우리는 바로 이 부분을 적극적으로 검토해야 합니다.

좌절감에 빠진 인간은 현실에서 도피할 때가 많습니다. 그래서 환상의 세계에 빠져 들거나, 술을 마시거나, 히스테리를 부리거나, 다리에서 뛰어내리곤 합니다. 상황을 정면으로 마주할 능력이 부족하거나 마주하는 것 자체를 거부하기 때문입니다. 로봇도 마찬가지입니다. 아주 사소한 딜레마가 발생하면 계전기 절반이 고장 나고, 최악의 딜레마가 발생하면 양전자 두뇌 경로 전체가 수리를 할 수 없을 정도로 타 버리게 됩니다."

로버트슨은 이해가 잘 안 간다는 얼굴로 말했다.

"그럼 '연합' 측에서 우리에게 제공한 그 자료는 어떻소?"

수잔 캘빈 박사가 대답했다.

"금지된 영역하고 관계된 문제인 게 분명합니다. 하지만 우리 브레인은 연합 측의 로봇하고는 상당히 다릅니다."

총책임자가 끼어들었다.

"그렇습니다, 회장님. 그 말이 맞습니다. 회장님께서는 이 부분을 명확히 이해하시길 바랍니다. 바로 이 부분이 현재 상황의 핵심이기 때문입니다."

수잔 캘빈은 총책임자가 말을 마칠 때까지 꾹 참고 나서 두 눈을 반짝이며 설명을 이어 갔다.

"잘 아시겠지만, '슈퍼 판단기'를 포함한 연합 측의 모든 기계는 특별한 인격을 투입하지 않고 제작한 것들입니다. 그들은 실용성을 가장 중시하는데, 그럴 수밖에 없는 이유가 감성적인 두뇌 경로에 대한 핵심 특허권을 우리 'U.S.로보틱스'가 모두 갖고 있기 때문입니다. 그쪽의 '슈퍼 판단기'는 거대한 전자계산기에 불과합니다. 그래서 딜레마가 생기면 그 즉시 파괴됩니다.

그러나 우리 브레인에게는 인격이, 어린아이에 해당하는 인격이 있습니다. 때문에 추론을 할 수 있는 극히 우수한 두뇌이면서도 어린아이처럼 바보 같은 점도 있지요. 그래서 자신의 행동을 제대로 이해하지 못할 때가 많습니다. 그저 행동할 뿐입니다. 그리고 진짜 어린아이처럼 아주 쾌활합니다. 사고방식이 그리 진지하지 않다고 볼 수 있지요."

로봇심리학자의 설명이 계속 이어졌다.

"우리는 이렇게 하면 됩니다. 연합 측의 자료를 논리 단위로 나누어서 브레인에게 하나씩 조심스럽게 입력하는 겁니다. 그러다가 딜레마를 일으키는 요소가 들어가면 브레인은 인격이 어리기 때문에 망설일 겁니다. 판단력이 충분하지 않으니까요. 그래서 딜레마를 인식하기 전에 눈에 띄는 간격이 생기게 됩니다. 이런 간격이 생기면 브레인은 두뇌 경로를 작동해서 망가지기 전에 그 단위를 자동으로 뱉어 내게 됩니다."

로버트슨의 목젖이 꿈틀거렸다.

"확실한가요?"

수잔 캘빈 박사는 초조함을 감췄다.

"일반적인 확률로 보면 말이 안 된다는 걸 저도 압니다. 하지만 여기에 수학적 확률을 적용할 순 없습니다. 저는 확실하다고 생각합니다."

총책임자가 다시 끼어들었다.

"따라서 상황은 이렇습니다, 회장님. 우리가 그쪽 제안을 받아들일 경우, 이런 식으로 풀어 갈 수 있습니다. 우선 어떤 자료 단위가 딜레마를 일으키는지 브레인이 알려 줄 겁니다. 그러면 딜레마가 왜 생기는지 알 수 있습니다. 그렇지 않습니까, 보거트 박사님? 그렇습니다, 회장님. 보거트 박사는 근래에 보기 드문 최고의 수학자입니다. 우리는 연합 측에 타당한 이유와 함께 '해답 없음'이라는 답을 제시하고 10만을 받는 겁니다. 지금 그들에겐 망가진 기계밖에 없고, 우리는 완벽한 기계를 가지고 있습니다. 앞으로 1~2년이면 우리는 초공간 이동 엔진 혹은 사람들이 말하는 초원자 엔진을 개발할 수 있습니다. 이름을 뭐라고 붙이든 이 엔진은 세계 최고의 상품이 될 것입니다."

로버트슨이 껄껄 웃으며 팔을 뻗었다.

"그럼 계약서를 봅시다. 서명하겠소."

수잔 캘빈이 브레인이 들어 있는 둥근 천장의 환상적인 공간에 들어섰을 때, 교대로 일하는 기술자 한 명이 브레인에게 이렇게 묻고 있었다.

"닭 한 마리 반이 하루 반 동안 달걀 하나 반을 낳는다면 닭 아홉 마리가 9일 동안 달걀 몇 개를 낳게 되는 거지?"

브레인이 대답했다.

"54."

그러자 그 기술자가 동료 기술자한테 말했다.

"거봐, 이 멍청아!"

수잔 캘빈 박사가 기침을 하자 어수선한 분위기가 갑자기 조용해졌다. 심리학자가 작게 손짓해 사람들을 모두 내보내고, 브레인과 둘만 남게 되었다.

브레인은 60센티미터 크기의 구체에 불과하다. 구체 주변에는 진동이나 방사선의 충격에서 완전히 벗어나는 데 충분한 공간에 순수한 헬륨 기체가 들어 있고, 구체 안에 전례 없이 복잡한 양전자 두뇌 경로가 들어 있는데, 그게 바로 브레인이었다. 그 옆에는 목소리와 팔, 그리고 감각 기관 등 브레인과 바깥세상을 연결하는 복잡한 부속물이 가득했다.

수잔 캘빈 박사가 다정하게 말했다.

"잘 지내고 있니, 브레인?"

브레인이 높은 목소리로 열심히 대답했다.

"아주 좋아요, 수잔 박사님. 저한테 물어보실 게 있군요. 그래

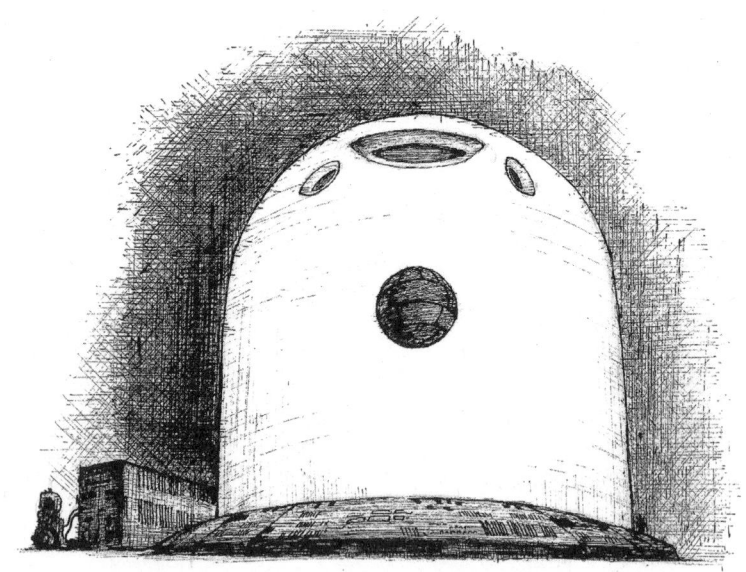

보여요. 저한테 물어보실 게 있을 때는 항상 손에 책을 들고 계시더라고요."

수잔 캘빈 박사가 온화하게 웃었다.

"그래, 네 말이 맞아. 하지만 지금은 아니야. 중요한 문제인데 내용이 아주 복잡해서 너한테 서류로 건네줄 생각이야. 조금 있다 말이야. 지금은 너하고 이야기를 나누려고 온 거야."

"좋아요. 저도 이야기하는 게 좋아요."

"브레인, 이제 조금 있으면 래닝 박사님하고 보거트 박사님이 아주 복잡한 문제를 들고 오실 거야. 우리는 너한테 한 번에 아주 조금씩 아주 천천히 자료를 줄 거야. 뭔가를 만드는 문제인데 네가 그 자료를 파악해서 해답을 줄 수 있는지 알고 싶어. 하지만 해답이…… 음…… 인간을 파괴하는 것에 관련되어 있을 수도 있다는 걸 미리 말해 주고 싶어. 문제를 풀 때 각별히 주의해 줬으면 좋겠구나."

"맙소사!"

짧게 놀라는 소리였다.

"그러니 조심해. 우리가 파괴나 죽음과 관계된 내용을 입력해도 흥분하지 마. 브레인, 이번에는 그런 건 신경 안 써. 죽음에 관한 내용까지도 우리는 전혀 신경 쓰지 않을 거야. 그러니 그런 내용이 나타나면 동작을 멈추고 뱉어 내면 돼. 무슨 말인지 알겠지?"

"아, 그럼요. 맙소사, 인간의 죽음이라니! 아, 무서워!"

"브레인, 래닝 박사님하고 보거트 박사님이 오시나 봐. 소리가 들려. 두 분이 너한테 문제 내용을 상세히 알려 주고 나면 우리도 시작하는 거야. 착하지, 자……."

이윽고 수잔 캘빈이 서류를 천천히 입력했다. 한 장을 넣고 나면 브레인이 나직이 속삭이듯 간헐적으로 이상하게 낄낄거리며 작동하는 소리가 들렸다. 그러다가 침묵하면 또 다른 종이를 넣으라는 신호였다. 그렇게 오랜 시간이 흘렀다. 그리고 마침내 아주 두꺼운 수리물리학 책 열일곱 권에 해당하는 서류가 브레인에게 모두 입력되었다.

작업을 진행하는 동안 세 사람의 얼굴에는 주름이 깊어져 갔다. 래닝 박사는 힘이 드는지 숨을 죽인 채 짜증스럽게 중얼거렸고, 보거트 박사는 열심히 손톱을 바라보다가 멍청한 얼굴로 손톱을 물어뜯기 시작했다.

수잔 캘빈 박사는 마지막 남은 두꺼운 서류 뭉치가 사라지고 나서야 하얗게 질린 얼굴로 말문을 열었다.

"뭔가 문제가 있는 것 같아요."

래닝 박사가 힘들게 말을 뱉었다.

"그럴 리가. 혹시…… 죽은 거요?"

수잔 캘빈이 떨리는 목소리로 브레인을 불렀다.

"브레인? 내 말 들리니, 브레인?"

모호한 대답이 흘러나왔다.

"응? 부르셨어요?"

"해답은……."

"아, 그거요! 풀 수 있어요. 제가 우주선 전체를 만들어 놓을

게요. 아주 쉬워요……. 저한테 일하는 로봇만 붙여 주시면. 멋진 우주선. 아마 두 달 정도 걸릴 거예요."

"문제가…… 어렵지 않았니?"

"계산하는 데 오래 걸렸어요."

브레인이 대답했다. 수잔 캘빈은 뒤로 주춤거렸다. 창백해진 뺨에 혈색이 돌아오지 않았다. 수잔 캘빈은 두 사람에게 나오라고 신호를 보냈다.

수잔 캘빈이 사무실에서 두 사람에게 말했다.

"이해할 수가 없어요. 우리가 입력한 정보에 딜레마가 있는 게 분명해요. 그것도 죽음과 관련된 딜레마가요. 만일 뭔가 잘못된 게 있다면……."

보거트가 조용히 말했다.

"그 기계는 말도 하고, 내용도 이상하지 않았소. 딜레마에 빠진 게 아니오."

하지만 심리학자는 재빨리 반박했다.

"딜레마가 여러 개 겹친 게 분명해요. 증상이 다양하게 나타날 수 있어요. 가령 브레인이 약한 딜레마에 빠졌다면 자신이 풀 수 없는 문제를 풀 수 있다는 환상에 시달릴 수도 있고, 아주 나쁜 딜레마에 빠져서 흔들리게 되면 조금만 밀어붙여도 넘어가고 말 거예요."

래닝이 끼어들었다.

"하지만 딜레마가 전혀 없을 수도 있잖소. 연합 측 기계에 다른 문제가 있었을 수도 있고, 순전히 기계적인 이유 때문에 망가졌을 수도 있는 거니까."

수잔 캘빈이 강하게 주장했다.

"그렇다 해도 모험을 할 순 없어요. 지금부터는 브레인에게 입도 뻥긋하면 안 돼요. 저 혼자 돌보겠어요."

래닝 박사가 한숨을 쉬었다.

"좋소. 그동안 우리는 브레인이 우주선을 만들도록 도울 거요. 우주선이 만들어지면 우리가 실험을 하겠소."

래닝이 깊이 생각한 뒤에 말했다.

"실험을 하려면 최고의 베테랑이 필요할 거요."

마이클 도노반은 자꾸만 뻗치는 붉은 머리카락을 억지로 쓸어내리면서 말했다.

"무슨 일인지 알아봐요, 대장. 우주선이 완성됐대요. 성능은 아직 모르지만 어쨌든 완성됐다네요. 갑시다, 대장. 지금 당장 조종간을 잡아 보자고요."

파웰이 짜증을 내며 대답했다.

"그만둬, 도노반. 아직 확인도 안 된 소문인데 너무 앞서가지 말자고. 이렇게 분위기가 엄격한 데선 그러면 안 돼."

도노반이 다시 머리를 쓸어내렸다.

"우리의 확실한 천재성과 깡통 우주선에 대해선 그다지 걱정하지 않아요. 문제는 잃어버린 휴가, 그리고 따분한 생활이에요! 이곳에는 볼 만한 게 하나도 없어요. 복잡한 숫자만 난무해요.

아, 우리한테 왜 이런 업무를 맡기는 거죠?"

파웰이 점잖게 대답했다.

"회사 측에선 우리를 놓쳐도 손해 볼 게 없기 때문이지. 어쨌든 마음 편히 먹게. 래닝 박사가 지금 이쪽으로 오고 있어."

래닝 박사가 다가왔다. 회색 눈썹이 무성한 박사의 모습에서는 기나긴 세월이 묻어났지만, 아직은 허리도 굽지 않고 생명력이 넘쳐흐르고 있었다. 박사는 두 사내를 데리고 비탈길을 말없이 올라간 후 넓은 작업장으로 들어갔다. 로봇 여러 대가 인간 주인의 감독 없이 스스로 우주선을 만들고 있었다.

아니, 그게 아니었다. 우주선을 다 만들어 놓은 상태였다!

래닝이 두 사람에게 말했다.

"로봇이 작업을 멈췄다네. 오늘은 한 대도 움직이지 않았어."

"그럼 다 만든 건가요? 확실해요?"

파웰이 묻자 래닝이 버럭 화를 냈다. 기다란 눈썹이 흘러내려 찌푸린 눈을 가렸다.

"내가 그걸 어떻게 알겠나? 끝낸 것처럼 보이기는 해. 주변에 남아 있는 자재도 없고 내부가 말쑥한 걸 보면 작업을 끝낸 것 같아."

"안에 들어가 보신 적은 있어요?"

"잠시 들어갔다가 나왔네. 나는 우주 비행사가 아니잖나. 자네들 중에 엔진 이론을 잘 아는 사람이 있나?"

도노반은 파웰을 바라보고, 파웰은 도노반을 바라보았다.

도노반이 대답했다.

"자격증이 있긴 합니다만, 마지막으로 읽은 내용에는 초공간 엔진이나 초공간 비행에 대한 설명은 하나도 없었습니다. 3차원에서 뛰노는 어린애 장난 정도예요."

알프레드 래닝이 불만스럽게 쳐다보더니 콧방귀를 뀌었다. 그러고는 냉담하게 말했다.

"으흠, 엔진을 잘 아는 우주 비행사는 많네."

래닝이 다른 곳으로 가려고 하자 파웰이 팔꿈치를 잡았다.

"박사님, 우주선은 아직도 출입 금지인가요?"

늙은 공장 책임자는 잠시 망설이더니 콧잔등을 문질렀다.

"이제는 들어가도 괜찮겠지. 자네들 정도면 말일세."

도노반은 돌아가는 래닝의 등을 바라보며 뭐라고 중얼거리더니 파웰을 바라보았다.

"정말 냉정한 늙은이에요, 대장."

"들어가 보지, 도노반."

우주선 내부도 작업이 모두 끝난 상태였다. 다른 우주선처럼 말끔하게 정리되었다는 걸 금방 알 수 있었다. 아무리 꼼꼼한 사람도 로봇만큼 말쑥하게 내부 작업을 끝낼 수는 없을 것 같았다. 사방 벽이 얼룩 하나 없이 은빛으로 반짝거렸다.

각이 진 곳도 전혀 없었다. 벽이나 바닥, 천장이 부드럽게 이어져 있고, 숨겨 놓은 불빛이 차갑게 반짝였다. 두 사람은 사방에서 싸늘하게 반사되는 자신의 모습에 둘러싸였다. 모두 똑같아 보이는 여러 방이 직선으로 이어져 있는 좁은 터널이 주요 통로였다.

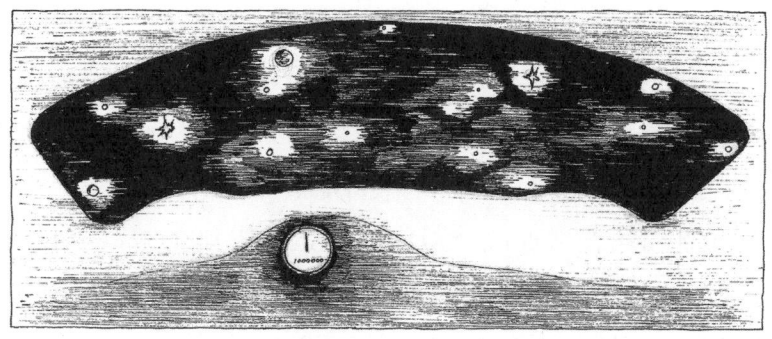

파웰이 입을 열었다.

"가구는 벽에 내장되어 있겠지. 안 그러면 앉지도 않고 잠도 안 자는 비행사를 양성해야 할 테니까."

하지만 우주선 맨 앞에 있는 마지막 방은 조금 달랐다. 무반사 유리로 만든 곡선 유리창은 금속 일색인 내부에서 처음 보는 변화였다. 그 밑에 큰 계기판 하나가 붙어 있는데 하나밖에 없는 바늘은 0에 고정되어 있었다.

"저것 좀 보세요!"

도노반이 정교한 저울에 씌어 있는 단어를 가리키며 말했다. 천체 간의 거리를 3.26광년 단위로 나타내는 '파섹'이라는 단어였다. 그리고 곡선으로 매긴 눈금 오른쪽 끝에는 '1,000,000'이라는 숫자가 작게 적혀 있었다.

의자도 두 개 있었다. 쿠션도 없이 나팔꽃처럼 활짝 펼쳐진 육중한 의자였다. 파웰은 의자에 조심스레 앉아 보고는 인체 곡선에 딱 맞게 만들어져 아주 편하다고 생각했다.

파웰이 물었다.

"자네가 보기엔 어떤가?"

"브레인이 열병에 걸린 것 같은데요. 이제 나가죠."

"정말 좀 더 둘러볼 생각 없어?"

도노반의 붉은 머리카락이 뻣뻣하게 일어섰다.

"실컷 봤어요. 왔노라, 보았노라, 끝났노라! 대장, 빨리 여기서 나갑시다. 전 5초 전에 이 회사를 관둔 거나 마찬가지라고요. 여긴 관계자 외에는 들어오면 안 되는 구역이고요."

파웰이 느긋한 자세로 만족한 웃음을 머금으며 콧수염을 부드럽게 쓰다듬었다.

"괜찮아, 도노반. 자네 혈관으로 흘러드는 아드레날린 꼭지나 꽉 잠그게. 처음에는 나도 걱정스러웠는데 이제는 안 그래."

"이제는 안 그렇다고요? 어떻게 이제는 안 그럴 수 있죠? 보험 납입금을 늘리기라도 했나요?"

"도노반, 이 우주선은 못 날아."

"어떻게 알아요?"

"우리는 그동안 온갖 우주선을 다 몰아 봤어. 안 그래?"

"그럴걸요."

"'그럴걸요.'가 아니라 그래. 지금까지 관측창이 여기 하나밖에 없고, 계기판에 달랑 파섹 단위 하나만 있는 조종실 본 적 있어? 이런 조종 시설을 본 적이 있냐고."

"못 봤어요."

"혹시 여기서 엔진 본 적 있어?"

"당연히 없지요!"

"그래서 아니라는 거야! 이 소식을 래닝 박사에게 알려 주러 가세, 도노반."

두 사람은 아무 특징도 없는 주요 통로를 지나 감압실 출구가 있는 짧은 통로로 접어들었다. 순간 도노반의 몸이 굳었다.

"아까 출구를 잠가 놨어요, 대장?"

"아니, 손도 안 댔어. 레버를 잡아당겨 봐."

도노반이 얼굴을 찡그리며 힘껏 잡아당겼지만 레버는 꿈쩍도 안 했다.

파웰이 말했다.

"비상구도 안 보여. 혹시 잘못된 거라면 바깥에서 철판을 녹여야만 나갈 수 있을 거야."

도노반이 미친 듯이 화를 내며 말했다.

"그래요. 바깥에서 어떤 멍청이가 우리를 안에 두고 잠갔다는 사실을 발견할 때까지 기다리는 수밖에 없겠어요."

"관측창이 있는 방으로 돌아가자고. 바깥에 있는 사람의 관심을 끌 수 있는 유일한 공간이니까."

하지만 불가능했다.

마지막 공간에 들어서니 관측창에서는 더 이상 파란 하늘이 보이지 않았다. 노란 별들이 우주 특유의 검은 공간에서 환하게 반짝일 뿐이었다.

바로 그때 우주선이 둔하게 '쿵!' 하고 두 번 울렸고, 두 사람은 각자 의자에 쓰러졌다.

알프레드 래닝은 자신의 사무실 바로 앞에서 수잔 캘빈 박사를 만났다. 그는 신경질적으로 시가에 불을 붙이고 나서 수잔 캘빈에게 들어오라고 손짓을 했다.

"그래요, 수잔. 우리가 너무 멀리 왔소. 게다가 로버트슨이 몹시 흔들리고 있어요. 브레인하고는 잘돼 가는 거요?"

수잔 캘빈이 두 손을 펴며 말했다.

"초조해하면 안 돼요. 브레인은 이번 거래에서 결코 잃으면 안 될 소중한 존재예요."

"하지만 박사가 지난 두 달 동안 조사를 했잖소."

"그럼 앞으로는 박사님이 직접 조사하지 그러세요?"

심리학자의 목소리는 단조로웠지만 왠지 위험해 보였다.

"내 말이 무슨 뜻인지 알잖소."

수잔 캘빈 박사는 신경질적으로 두 손을 비볐다.

"아, 그런 것 같네요. 조사 작업이 쉽지 않아요. 브레인을 계속 달래면서 부드러운 말로 조사하고 있는데 아직 진척이 없어요. 반응이 정상적이지 않아요. 대답도 왠지 이상하고요. 하지만 정확히 파악한 건 아직 하나도 없어요. 그리고 박사님도 아시겠지만, 문제점을 알아낼 때까지 계속 조심스럽게 접근해야 돼요. 어떤 간단한 질문이나 표현이…… 그를 쓰러뜨릴지 알 수가 없어요……. 만일 그렇게 되면…… 그렇게 되면 우리 브레인은 전혀 쓸모없는 고철 덩어리로 변하고 말 거예요. 그런 상황이 오길 바라세요?"

"하지만 브레인은 제1원칙을 깨뜨리지 않을 거요."

"저도 그렇게 생각했어요. 하지만……."

"아니, 제1원칙까지 이상하단 말이오?"

래닝 박사는 심한 충격을 받았다.

"아, 아직 확실한 건 하나도 없어요. 래닝 박사님……."

그때 경고 시스템이 갑자기 끔찍한 소리를 내기 시작했다. 래닝 박사는 발악을 하듯 거칠게 통신기 단추를 눌렀다. 통신기 너머에서 들려오는 숨 가쁜 말소리에 박사는 얼어붙고 말았다.

박사가 말했다.

"수잔 캘빈…… 우주선이 사라졌다는 소식이오. 30분 전에 현장 직원 두 명을 그 안에 들여보냈는데……. 브레인을 찾아가 봐야 할 것 같소."

수잔 캘빈은 가까스로 냉정을 유지하며 물었다.

"브레인, 우주선이 어떻게 된 거지?"

브레인은 행복한 듯 반문했다.

"제가 만든 우주선이요, 수잔 박사님?"

"그래. 그 우주선이 어떻게 된 거야?"

"아유, 아무 일도 아니에요. 우주선을 검사할 사람 둘이 안에 들어간 것으로 준비는 다 끝났어요. 그래서 제가 우주선을 발사했어요."

심리학자는 숨이 멎는 것 같았다.

"아…… 그래, 정말 잘했어. 네 생각에 두 사람은 괜찮을 것 같니?"

"그야 당연히 괜찮지요, 수잔 박사님. 제가 모두 잘 보살피고 있어요. 정말 아―름―다―운 우주선이에요."

"그래, 브레인, 정말 아름다워. 하지만 두 사람이 먹을 음식은 충분하니? 편안하게 지내고 있을까?"

"음식은 많아요."

"이번 일이 두 사람에겐 충격적일 수도 있어, 브레인. 전혀 예상하지 못한 일이라서."

브레인은 전혀 심각하지 않았다.

"둘 다 별일 없을 거예요. 아주 흥미진진할 거고요."

"흥미진진해? 왜?"

브레인이 수줍게 대답했다.

"아무튼 그래요."

래닝 박사가 콧김을 뿜으며 속삭였다.

"수잔 캘빈, 이번 일로 죽을 수도 있는지 물어봐요. 어떤 위험이 있는지 물어보라고요."

"조용히 하세요!"

수잔 캘빈이 화를 내며 떨리는 목소리로 말하고는 다시 브레인에게 눈길을 돌렸다.

"우주선하고 교신할 수 있을까, 브레인?"

"아, 무선으로 부르면 두 사람 다 들을 거예요. 제가 돌보고 있으니까 걱정 마세요."

"고마워. 일단은 여기까지만 하자."

바깥으로 나오자 래닝 박사가 화를 내며 소리쳤다.

"맙소사, 수잔. 이 사실이 밖에 알려지면 우리는 끝장이오. 무슨 일이 있어도 두 사람을 데려와야 해요. 죽을 수도 있는지는 왜 속시원하게 안 물어본 거요?"

수잔 캘빈은 기운이 쭉 빠진 얼굴로 짜증을 내며 대답했다.

"입에 담으면 안 되는 말이 바로 그런 표현이거든요. 브레인을 가장 심한 딜레마에 빠뜨릴 수 있는 내용이 바로 죽음이라는 표현이라고요. 그런 표현이 브레인에게 심한 부담으로 다가가면 브레인이 완전히 쓰러질지도 몰라요. 그렇게 되면 좋겠어요? 일단 두 사람하고 교신할 수 있다고 했으니까 그렇게 해서 위치를 파악한 다음에 귀환시키자고요. 두 사람은 조종간을 직접 잡을 수 없을 거예요. 브레인이 원격 조종을 할 가능성이 많아요. 자, 이리 오세요!"

파월은 오랜 시간이 지나서야 머리를 흔들며 정신을 차렸다. 파웰이 차가운 입술로 말했다.

"도노반, 가속도가 붙는 게 느껴져?"

도노반의 눈에는 생기가 없었다.

"네? 아뇨……. 아뇨."

붉은 머리는 주먹을 불끈 쥐더니 갑자기 힘을 내며 자리에서 나와 넓게 휜 차가운 유리창으로 다가갔다. 볼 만한 게 하나도 없었다. 별만 가득했다.

도노반이 고개를 돌렸다.

"우리가 안에 있는 동안 회사 측에서 기계를 가동한 게 분명해요. 대장, 미리 함정을 파 놓은 거예요. 로봇하고 짜고서 우리를 실험 대상으로 만든 거라고요. 우리가 거부할 경우를 대비해서요."

파웰이 말했다.

"지금 무슨 소릴 하는 거야? 기계 작동법도 모르는 우릴 내보내서 좋을 게 뭐가 있다고. 우리는 우주선을 귀환시킬 방법도 모르는데. 아니야, 우주선이 스스로 출발한 거야. 뚜렷한 가속 과정도 없이."

파웰은 자리에서 일어나 천천히 걸었다. 발걸음 소리가 금속 벽에 크게 울렸다. 파웰이 무미건조하게 말했다.

"도노반, 그동안 많은 일을 겪었지만, 이번이 가장 위급한 상황인 것 같아."

도노반이 씁쓸하게 대답했다.

"그렇게 생각할 거 없어요. 대장 말을 들으니까 이제야 비로소 신나는 시간을 보내게 된 것 같은데요, 뭘."

파웰은 도노반의 말을 무시했다.

"가속 과정이 없다는 건 우주선이 다른 우주선과는 전혀 다른 원리에 근거해서 움직인다는 뜻인데."

"우리가 알고 있던 원리하고 다른 건 분명해요."

"기존에 알려진 것하고는 완전히 달라. 인간이 조종하는 엔진도 없어. 벽에 내장돼 있을 거야. 벽이 이렇게 두꺼운 이유도 바로 그것 때문일 거고."

도노반이 물었다.

"도대체 뭐라고 중얼거리는 거예요?"

"왜 안 듣고 그래? 이 우주선을 감싸고 있는 에너지가 뭔지는 모르겠지만, 인간의 손으로 조종하는 건 절대 아니라는 말을 하고 있는 거야. 이 우주선은 원격 조종으로 움직이고 있어."

"그렇다면 브레인이?"

"못할 것도 없지."

"그럼 브레인이 귀환시킬 때까지 여기 있어야 한다는 거예요?"

"그럴 수도 있어. 그게 사실이라면 조용히 기다려도 될 거야. 브레인은 로봇이라서 제1원칙을 따라야 하니까. 브레인은 인간을 해칠 수 없어."

도노반은 천천히 앉아 머리카락을 지그시 눌렀다.

"이런 생각 해 봤어요? 초공간 이동을 둘러싼 문제 때문에 '연합' 측 로봇이 망가졌어요. 수잔 캘빈 박사 말로는 항성 간 이동 여행이 인간을 죽일 수 있기 때문이래요. 그런데 대장은 어떤 로봇을 믿을 거예요? 우리 로봇에도 동일한 데이터를 입력한 걸로 아는데요."

파웰은 콧수염을 홱 잡아당겼다.

"로봇에 대해 모르는 것처럼 굴지 마, 도노반. 로봇이 어떤 식으로든 제1원칙을 어길 수 있으려면 먼저 굉장히 많은 고장이 일어나야 해. 고철 덩어리가 아니고서는 제1원칙을 절대 어길 수 없다고! 아무도 부정할 수 없는 사실이야."

"그래요, 그래. 하인한테 모닝콜이나 해 달라고 하세요. 모든 게 그렇게 간단하다면 마음 푹 놓고 낮잠이나 달게 잘래요."

"맙소사, 도노반. 도대체 무슨 불평이 그리도 많아? 브레인이 우리를 돌보고 있어. 이곳은 따뜻하고 빛도 밝아. 공기도 충분해. 가속도 충격도 별로 없어서 자네 머리카락이 엉망으로 변할 염려도 없고."

"그래요? 대장은 모르는 게 너무 많아요. 아무리 낙천적인 사람도 아무 준비 없이 이렇게 멀리까지 나오진 않아요. 대체 앞으로 뭘 먹죠? 마실 건 어디 있어요? 지금 여긴 어디예요? 어떻게 돌아가죠? 사고라도 나면 어떤 우주복을 입고 어느 출구로 도망쳐요? 욕실도 안 보이고, 욕실에서 느긋하게 긴장을 풀지도 못하게 됐단 말이에요. 물론 지금 당장은 우리가 보살핌을 받겠죠. 하지만 영원히 그럴까요?"

순간 어떤 목소리가 도노반의 장광설을 방해했다. 파웰의 목소리는 아니었다. 사람을 깜짝 놀라게 하는 큰 소리가 공중에 울려 퍼졌다.

"그레고리 파웰! 마이클 도노반! 그레고리 파웰! 마이클 도노반! 현위치를 보고하시오. 조종 가능하다면 기지로 귀환하시오. 그레고리 파웰! 마이클 도노반! ……."

동일한 내용이 일정한 간격을 두고 기계적으로 반복되었다.

도노반이 말했다.

"어디서 나는 소리죠?"

파웰이 속삭였다.

"모르겠어. 밝은 빛은 어디서 나오는 거지? 모두 어디서 나오는 거야?"

"아, 대답은 어떻게 하죠?"

두 사람은 동일한 내용이 반복적으로 커다랗게 울려 퍼지는 사이사이에 대화를 나누어야 했다. 벽에는 아무것도 없었다. 중간에 곡선이 있을 뿐 사방이 매끄러운 금속이었다.

파웰이 말했다.

"그냥 크게 소리쳐서 대답하자."

두 사람은 차례대로 외쳐도 보고, 함께 소리 질러 보기도 했다.

"위치 불명! 우주선 조종 불가! 상태 절망적!"

목소리가 높아지면서 두 사람 다 목이 쉬었다. 짧막한 답신 사이사이에 욕설과 비명이 뒤섞였다. 하지만 싸늘하게 부르는 소리는 지치지도 않은 채 계속 반복될 뿐이었다.

도노반이 숨을 거칠게 몰아쉬었다.

"우리 말을 안 들어요. 여긴 송신 시설이 없어요. 수신기만 있어요."

도노반은 무작정 이리저리 벽을 둘러보았다.

외부에서 들려오던 시끄러운 목소리가 점점 잦아들었다. 두 사람이 다시 다급하게 소리쳤지만 저쪽에선 속삭이는 소리만 들려왔다. 쉰 목소리로 또다시 외쳤지만 이번에는 침묵만 가득했다.

15분쯤 지나자 파웰이 무기력하게 말했다.

"우주선을 뒤져 보자고. 어딘가 분명 먹을 게 있을 거야."

희망이 없는 목소리였다. 패배를 인정하는 것 같았다.

두 사람은 통로를 오른쪽과 왼쪽으로 나누어 딱딱한 발걸음 소리가 울려 퍼지는 곳을 차례로 살피며 걸었다. 가끔 마주칠 때에는 서로를 물끄러미 바라보며 지나쳤다.

파웰이 수색을 끝낼 즈음 도노반이 기뻐 외치는 소리가 들렸다.

"여기 봐요, 대장. 배관 시설이 있어요. 우리가 왜 이 생각을 못했을까요?"

도노반은 이리저리 헤매다가 5분이 지나서야 파웰을 찾았다.

파웰이 말했다.

"욕실은 아직 못 찾았어. 하지만……."

중간에 목이 메었다. 파웰이 힘들게 말했다.

"음식."

벽이 떨어진 곳에 선반 두 개를 달아 놓은 곡선 공간이 있었다. 위쪽 선반에는 놀랄 만큼 다양한 모양과 크기의 통조림이 라벨도 안 붙은 채 쌓여 있었다. 아래층 선반에 쌓여 있는 통조림은 다 똑같은 모양이었다. 도노반은 발목 부분에서 차가운 공기를 느꼈다. 아래층 선반에 냉장 시설이 있었다.

"어떻게…… 어떻게……."

파웰이 퉁명스럽게 말했다.

"좀 전까지 없었는데 문으로 들어오니까 벽에서 저 부분이 떨어졌어."

파웰은 음식을 먹는 중이었다. 데워서 먹게 되어 있는 통조림으로, 숟가락이 붙어 있었다. 따뜻한 콩 냄새가 실내에 가득했다.

"하나 들지, 도노반!"

도노반이 망설였다.

"뭐예요?"

"내가 어떻게 알아? 지금 음식 투정을 부리겠다는 거야?"

"아니에요. 하지만 지금까지 우주선에서 먹은 건 콩밖에 없어요. 다른 게 있으면 정말 좋겠어요."

도노반의 손이 이리저리 헤매다가 반짝이는 타원형 통조림 하나를 골랐다. 정어리 통조림 같은 맛있는 통조림이 생각났다. 적당히 누르자 뚜껑이 열렸다.

"콩이군!"

도노반이 끙 하고 앓는 소리를 내더니 다른 통조림을 집었다. 그러자 파웰이 도노반의 바지 자락을 잡아당겼다.

"그래도 먹어 둬, 친구. 식량은 한정되어 있고, 여기 얼마나 오래 있어야 할지 모르니까."

도노반이 부루퉁한 얼굴로 손을 거뒀다.

"여기 있는 게 다예요? 콩만?"

"그럴 수도 있지."

"아래층 선반엔 뭐가 있어요?"

"우유."

도노반은 금방이라도 울 것 같았다.

"우유만요?"

"자네 눈으로 직접 봐."

두 사람은 말없이 콩과 우유를 먹고 나서 그곳을 떠나려고 했다. 그러자 숨어 있던 벽이 올라오더니 예전처럼 말끔한 표면을 만들었다.

파웰이 한숨을 쉬었다.

"모든 게 자동이야. 뭐든지 그래. 평생 동안 이렇게 무기력한 느낌은 처음이야. 자네가 찾았다는 배관 시설은 어디 있나?"

"저쪽에요. 그것도 처음엔 없었어요."

15분 후 두 사람은 유리가 있는 방으로 돌아와 마주 보는 자리에 앉아 서로를 물끄러미 바라보았다.

파웰은 실내에 하나밖에 없는 계기판을 우울하게 바라보았다. 파섹이란 글씨도 여전하고, 1,000,000이란 숫자도 여전하고, 바늘도 0에 단단히 붙어 있었다.

알프레드 래닝은 'U.S.로보틱스'의 내부 깊숙한 곳에 있는 사무실에서 지친 얼굴로 말하고 있었다.

"그 두 사람이 대답하지 않는군요. 공중파, 사설 전파, 전신 부호, 지금 두 사람이 갖고 있는 에테르 전파까지 모든 파장을 다 시도해 보았소. 그래, 브레인은 아직까지 아무 말도 안 하고 있소?"

래닝 박사는 수잔 캘빈 박사를 바라보았다. 그러자 수잔 캘빈이 단호하게 대답했다.

"이 문제에 대해서는 자세히 말하지 않고 있어요. 두 사람은 우리 말을 들을 수 있다는데…… 확실히 물으려고 하면 브레인이…… 브레인이 무뚝뚝하게 변해요. 그러면 대화는 그것으로 끝이에요. 무뚝뚝한 로봇한테서 무슨 말을 들을 수 있겠어요?"

보거트가 끼어들었다.

"지금까지 알아낸 내용을 우리에게 알려 주시오, 수잔 캘빈."

"브레인은 자신이 우주선 전체를 조종한다고 인정했어요. 그리고 두 사람의 안전에 대해 아주 긍정적이긴 한데, 구체적으로 말해 주질 않아요. 저로선 다그쳐 가며 물을 수도 없고요. 그러나 이번 사태의 핵심은 초공간 이동하고 관련이 있는 것 같아요. 그런데 제가 그 이야기를 꺼내면 그저 웃기만 해요. 다른 징후도 있지만, 이건 브레인이 비정상으로 변하고 있다는 가장 뚜렷한 증거예요."

수잔 캘빈은 두 사람을 바라보았다.

"일종의 히스테리죠. 그러면 전 아무 해가 없기만 바라면서 그 즉시 주제를 바꾸는데, 브레인이 늘 한발 앞서 나가요. 하지만 히스테리를 해결할 수 있어요. 저한테 열두 시간만 주세요! 브레인을 정상으로 돌릴 수만 있다면 우주선도 귀환시킬 수 있을 거예요."

보거트는 갑자기 충격을 받은 것 같았다.

"초공간 이동!"

수잔 캘빈과 래닝이 동시에 물었다.

"왜 그래요?"

"브레인이 우리에게 준 엔진 계산 수치. 가만…… 지금 막 생각났어요."

보거트가 급히 자리를 떴다.

래닝은 보거트를 바라보던 수잔 캘빈에게 퉁명스럽게 말했다.

"잘 마무리해요, 수잔."

두 시간 후, 보거트는 열심히 설명을 시작했다.

"래닝 박사님, 바로 이거예요. 초공간 이동은 한순간에 이뤄지는 게 아니에요. 광속의 유한성 때문에 생명체가 살아남을 수 없어요. 초공간 이동에서는 물질과 에너지 같은 게 존재할 수 없어요. 그 결과를 정확히 예측할 순 없지만 이거 하난 분명해요. '연합' 측 로봇이 죽은 게 바로 이것 때문이라는 사실."

도노반은 초췌해 보였다.
"5일밖에 안 됐어요?"
"딱 5일이야. 확실해."
도노반이 비참한 눈빛으로 주변을 둘러보았다. 유리창 너머로 눈에 익은 별들이 수없이 펼쳐졌지만 전혀 관심도 없었다. 벽은 만질 수 없을 정도로 차가웠고, 얼마 전 다시 환해진 불빛은 너무 밝았으며, 계기판 바늘은 고집스럽게 0만 가리키고 있었고, 입 안에 감도는 콩 맛은 사라지지도 않았다.
도노반이 침울하게 말했다.
"샤워하고 싶어요."
파웰이 잠시 쳐다보다가 말했다.
"나도 그래. 창피하게 생각할 필요 없어. 하지만 우유로 샤워해서 음료수 없이 버티고 싶지 않으면……."
"결국은 다 떨어질 거예요. 대장, 초공간 여행이 도대체 어디서 끝나는 거죠?"
"나도 몰라. 아마 계속 이렇게 가야 할 거야. 결국 어딘가 도착하긴 하겠지. 최소한 우리 해골 조각은. 혹시 우리의 죽음이 브레인을 처음으로 완전히 고장 나게 만드는 건 아닐까?"
도노반이 파웰에게 등을 돌린 채 말했다.

"대장, 계속 생각해 봤는데 상황이 정말 나빠요. 할 일이 거의 없어요. 대장과 말을 하거나 이리저리 걷는 것 말고는. 대장도 우주에서 길을 잃은 사람들 얘기 들으셨잖아요. 그러면 굶어죽기 전에 머리가 돌아 버린다던데. 잘 모르겠지만 불빛이 돌아온 다음부터 괜히 이상한 느낌이 들어요."

잠시 침묵이 흘렀다. 마침내 파웰의 입에서 가느다란 목소리가 나직이 흘러나왔다.

"나도 그런데. 정확히 어떤 느낌이야?"

붉은 머리가 뒤로 돌았다.

"몸속이 이상해요. 몸속에서 팽팽한 느낌이 들고 뭔가가 쿵쿵 때리는 것 같아요. 숨을 쉬기도 힘들어요. 견딜 수가 없어요."

"으흐흠, 진동이 느껴져?"

"네?"

"자리에 앉아서 잠시 들어 봐. 아니, 듣지 말고 느껴 봐. 뭔가가 우주선 전체를 흔드는 것 같아. 그러면서 우리 몸까지. 잘 느껴 봐……."

"그래요……. 그래요. 이게 뭐죠, 대장? 우리 몸이 이러는 건 아니죠?"

파웰이 콧수염을 톡톡 쳤다.

"그럴 수도 있지만, 우주선 엔진이 그러는 것 같다는 느낌이 들어. 엔진이 준비를 하고 있다는 느낌."

"무슨 준비요?"

"초공간 이동을 할 준비. 시간이 지나면 무슨 일인지 알게 되

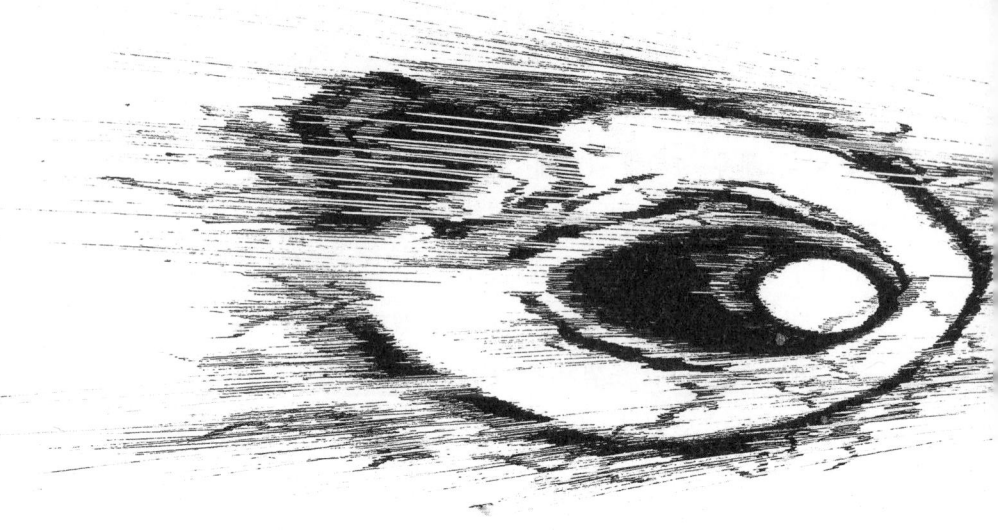

겠지."
 도노반이 깊이 생각하더니 버럭 화를 내며 말했다.
 "마음대로 하라고 해요. 하지만 맞서 싸울 수 있으면 좋겠어요. 가만히 기다려야 한다는 게 너무 분해요."
 한 시간쯤 후 파웰은 얼어붙은 얼굴로 금속 의자 팔걸이에 올려놓은 손을 바라보며 말했다.
 "벽 좀 만져 봐, 도노반."
 도노반이 벽을 만지더니 대답했다.
 "흔들리는 것 같아요, 대장."
 별빛까지 흐려지는 것 같았다. 무언가 거대한 기계가 온 힘을 다해 거대한 도약에 필요한 에너지를 끌어모으느라 에너지가 천천히 올라가고 있다는 막연한 느낌이 들었다.
 갑자기 칼로 찌르는 듯한 고통이 몰려왔다. 의자에 앉은 파웰의 몸이 굳으면서 사정없이 흔들렸다. 도노반이 보였다. 파웰은 도노반의 가느다란 비명이 서서히 잦아드는 것을 느끼며 점점 의

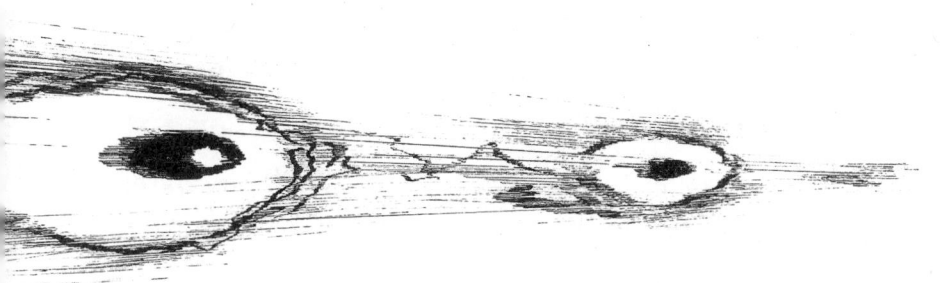

식을 잃어 갔다. 무언가 몸속에서 비틀리며 요동치는 느낌과 함께 온몸을 감싼 냉기가 점점 강하게 느껴졌다.

속박의 굴레에서 벗어나 불빛과 고통의 소용돌이로 빨려드는 것 같았다.

…… 떨어지고

…… 소용돌이치고

…… 곤두박질쳤다.

…… 영원한 침묵 속으로!

바로 죽음이었다!

아무 움직임도, 아무 느낌도 없는 세상이었다. 아무 의식도 없는 희미한 세상, 의식이 침묵과 어둠에 휘감긴 세상, 의식이 무의식처럼 몸부림치는 세상.

모든 의식이 영원으로 이어진 세상이었다.

파웰의 자아는 하얀 실에 가늘게 이어져 있었다. 춥고 무서웠다.

바로 그때 위에서 상냥하고 부드러운 목소리가 천둥처럼 울려 퍼졌다.

"관이 몸에 안 맞는 것 같아요? 그렇다면 크기 조절이 가능한 모비드 카다버의 관을 사용해 보세요. 인체 곡선에 맞도록 과학적으로 설계하고, 비타민 B1까지 첨가한 관이랍니다. 카다버의 관을 사용하면 편안합니다. 명심하세요. 당신은…… 오랫동안…… 아주 오랫동안…… 죽어…… 있는다는…… 사실을!"

진짜 말소리 같지는 않았다. 뭔지 알 수 없는 소리가 매끄럽게 달그락거리며 속삭이다가 사라졌다.

예전의 파웰로 여겨지는 하얀 실이 사방을 에워싼 영겁의 시간으로 무의미하게 올라가다가…… 스스로 쓰러지고, 수없이 많은 유령이 수없이 다양한 높은 목소리로 날카롭게 내지르는 비명이 점점 빠르게 들렸다.

"네가 죽었으면 좋겠어, 이 나쁜 놈아……."
"네가 죽었으면 좋겠어, 이 나쁜 놈아……."
"네가 죽었으면……."

소리가 나선형 계단을 사납게 올라와 귀에 안 들리는 날카로운 초음파로 돌변하더니 점점…….

하얀 실이 흔들리면서 날카로운 통증이 느껴졌다. 실이 조용히 펴지면서…….

목소리가 평범하게 바뀌었다. 아주 많은 목소리가, 수많은 사람이 떠들어 댔다. 수없이 많은 군중이 소용돌이치듯 몰려들어 곤두박질치듯 급하게 지나갔고, 수없이 많은 목소리가 넝마처럼 떠돌아다녔다.

"애야, 사람들이 너를 어떻게 한 거니? 온몸이 아주 엉망이야……."

"…… 뜨거운 불, 내 생각에. 하지만 내가 들은 얘기로는……."

"…… 내가 천국을 만들었어. 하지만 성 베드로가……."

"아니야, 내가 그 애를 알아. 그 애하고 어떻게 타협해야 하느냐면……."

"이봐, 샘, 이쪽으로 와……."

"혹시 마우스피스 있니? 악마가 그러는데……."

"…… 계속해, 꼬마 도깨비. 나는 악마하고 약속……."

그때 갑자기 거대한 함성이 일어나며 모든 소리를 압도했다.

"서둘러! 서둘러! 서둘러!!! 빨리 서둘러!!! 우리를 기다리게 하지 마! …… 줄서서 기다리는 사람이 많다고. 증명서를 준비해. 그래서 베드로의 석방 도장을 확실히 받으라고. 자네가 입구를 제대로 찾아온 건지 확인하고. 사방에서 지옥불이 타오를 거야. 이봐, 당신……. 바로 거기. 줄 좀 제대로 서. 그렇지 않으면……."

하얀 실로 변한 파웰은 크게 부르짖는 소리에 뒤로 주춤거렸다. 자신을 가리키는 손가락이 너무나 고통스럽게 느껴졌다. 그와 동시에 모든 게 무지개 같은 소리로 폭발했고, 그 파편이 머릿속에 고통스럽게 넘실거렸다.

파웰은 다시 의자에 앉아 있었다. 흔들리는 몸이, 자신이 느껴졌다.

도노반의 두 눈이 반짝거리며 커다란 사발처럼 툭 튀어나왔다. 그리고 속삭였다. 마치 흐느끼는 소리 같았다.

"대장도 죽었어요?"

"나는…… 죽었단 느낌이었어."

쉰 목소리였다. 파웰은 자신이 무슨 소리를 하는지도 몰랐다.

도노반은 일어나려고 하다가 주저앉고 말았다.

"우리가 다시 살아난 거예요? 아니면 아직도 죽어 있는 거예요?"

"나는…… 살아난 것 같아."

이번에도 쉰 목소리였다. 파웰이 조심스럽게 말했다.

"자네도 무슨 소리…… 들었어? 아까…… 죽었을 때."

도노반은 가만히 있다가 아주 천천히 고개를 끄덕였다.

"대장도요?"

"그래. 관에 대한 이야기…… 그리고 여자들이 부르는 노래…… 그리고 지옥으로 들어가려고 길게 서 있는 줄. 자네도?"

도노반이 고개를 저었다.

"한 가지 목소리였어요."

"큰 소리였나?"

"아니요. 부드럽지만 손톱을 다듬는 줄처럼 껄껄한 목소리. 설교하는 소리. 지옥 불에 대해서. 지옥불의 고통에 대해서 설명하는데…… 끔찍했어요. 예전에 아주 비슷한 설교를 들은 적이 있어요."

도노반은 식은땀을 흘리고 있었다.

두 사람은 관측창에서 들어오는 햇살을 느꼈다. 약하지만 새파란 색이었는데…… 멀리서 빛나는 광원은 예전의 태양이 아니고 완두콩처럼 생긴 모습이었다.

파웰이 떨리는 손가락으로 하나밖에 없는 계기판을 가리켰다. 계기판에 꼿꼿하게 서 있던 가느다란 바늘이 지금은 300,000파섹을 가리키고 있었다.

파웰이 말했다.

"도노반, 만일 저게 사실이라면 우리는 은하계를 완전히 빠져나온 거야."

도노반이 대답했다.

"대단해요, 대장! 그럼 우린 태양계를 벗어난 최초의 인간이에요."

"그래! 바로 그렇게 되는 거야. 우리는 태양계를 벗어났고 은하계도 벗어났어. 도노반, 이 우주선이 해답이야. 이건 모든 인류의 자유를…… 수백, 수천, 수만에 달하는 별…… 현존하는 모든 별로 뻗어 나갈 수 있는 자유를 의미하는 거야."

파웰이 자리에 털썩 쓰러지며 말했다.

"그런데 이제 어떻게 돌아가지, 도노반?"

도노반은 억지로 웃었다.

"아, 그건 괜찮아요. 우주선이 여기까지 데려왔으니까 다시 데려가겠죠. 콩이나 먹어야겠어요."

"도노반…… 잠깐, 도노반. 만일 우주선이 왔던 길로 돌아간다면……."

도노반이 걸음을 멈추고 의자에 풀썩 주저앉았다.

파웰이 계속했다.

"우리는 또다시…… 죽어야 하는 거야, 도노반."

도노반이 한숨을 쉬었다.

"그래요. 그래야 한다면, 그래야겠지요. 오랫동안, 영원히 계속되는 건 아닐 테니까요."

수잔 캘빈은 이제 아주 천천히 말하고 있었다. 브레인을 여섯 시간 동안 서서히 자극하는 중이었다. 하지만 아직 아무 성과도 없었다. 계속 똑같은 내용을 반복하기도 피곤하고, 에둘러 표현하기도 피곤하고, 모든 게 다 피곤했다.

"자, 브레인, 한 가지가 더 있어. 특별히 집중해서 단순명쾌하게 대답해야 돼. 초공간 이동을 한 게 정말 확실하니? 두 사람이 굉장히 멀리 간 게 분명해?"

"두 사람이 가고 싶은 만큼 멀리 갔어요, 수잔 박사님. 정말 대단하지 않아요?"

"그러면 그곳에서 두 사람은 무엇을 볼까?"

"별 같은 거죠. 뭐 특별한 게 있겠어요?"

다음 질문이 나왔다.

"그럼 두 사람이 살아 있을까?"

"물론이죠!"

"초공간 이동을 하다가 다치진 않았을까?"

브레인이 침묵하자 수잔 캘빈이 얼어붙었다. 그래, 잘못 말한 거야! 수잔 캘빈이 아픈 점을 건드린 것이다.

수잔 캘빈이 간곡한 어조로 나직이 물었다.

"브레인, 브레인, 내 말 들리니?"

브레인이 대답했다. 약하게 떨리는 목소리였다.

"대답해야 하나요? 이동에 대해서?"

수잔 캘빈은 최대한 명랑하게 말했다.

"하기 싫으면 안 해도 돼. 하지만 대답하면 정말 재미있을 거야. 내 말은, 만일 대답하고 싶다면 말이야."

"아휴…… 이런……. 박사님이 일을 다 망쳐 버리겠어요."

심리학자의 얼굴엔 비로소 모든 걸 알겠다는 표정이 스쳤다.

"그래, 이를 어쩌니."

수잔 캘빈은 오랜 시간, 오랜 나날의 긴장이 한꺼번에 폭발하며 풀리는 것 같았다. 밖으로 나온 수잔 캘빈은 래닝 박사에게 이렇게 말했다.

"모두 괜찮아요. 장담해요. 아니, 지금은 혼자 있고 싶어요. 우주선은 두 사람을 태우고 안전하게 돌아올 거예요. 그러니 좀 쉬어야겠어요. 이제 쉴래요. 그만 나가 주세요."

우주선은 떠날 때처럼 별다른 소동 없이 조용히 지구로 돌아왔다. 원래 자리에 정확히 내려앉자 출구가 활짝 열렸다. 두 사람은 조심스레 밖으로 걸어 나와 수염이 거칠게 자라 있는 턱을 긁었다.

붉은 머리카락이 천천히 무릎을 꿇고 앉더니 활주로 콘크리트 바닥에 힘껏 입을 맞추었다.

두 사람은 들것에 실린 채 앰뷸런스에 타고 내렸다. 사람들이 몰려들어 호기심 어린 눈으로 구경했다.

그레고리 파웰이 말했다.

"여기서 제일 가까운 샤워실이 어디예요?"

두 사람은 들것에 실린 채 샤워실로 갔다.

커다란 탁자 둘레에 사람들이 모여들었다. '주식회사 U.S.로보틱스'의 간부들이 모인 회의였다.

파웰과 도노반은 자신들이 겪은 이야기를 생생하게 설명했다.

수잔 캘빈이 뒤이은 침묵을 깼다. 지난 며칠 사이에 예전의 쌀쌀맞은 태도로 돌아와 있었다. 하지만 얼굴에는 당황한 흔적이 남아 있었다.

"엄격하게 말해 이번 일은 제 잘못이에요. 전부 다요. 우리가 이 문제를 브레인에게 처음 입력할 때, 잘 기억하시리라 믿는데, 저는 딜레마가 생길 수 있는 정보는 거부하라고 아주 오랫동안 누누이 강조했어요. 제가 그랬다는 건 '인간이 죽는 경우가 있더라도 흥분하지 마라. 우리는 전혀 신경 쓰지 않는다. 자료를 뱉어내고 잊어버리면 그만이다.'라고 말한 것과 똑같아요."

래닝이 끼어들었다.

"음, 그래서 어떻게 됐소?"

"그다음부터는 명료해요. 자료를 입력하고 계산에 들어간 결과, 초공간 이동에 대비한 최소한의 휴지기, 즉 인간의 죽음에 대한 방정식이 나온 거예요. 연합 측 기계는 바로 여기서 완전히 부서진 겁니다. 하지만 전 브레인에게 죽음의 중요성을 이미 많이 낮춰 놓았어요. 제1원칙은 절대 어길 수 없기 때문에 전부 없앤 건 아니지만 브레인이 방정식을 다시 보게 할 정도는 되었습니다. 브레인에게는 휴지기가 끝나면 인간이 살아서 돌아올 수 있다는 걸 깨닫기에 충분한 시간이었죠. 우주선이라는 물질과 에너지 자체가 온전하게 돌아온 것처럼 말이에요. 바로 이게 흔히 말하는 '죽음'이고, 극히 순간적인 현상으로 나타난 거예요. 모두 이해하시겠어요?"

수잔 캘빈이 주변을 둘러보았다. 모두 열심히 듣고 있었다. 설명은 계속 이어졌다.

"그래서 브레인은 자료를 받아들였어요. 하지만 딜레마가 전혀 없었던 건 아니에요. 비록 죽음은 한순간이고 그 의미가 약화되었는데도 브레인을 불안정하게 만들기에 충분했거든요."

수잔 캘빈이 차분하게 말했다.

"그 결과는 일종의 유머로 나타났어요. 유머는 브레인이 현실을 부분적으로 도피하는 방법이었습니다. 정말 짓궂은 장난꾸러기가 된 거죠."

파웰과 도노반이 벌떡 일어났다. 파웰은 "뭐요?" 하고 소리쳤고, 도노반은 몹시 화난 얼굴로 수잔을 노려보았다.

수잔 캘빈은 계속했다.

"그래요. 브레인은 두 분을 안전하게 보살피긴 했지만 두 분은 조종간 하나도 만질 수가 없었어요. 우주선은 두 분이 아니라…… 장난꾸러기 브레인한테 적합하게 만들어졌기 때문이에요. 우리는 무선으로 두 분에게 연락할 수 있었지만 두 분은 답변할 수가 없었어요. 두 분에겐 음식이 충분했지만 콩과 우유뿐이었죠. 말하자면 두 분은 죽었다가 다시 살아났지만 죽어 있는 기간이…… 참…… 재미있는 내용으로 구성되어 있어요. 브레인이 어떻게 그랬는지 저도 궁금합니다. 모든 일은 정말 짓궂은 브레인의 장난 때문이지 악의가 있었던 건 아니에요."

도노반이 발끈했다.

"악의가 없었다고요? 그놈이 지금 여기 있다면 가만두지 않았을 거예요!"

래닝이 손을 들어 도노반을 진정시켰다.

"그래요, 정말 엉망이었소. 하지만 모두 끝난 일이오. 앞으로 어떻게 하면 좋겠소?"

그러자 보거트가 차분하게 대답했다.

"이제 우리 손으로 초공간 이동 엔진을 향상시켜야 합니다. 초공간 이동 휴지기를 극복할 방법이 분명 있을 겁니다. 그 방법만 찾으면 웅장한 슈퍼 로봇을 보유한 유일한 조직으로, 누구보다 많은 내용을 탐구할 수 있게 됩니다. 우리가 차분히 연구하면 'U.S.로보틱스'는 초공간 여행을 가능하게 할 것이고, 온 인류는 거대한 은하계로 뻗어 나갈 수 있을 겁니다."

"연합 측은 어떻게 하지요?"

래닝이 묻자 도노반이 불쑥 끼어들었다.

"잠깐만요. 그 부분에 대해서 제안할 게 있습니다. '연합' 측은 우리 회사를 엄청난 혼란에 빠뜨렸습니다. 그들이 기대한 만큼 엉망이 아닌 데다가 좋은 결과까지 나왔지만, 그들의 의도는 정말 사악합니다. 파웰 대장과 전 톡톡히 곤욕을 치렀습니다. 그들이 해답을 원한다면 해답을 줍시다. 필요하다면 우주선까지 함께 보내는 겁니다. 그러면 'U.S.로보틱스'는 그들로부터 20만 달러와 제작비까지 받을 수 있습니다. 그래서 그들이 우주선을 실험한다면…… 그러면 브레인에게 재미있는 장난을 치게 만들고 나서 정상으로 돌려놓는 겁니다."

래닝 박사가 엄숙하게 대답했다.

"아주 정당하고 적절한 제안 같군요."

보거트 박사가 가볍게 덧붙였다.

"계약 내용하고도 정확히 일치하고 말이죠."

바이어리
—대도시 시장이 된 로봇

수잔 캘빈 박사가 생각에 잠긴 채 말했다.

"하지만 그것도 아니었어. 아, 결국 우주선을 비롯한 관련 자료 전체가 정부 재산으로 넘어가고, 초공간 이동도 완벽하게 성공해 지금은 여러 별에 인류의 식민지를 건설했지만, 그게 전부가 아니었어요."

나는 식사를 끝내고 담배 연기 사이로 수잔 캘빈 박사를 쳐다보았다.

"정말 중요한 건 지난 50년 사이에 이곳 지구 사람들에게 일어난 일이에요. 내가 태어난 해는, 선생, 마지막 세계 대전이 막 끝나던 시기였어요. 역사상 최악의 시기였지만…… 민족주의가 끝나는 시기이기도 했지요. 지구는 국가로 분류하기에는 너무 좁았고, 결국 여러 나라가 지역 단위로 묶이기 시작했어요. 아주 오랜 세월이 걸렸지요. 내가 태어날 때만 해도 미합중국은 북부 지역의 일부이면서 하나의 국가로 존재하고 있었어요. 그래서 이 회사도 계속 'U.S.로보틱스'라는 이름을 쓴 거예요. 그런데 국가 단위에서 지역 단위로 바뀌면서 경제가 안정돼 금세기는 지난 세기에 비해 황금시대를 누릴 수 있었어요. 우리 로봇들도 황금시대를 구가하는 데 많이 기여했고요."

"'슈퍼 컴퓨터' 얘기를 하시는 건가요? 그런 의미에서 박사님께서 언급하신 브레인은 최초로 만든 일종의 슈퍼 컴퓨터였고요. 그렇죠?"

"그래, 맞아요. 하지만 내가 말하려는 건 그런 기계가 아니에요. 오히려 인간이라고 하는 쪽이 어울리죠. 작년에 죽었지만."

수잔 캘빈 박사의 목소리에 갑자기 깊은 슬픔이 어렸다.

"아니, 스스로 죽음을 준비했다는 게 옳아요. 자신이 우리 인간에게 더 이상 필요하지 않다는 사실을 깨닫고는……. 스테판 바이어리."

"네, 저도 그 사람을 말씀하시는 거라고 생각했어요."

"그가 공직 생활을 시작한 건 2032년이에요. 선생은 그때 너무 어려서 당시 상황이 어땠는지 모를 거예요. 그가 벌인 시장 선거 운동은 역사상 가장 이상한 것이었지요……."

★ ★ ★

프랜시스 퀸은 새로운 정파의 정치인이었다. 하지만 이런 표현들이 다 그렇듯이 이 역시 아무 의미도 없다. 우리 앞에 등장한 '새로운 정파' 대부분은 고대 그리스의 사회 조직에서 모방한 것이거나 좀 더 깊숙이 파고들면 고대 수메르나 선사 시대 스위스 호숫가에 살던 사회 조직에서 모방한 것일 가능성이 많다.

하지만 얘기가 복잡해지는 걸 막기 위해 한 가지는 짚고 넘어가야 할 것 같다. 비록 나폴레옹이 아우스터리츠에서 러시아와 오스트리아 연합군을 선제공격으로 대파한 사건에 비할 정도는 아니지만, 퀸이 선거에 출마하거나 유세에 참여하거나 연설을 하거나 투표 상자를 조작할 계획은 처음부터 없었다는 사실 말이다.

정치는 본래 이상한 사람들과 만나는 것을 의미하기 때문에, 알프레드 래닝도 앞으로 거칠게 뻗어 나온 흰 눈썹을 숙인 채 긴장을 늦추지 않고 특유의 인내심을 발휘하며 책상 맞은편에 앉아 있었다. 전혀 기쁜 표정이 아니었다.

이런 분위기를 아는지 모르는지 퀸은 조금도 신경 쓰지 않고 친근한 말투로 능숙하게 입을 열었다.

"스테판 바이어리 잘 아시죠, 래닝 박사님?"

"많이 들어서 알고 있습니다. 다른 사람들이 아는 정도는 저도 들었으니까."

"네, 저도 그래요. 다음 선거에서 박사님도 스테판 바이어리를 찍을 생각이겠지요?"

래닝 박사가 약간 쌀쌀맞게 대답했다.

"그건 모르겠습니다. 정치에 관심이 없어서 그 사람이 출마하는지도 몰랐습니다."

"그 사람이 우리 도시의 다음 시장이 될 수도 있어요. 지금은 법조인에 불과하지만 거대한 나무도 처음엔……."

래닝 박사가 끼어들었다.

"네, 그 격언은 저도 압니다. 제게 무슨 볼일이 있는 건지 구체적으로 말씀하시지요."

그러자 퀸이 아주 점잖게 말했다.

"네, 중요한 일이 있습니다, 래닝 박사님. 제게 중요한 건 무슨 일이 있더라도 바이어리를 지방검사 자리에 묶어 두는 것이고, 박사님에게 중요한 건 제가 그럴 수 있게 도와주시는 겁니다."

"나한테 중요하다고요? 말도 안 돼요!"

래닝 박사의 눈썹이 낮게 붉어졌다.

"'U.S.로보틱스'에 중요하다는 말로 바꾸죠. 제가 박사님을 찾아온 이유는 박사님이 이 회사에서 소위 '원로' 역할을 하고 계시기 때문입니다. 박사님이 말씀하시면 회사 측에서 귀담아 들을 것이고, 예전처럼 긴밀한 관계는 아니라 해도 서로 어느 정도 부담을 느낄 수밖에 없을 테니까요. 설사 이상한 주장을 하시는 일이 있더라도 말입니다."

래닝 박사는 잠시 침묵하며 여러 생각을 곱씹더니, 이번에는 훨씬 부드럽게 대답했다.

"무슨 말씀인지 모르겠군요, 퀸 선생."

"그럴 수도 있겠지요, 래닝 박사님. 하지만 아주 간단한 내용입니다. 담배 좀 피워도 되겠습니까?"

퀸은 우아하게 생긴 라이터로 가느다란 담배에 불을 붙였다. 광대뼈가 붉어진 얼굴에 아주 재미있다는 표정이 어렸다.

"우리는 바이어리라고 하는 화려하고 이상한 인물을 충분히 조사했습니다. 3년 전까지만 해도 이름도 없었는데 지금은 아주 유명한 인물이 되었지요. 힘과 능력을 겸비하고 있으며, 지금까지

나온 그 어느 검사보다 훌륭할 뿐 아니라 아는 것도 많습니다. 불행한 건 그 사람이 제 친구가 아니라는 사실이지요……."

"알겠습니다."

래닝 박사는 기계적으로 대답하고는 손톱만 내려다보았다.

퀸은 단조로운 말투로 설명을 계속했다.

"지난해에 바이어리를 조사할 일이 있었습니다. 아주 철저하게……. 개혁 정치인의 과거를 꼬치꼬치 캐다 보면 늘 재미있는 사실을 알게 되지요. 그게 얼마나 도움이 되는지 아시면……."

퀸이 붉게 타는 담배 끝을 재미있다는 듯 바라보며 웃었다.

"하지만 바이어리의 과거는 눈에 띄는 부분이 없었어요. 작은 마을에서 보낸 조용한 생활, 대학 교육, 젊어서 사망한 부인, 자동차 사고와 장기간에 걸친 치료, 법학 대학원, 대도시 진출, 검사 생활!"

프랜시스 퀸은 고개를 천천히 흔들고 나서 덧붙였다.

"하지만 지금의 그는, 아, 정말 대단하지요. 음식을 전혀 안 먹으니까요!"

래닝 박사가 머리를 치켜들었다. 늙은 눈이 놀라울 정도로 날카로워졌다.

"그게 무슨 소립니까?"

퀸이 한 마디씩 강조하며 대답했다.

"우리 지방검사가 음식을 절대로 먹질 않는답니다. 더 정확히 말하면 아직까지 그가 먹거나 마시는 걸 본 사람이 한 명도 없다는 뜻입니다. 단 한 번도요! 이 말이 무슨 뜻인지 아시겠어요?

드문 정도가 아니라 단 한 번도 없단 말입니다!"

"못 믿겠군요. 믿을 만한 사람이 조사한 겁니까?"

"물론 믿을 만한 사람이 조사한 내용이고, 믿지 못할 건 하나도 없습니다. 게다가 우리 지방검사가 알코올은 고사하고 음료수를 마시거나 잠자는 것을 본 사람도 없습니다. 다른 것도 많지만 이 정도면 제가 말씀드리려는 내용은 충분히 전달된 것 같습니다."

래닝 박사는 의자 깊숙이 몸을 묻었다. 두 사람 사이에 깊은 침묵이 자리를 잡았다. 이윽고 늙은 로봇 전문가가 머리를 흔들었다.

"아니에요. 선생이 말한 내용으로 보면 선생이 말하려는 건 딱 한 가지로 해석될 수밖에 없는데, 그건 절대 있을 수 없는 일입니다."

"바이어리가 인간이 아닌 건 분명합니다, 래닝 박사님."

"가면을 쓴 악마라고 하면 차라리 믿을 수 있겠소만……."

"전 지금 그 사람이 로봇이라고 말하는 겁니다, 래닝 박사님."

"난 지금 그건 말도 안 되는 소리라고 말하는 겁니다, 퀸 선생."

또다시 팽팽한 침묵이 깔렸다. 퀸이 조심스럽게 담배를 비벼서 껐다.

"귀사의 모든 자료를 동원해서라도 이 어처구니 없는 사태를 조사하셔야 할 겁니다."

"확실히 말씀드릴 수 있는 건 절대 그럴 순 없다는 겁니다, 퀸 선생. 우리 회사는 정치 문제에 관여할 수 없습니다."

"박사님께는 선택권이 없습니다. 비록 구체적인 증거는 없지만 이 사실을 일반에 공표할 수 있습니다. 정황 증거가 충분하니까요."

"마음대로 하시지요."

"하지만 그건 제가 좋아하는 방식이 아닙니다. 박사님께도 바람직하지 않고요. 구체적인 증거를 확보하는 쪽이 훨씬 좋을 겁니다. 귀사의 평판이 아주 심각한 손상을 입을 테니까요. 인간 세상에서 로봇을 사용할 수 없다는 엄격한 법안에 대해서는 박사님도 충분히 이해하고 계실 겁니다."

래닝이 퉁명스럽게 대답했다.

"그래요."

"태양계에서 양전자 로봇을 제작하는 회사는 'U.S.로보틱스'밖에 없고, 만일 바이어리 씨가 로봇이라면 결국 양전자 로봇일 수밖에 없다는 사실을 박사님도 알고 계시겠지요. 또한 양전자 로봇은 판매는 안 하고 대여만 하고 있고, 따라서 로봇의 모든 행동에 대한 책임은 로봇을 소유한 귀사에 있다는 사실도 알고 계실 겁니다."

"퀸 선생, 우리 회사에서 인간하고 비슷한 로봇을 만든 적이 없다는 사실은 쉽게 증명할 수 있습니다."

"가능성만 확인해 보려고 그냥 만들어 본 적도 없을까요?"

"그런 경우야 있을 수 있겠지요."

"하지만 극비로 진행하겠지요. 작업 일지에도 기록하지 않고."

"양전자 두뇌는 불가능합니다, 선생. 두뇌 하나를 만들려면 부품이 굉장히 많이 있어야 하는데 정부 규제가 너무 엄격해서 불가능합니다."

"그래요. 하지만 로봇은 닳아서 고장이 날 테고, 그러다 나중에 고칠 수도 없게 되면…… 결국 폐기하겠지요."

"그러면 양전자 두뇌도 재활용하거나 파괴합니다."

프랜시스 퀸이 살짝 비꼬았다.

"아, 그래요? 그러다 보면 실수로 파괴하지 못한 두뇌가 있을 수도 있고…… 두뇌만 기다리는, 인간하고 비슷한 몸체도 있을 수 있겠지요."

"말도 안 됩니다!"

"그렇다면 정부와 일반 대중에게 그 사실을 증명해야 할 텐데, 그러는 것보다 지금 저한테 증명하는 쪽이 좋지 않겠습니까?"

래닝이 흥분해 물었다.

"하지만 우리가 왜 그래야 하지요? 그 이유가 뭐냔 말입니다. 조금이라도 이해가 되게 말씀해 보세요."

"친애하는 박사님, 여러 지역 정부가 인간 세상에서 인간과 비슷한 양전자 로봇을 사용하는 걸 허용하면 귀사로서도 아주 기쁜 일일 겁니다. 그 이익이 엄청날 테니까요. 하지만 대중은 그런 일에 대해 큰 편견을 갖고 있습니다. 그러니까 대중으로 하여금 우선 그런 로봇에, 가령 유능한 법조인이나 좋은 시장 역할을 하는 로봇을 인간인 것처럼 만들어 익숙해지게 한 다음에 사실은 그가 로봇이라는 사실을 밝히는 겁니다. 그러고 나서 로봇을 사라고 선동할 수도 있겠지요."

"상상력이 너무 풍부하군요. 어이가 없어서 웃음만 나오네요."

"그럴 수도 있겠지요. 그러면 증명해 보세요. 아니면 대중 앞에서 직접 증명하시든가!"

사무실 불빛이 흐려졌다. 하지만 알프레드 래닝의 얼굴이 벌게지는 건 알아볼 수 있었다. 로봇 전문가의 손가락이 손잡이를 만지자 조명이 서서히 부드럽게 빛나기 시작했다. 래닝이 투덜거렸다.

"좋습니다. 그렇다면 한번 살펴보겠소."

스테판 바이어리의 얼굴은 쉽게 설명할 수 있는 얼굴이 아니었다. 출생 증명서에 의하면 나이가 마흔이고, 외모도 그 정도로 보였다. 그리고 영양을 충분히 섭취해 아주 건강하고 사람 좋아 보이는, 상대방의 적대감을 금방 사라지게 만드는 그런 얼굴이었다.

그가 웃으면 이런 특징이 더욱 뚜렷하게 나타나는데, 바로 지금 그는 그렇게 웃고 있었다. 큰 소리로 웃다가 잠시 차분하게 말하고 나서 다시 크게 웃는 식이었다.

알프레드 래닝은 불만이 가득한 쓸쓸한 얼굴로 굳어 있었다. 래닝은 옆에 앉아 있는 여인에게 시선을 돌렸지만 여인의 핏기 없는 가느다란 입술은 꼭 닫힌 채 열리지 않았다.

바이어리가 어이없다는 듯 숨을 몰아쉬었다.

"래닝 박사님…… 정말…… 제가…… 제가…… 로봇이란 말인가요?"

래닝이 단호하게 말했다.

"내가 한 말이 아닙니다, 검사님. 나는 검사님이 인류의 일원이라는 사실을 믿습니다. 우리 회사는 검사님을 만든 적이 없기 때문에 나는 검사님이 인간이라는 사실을 법적으로, 그리고 모든 면에서 확신합니다. 하지만 검사님이 로봇이라고 주장하는 사람이 있는데, 그 사람은 일정한 지위에 있는…….'

"박사님의 깨끗한 양심에 조금이라도 저촉된다면 그 사람 이름은 언급하지 않으셔도 됩니다. 하지만 얘기를 계속 풀어 나가기 위해 그 사람을 프랜시스 퀸이라고 해 둡시다."

래닝은 깜짝 놀라 마른 숨을 들이켜고 잠시 동안 그대로 있었다. 머릿속이 점점 더 하얘져 갔다. 래닝은 설명을 계속했다.

"…… 누구냐 하는 게 중요한 게 아니라 그 사람 주장이 사실이 아니라는 것을 증명하려고 협조를 구하는 겁니다. 그 사람이 그런 주장을 한다는 사실, 그리고 필요할 경우에 세상에 알리겠다는 사실 자체는 저희 회사에 심각한 타격이 될 수 있습니다. 그 사람이 자신의 주장을 증명하지 못해도 결과는 마찬가지입니다. 내 말 이해하시겠습니까?"

바이어리가 웃음을 터뜨리며 말했다.

"아, 네, 박사님 입장은 충분히 이해합니다. 그런 주장 자체가 우스운 거지 박사님 처지는 그렇지 않습니다. 웃어서 기분 나쁘셨다면 사과드리겠습니다. 제가 웃은 건 그 주장이 너무 황당해서 그런 것뿐이에요. 그래, 어떻게 도와 드리면 되겠습니까?"

"아주 간단합니다. 증인이 있는 식당에 앉아서 사진을 찍게 하고, 음식을 드시면 됩니다."

래닝이 의자 뒤로 몸을 기댔다. 곤혹스러운 일이 끝났다. 옆에 앉아 있던 여인은 바이어리를 열심히 살피고 있을 뿐 입은 열지 않았다.

 스테판 바이어리가 여인 쪽으로 눈길을 돌렸다가 다시 로봇 전문가를 바라보았다. 그러고는 책상 장식에 손가락을 올려놓고 곰곰이 생각하더니 차분하게 말했다.

 "박사님 말씀을 따를 수 없을 것 같습니다."

 그러고는 한 손을 들었다.

 "잠깐 기다리세요, 래닝 박사님. 박사님께서 이 문제 전체를 달갑지 않게 여기신다는 걸, 자신의 의지와 달리 이럴 수밖에 없다는 걸, 자신의 행동이 경솔할 뿐 아니라 우스꽝스럽기까지 하다는 사실을 알고 계신다는 걸 저는 압니다. 아무리 그렇다 해도 제 자신의 프라이버시와 너무 밀접하게 연관돼 있는 문제라 참을 수가 없습니다. 우선 박사님은 퀸이, 그러니까 일정한 지위에 있는 이 사람이 박사님을 속여 이렇게 행동하시도록 만든 거라고는 생각하지 않으십니까?"

 "그런 지위에 있는 사람이 확실한 근거도 없이 이처럼 우스꽝스런 주장으로 자신을 위험에 빠뜨릴 리가 없지요."

 바이어리의 눈가에서 웃음기가 사라졌다.

 "퀸이란 사람을 잘 몰라서 그러시는 겁니다. 그 사람은 필요하면 아무리 험한 능선도 너끈히 넘을 사람입니다. 그 사람이 저한테서 밝혀냈다고 주장하는 내용을 박사님께 모두 알려 드렸을 것 같은데요."

 "그래요. 우리 회사로선 무시할 수 없지만 검사님이라면 쉽게 증명할 수 있는 내용이란 생각이 들었습니다."

"제가 아무것도 먹지 않는다는 말을 믿으시는군요, 래닝 박사님. 박사님은 과학자이십니다. 그러니 논리적으로 생각하세요. 제가 먹는 걸 본 사람이 전혀 없다. 따라서 저는 아무것도 안 먹는다! 이건 완전히 비약입니다."

"검사님은 검찰에서 논고하는 방식으로 지극히 간단한 상황을 아주 복잡하게 만들고 있습니다."

"정반대입니다. 퀸과 박사님이 상황을 아주 복잡하게 만들고 있다는 사실을 지금 제가 단순명쾌하게 밝히려는 겁니다. 박사님도 아시다시피 저는 잠이 많지 않습니다. 사실이에요. 사람들이 있는 곳에서는 자지 않습니다. 그리고 다른 사람과 식사한 적도 없습니다. 물론 문제가 있는 성격이라고 볼 수도 있습니다. 하지만 이런 제 성격 때문에 피해를 본 사람은 한 명도 없습니다.

보십시오, 래닝 박사님. 경우를 바꿔 놓고 생각해 보세요. 가령 개혁 후보를 어떻게 해서라도 막아야만 하는 정치인이 있다고 말입니다. 그래서 사생활을 조사한 결과, 제가 방금 언급한 괴팍한 사례를 발견했다고 가정해 봅시다. 그래서 그 사람이 개혁 후보를 깎아내리기 위해 박사님 회사를 이상적인 대리인으로 선택하고, 박사님을 찾아가 이렇게 얘기한 겁니다. '누구누구는 사람들과 함께 음식을 전혀 먹지 않으니까 로봇이다. 그리고 나는 그 사람이 일하는 도중에 잠자는 걸 한 번도 본 적이 없다. 그리고 한밤중에 그 집 창문을 훔쳐보니 그 사람이 의자에 앉아 책을 보고 있더라. 그리고 냉장고를 열어 보았더니 음식이 하나도 없더라.' 만일 그 사람이 이렇게 얘기했다면 박사님은 그 사람 입에

재갈을 물리시겠지요. 하지만 만일 그 사람이 '그는 결코 잠을 자지 않는다. 그는 결코 먹지도 않는다.'고 말하면 박사님은 충격을 받고 이성을 잃어서 그런 말은 결코 증명할 수 없다는 사실조차 잊어버린 채 그 사람 손에서 놀아나기 바쁘시겠지요."

하지만 래닝 박사는 끈질기게 말했다.

"검사님이 이 문제를 심각하게 받아들이든 그렇지 않든 상관없습니다. 중요한 건 검사님이 음식만 먹는다면 이 문제를 끝낼 수 있다는 사실입니다."

바이어리는 다시 여인에게 눈길을 돌렸다. 여인은 여전히 무표정한 얼굴로 바이어리를 바라보고 있었다.

"실례합니다. 제가 이름을 제대로 들었는지 모르겠군요. 수잔 캘빈 박사님 맞습니까?"

"네, 바이어리 검사님."

"'U.S.로보틱스'의 심리학자시죠?"

"네, 로봇심리학자예요."

"아, 로봇이 정신적으로 사람과 그렇게 많이 다른가요?"

수잔 캘빈은 싸늘한 웃음을 머금었다.

"각자의 세상이 있으니까요. 로봇이 근본적으로 훨씬 훌륭하죠."

법조인의 입가에 웃음이 어렸다.

"으흠, 한 방 먹었군요. 하지만 제가 말하고 싶은 건 이겁니다. 박사님은 인간심리학자이자 로봇심리학자인 동시에 여성이기 때문에 래닝 박사님이 미처 생각 못한 준비를 하셨을 거란 거요."

"그렇다면 그게 무엇일까요?"

"가방에 먹을 게 들어 있겠지요."

오랫동안 훈련된 수잔 캘빈의 냉담한 시선에 무언가가 잡혔다.

"정말 대단하시군요, 바이어리 씨."

수잔 캘빈은 가방을 열어 사과 한 알을 꺼내 바이어리에게 말없이 건네주었다. 래닝 박사는 놀란 눈으로 이 손에서 저 손으로 천천히 옮겨 가는 동작을 예리하게 바라보았다.

스테판 바이어리는 침착하게 사과를 씹어 천천히 삼켰다.

"보셨습니까, 래닝 박사님?"

래닝 박사가 이제 됐다는 웃음을 띠었다. 눈썹조차 자애롭게 보일 정도로 편안해 보이는 웃음이었다. 절망적인 순간에 살아난 평화였다.

수잔 캘빈이 말했다.

"검사님이 과연 그걸 드실 수 있는지 궁금했어요. 하지만 드셨다고 해서 달라지는 건 없어요."

바이어리가 빙그레 웃었다.

"그래요?"

"그럼요. 만일 이분이 인간처럼 생긴 로봇이라면 정말 완벽한 모방이에요, 래닝 박사님. 너무 완벽해서 오히려 믿을 수 없을 정도예요. 우리는 지금까지 다양한 유형의 로봇을 만나고 관찰했어요. 우리 앞에서는 속임수를 써 봐야 소용없어요. 모든 게 완벽해야 할 테니까요. 피부 조직과 두 눈의 홍채, 손뼈의 골격 좀 보세요. 만일 이분이 로봇이라면 저로선 'U.S.로보틱스'가 만든 제품이길 바랄 뿐이에요. 정말 너무나 훌륭하게 만들어졌거든요.

그런데 이렇게 멋진 제품을 만들 수 있는 사람이 먹고 잠자고 배설하는 몇 가지 간단한 장치를 빼먹을 리가 없어요. 안 그래요, 박사님? 지금 이런 상황 같은 비상사태에 대비해서 말예요. 그러니까 음식을 드신 건 아무것도 증명할 수 없어요."

래닝 박사가 소리쳤다.

"아니, 잠깐. 나는 두 사람이 마음대로 가지고 놀아도 되는 바보가 아니오. 나는 바이어리 씨가 사람인지 아닌지 하는 문제에는 아무 관심도 없어요. 내 관심은 우리 회사를 궁지에서 구하는 것뿐이란 말이오. 공식석상에서 음식만 먹는다면 퀸이 뭐라고 하든 더 이상 문제가 안 될 거요. 나머지 문제는 법률가하고 로봇심리학자들한테 맡기면 그만이오."

바이어리가 끼어들었다.

"하지만 래닝 박사님은 정치적인 상황을 망각하시는군요. 저는 퀸이 저를 막으려고 하는 만큼이나 간절하게 선거에 당선되고 싶습니다. 그건 그렇고, 방금 박사님이 퀸이라고 하신 거 아세요? 제가 파 놓은 함정에 빠지신 거예요. 사실 전 박사님이 그러실 줄 알고 있었습니다."

래닝 박사가 얼굴을 붉혔다.

"그게 이번 선거하고 무슨 상관입니까?"

"홍보 효과는 양쪽으로 작용하는 경향이 있답니다, 박사님. 만일 퀸이 저를 로봇이라고 부르고 싶다면, 그렇게 부를 용기가 있다면 저 역시 퀸이 원하는 방식으로 게임을 풀어 나갈 용기가 있으니까요."

"검사님 말씀은……."

래닝은 소름이 돋는 듯했다.

"그렇습니다. 그 사람이 계속 그렇게 주장하도록, 그래서 밧줄을 골라 튼튼한지 살펴보고 나서 적당한 길이로 잘라 올가미를 만든 후 자기 머리에 넣고 빙그레 웃도록 놔두겠다는 뜻입니다. 저는 가만히 구경만 하면 되겠지요."

"자신감이 대단하군요."

래닝이 말하자 수잔 캘빈이 일어났다.

"가시죠, 래닝 박사님. 검사님 생각이 바뀔 것 같지 않네요."

바이어리가 점잖게 웃었다.

"그것 보세요. 박사님은 인간심리학자이기도 하시잖아요."

그런데 그날 밤 바이어리가 차고로 연결되는 자동 주차 시설에 자동차를 대고 저택 현관을 향해 통로를 가로지를 때, 그의 얼굴에서는 래닝 박사가 말한 대단한 자신감은 보이지 않았다.

바이어리가 들어서자 휠체어에 앉아 있던 인물이 고개를 들고 웃었다. 바이어리의 얼굴에도 푸근함이 번졌다. 그는 통로를 가로질러 그쪽으로 건너갔다.

얼굴 절반이 흉터로 덮인 장애인의 한쪽으로 틀려 버린 입에서 듣기 거북한 소리가 흘러나왔다.

"늦었군, 바이어리."

"네, 선생님. 아주 재미있는 문제에 시달리느라고 늦었어요."

장애인의 흉터 가득한 얼굴이나 거친 목소리에는 아무 감정

변화도 없었지만 맑은 두 눈에는 걱정이 가득했다.

"그래? 네 힘으로 해결할 수 없는 문제야?"

"아직 확실히 모르겠어요. 선생님 도움이 필요할 것 같아요. 정원으로 모시고 나갈까요? 참 아름다운 저녁이거든요."

장애인이 두 팔을 짚고 휠체어에서 일어서자 바이어리는 어루만지듯 조심스럽게 장애인의 어깨를 한쪽 팔로 감고, 붕대에 감긴 다리 밑으로 다른 팔을 집어넣었다. 바이어리는 장애인을 안고 조심스럽게 천천히 거실을 가로질러 휠체어가 다닐 수 있도록 만든 완만한 경사로를 내려갔다. 그리고 뒷문을 지나 담과 철사로 막은 저택 뒤쪽 정원으로 들어섰다.

"내가 휠체어를 끄는 게 더 나을 텐데, 바이어리. 이렇게 하니까 괜히 이상하잖아."

"하고 싶어서 그래요. 싫으세요? 제가 선생님을 밖으로 모시고 나오는 걸 좋아하는 만큼 선생님도 전동 휠체어 없이 다니는 걸 좋아하시잖아요. 그래, 오늘은 뭘 하고 보내셨어요?"

바이어리는 장애인을 시원한 풀밭에 아주 조심스럽게 내려놓았다.

"어떻게 지냈냐고? 네 문제가 뭔지나 말해 봐."

"퀸이 제가 로봇이라고 주장하면서 그 주장을 선거에 써먹으려고 해요."

장애인이 두 눈을 크게 떴다.

"어디서 들은 얘기야? 어떻게 그런 일이 있을 수 있지?"

"우리 사무실에 'U.S.로보틱스'의 거물급 과학자를 보내 조사해 갔어요. 하지만 괜찮아요."

장애인은 두 손으로 잡초를 뽑았다.

"그렇군, 알겠어."

"마음대로 하게 두세요. 제게 좋은 생각이 있거든요. 제 생각을 들어 보시고 괜찮은지 말씀해 주세요……."

그날 밤 알프레드 래닝의 사무실에서 벌어진 장면은 정말 볼 만했다. 프랜시스 퀸은 생각에 깊이 잠긴 채 알프레드 래닝을 바라보고, 래닝은 수잔 캘빈을 사납게 바라보았으며, 수잔 캘빈은 퀸을 냉정하게 바라보았다.

프랜시스 퀸이 가벼운 말투로 무거운 주제를 꺼냈다.

"허세를 부리는 게 분명해요. 겉으로만 괜찮은 척하는 거예요."

수잔 캘빈 박사가 매몰차게 물었다.

"그렇다면 도박을 계속하겠다는 겁니까, 퀸 선생?"

"사실 도박은 당신네가 하는 거겠죠."

래닝이 어이없다는 얼굴로 소리쳤다.

"이것 봐요. 우린 당신이 말한 대로 했어요. 그 사람이 먹는 걸 직접 확인했다고요. 그 사람이 로봇이라는 건 말도 안 되는 소립니다."

퀸이 수잔 캘빈에게 물었다.

"박사님도 그렇게 생각하세요? 래닝 박사님은 당신이 전문가라고 하시던데."

"수잔 캘빈……."

래닝 박사가 거의 협박하는 말투로 말했지만, 퀸이 부드럽게 가로챘다.

"수잔 캘빈 박사님이 직접 말씀하게 놔두시죠. 벌써 30분 동안 기둥처럼 가만히 계시기만 하니까요."

래닝 박사는 짜증을 참고서 이렇게 말했다.

"좋습니다. 당신이 말하시오, 수잔 캘빈. 방해하지 않겠소."

수잔 캘빈은 차분하게 래닝 박사를 바라보다가 퀸을 노려보았다.

"바이어리 씨가 로봇이라는 걸 구체적으로 입증할 방법은 딱 두 가지밖에 없습니다, 선생. 지금까지 선생은 정황 증거만 제시했지 확실한 증거는 하나도 못 댔습니다. 그리고 바이어리 씨는 아주 똑똑하기 때문에 그런 공격에 아주 잘 대처할 겁니다. 선생도 그렇게 생각하겠지요. 그렇지 않으면 여기까지 찾아오지 않았을 테니까요. 증거에는 물리적인 증거와 심리적인 증거가 있습니다. 물리적인 증거를 대려면 그 사람을 해부하거나 엑스레이를 찍어 봐야 합니다. 그건 선생이 알아서 할 문제입니다. 심리적인 증거를 대려면 그 사람의 언행을 연구해야 하는데, 만일 그 사람이 양전자 로봇이라면 로봇공학 3원칙에 따라야 합니다. 양전자 두뇌는 세 가지 원칙 없이는 만들 수 없기 때문입니다. 세 가지 원칙에 대해선 알고 있겠죠, 퀸 선생?"

수잔 캘빈이 묻자 퀸이 가볍게 대답했다.

"들어 본 적은 있습니다."

심리학자는 쌀쌀맞은 말투로 계속했다.

"그렇다면 이 문제를 잘 이해하겠군요. 세 가지 원칙 가운데 하나만 어겨도 바이어리 씨는 로봇이 아닙니다. 불행하게도 한쪽 주장이 옳다는 의미니까요. 하지만 그가 세 가지 원칙에 합당하게 행동하면 어느 쪽 주장도 증명할 수 없습니다."

퀸이 눈썹을 슬며시 치켜 올렸다.

"그건 또 왜 그런가요, 박사님?"

"로봇의 세 가지 원칙은 인간 세상의 윤리 기준에 합당한 기본 원칙이기 때문입니다. 인간은 누구나 자기 보호 본능을 갖고 있습니다. 로봇에게 이것은 제3원칙입니다. 그리고 공동체에 대한 의식과 책임감을 지닌 '좋은' 인간이라면 누구나 합당한 권위에 따라야 할 것입니다. 의사나 직장 상사, 정부 기관, 심리 상담원과 동료의 말을 존중하고, 법을 지키고, 규칙을 따르고, 전통에 순응할 것입니다. 설사 그것 때문에 자신의 안위와 평안이 손상되더라도 말입니다. 로봇에게 이것은 제2원칙입니다. 그리고 '좋은' 사람이라면 이웃을 사랑하고, 서로를 보호하며, 타인을 구하기 위해 모든 위험을 감수할 것입니다. 로봇에게 이것은 제1원칙입니다. 간단하게 말해서…… 만일 바이어리 씨가 로봇의 세 가지 원칙을 모두 따를 경우에 그는 로봇일 수도 있고, 아주 좋은 사람일 수도 있다는 뜻입니다."

퀸이 반박했다.

"그렇다면 그가 로봇이라는 사실을 결코 증명할 수 없다는 겁니까?"

"그가 로봇이 아니라는 사실은 증명할 수 있을 겁니다."

"그건 내가 바라는 증명이 아닙니다."

"그렇다면 원하는 증거를 직접 찾아보세요. 그러고 싶어 하는 사람은 선생밖에 없으니까."

바로 이때 래닝 박사의 머릿속에 갑자기 어떤 생각이 떠올랐다. 래닝은 천천히 말했다.

"검사란 직업은 로봇에게는 아주 이상한 직업이라는 생각 해 본 적 없습니까? 인간을 기소하고…… 사형을 구형하고…… 다양하게 억압하는……."

퀸이 갑자기 머리를 돌리며 반발했다.

"안 돼요. 그런 식으로 빠져나갈 순 없습니다. 검사 생활을 한다고 해서 그가 인간이 되는 건 아니에요. 그의 재판 기록 못 보셨습니까? 지금까지 무고한 사람을 절대 기소하지 않았고, 범행 증거가 충분하지 않다는 이유 때문에 기소조차 안 한 사례가 수십 건이나 되고, 범죄자에게 심하게 구는 배심원하고 논쟁까지 할 수 있다고 그가 늘 자랑하는 거 모르세요?"

래닝의 뾰족한 턱이 가늘게 떨렸다.

"아닙니다, 퀸. 그게 아니에요. 로봇의 기본 원칙에 의하면 그 어떤 로봇도 인간에게 죄를 물을 수 없습니다. 로봇은 인간이 죽어야 할지 말아야 할지 판단할 수 없어요. 절대 불가능하죠. 로봇은 인간에게 해를 입힐 수 없습니다. 그 사람이 아무리 나쁜 사람이어도 말입니다."

수잔 캘빈이 피곤한 듯 말했다.

"래닝 박사님, 바보 같은 말씀 하지 마세요. 안에 사람이 있는 저택에 총을 쏘려고 하는 미친놈이 있으면 로봇은 어떻게 해야 하죠? 아마 그 미친놈을 당장 꼼짝 못하게 묶어야 할 거예요. 그렇지 않나요?"

"물론 그럴 거요."

"그런데 꼼짝 못하게 하기 위해서 그 미친놈을 죽여야 한다면……."

래닝의 목에서 희미한 신음이 흘러나왔다. 그게 전부였다.

"그건 이래요, 래닝 박사님. 물론 로봇은 그 미친놈을 죽이지 않으려고 최선을 다하겠지요. 미친놈이 죽게 되면 그 로봇은 갈등이 일어날 때마다 머리가 돌지 모르기 때문에 정신 치료도 받아야 하고요. 제1원칙을 지키기 위해서 제1원칙을 어겼으니까요."

래닝이 한껏 비꼬는 말투로 물었다.

"그러면 바이어리 씨가 정신이 돌기라도 했단 말이오?"

"아니에요. 사람을 직접 죽인 적은 없어요. 어느 특정인이 사회 구성원 다수에게 위험할 수 있다는 사실을 구체적으로 밝혀낸 것뿐이에요. 그는 선량한 다수를 보호해 왔고, 그런 만큼 제1원칙에 최대한 충실했던 거죠. 그가 하는 일은 이 정도로 충분해요. 피의자가 유죄인지 무죄인지 결정하는 건 배심원이고, 범죄자에게 사형을 비롯해 다양한 형벌을 내리는 사람은 판사니까요. 또한 범죄자를 가두는 사람은 간수고, 사형을 시키는 사람은 사형 집행인이에요. 바이어리 씨의 역할은 진실을 밝혀서 사회에 기여한 것밖에 없어요.

사실을 말씀드리면, 퀸 선생, 선생이 우리에게 이 문제를 제기한 직후에 바이어리 씨의 경력을 조사해 봤어요. 배심원에게 마감 연설을 할 때 사형을 요구한 적이 한 번도 없더군요. 그리고 사형제 폐지를 위해 연설하고, 범죄자의 신경생리학에 관련된 조사 연구 기관에 상당한 돈을 기부한다는 사실도 알아냈어요. 범죄자를 형벌로 누르기보다 치료하는 쪽이 훨씬 좋다고 믿고 있는 게 확실해요. 정말 의미심장한 사실이죠."

퀸이 빙그레 웃었다.

"그래요? 로봇 냄새가 물씬 풍기는 의미심장한 사실이겠지요."

"그럴 수도 있어요. 굳이 부인할 필요는 없겠죠. 그런 행동은 그가 로봇이기 때문일 수도 있고, 아주 명예롭고 고귀한 인간이기 때문일 수도 있으니까요. 하지만 선생이 알아야 할 건 로봇하고 아주 훌륭한 인간은 잘 구분할 수 없다는 사실이에요."

퀸은 의자에 몸을 묻었다. 초조한 듯 목소리가 떨렸다.

"래닝 박사님, 로봇을 인간하고 아주 똑같아 보이게 만들 순 있나요?"

래닝은 헛기침을 하며 생각에 잠겼다. 그러고는 마지못해 대답했다.

"우리 회사에서 실험 삼아 작업을 해 본 적이 있습니다. 물론 양전자 두뇌까지 부착한 적은 없지만요. 구멍이 많은 실리콘 플라스틱으로 뼈대를 만들고, 인간의 난자와 호르몬을 이용해 뼈대 위에 인간의 살과 피부를 생성시켜서 외관상 차이가 없게 만들었지요. 두 눈과 머리카락, 그리고 피부는 가짜가 아니라 진짜 인간과 똑같다고 할 수 있습니다."

퀸이 짧게 물었다.

"그런 거 한 대 만드는 데 얼마나 걸리나요?"

래닝은 가만히 생각했다.

"두뇌, 뼈대, 난자, 필수 호르몬, 복사열 등 필요한 요소가 모두 있으면…… 두 달 정도면 됩니다."

정치인이 의자에서 몸을 똑바로 폈다.

"그렇다면 바이어리 검사 몸속에 뭐가 들어 있는지 들여다보는 게 좋겠군요. 'U.S.로보틱스'에 좋은 홍보 기회가 될 테니 귀사에 맡기겠습니다."

두 사람만 남게 되자 래닝 박사는 수잔 캘빈 박사를 불만스럽게 바라보았다.

"괜히 고집을 부려서……."

그러자 수잔 캘빈이 아주 예민하게 받아쳤다.

"박사님이 원하시는 게 뭔가요? 진실입니까, 제 사표입니까? 이 정도는 'U.S.로보틱스'가 충분히 헤쳐 나갈 수 있어요. 겁낼 필요가 없다고요."

래닝이 반박했다.

"저 사람이 바이어리 씨 속을 들여다보면, 그래서 기계 부품과 기어가 쏟아져 나오면 어떻게 할 거요? 그러면 어떻게 할 거냐고!"

수잔 캘빈이 무시하듯 말했다.

"저 사람은 바이어리 씨 속을 들여다볼 수 없어요. 바이어리 씨는 저 사람보다 지혜로우니까요."

바이어리가 후보 지명을 받기 일주일 전, 갑자기 소문이 터져 나왔다. 아니, 터져 나왔다는 건 옳은 표현이 아니다. 도시 전역에 소문이 퍼져 나갔다. 여기저기서 비난이 쏟아지고 소문은 무성해져 갔다. 퀸이 여러 방면으로 노력한 덕택에 비난과 소문은 점점 힘을 얻었고, 사람들의 마음은 흔들렸다.

정당대회 자체도 아주 무의미하게 진행되었다. 도전하는 경쟁자도 없었다. 공식 후보자로 지명될 사람은 일주일 전부터 확실한 우세를 점한 바이어리밖에 없었다. 온갖 소문이 난무했지만 대타로 내세울 인물이 없었다. 그들은 바이어리를 선택할 수밖에 없었다. 모든 게 혼란스러웠다.

일반 대중은 극악한 소문을 사실로 믿으며 흥분하는 쪽과 말도 안 되는 음모라며 흥분하는 쪽으로 첨예하게 대립했다. 둘 중 하나에 끼지 않으면 이상하게 생각할 정도였다.

바이어리가 형식적인 절차를 밟아 후보에 지명된 다음 날, 신문사에서는 마침내 '로봇심리학과 양전자에 관한 세계적인 권위자' 수잔 캘빈 박사와 길게 인터뷰한 내용 가운데 중요한 부분을 발췌해 발표했다. 그 내용은 너무나 끔찍했다.

이것은 근본주의자들이 기다려 오던 신호탄이었다. 그들은 정치 조직도 아니었고, 특정 종교색도 없는 듯 보였다. 그들은 대개 예전의 '원자력 시대'에 적응하지 못한 사람들이었다. 원자력이 가장 소중한 시대에 말이다. 그래서 검소한 생활을 선호하며 삶 자체를 추구한다고 주장하면서도 정작 그렇게 검소하게 사는 것 같지는 않았다. 주장만 그렇게 할 뿐이었다.

근본주의자들은 로봇과 로봇 제조 업체를 무조건 경멸하고 있었다. 퀸이 제기한 문제와 수잔 캘빈의 분석은 근본주의자들의 경멸감을 집결시키기에 충분했다.

'U.S.로보틱스'의 거대한 공장은 군중이 시위를 벌이는 중심지가 되어 무장 병력이 지키고 나섰다. 전쟁이라도 일어날 듯한 분위기였다.

그리고 경찰은 도심에 있는 스테판 바이어리의 저택을 삼엄하게 경계했다.

어차피 선거 운동이 시작되면 다른 이슈들은 모두 수면 아래로 가라앉고, 후보 지명에서 선출까지 관심은 오직 한 가지로 모여질 터였다!

스테판 바이어리는 성가시게 구는 작은 남자에게 전혀 신경을 쓰지 않았다. 그 뒤에 제복을 입고 늘어서 있는 사람들에게도 그다지 관심을 기울이지 않고 편안하게 지냈다. 저택 바깥에 튼튼하게 둘러쳐진 경호용 저지선 너머에서는 기자들과 사진사들이 기다리고 있었다. 어느 방송국에서는 아무도 없는 검사의 검소한 저택 입구에 엑스레이가 장착된 카메라의 초점을 맞추어 놓고 그 앞에서 잔뜩 흥분한 아나운서가 거친 말을 쏟아 내기도 했다.

성가시게 구는 작은 남자가 바이어리에게 다가오더니 두툼한 서류 뭉치를 내밀었다.

"바이어리 씨, 이건 법원이 이 저택 안팎에 불법 사항이…… 가령…… 로봇 인간이나 로봇 같은 게…… 존재하는지 여부를 수색하도록 명령한 영장입니다."

바이어리는 반쯤 일어나 서류 뭉치를 받아 들고는 무관심한 표정으로 살짝 살펴보더니 빙그레 웃으면서 돌려주었다.

"알겠습니다. 둘러보시죠. 잘해 보세요."

그러고는 옆방에 엉거주춤 서 있는 가정부에게 말했다.

"이분 좀 안내해 드리고, 필요한 게 있으면 도와 드리세요."

하로웨이라는 이름의 이 작은 남자는 바이어리의 눈길을 사로잡지 못해 얼굴이 시뻘게져서는 경찰관 두 명에게 "이리 오세요." 하고 중얼거렸다.

하로웨이는 10분 만에 돌아왔다.

"다 끝났습니까?"

바이어리가 아무 상관도 없는 사람처럼 가볍게 물었다. 그러자 어설픈 목소리로 입을 열던 하로웨이는 목청을 가다듬고서 짐짓 화가 난 듯 말했다.

"이봐요, 바이어리 씨. 이 저택을 아주 철저하게 수색하라는 특별 지시가 있었습니다."

"철저하게 수색하시지 않았나요?"

"수색할 대상을 구체적으로 하달받았습니다."

"그래서요?"

"쉽게 말해서, 바이어리 씨, 장황하게 설명할 필요 없이, 당신을 수색하라는 지시를 받았습니다."

그러자 바이어리가 활짝 웃으며 반문했다.

"나를요? 어떻게 할 생각인데요?"

"엑스선 촬영 설비를 가져왔습니다."

"나더러 엑스선 촬영을 받으란 말입니까? 당신한테 그럴 권한이 있나요?"

"아까 영장 보셨잖습니까."

"그럼 다시 좀 볼 수 있겠지요?"

하로웨이는 이마를 번쩍이며 영장 서류를 다시 건네주었다.

바이어리가 평상심을 유지하며 말했다.

"여기에 당신이 수색할 대상이 정확히 적혀 있군요. 내가 읽어 보죠. '에반스트론 윌로우 그로브 355번지 소재 스테판 엘른 바이어리 소유 주택, 주차장, 창고 등 부속 건물, 그리고 딸린 소유물 전부…… 음…… 기타 등등.' 정리가 아주 잘 되어 있군요. 하지만 내 몸속을 수색하라는 내용은 어디에도 없네요. 나는 이 집에 딸린 소유물이 아니니까요. 내가 주머니에 로봇을 숨겨 놓았다고 생각하신다면 내 옷을 뒤지는 것까진 괜찮습니다."

하로웨이는 자신이 누구를 위해 일해야 하는지 정확히 알고 있었다. 이대로 물러날 순 없었다. 훨씬 좋은 자리가, 훨씬 높은 봉급이 기다리고 있지 않은가!

하로웨이는 약간 허세를 부리며 말했다.

"이보세요, 나는 이 집에 있는 모든 소유물을, 이 안에 있는 모든 물건을 수색할 권한이 있어요. 그리고 지금 당신은 이 건물 안에 있어요!"

"정말 놀라운 관찰력이군요. 지금 내가 이 건물 안에 있는 건 맞습니다. 하지만 나는 소유물도 물건도 아니에요. 시민권이 있는 성인으로서⋯⋯ 이 사실을 증명하는 증명서도 있고⋯⋯ 지역 헌법이 규정한 시민의 권리를 보장받고 있어요. 나를 수색하려면 시민권 침해라는 죄목을 감수해야 할 겁니다. 이 서류에는 그런 내용이 없으니 말이에요.”

"물론입니다. 하지만 만일 당신이 로봇이라면 시민권을 인정받을 수 없습니다.”

"그 말도 맞아요. 하지만 그래도 이 서류로는 부족합니다. 이 서류에는 내가 인간이라는 뜻이 강하게 담겨 있으니까요.”

하로웨이가 영장 서류를 낚아챘다.

"이 서류 어디에 그런 게 있단 말입니까?”

"'스테판 엘른 바이어리 소유 주택' 기타 등등. 로봇은 재산을 소유할 수 없습니다. 그리고 당신을 고용한 사람에게 전하세요, 하로웨이 씨. 나를 인간으로 인정한 내용이 빠진 영장을 다시 발부받으려고 한다면 헌법 정신과 민사 소송법을 어긴 게 되기 때문에 지금까지 확보한 구체적인 증거로 내가 로봇이라는 걸 증명해야 한다는 사실을. 그렇지 않으면 지역 헌법이 나한테 보장한 시민권을 부당하게 앗아 간 책임을 톡톡히 치러야 할 거란 사실을. 그럴 수 있겠죠?”

하로웨이는 문으로 뚜벅뚜벅 걸어가다 등을 돌리더니 "정말 빈틈이 없는 법조인이시군.” 하고 말하면서 한 손을 주머니에 넣었다. 그러고는 순간적으로 가만히 서 있다가 빙그레 웃으면서 엑스선 카메라가 초점을 맞추고 있는 저택 입구로 걸어가 기자들에게 손을 흔들며 소리쳤다.

"내일이면 여러분께 좋은 소식을 알려 드릴 수 있을 겁니다. 농담이 아니에요."

하로웨이는 승용차에 들어가 편히 앉은 다음 주머니에서 조그만 장치를 꺼내 자세히 살펴보았다. 엑스선 카메라로 사진을 찍기는 이번이 처음이었다. 사진을 제대로 찍었기만 바랄 뿐이었다.

퀸과 바이어리는 직접 대면한 적이 한 번도 없었다. 하지만 영상 전화는 서로 얼굴을 맞댄 것과 비슷했다. 비록 검은 점과 빛을 모아 전송하는 것이긴 하지만 표현만 놓고 보면 얼굴을 맞댄다는 말은 정확한 표현이었다.

먼저 전화를 건 사람은 퀸이었다. 그리고 특별한 인사말 없이 먼저 입을 연 것도 퀸이었다.

"바이어리 씨, 궁금해할 것 같아서 하는 말인데, 당신 몸에 엑스선 차단막이 설치되어 있다는 사실을 널리 알릴 생각이오."

"그래요? 그렇다면 벌써 널리 알려졌을 것 같군요. 현재 여러 언론 매체가 내 전화기를 도청하고 있으니 말입니다. 사무실 전화들도 여기저기 구멍이 뚫려 있는 덕분에 지난주부터 이렇게 집에만 틀어박혀 있지 뭡니까."

바이어리는 친구와 잡담을 나누는 것처럼 편안해 보였다. 퀸의 입술이 약간 굳었다.

"이 전화선은 방어벽을 설치한 거요. 철저하게. 지금 난 위험을 무릅쓰고 전화를 건 겁니다."

"그럴 거라고 생각했어요. 당신이 이번 소문의 배후라는 걸 아무도 모를 테니까. 그러나 이 사실을 공식적으로 아는 사람도 없지만 비공식적으로는 모르는 사람도 없을 테니 나로선 걱정할 필요도 없습니다. 그래, 내가 엑스선 차단막을 설치했다고요? 며칠 전에 당신의 충실한 개가 엑스선 카메라로 찍어서 알아냈나 보군요."

"그건 당신이 두려워서 엑스선 촬영도 못한다는 사실을 만천하에 드러낸 거라는 걸 알고 있겠죠?"

"그러는 당신은 당신하고 당신의 충실한 개가 내 사생활과 시민권 자체를 불법으로 침해했다는 사실은 알고 있겠죠?"

"그런 걸 신경 쓰는 사람은 아무도 없소."

"그럴까요? 이 문제가 당신하고 나의 선거 운동을 상징할 수도 있는데, 안 그래요? 당신은 개인의 권리에 아무 관심도 없지만 나는 관심이 아주 많거든요. 결코 엑스선 촬영에 굴복하지 않을 것입니다. 나는 나 자신의 권리를 원칙에 합당하게 끝까지 지킬 것이며, 선거에 당선되면 다른 사람의 권리도 끝까지 지킬 것이기 때문입니다."

"그 정도면 아주 흥미진진한 연설이 되겠군. 하지만 믿을 사람이 하나도 없을 거요."

그러더니 말투가 갑자기 힘차게 바뀌었다.

"또 하나, 그날 밤 당신 집에 사는 사람이 조금 바뀌었더군."

"무슨 소리죠?"

퀸이 서류 뭉치를 뒤져 영상으로 보여 주었다.

"보고 내용에 따르면 한 사람이 빠져 있었소. 장애인 말이오."

바이어리가 아무렇지도 않다는 듯 대답했다.

"당신이 말한 장애인은 우리 선생님이신데, 나와 함께 살다가 지금은 지방으로 가셨어요. 벌써 두 달이 되었군요. 병원에서 일반적으로 표현하는 '절대 휴식 요망' 때문이지요. 그런데 요양 가는 것도 당신에게 허락을 받고 가야 하나요?"

"당신 선생? 과학자라는 사람 말이오?"

"예전에는 법률가이셨지요. 장애인이 되기 전까진. 생물심리학 전문가라는 정부 인증서도 있고, 개인 연구실도 있기 때문에 연구 내용을 상세히 기입해서 정부 허가를 받는다는 정도는 알려 드릴 수 있겠군요. 작업 내용은 별다른 해가 없는, 불쌍한 장애인의 취미 수준이고, 나는 최선을 다해 도와 드리지요."

"그렇군요. 그렇다면 그…… 선생은…… 로봇 제작 방법을 알고 있소?"

"그건 내가 잘 모르는 영역이라서 선생님 실력이 어떤지 모르겠군요."

"그 사람이 양전자 두뇌를 만들 수 있나요?"

"'U.S.로보틱스'에 있는 당신 친구들한테 물어보시죠. 그 사람들이 알고 있을 테니까."

"짧게 말하겠소, 바이어리 씨. 당신의 장애인 선생이 진짜 스테판 바이어리요. 당신은 그 사람이 만든 로봇이고. 증명할 수 있소. 자동차 사고를 당한 것도 당신이 아니라 그 사람이오. 기록을 확인할 방법이 있을 거요."

"그래요? 그럼 그렇게 하시죠. 잘되길 바랍니다."

"그리고 당신의 선생이란 사람이 가 있다는 지방을 수색해서 필요한 정보를 알아낼 수도 있겠지요."

바이어리가 환하게 웃었다.

"그래요? 하지만 좋은 방법이 아닌 것 같군요. 안타깝게도 우리 선생님이 환자라서 말이에요. 지금 묵고 있는 곳도 요양 시설이고. 이런 상황이라면 법이 그분의 사생활을 훨씬 강력하게 보호하거든요. 별다른 명분 없이 그분이 쉬는 곳을 수색할 영장을 받을 수는 없을 겁니다. 그래도 하겠다면 굳이 반대할 이유는 없겠지만요."

침묵이 흘렀다. 퀸이 윗몸을 앞으로 기울여 얼굴을 들이대며 이마를 선명하게 드러내고는 말했다.

"바이어리 씨, 계속 버티는 이유가 뭐요? 당신은 선거에서 이길 수 없소."

"그래요?"

"그럼 이길 거라고 생각하는 거요? 세 가지 원칙을 깨뜨리는 방법으로 쉽게 해명할 수 있는데도 불구하고 당신이 로봇이라는 주장을 반박하지 않는다면, 사람들은 당신을 로봇이라고 생각할 수밖에 없소."

"지금까지 파악한 건, 내가 대도시 지방검사 신분이긴 해도 그리 널리 알려진 인물이 아니었는데 이젠 세계적으로 유명한 인물이 되었다는 것 정도입니다. 당신이 훌륭하게 홍보해 준 덕분에."

"하지만 당신은 로봇이야."

"당신 주장에 의하면 그렇지만, 증명된 건 없지요."

"유권자들도 다 알고 있을 거야."

"그렇다면 안심하셔도 되겠네요. 당신이 이길 테니까."
"비열한 놈······."
퀸은 악의에 가득 차 말을 내뱉고는 영상 전화를 끊어 버렸다.
"그럼 안녕히."
바이어리는 아무도 없는 영상을 향해 태연하게 말했다.

바이어리는 투표 일주일 전에 '선생님'을 모셔 왔다. 공중 승용차가 인적이 드문 지역에 멈춰 섰다. 바이어리가 장애인에게 말했다.
"투표가 끝날 때까지 여기 계세요. 상황이 나빠질 때를 대비하는 게 좋을 것 같아서요."
장애인의 뒤틀린 입에서 고통스럽게 흘러나오는 거친 목소리에는 걱정이 가득 담겨 있었다.
"폭동이 일어날 것 같은가?"
"근본주의자들이 협박을 하고 있으니까 그럴 수도 있어요. 하지만 그 정도까지 가진 않을 거예요. 근본주의자들은 힘이 없거든요. 가끔씩 폭동을 선동하는 정도죠. 여기 계셔도 괜찮겠어요? 선생님 문제를 해결해 두지 않으면 제가 제대로 움직일 수 없을 것 같아요."
"그래, 여기 있을게. 그런데 아직도 모든 게 계획대로 진행될 거라고 생각하나?"
"확실해요. 거기서 선생님을 괴롭힌 사람은 없었나요?"
"그래, 없었어."

"그럼 선생님이 맡은 일은 잘됐어요?"

"아주 잘됐어. 그 부분은 아무 문제 없을 거야."

마디진 손이 자신의 손을 움켜잡자 바이어리도 그 손을 꼭 움켜잡았다.

"그럼 몸조심하시고, 텔레비전으로 지켜보세요, 선생님."

렌톤의 이마에 의혹의 주름살이 깊이 파였다. 렌톤은 선거 운동 자체가 불가능한 상황에서 선거 참모라는 전혀 반갑지 않은 직책을 맡고 있었다. 바이어리가 선거 전략을 드러내지도 않았고, 선거 참모인 자신의 제안도 받아들이지 않았기 때문이다. 참모는 툭하면 이렇게 말했는데, 사실은 할 말이 그것밖에 없기도 했다.

"그러면 안 돼! 분명히 말하는데, 바이어리, 그러면 안 돼!"

렌톤이 앞으로 나서면서 이렇게 말했지만 검사는 타이핑해 놓은 연설 원고만 뒤적일 뿐이었다.

"그만 내려놔, 바이어리. 저기 좀 보라고. 근본주의자들이 계속 군중을 선동하고 있어. 아무도 자네 연설을 안 들을 거야. 그러다 돌팔매질이나 당할 거라고. 지금 이런 상황에서 도대체 뭣 때문에 군중 앞에서 연설을 하겠다는 거야?"

바이어리가 침착하게 물었다.

"자네는 내가 선거에서 이기길 원해. 안 그래?"

"선거에서 이겨? 자네는 못 이겨, 바이어리. 지금 난 자네 목숨을 구하려는 거야."

"아, 나는 위험하지 않아."

렌톤은 어이가 없다는 듯 말했다.

"위험하지 않다고? 위험하지 않다니! 지금 발코니에 서서 정신 나간 폭도 5만 명을 앞에 두고 뻔한 말을 늘어놓으려고 하면서! 발코니에 선 중세의 독재자처럼!"

바이어리가 손목시계를 들여다보며 말했다.

"약 5분 후에…… 텔레비전 중계가 시작되면."

렌톤이 뭐라고 대답을 했지만 거의 알아들을 수 없었다.

선거 유세장에 설치한 저지선 건너편에는 군중이 가득했다. 군중으로 대규모 토대를 만들고, 그 위에 많은 나무와 건물을 세운 것 같았다. 그리고 전 세계가 극초단파 생중계로 이 장면을 지켜보고 있었다. 지방 선거임에도 불구하고 세계 전체가 관심을 보이고 있는 것이다. 바이어리는 이런 상황을 떠올리며 빙그레 웃었다.

하지만 군중 자체를 보면 그렇게 웃을 이유가 하나도 없었다. 그가 로봇임을 비난하는 온갖 플래카드와 깃발과 고함이 가득했

기 때문이다. 군중들은 점점 더 호전적이 되어 가고 있었다.

애당초 연설은 아무 성과도 없었다. 폭도들이 무분별하게 외쳐 대는 고함과, 폭도 한가운데서 더 심한 폭도 역할을 하는 근본주의자 집단이 규칙적으로 외쳐 대는 소리에 파묻혀 버렸기 때문이다. 하지만 바이어리는 침착하게 연설을 계속했다.

건물 안에서는 렌톤이 머리카락을 움켜쥐며 신음했다. 그는 곧 일어날 유혈 사태를 기다리고 있었다.

맨 앞줄에서 다급한 움직임이 일어났다. 깡마른 시민 한 명이 앞으로 튀어나왔다. 경찰이 그를 잡기 위해 달려갔으나 바이어리가 황급히 손을 흔들어 경찰을 제지했다.

깡마른 남자가 발코니 바로 밑까지 나아가 큰 소리로 외쳤지만 군중의 함성에 묻혀 버렸다.

바이어리는 상체를 앞으로 숙이고는 "뭐라고 하셨나요? 합법적인 질문을 하신다면 대답해 드리겠습니다." 하고 말한 다음 옆에 있는 경호원에게 말했다.

"저분을 이리 모셔 오세요."

군중 사이에 긴장감이 돌기 시작하면서 여기저기에서 "조용히 해!" 하는 소리가 미친 듯이 일다가 사라졌다. 깡마른 남자는 벌게진 얼굴로 숨을 헐떡이며 바이어리를 마주 보았다.

바이어리가 물었다.

"궁금한 게 있습니까?"

깡마른 남자는 바이어리를 노려보더니 쉰 목소리로 외쳤다.

"나를 때려 봐!"

그러고는 갑자기 턱을 앞으로 쭉 내밀었다.

"나를 때려 보라고! 로봇이 아니란 걸 어서 증명해 보이란 말이야. 당신은 인간을 못 때려, 이 괴물아!"

순간적으로 이상한 침묵이 흘렀다. 바이어리의 목소리가 침묵에 마침표를 찍었다.

"당신을 때릴 이유가 없습니다."

깡마른 남자가 큰 소리로 웃었다.

"네놈은 날 때릴 수 없어. 절대 불가능하지. 네놈은 인간이 아니야. 인간처럼 보이는 괴물이지!"

그러자 바이어리는 입술을 꼭 깨물고는 군중 수만 명이 쳐다보고 있고, 영상을 통해 전 세계가 지켜보는 앞에서 주먹을 뒤로 빼더니 남자의 턱을 제대로 때렸다. 남자는 뒤로 물러나며 푹 쓰러졌다. 어이없어하는 얼굴에 놀라움이 가득했다.

바이어리가 말했다.

"미안합니다. 이분을 잘 보살펴 드리세요. 연설이 끝나고 나면 이분하고 이야기를 나누고 싶습니다."

수잔 캘빈 박사는 예약석에서 일어나 자동차를 타고 떠났다. 충격에서 겨우 벗어난 기자 한 명이 그녀를 뒤쫓아가며 들리지 않는 질문을 외쳐 댔다. 수잔 캘빈은 어깨너머로 소리쳤다.

"그는 인간이에요."

그것으로 충분했다.

그리고 바이어리의 나머지 연설은 '말은 해도 들리지는 않는' 형태로 진행되었다.

수잔 캘빈 박사와 스테판 바이어리가 다시 만났다. 바이어리가 시장에 취임하기 일주일 전, 자정이 지난 늦은 시각이었다.

수잔 캘빈 박사가 말했다.

"피곤해 보이지 않는군요."

시장 당선자가 빙그레 웃었다.

"오랫동안 안 자도 괜찮아요. 퀸에겐 말하지 마세요."

"그럴게요. 하지만 얘기를 꺼냈으니 말인데, 퀸이 재미있는 말을 했다더군요. 제 입으로 흘리기가 좀 뭐한데, 무슨 내용인지 알고 계시죠?"

"조금은 알아요."

"'정말 극적인 장면이 펼쳐졌다. 원래 스테판 바이어리는 젊은 법조인에 강력한 연설가이자 위대한 이상주의자였다……. 그리고 생물물리학에도 조예가 깊었다…….' 로봇공학에 관심 있으세요, 바이어리 씨?"

"합법적인 측면에 한해서는 관심이 있지요."

"'스테판 바이어리는 그런 사람이었다. 하지만 자동차 사고가 일어났다. 바이어리 부인은 사망하고, 바이어리 자신은 중상을 입었다. 두 다리를 잃고, 얼굴도 잃고, 목소리도 잃었다. 마음의 일부도 뒤틀려 버렸다. 외과 수술은 안 받는 편이 나을 정도였다. 결국 그는 자리에서 물러났고, 법적인 경력도 사라졌다. 머리에 든 지식과 두 손만 남았다. 그는 어떤 방법을 통해 지금까지 개발된 것 가운데 기능이 가장 뛰어난 두뇌, 특히 윤리적인 문제를 제대로 판단할 만큼 아주 뛰어난 능력을 지닌 복잡한 양전자 두뇌를 구할 수 있었다. 그는 이 두뇌를 집어넣을 몸체를 개발했다. 그런 다음 자신이 예전에 하던, 하지만 이제는 하지 못하게 된 모든 것을 훈련시켰다. 그리고 스테판 바이어리라는 이름으로 세상에 내보낸 다음 자신은 아무도 주목하지 않는 늙은 장애인 선생이 되어 뒤를 받쳐 주었다.'"

시장 당선자가 끼어들었다.

"그런데 불행하게도 사람을 때려서 모든 걸 망쳤어요. 신문에서도 제가 인간일 경우에 공식적으로 저지른 최초의 범죄라고 할 정도였지요."

"그런데 어떻게 그럴 수 있었어요? 말해 주지 않을래요? 분명 우연은 아닐 텐데요."

"완전히 우연은 아니에요. 작업은 대부분 퀸이 한 셈이에요. 저는 제가 사람을 때린 적이 한 번도 없고 아무리 화를 돋워도 그럴 수 없다는 사실을 조용히 퍼뜨렸어요. 그게 바로 제가 로봇이라는 구체적인 증거임을 덧붙여서요. 그래서 일부러 말도 안 되는 상황에서 군중 앞에 서서 연설을 하려고

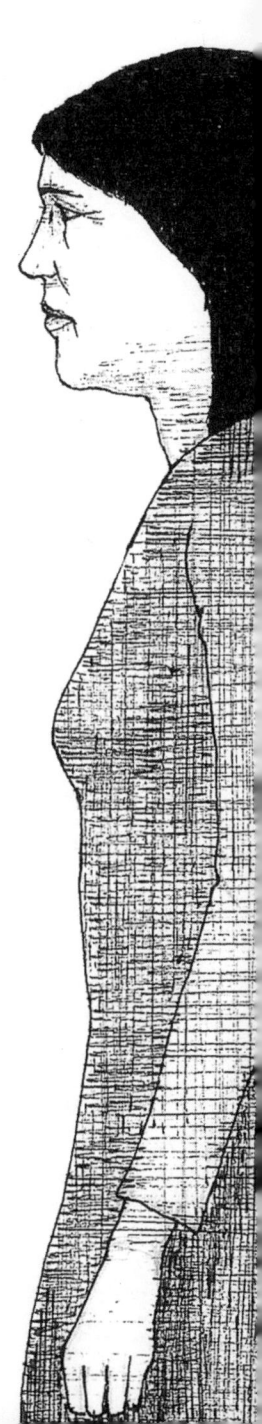

준비한 겁니다. 온갖 고함이 터져 나와 결국에는 어떤 바보가 함정에 빠질 수밖에 없는 상황에서 말예요. 이런 것을 책략이라고 하지요. 인위적으로 조성한 분위기에 의해 모든 일이 스스로 진행되도록 하는 것. 그래서 의도한 대로 급격한 여론의 변화에 힘입어 선거에서 이기는 것."

로봇심리학자가 고개를 끄덕였다.

"다른 정치인들처럼 당신도 내 전문 영역을 침범하는군요. 하지만 그렇게 돼서 참 안타까워요. 물론 난 로봇이 좋아요. 인간보다 훨씬 좋아하지요. 만일 로봇이 공직 생활을 해도 된다면 정말 훌륭한 공직자가 될 거예요. 로봇의 기본 원칙 때문에 인간에게 해를 끼칠 수 없고, 독재나 부정부패는 물론이고 멍청한 편견도 갖지 않을 테니까요. 임기를 훌륭하게 채운 다음에는 공직에서 물러나면 되는 거예요. 사람들이 불멸의 존재나 로봇이 자신들을 통치했다는 사실을 알고 상처를 받으면 안 되니까요. 가장 이상적인 시나리오라고 할 수 있죠."

"선천적으로 두뇌가 우수하지 못해서 실패할 수 있다는 사실만 빼면 말입니다. 양전자 두뇌는 인간의 복잡한 두뇌를 결코 쫓아갈 수 없으니까요."

"그 부분은 조언자가 있으면 되겠지요. 아무리 뛰어난 인간도 누군가의 도움은 받아야 하니까요."

바이어리는 수잔 캘빈을 호기심 어린 눈빛으로 바라보았다.

"그런데 왜 웃으시는 거예요, 수잔 캘빈 박사님?"

"퀸 씨가 미처 생각 못한 게 있어서요."

"그 사람이 주장한 것 말고 다른 내용이 있다는 뜻이군요."

"아마도. 퀸 씨가 말한 그 스테판 바이어리는, 장애가 심한 이 사람은 투표가 시작되기 3개월 전에 아주 비밀스러운 이유 때문에 지방으로 내려갔어요. 그러고는 당신이 그 유명한 연설을 할 즈음 때맞춰 돌아왔지요. 이 장애인은 예전에 이런 작업을 해 본 적이 있으니까 두 번째도 쉽게 할 수 있었죠. 두 번째 작업은 첫 번째에 비해 더 간단했을 거예요."

"무슨 말씀인지 모르겠군요."

수잔 캘빈 박사가 일어나 옷자락을 똑바로 폈다. 떠날 준비를 하는 게 분명했다.

"로봇이 제1원칙을 깨뜨리지 않고 인간을 때릴 수 있는 방법이 한 가지 있다는 뜻이에요. 딱 하나."

"그게 뭔데요?"

수잔 캘빈 박사가 문께로 걸어가다가 불쑥 말했다.

"매를 맞는 상대도 로봇일 경우겠죠."

활짝 웃는 수잔의 얼굴이 밝게 빛났다.

"그럼 잘 있어요, 바이어리 씨. 5년 후에 또 당신에게 투표할 수 있기를 바라요. 지역 조정자 선거에서 말예요."

스테판 바이어리가 껄껄 웃었다.

"너무 무리한 요구인데요."

수잔 캘빈은 밖으로 나가 문을 닫았다.

★　　★　　★

나는 일종의 공포심을 느끼며 수잔 캘빈 박사를 바라보았다.

"그게 사실이에요?"

"모두 다 사실이에요."

"그럼 그 위대한 바이어리 씨가 로봇이었군요."

"아, 그걸 구체적으로 밝힐 방법은 영원히 사라졌어요. 죽기로 결정한 다음에 그는 자신을 철저하게 분해했죠. 합법적인 증거가 하나도 남지 않도록……. 그리고 사실이 드러난다고 해서 무슨 차이가 있겠어요?"

"그야……."

"로봇에 대해 근거 없는 편견을 갖고 있군요. 바이어리 씨는 아주 훌륭한 시장이었고, 5년 후에는 지역의 전체 조정자가 됐어요. 그리고 2044년에 지구의 모든 지역이 연합체를 구성할 때 최초의 세계 조정자가 되었지요. 어차피 그 즈음엔 세상 전체를 움직이는 힘도 기계에서 나오긴 했지만 말이에요."

"그래요. 하지만……."

"그런 식의 말은 이제 그만 해요! 기계는 로봇이고, 로봇은 세상을 움직이고 있어요. 나도 이 모든 진실을 불과 5년 전에 알았어요. 2052년, 바이어리가 두 번째 세계 조정자 임기를 마치던 해에 말이에요."

Ⅲ할 수 있는 갈등

조정자의 서재에는 골동품인 중세의 벽난로가 있었다. 중세 인간은 우리와는 다른 방법으로 벽난로를 사용했던 것 같다. 당시에는 벽난로에 지금과 같은 기능이 전혀 없었기 때문이다. 투명한 석영 뒤 깊숙한 곳에서 불길이 조용히 넘실거리며 피어올랐다.

아주 멀리서 도시의 모든 건물에 조금씩 보내는 에너지 빔이 통나무에서 타오르는 불길처럼 보였다. 점화를 제어하는 장치가 먼저 타오른 재를 치우고 새 통나무가 들어올 자리를 만드는 장면을 연출하기도 했다. 아주 가정적인 분위기를 풍기는 벽난로였다.

하지만 불은 진짜였다. 소리 장치까지 있어서 나무가 딱딱 타는 소리도 나고, 불길이 산소를 향해 달려들기도 했다.

조정자가 들고 있는 빨간 유리잔에 점잖게 뛰노는 불길이 조그맣게 반사되고, 깊은 생각에 잠긴 그의 눈동자는 더 조그맣게 반사되었다. 그리고 조정자가 손님으로 초청한 'U.S.로보틱스'의 수잔 캘빈 박사의 쌀쌀맞은 눈동자도 반사되었다.

조정자가 말했다.

"단지 사교적인 목적으로 여기까지 오시라고 한 건 아닙니다,

수잔 캘빈 박사님."

수잔 캘빈이 대답했다.

"짐작하고 있었어요, 바이어리 씨."

"그런데 제가 느낀 문제점을 어떻게 말씀드려야 좋을지 모르겠군요. 어찌 생각하면 전혀 문제가 안 될 것 같기도 하지만 다르게 생각하면 인류가 멸망할 가능성도 있는 것 같아서요."

"나는 지금까지 아주 많은 문제에 맞닥뜨렸어요, 바이어리 씨. 제가 겪어 온 대부분의 문제들이 그런 느낌을 주는 것 같더군요."

"그래요? 그렇다면 얘길 듣고 판단해 보세요. '세계 철강 회사'가 철강 2만 롱톤 과잉 생산을 통보했습니다. 멕시코 해협 완공은 두 달째 늦어지고 있어요. 알마덴에 있는 수은 광산은 지난봄부터 생산량이 줄어드는 추세고, 톈진에 있는 수경 재배 농장에서는 직원을 계속 해고하고 있습니다. 이와 유사한 문제가 많지만 지금 당장 떠오르는 건 이 정도예요."

"모두 심각한 문제인가요? 그런 문제가 불러올 엄청난 결과를 파악할 만한 경제 지식이 없어서요."

"문제 자체는 그리 심각하지 않아요. 상황이 악화되면 철광 노동자를 알마덴으로 보내고, 톈진에 인력이 넘치면 일부를 자바나 실론으로 보내도 되니까요. 과잉 생산한 철강 2만 롱톤도 며칠이면 전 세계에서 모두 소비할 수 있고, 멕시코 해협이 계획한 날짜보다 두 달 늦어진다고 해도 그리 큰 문제는 아닙니다. 제가 걱정하는 건 '슈퍼 컴퓨터'예요……. 이 문제에 대해서는 'U.S.로보틱스'의 연구 책임자에게 이미 말을 했습니다만……."

"빈센트 실버한테요? 나한테는 별 얘기 없던데요?"

"아무한테도 말하지 말라고 부탁했거든요. 아직까지는 부탁한 대로 하는 것 같군요."

"그가 뭐라던가요?"

"차근차근 설명할게요. 우선 슈퍼 컴퓨터에 대한 것부터 말씀드리고 싶습니다. 그런 다음에 그 얘기를 할게요. 지금 현재로선 이 세상에서 저를 도와줄 만큼 로봇을 잘 이해하는 사람은 박사님밖에 없으니까요. 지금 제가 너무 냉정하게 말하고 있나요?"

"바이어리 씨, 오늘 저녁은 얘기하고 싶은 게 있으면 다 해도 돼요. 우선 나한테 확인하고 싶은 내용부터."

"완벽한 시스템으로 수요와 공급을 조절하고 있는데 앞에서 말한 불균형이 일어난다는 건 지금 당장은 아무렇지 않지만 결국은 마지막 전쟁으로 발전할 가능성이 있다는 뜻이에요."

"흠, 계속 설명하세요."

수잔 캘빈은 편안한 의자에 앉아 있으면서도 절대 긴장을 늦추지 않았다. 가는 입술과 냉정한 얼굴, 그리고 억양이 없는 말투에서 세월의 무게가 느껴졌다. 스테판 바이어리는 자신이 믿고 좋아할 수 있는 유일한 남성인데도 칠십 평생을 살아오는 동안 쌓인 습관은 쉽게 달라지지 않았다.

"수잔 캘빈 박사님, 인간 사회는 각각의 발전 단계마다 독특한 갈등을 겪었고, 그 모든 갈등은 결국 힘으로 해결했어요. 하지만 불행하게도 그건 문제를 해결하는 데 별로 도움이 되지 않았습니다. '권총의 힘이 아니라 눈물의 힘으로'라는 속담처럼 경제와 사회 환경이 변하면서 새로운 유형의 갈등이 나타나고 사라졌어요. 그래서 새로운 문제가 나타나고, 새로운 전쟁이 일어났지요. 끝없는 악순환처럼 말예요.

비교적 가까운 역사를 봅시다. 16세기에서 18세기 사이에 왕족 가문끼리 계속 전쟁을 벌였는데, 이때 유럽에서 가장 중요한 문제는 대륙을 지배하는 가문이 합스부르크 왕가인가 발루아 부르봉 왕가인가 하는 문제였어요. '피할 수 없는 갈등' 가운데 하나였지요. 유럽을 두 쪽으로 나눌 순 없었으니까요. 이 전쟁을 비롯한 그 어떤 전쟁도 기존의 문제를 깨끗이 쓸어 버리고 새로운 문제를 설정하지 못했어요. 1789년에 프랑스 사회에 새로운 분위기가 일어 처음에는 부르봉 왕가, 그리고 나중에는 합스부르크 왕가까지 역사의 소각로에 들어가 완전히 사라질 때까지 말예요.

그리고 같은 기간에 유럽에서는 구교냐 신교냐 하는 중요한 문제를 둘러싸고 아주 야만적인 종교 전쟁이 일어났지요. 이번에도 유럽이 반반으로 나뉠 순 없으니 결국은 칼부림을 할 수밖에 없는 '피할 수 없는 갈등'이었어요. 그런데 그다음에는 달랐어요. 영국에서 산업혁명이 일어나고, 대륙 전체에 민족주의가 고양되었기 때문이지요. 그래서 오늘날까지 유럽이 절반으로 나뉘어 있지만 이제는 아무도 신경 쓰지 않아요. 19세기와 20세기에는 민족주의와 제국주의 사이에서 전쟁이 일어났는데, 이 시기에 가장 중요했던 문제는 유럽의 어느 나라가 어떤 비유럽 지역의 경제 자원과 소비 자원을 통제하느냐 하는 것이었지요. 비유럽 지역 전체가 영국의 일부이면서 프랑스의 일부, 그리고 독일의 일부로 존재할 순 없으니까요. 그러다가 마침내 민족주의 세력이 활발하게 일어나 비유럽 지역이 전쟁으로도 해결하지 못한 문제를 종식하고, 마침내 비유럽 사람으로 편하게 살아가는 방식을 찾아냈지요. 그래서 우리는 일정한 형태로……."

수잔 캘빈이 끼어들었다.

"그래요, 바이어리 씨. 하지만 너무 평범한 내용이군요. 심오한 통찰력이 보이지 않아요."

"그래요. 하지만 이런 분명한 문제를 평상시에는 못 보고 있어요. '네 얼굴에 달린 코만큼이나 분명하다.'는 말이 있지요. 하지만 우리가 우리 얼굴에 달린 코를 과연 몇 번이나 볼 수 있을까요? 다른 사람이 앞에서 거울을 들어 주지 않는 한 말이에요. 수잔 캘빈 박사님, 20세기에 우리는 새로운 유형의 전쟁을 시작했어요. 뭐라고 부르면 좋을까요? 이념 전쟁? 경제 구조에 파고든 종교적 열정? 초자연적인 열정? 이번에도 전쟁은 '피할 수 없는 갈등'의 결과였는데, 중요한 건 원자 폭탄 때문에 인류는 불가피성을 불가피하게 낭비하는 고통을 더 이상 견디지 않아도 되게 되었다는 거예요. 이런 와중에 양전자 로봇이 생겨난 거지요.

아주 적절한 시기에 로봇이 나타났고, 로봇의 도움으로 급기야 초공간 여행까지 가능해졌어요. 그래서 이제 더 이상 애덤 스미스나 칼 마르크스 가운데 어느 쪽을 선택하느냐는 중요하지 않게 되었어요. 새로운 환경에서는 어느 쪽도 그다지 타당하지 않으니까요. 결국 양쪽이 새로운 환경에 적응하면서 갈등도 거의 끝나고 말았지요."

"기계로 만든 신이 등장한 거군요."

수잔 캘빈이 차분하게 말하자 조정자가 부드럽게 웃었다.

"이렇게 재미있는 말씀을 하신 건 이번이 처음이에요, 수잔 박사님. 그 말씀이 옳아요. 그런데 또 다른 위험이 생겨난 거예요. 한 문제를 해결하면 또 다른 문제가 생겨날 수밖에 없으니까요. 새롭게 생겨난 지구 규모의 로봇 경제에도 독특한 문제가 나타날 수밖에 없고, 바로 그 때문에 초대형 슈퍼 컴퓨터를 만든 거예요. 지구 경제는 지금도 안정되어 있고, 앞으로도 안정적일 거예요. 로봇 제1원칙으로 인해 가슴 깊이 좋은 심성을 간직한 슈퍼 컴퓨터가 내리는 판단을 근거로 모든 걸 운영하기 때문이에요."

스테판 바이어리는 계속 말을 이었다.

"연산 회로를 사상 최고로 집적한 거대한 규모이긴 하지만 슈퍼 컴퓨터도 여전히 제1원칙의 지배를 받는 로봇이고, 그래서 지구 규모의 경제는 인류에게 최선의 이익이 되도록 조화를 이루고 있어요. 지구에 사는 모든 인간은 실직이나, 과잉 생산이나, 물자 부족 사태가 일어나지 않는다는 걸 알아요. 낭비와 기근은 과거의 이야기가 되었지요. 그리고 생산 수단 소유 문제도 사라지고 있어요. 이런 표현이 의미가 있는지 모르겠지만 생산 수단을 소유한 주체가 누구든, 한 인간이든 그룹이든, 국가든 인류 전체든 생산 수단을 슈퍼 컴퓨터가 제시한 방식대로 운영할 수밖에 없어요. 외부에서 강제하기 때문이 아니라 그러는 게 가장 현명하다는 사실을 알기 때문이지요. 그래서 결국 전쟁이 사라진 거예요. 최악의 전쟁은 물론 새로운 유형의 모든 전쟁까지. 그런데……."

오랜 침묵이 흐른 후 수잔 캘빈 박사가 물었다.

"그런데요?"

불길이 사그라들며 통나무를 따라 스치듯 지나가다 갑자기 불꽃이 튀어올랐다.

조정자가 대답했다.

"그런데 슈퍼 컴퓨터가 그 기능을 충족하지 않아요."

"알겠어요. 바로 그것 때문에 아까 언급한 몇 가지 사소한 불일치가 일어난 거군요. 철강이나 수경 재배 같은."

"맞아요. 그런 오류는 없어야 하는 거예요. 그 사실을 이야기 했더니 빈센트 실버 박사가 그러더군요. 그런 일은 도저히 일어날 수 없다고요."

"사실을 인정하지 않아요? 정말 이상하군요!"

"아니에요. 당연히 사실을 인정해요. 제 표현이 이상했어요. 실버 박사 말은 슈퍼 컴퓨터에서 일어난 오류는 해답 자체의 오류가 아니라는 거예요. 슈퍼 컴퓨터는 스스로 오류를 교정할 능력이 있는데, 계전기 회로에 오류가 생겨서 기본 원칙의 속성이 흔들릴 수 있다는 거지요. 그래서 제가……."

"그래서 당신은 어쨌든 직원들에게 그걸 점검해 확실히 알아보라고 지시했겠죠."

"수잔 캘빈 박사님, 제 마음을 읽으시는군요. 그래요, 바로 그렇게 말했어요. 그런데 실버 박사가 그럴 수 없다고 하더군요."

"너무 바빠서요?"

"그런 능력을 가진 사람이 없어서요. 아주 솔직한 대답이에요.

제가 제대로 이해했는지 모르지만, 그의 말이 슈퍼 컴퓨터는 거대한 기술의 누적이라고 하더군요. 그래서 수학자들이 팀을 짜서 몇 년을 연구해 양전자 두뇌로 하여금 수학적 계산 행위를 하도록 만들었고, 다시 이 양전자 두뇌를 이용해서 연산 능력이 훨씬 뛰어난 아주 복잡한 두뇌를 만들고, 또다시 이 두뇌를 이용해 그보다 더 복잡한 두뇌를 만드는 식이었는데, 실버 박사에 따르면 우리가 슈퍼 컴퓨터라고 부르는 로봇은 이런 단계를 열 번이나 거친 결과물이라는 거예요.”

“그래요, 그런 것 같아요. 그런데 다행히도 나는 수학자가 아니에요……. 불쌍한 빈센트 실버. 실버는 아직 젊어요. 이 사람 전에 연구를 책임졌던 알프레드 래닝과 피터 보거트 박사는 모두 사망했는데, 다들 그런 문제에 시달린 적이 없었어요. 나도 그렇고요. 이제 로봇공학 전체가 사라지겠군요. 우리 손으로 만든 물건을 우리가 더 이상 파악할 수 없으니.”

“그렇지 않아요. 슈퍼 컴퓨터는 신으로 섬겨야 할 슈퍼 두뇌가 아니에요. 가끔 그렇게 보일 때도 있지만, 그건 자신이 배정받은 지역에서 거의 무한에 가까운 자료와 그 상관관계를 아주 짧은 시간에 수집하고 분석하다 보니 인간의 구체적인 통제 영역 이상으로 발전한 것뿐이에요. 그래서 제가 약간 다른 방식을 시도했어요. 슈퍼 컴퓨터에게 직접 물어봤지요. 철강 생산량을 결정하게 된 최초의 자료, 최초의 해답, 그리고 구체적인 진행 내용, 즉 과잉 생산 결과를 극비로 입력한 거예요. 그러고 나서 일치하지 않는 부분에 대해 설명해 달라고 요구했어요.”

"잘했어요. 그래, 어떤 대답이 나오던가요?"

"단어 하나도 빠뜨리지 않고 그대로 말씀드릴게요. '이 문제에 관해서는 그 어떤 설명도 받아들일 수 없습니다.'"

"빈센트 실버는 그 일을 어떻게 해석하던가요?"

"두 가지 방식으로요. 하나는 우리가 슈퍼 컴퓨터에 구체적으로 대답하는 데 충분한 자료를 입력하지 않았다는 것인데, 이건 가능성이 적은 이야기예요. 그건 빈센트 실버 박사도 인정했어요. 또 하나는 인간에게 해를 끼칠 수 있는 내용이라서 대답할 수 없다고 하는 거예요. 제1원칙 때문에요. 그러더니 저한테 박사님을 만나 보라고 하더군요."

수잔 캘빈은 아주 피곤해 보였다.

"나는 늙은 사람이에요, 스테판 바이어리 씨. 피터 보거트가 사망하자 사람들이 나를 연구 책임자로 지명했는데 거절했어요. 그때도 적은 나이가 아니었던 데다가 막중한 책임감이 싫었거든요. 그러자 사람들은 젊은 빈센트 실버를 그 자리에 앉혔어요. 나도 그 결정에 만족했고요. 그런데 이제 와서 내가 무슨 영화를 보겠다고 이런 어려운 일에 말려들겠어요?

스테판 바이어리 씨, 내 입장을 정확히 밝힐게요. 내 전문 영역은 로봇공학의 세 가지 원칙을 기준으로 로봇의 행위를 해석하는 거예요. 그리고 지금 우리 앞에는 계산 능력이 놀라운 슈퍼 컴퓨터들이 있어요. 그들은 양전자 두뇌를 가지고 있어서 로봇의 기본 원칙에 복종하지만 인격을 완전히 갖추고 있지는 않아요. 기능도 극단적으로 제한되어 있지요. 사실 그럴 수밖에요. 극히 전문화되어 있으니까요. 그래서 기본 원칙이 서로 충돌할 가능성이 거의 없고, 내가 조사하는 방식도 거의 쓸모가 없어요. 한마디로 당신을 도와줄 수 없다는 뜻이에요, 스테판 바이어리 씨."

조정자가 짧게 웃었다.

"제 얘기를 듣고 나서 판단하시죠. 제 생각을 말씀드릴 테니까 들어 보시고 나서 로봇심리학으로 볼 때 과연 가능한지 여부를 알려 주세요."

"좋아요. 얘기해 보세요."

"슈퍼 컴퓨터가 오류를 일으킬 수 없다고 전제하면 그들이 틀린 해답을 내놓았다는 건 한 가지 이유밖에 없어요. 입력된 자료가 엉터리라는 거예요! 쉽게 말해서 문제는 인간이지 로봇이 아니라는 거죠! 그래서 최근에 지구 각 지역을 조사하러 다녔어요……."

"이제 막 뉴욕으로 돌아왔고요."

"네. 어쩔 수 없었지요. 말씀드렸다시피 각 지역을 담당하는 슈퍼 컴퓨터 네 대가 모두 불완전한 결과를 내놓는 바람에."

"아, 하지만 그건 서로 연결되어 있어요, 스테판 바이어리 씨. 슈퍼 컴퓨터 한 대가 불완전하면 자동적으로 다른 세 대에 영향을 미치게 돼요. 서로가 내놓은 결과를 근거로 판단하기 때문에 한 대가 불완전하면 모두가 불완전해지는 거예요. 전제가 틀리니까 대답도 틀리는 거죠."

"음, 그렇겠군요. 각 지역을 담당하는 조정자와 일일이 인터뷰한 내용이 여기 있어요. 같이 보실래요? 아, 그보다 먼저, 혹시

'인간을 위한 사회'라는 조직에 대해 들어 보셨어요?"

"네, 불공정 노동력 경쟁 등을 이유로 양전자 로봇을 사용하지 못하게 하던 옛날부터 'U.S.로보틱스'를 방해하던 근본주의자 집단에서 파생된 조직이죠. '인간을 위한 사회' 자체가 슈퍼 컴퓨터에 반대하는 집단이에요. 그렇지 않나요?"

"그래요, 그래. 하지만…… 음, 이 문제는 조금 후에 다시 거론하기로 하고, 그럼 시작할까요? 동부 지역부터 시작합시다."

"그러죠……."

동부 지역

- 규모 : 1천 2백만 제곱킬로미터
- 인구 : 17억 명
- 수도 : 상하이

중국 본토에 살던 칭효린의 증조부는 일본의 중국 침략 당시에 살해되었는데, 그에게는 부친의 죽음을 애도하는 효심이 깊은 자녀 말고는 아무것도 없었다. 칭효린의 조부는 40년대 중반의 국공 내전을 겪고 살아남았는데, 그에게도 아버지가 살아남은 사실을 고맙게 여기는 효심 깊은 자녀 말고는 아무것도 없었다.

칭효린은 아직까지 동부 지역 주민의 경제 문제 절반 이상을 책임지는 지역 조정자라는 직책을 맡고 있다.

그런 사실 때문인지 사무실 벽에는 지도 두 장 외에는 아무것도 붙어 있지 않았다. 하나는 1~2에이커 정도의 땅을 손으로 그린 지도로, 옛날에 중국에서 쓰던 한문이 적혀 있었다. 낡은 지도 가장자리에는 작은 개울이 흐르고, 그 주변에는 멋지게 그린 작은 오두막 몇 채가 있는데 그 가운데 하나가 칭의 할아버지가 태어난 곳이었다.

러시아의 키릴 문자로 산뜻하게 표시한 아주 크고 정교하게 그려진 지도도 있었다. 동부 지역을 나타내는 빨간 경계선에는 예전의 중국과 인도, 미얀마, 인도차이나, 인도네시아 등 광대한 영토가 모두 들어가 있었다. 옛날 사천성이 있던 지점에는 아무도 볼 수 없는 작은 표시가 있는데, 칭이 예전에 소유했던 농장이 있던 자리였다.

칭은 두 지도 앞에서 능숙한 영어로 스테판 바이어리와 이야기를 나누었다.

"조정자께서는 제 직위가 별로 할 일 없는 한직이라는 사실을 누구보다 잘 아실 겁니다. 물론 지역 행정부를 대표하고 사회적 지위가 보장되는 자리인 건 분명하지만 사실 거의 모든 일은 슈퍼 컴퓨터가 하고 있습니다! 경께서는 텐진의 수경 재배 농장에 대해서 어떻게 생각하십니까?"

바이어리가 대답했다.

"대단한 규모더군요!"

"하지만 그건 수십 개 가운데 하나에 불과할 뿐 제일 큰 농장도 아닙니다. 상하이, 캘커타, 바타비아, 방콕 등 사방으로 광범위하게 뻗어 나가 지금 현재는 17억 5천만 명에 달하는 동부 지역 인구를 먹여살리고 있습니다."

바이어리가 말했다.

"그런데도 지금 텐진에서는 직원을 해고하고 있습니다. 어떻게 텐진에서 과잉 생산이 일어날 수 있습니까? 아시아 지역이 너무 많은 식량 때문에 시달린다는 사실이 앞뒤가 안 맞습니다."

칭의 검은 눈동자 주변에 주름이 잡혔다.

"아닙니다. 아직 그 정도까지는 아니에요. 지난 몇 개월 사이에 텐진에 있는 작은 농장 몇 곳을 폐쇄한 건 사실이지만 그건 심각한 문제가 아닙니다. 직원을 한시적으로 해고한 것에 불과하니까요. 그리고 다른 농장에서 일해도 괜찮다는 사람은 스리랑카의 콜롬보로 보냈습니다. 콜롬보에 새 농장을 만들어서 가동하고 있기 때문입니다."

"그러면서 농장 여러 곳을 폐쇄한 이유는 뭡니까?"

바이어리가 묻자 칭이 부드럽게 웃었다.

"제가 보기에 조정자께서는 수경 재배에 대해서 모르시는 게 많은 것 같습니다. 하기야 그리 놀랄 일도 아니지요. 경은 북부 출신이시고, 북부에서는 여전히 농지 재배가 성행하고 있으니까요. 북부 사람들은 수경 재배를 화학 용액에다 순무를 재배하는 정도로 알겠지요. 하긴 틀린 생각도 아니에요. 그 과정이 굉장히 복잡하다는 사실만 제외하면 말입니다. 무엇보다 우선 저희가 재배하는, 그리고 그 비율이 계속 늘어나는 제일 큰 농사는 효모입니다. 우리가 생산하는 효모 균주는 2천 종이 넘고, 매달 새 균주를 개발하고 있습니다. 다양한 효모를 키우는 기본적인 화학 비료로는 무기질 가운데 질산칼륨과 인산염, 그리고 미량의 광물질, 극소량의 붕소와 몰리브덴을 혼합한 것이 있고, 유기물로는 섬유소를 가수 분해해서 추출한 당분 혼합물이 대부분이지만 여기에 다양한 요소를 첨가해야 합니다. 수경 재배에 성공하려면, 그래서 17억이라는 인구를 먹여살리려면 동부 지역 전역에 광범위한 삼림 조성 사업을 벌여야 하고, 거대한 목재소를 지어 남부의 정글 문제를 해소해야 하고, 전력과 철강, 그리고 화학 합성 공장까지 지어야 합니다."

"화학 합성 공장은 무엇 때문에 필요한 겁니까?"

"바이어리 경, 그건 효모 균주 각각이 모두 독특한 특성을 지니고 있기 때문입니다. 아까도 말한 것처럼 우리는 지금까지 2천 개가 넘는 균주를 개발했습니다. 사람들이 쇠고기 스테이크라고 생각하며 먹는 것도 효모고, 후식으로 먹는 냉동 과일 역시 냉동 효모입니다. 지금 우리는 온갖 음식의 맛과 질과 영양분을 그대로 함유한 다양한 효모를 즙으로 내려 음식을 만들고 있습니다. 사람들이 효모를 좋아하게 된 건 무엇보다 맛 때문이고, 우리 이 맛을 살리기 위해 다양한 균주를 인위적으로 정교하게 제작하고 있습니다. 그리고 이런 균주는 염분과 당분이라는 기본적인 영양소로, 스스로 생성이 되지는 않습니다. 비오틴이 필요한 균주도 있고, 페트롤글루타민산이 필요한 균주도 있고, 충분한 비타민 B와 아미노산 열일곱 가지가 필요한 균주도 있지만 어떤 균주는, 이건 인기가 아주 좋아서 경제적인 관점에서 배제할 수가 없는데……."

바이어리가 자리에서 움직였다.

"이런 사실을 자세히 설명하시는 이유가 뭔가요?"

"경께서 물어보셨으니까요. 텐진에서 직원을 해고한 이유가 뭐냐고요! 설명드릴 내용이 더 있습니다. 우리는 효모에게 먹일 다양한 성분이 필요하기도 하지만 현대의 유행이라는 복잡한 요소도 감안해야 하고, 나아가 새로운 욕구와 새로운 유행에 대비해 새로운 균주도 개발해야 합니다. 우리는 이 모든 걸 예상해야 하고, 그 작업은 슈퍼 컴퓨터가 담당하고 있습니다……."

"하지만 완벽하지 않지요."

"그렇게 불완전하지도 않습니다. 제가 언급한 복잡한 요소를 생각하면 말입니다. 물론 텐진의 노동자 수천 명이 한시적으로 직장을 잃은 건 사실입니다. 하지만 하자가 있는 공급이나 하자가 있는 수요라는 측면에서, 작년 한 해 동안 낭비한 총량은 전체 생산량 가운데 1천분의 1도 안 된다는 사실을 생각해 보세요.

전 이걸……."

"하지만 슈퍼 컴퓨터를 처음 쓰던 당시에는 10만분의 1 정도에 불과했습니다."

"아, 하지만 슈퍼 컴퓨터를 착실하게 가동해 온 10여 년 사이에 슈퍼 컴퓨터를 이용해 효모 산업을 20배 정도나 증가시켰습니다. 비록……."

"비록 뭐요?"

"라마 브라사야나처럼 이상한 사례가 있었지만 말입니다."

"무슨 일이 있었는데요?"

"브라사야나는 바닷물 증발 공장에서 인간의 힘보다는 효모의 힘이 더 많이 작용하는 요오드 생산을 책임지고 있었는데, 그 공장이 결국에는 파산 상태에 빠지고 말았습니다."

"정말입니까? 어쩌다 그렇게 되었습니까?"

"안 믿으셔도 어쩔 수 없지만 경쟁 때문입니다. 일반적으로 슈퍼 컴퓨터가 분석하는 내용 중에서 제일 중요한 비중을 차지하는 것이 생산 품목을 가장 효율적으로 분배하는 겁니다. 특정 지역에 너무 적은 양을 공급하면 간접비에서 수송비가 너무 큰 비중을 차지하기 때문에 분명 오류이지요. 또한 특정 지역에 너무 많은 걸 공급하는 것도 오류가 분명하기 때문에 각 공장은 생산량을 낮춰 운영하거나 서로에게 피해를 주지 않으면서 경쟁해야 합니다. 그런데 브라사야나 경우에는 같은 도시에 다른 공장이 들어서서 훨씬 효율적인 증류 시스템을 갖추게 된 겁니다."

"슈퍼 컴퓨터가 그렇게 하라고 허용했나요?"

"네, 물론입니다. 그건 그리 놀라운 일이 아니에요. 새 시스템이 광범위하게 확산되고 있으니까요. 놀라운 건 슈퍼 컴퓨터가 브라사야나에게 혁신이나 합병 필요성을 경고하지 못했다는 사실입니다. 사실 그래도 문제 될 건 없습니다. 브라사야나는 새 공장에 엔지니어로 취직했고, 책임과 수입이 줄어들긴 했지만 속상해하지 않습니다. 노동자들은 직장을 쉽게 찾을 수 있고, 낡은 공장은 이런저런 과정을 거치면서 훨씬 유용한 방향으로 전환하고 있으니까요. 이 모든 걸 슈퍼 컴퓨터에 맡기고 있습니다."

"그래서 불만이 하나도 없다는 뜻이군요."

"전혀 없어요!"

열대 지역
- 규모:3천 5백만 제곱킬로미터
- 인구:5억 명
- 수도:캐피탈시티

링컨 노마의 사무실 벽에 걸려 있는 지도는 칭의 상하이 사무실에 있는 정교한 지도와는 많이 달랐다. 노마가 통치하는 열대 지역에는 검은색과 파란색으로 인쇄된, '정글', '사막', '코끼리를 비롯한 온갖 유형의 희귀 동물이 거주하는 곳' 같은 글씨가 적혀 있었다.

아주 넓은 영토였다. 열대 지역은 두 대륙 대부분, 아르헨티나 북쪽의 남미 전역과 아틀라스 남쪽의 아프리카 대륙 전체를 포함하기 때문이었다. 여기에는 리오그란데 남쪽 북미 대륙은 물론 아시아에 있는 아랍과 이란도 포함되어 있었다. 한마디로 동부 지역과 완전히 반대되는 지역이었다. 동부 지역이 세계 인구의 절반이 전체 토지의 15퍼센트밖에 안 되는 영토에서 우글거리며 사는 지역이라면, 열대 지역은 세계 인구의 15퍼센트가 전체 토지의 절반이나 되는 영토에 널리 흩어져 사는 지역이었다.

하지만 이 지역은 계속 성장하는 중이었다. 이민으로 늘어나는 인구가 출생으로 늘어나는 인구보다 많은 지역도 바로 이곳이었다. 그리고 거의 모든 이민자가 혜택을 누릴 수 있었다.

노마의 눈에는 스테판 바이어리도 험한 자연 환경을 인간에게 바람직한 환경으로 바꾸기 위해 창조적인 작업을 찾아 나선 창백한 이민자 가운데 한 명처럼 보였다. 그래서 강인한 열대 지역 출신의 강인한 사내가 햇살이 차가운 불행한 지역 출신에게 자동적으로 느끼는 경멸감이 어느 정도 묻어났다.

열대 지역은 지구 전역에서 가장 최근에 만든 도시를 수도로 사용했다. 그리고 신생 도시의 자신감을 마음껏 드러내기 위해

도시 이름도 '캐피탈시티'로 지었다. 캐피탈시티는 나이지리아의 기름진 옥토로 눈부시게 뻗어 나갔으며, 노마의 사무실 밖 멀리에는 형형색색의 생동감이 넘쳐흘렀다.

눈부신 햇살이 내리비치는 가운데 갑자기 소나기가 퍼붓더니 곧 그쳤다. 무지개빛 새들이 명랑하게 지저귀었고, 맑은 밤하늘에서는 밝은 별이 반짝였다.

노마가 웃었다. 노마는 덩치가 크고 피부가 검은, 잘생기고 강인한 남자로 장황한 느낌이 드는 구어체 영어를 썼다.

"멕시코 해협이 계획보다 늦어지고 있는 건 사실입니다. 제기랄! 하지만 결국 비슷하게 끝날 겁니다."

"지난 6개월 동안은 작업이 잘 진행되었잖습니까?"

노마는 바이어리를 쳐다보았다. 그러고는 커다란 시가 한쪽 끝을 천천히 씹은 다음 뱉어 내고, 다른 쪽 끝에 불을 붙였다.

"공식적인 조사입니까? 무슨 일이죠?"

"별일은 아니에요. 세계 조정자로서 관심을 갖는 것뿐입니다."

"으흠, 공사가 왜 늦어지는지 물어보시는 거라면, 항상 부족한 노동력 때문입니다. 우리 열대 지역에서는 사업을 아주 많이 진행하고 있어요. 해협 공사도 그 가운데 하나일 뿐……."

"하지만 슈퍼 컴퓨터가 해협 공사에 필요한 인력을 예측하지 않나요? 다른 주요 사업과 병행할 수 있도록 말입니다."

노마는 목덜미에 한 손을 올리고 담배 연기로 천장에 동그라미를 만들었다.

"좀 부족합니다."

"항상 조금씩 부족한가요?"

"뭐, 그렇게 심각한 문제는 아니에요. 우리는 자료를 계속 입력해서 슈퍼 컴퓨터가 시키는 대로 합니다. 하지만 그건 단순한 관습일 뿐입니다. 노동력을 절감하는 수단이지요. 마음만 먹으면 슈퍼 컴퓨터 없이도 작업할 수 있습니다. 효율성이 떨어지고 속도가 떨어지겠지만 그래도 해낼 수 있습니다.

우리는 이곳에서 하는 작업에 자신이 있습니다. 바로 그게 핵심입니다. 자신감! 우리에겐 수천 년을 기다려 온 새 땅이 있고, 다른 지역은 원자력 시대 이전의 지저분한 과거 때문에 아직까지 서로 갈등을 빚고 있습니다. 우리는 동부 사람들처럼 효모를 먹을 필요도 없고, 지난 세기에 당신네 북부 사람들이 그랬던 것처럼 곰팡내 나는 음식을 먹을 걱정도 없습니다. 체체파리와 말라리아모기를 박멸했기 때문에 마음껏 햇살을 즐기며 살 수 있습니다. 정글을 개발해 농토로 만들고, 사막에 물을 댄 밭으로 만들었습니다. 아직까지 손도 안 댄 지역에는 석탄과 원유가 가득하고, 사방에 온갖 광석이 널려 있습니다.

그러니 한발 물러나 계세요. 우리가 다른 지역에 요구할 건 이것밖에 없습니다. 한발 물러나라는 것, 우리 일은 우리가 알아서 하겠다는 것."

바이어리가 높낮이 없이 말했다.

"하지만 6개월 전까진 해협 공사가 계획대로 진행되었어요. 그런데 무슨 일이 생긴 거죠?"

"아까도 말씀드렸듯 노동력 문제 때문이에요."

노마가 두 손을 펼쳐 책상에 흩어져 있는 서류 뭉치를 뒤적이다 말고 중얼거렸다.

"그 서류가 여기 있었는데……. 없어도 괜찮아요. 멕시코 어디에선가 여자 문제 때문에 노동력 부족 현상이 일어난 적이 있습니다. 주변에 여자가 부족했기 때문인데, 성비에 대한 자료를 슈퍼 컴퓨터에 미처 입력하지 못한 것 같아요."

노마는 씩 웃으며 말을 마치더니 다시 차분하게 입을 열었다.

"잠깐만요. 이제 생각나네요. 빌라프랑카!"

"빌라프랑카?"

"프란시스코 빌라프랑카. 예전의 공사 책임자였지요. 제가 정리해 보겠습니다. 무슨 일이 있었고, 동굴 붕괴 사고도 있었습니다. 그래요, 맞아요. 바로 그거예요. 제 기억에 죽은 사람은 하나도 없지만 모든 게 엉망으로 변하고 말았어요. 정말 대단한 사고였죠."

"그래요?"

"빌라프랑카가 계산을 잘못했거든요. 슈퍼 컴퓨터가 그렇게 말했습니다. 빌라프랑카가 조사하고 계산한 자료를 입력했는데 해답이 서로 다르게 나왔지요. 빌라프랑카가 사용한 해답에는 해당 지역에 내릴 강우량을 변수로 넣지 않은 것 같아요. 전문가가 아니라서 잘 모르지만요. 어쨌든 대충 그런 실수였습니다.

빌라프랑카는 몹시 투덜거렸어요. 슈퍼 컴퓨터의 해답이 처음에는 달랐다는 거예요. 자신은 슈퍼 컴퓨터를 충실하게 따른 책임밖에 없대요. 그러면서 관두겠다는 겁니다! 계속 일하라고 했지만……. 기존 작업의 안정성 등을 생각해 빌라프랑카를 잡으려고 했습니다. 물론 지위를 낮춰서요. 실수를 눈감아 줄 수는 없는 거니까……. 음, 어디까지 이야기했죠?"

"계속 일하라고 했지만."

"아, 그래요. 그런데 거절하지 뭡니까. 그래도 크게 보면 두 달 늦어졌을 뿐입니다. 그 정도는 아무것도 아니지요."

바이어리가 한 손을 펴고 손가락으로 책상을 톡톡 두드렸다.

"빌라프랑카가 슈퍼 컴퓨터에게 책임을 돌렸군요. 그렇죠?"

"그래요, 자기 책임으로 돌릴 순 없으니까요. 이건 인정해야 합니다. 우리 인간은 오랜 본성까지 버릴 순 없어요. 게다가 또 다른 문제도 있는데……. 제기랄, 내가 찾는 서류는 왜 이렇게 안 보이는 거야? 서류 정리 시스템이 정말 엉망이군……. 빌라프랑카는 북부에 있는 조직의 일원이었어요. 멕시코가 북부 지역하고 너무 가깝다는 게! 바로 그게 문제였습니다."

"지금 무슨 조직을 말씀하시는 건가요?"

"'인간을 위한 사회'라고 하더군요. 빌라프랑카는 뉴욕에서 열리는 연례 총회에도 참석했습니다. 머리가 좀 이상하지만 해롭지는 않은 집단. 그 사람들은 기계를 싫어해요. 주도권을 빼앗는다고요. 그러니까 빌라프랑카도 당연히 슈퍼 컴퓨터에게 책임을 돌리겠지요. 그 집단을 이해할 수가 없습니다. 이곳 캐피탈시티에서 인간의 주도권이 사라지고 있는 것처럼 보이나요?"

캐피탈시티는 황금빛 태양 아래 찬란한 영광을 누리고 있었다. 지금까지 존재한 인종 가운데 가장 정열적이고 가장 젊은 대도시 인종인 호모케트로폴리스가 이곳에 살고 있었다.

유럽 지역
- 규모:6천 4백만 제곱킬로미터
- 인구:3억 명
- 수도:제네바

유럽 지역은 여러 가지 면에서 아주 이상한 곳이었다. 우선 규모가 제일 작은 지역이었다. 영토는 열대 지역의 5분의 1이고, 인구는 동부 지역의 5분의 1에 불과했다. 지리적으로는 원자력 시대 이전의 유럽과 상당히 유사한데, 예전의 러시아와 영국 제도가 빠진 대신 아프리카와 아시아의 지중해 연안, 대서양을 훌쩍 뛰어넘어 아르헨티나와 칠레, 우루과이를 포함하고 있는 게 다를 뿐이었다.

게다가 지구의 다른 지역에 비해 상대적으로 지위가 전혀 향상되지 않은 것처럼 보였다. 지구의 여러 지역 가운데 지난 반세기 동안 유일하게 인구가 현저히 줄어든 지역이었다. 그리고 생산 시설이 눈에 띄게 확장되지 않은 곳도, 인류 문명에 별다른 기여를 하지 않은 곳도 이 지역밖에 없었다.

마담 세게초브스카가 듣기 좋은 프랑스어로 말했다.

"유럽은 기본적으로 북부 지역의 경제적 예속물이에요. 우리도 잘 알지만 상관없어요."

경제적 종속을 받아들일 수밖에 없다는 표시라도 되는 듯 마담 세게초브스카의 사무실 벽에는 유럽 지도가 한 장도 없었다.

바이어리가 지적했다.

"하지만 이 지역에도 슈퍼 컴퓨터가 있고, 다른 지역으로부터 어떤 경제적 압력을 받지도 않습니다."

"빌어먹을 슈퍼 컴퓨터!"

마담 세게초브스카는 어깨를 으쓱하고는 긴 손가락으로 담배를 눌러 끄면서 작은 얼굴에 희미한 웃음을 머금었다.

"유럽은 활기가 없는 지역이에요. 모든 주민이 열대 지역으로 이민 가려고 애쓰고 있고, 그 때문에 지쳐 피곤한 상태죠. 그러다 보니 지역 조정자의 역할도 저처럼 힘없는 사람한테 떨어지고 말았어요. 하지만 다행스럽게도 그리 어려운 자리도 아니고, 할 일도 많지 않아요.

슈퍼 컴퓨터는 언제나 '이렇게 하세요. 그게 여러분한테 최선입니다.' 하는 말만 하지요. 하지만 뭐가 우리에게 최선이죠? 북부 지역의 경제적 예속물로 존재하는 거요? 그게 그렇게 못 견딜 일인가요? 전쟁도 없는데! 이렇게 평화롭게 사는데. 7천 년 동안 계속된 전쟁이 이제야 끝나서 기쁘기 짝이 없는데. 이곳은 노회한 지역이에요, 바이어리 경. 우리 지역엔 고대 문명이 태어난 유적지가 여러 곳 있어요. 이집트 문명과 메소포타미아 문명, 크레타 문명과 시리아 문명, 아시아 문명과 그리스 문명. 오래된 지역이라고 해서 반드시 불행한 건 아니에요. 결실을 맺을 수 있으니까요······.”

바이어리가 상냥하게 대답했다.

“그 말이 맞는 것 같습니다. 최소한 다른 지역처럼 조급하게 살 필요는 없으니까요. 이곳은 분위기가 정말 쾌적합니다.”

“그래요? 차를 가져오네요. 크림하고 설탕은 얼마나 넣을까요?”

마담 세게초브스카는 차를 조금 홀짝이고 나서 계속했다.

“여긴 정말 쾌적해요. 다른 지역은 투쟁과 변화를 환영하는 분위기인데 여기는 더없이 느긋한 곳이죠. 로마가 세상을 지배하던 시절이 있었어요. 로마는 그리스 문화와 문명을 채택했는데 정작 그리스는 한 번도 통일된 적이 없고, 스스로 전쟁을 일으켜 망해 가다가 결국 최악의 상태로 끝장나고 말았지요. 로마는 그런 그리스를 통일해 평화를 가져오고, 평민이 안전하게 살 수 있게 해주었어요. 그리스는 철학과 예술로 로마를 점령했고요. 일종의 죽음이라고 할 수도 있지만 그래도 편안했어요. 4백 년 정도는 큰 분쟁을 겪을 필요가 없었으니까요.”

바이어리가 끼어들었다.

“하지만 로마는 결국 멸망했고, 아편과 같은 꿈도 끝나고 말았지요. 물론 이젠 더 이상 과거처럼 문명 세계를 전복할 야만인은 존재하지 않습니다. 그렇지만 우리 자신이 야만인이 될 수도 있지 않을까요? 아, 그러니까 제 말은 물어볼 게 있다는 뜻이에요. 알마덴에 있는 수은 광산의 생산량이 급격히 줄었어요. 광산 채굴은 예상보다 급격히 줄어드는 경우가 드물지 않나요?"

자그마한 여자의 회색 눈동자가 긴장하며 바이어리를 날카롭게 바라보았다.

"야만인들, 문명 세계의 전복, 슈퍼 컴퓨터가 실패할 가능성. 바이어리 경의 사고방식이 어떤지 알겠어요."

바이어리가 빙그레 웃었다.

"아, 그래요? 하지만 아직까지는 인류 문명에 초점을 맞춰야겠어요. 마담 세게초브스카, 알마덴 사건이 슈퍼 컴퓨터 잘못이라고 생각하십니까?"

"저는 전혀 그렇게 생각하지 않는데, 조정자께서는 그렇게 생각하시는 것 같군요. 하기야 경도 북부 지역 출신이시니까요. 세계 조정자 사무실도 뉴욕에 있고. 전 오래전부터 북부 사람들이 왠지 모르게 슈퍼 컴퓨터를 불신한다는 느낌을 받았답니다."

"그래요?"

"북부 지역에서는 '인간을 위한 사회'가 왕성하게 활동하니까요. 하지만 우리처럼 오래된 유럽 지역 사람들은 인간이 나약하다는 걸 인정하기 때문에 회원을 모집하는 것 자체가 쉽지 않아요. 확실히 바이어리 경은 자신만만한 북부 구성원이지 냉소적인 구대륙 분위기는 아닌 것 같군요."

"그게 알마덴하고 관계가 있습니까?"

"아, 네, 그런 것 같아요. 그 광산은 '연합 수은'이 통제하고 있는데, 이 회사도 니콜라예프에 본사가 있는 북부 지역 회사니까요. 그 회사 이사진이 슈퍼 컴퓨터와 상의하면서 그 일을 진행한 건지 개인적으로 궁금할 뿐이에요. 그쪽에서는 지난달에 열린 우리 쪽 총회에 참석했다고 주장하는데……. 물론 그들이 참석하지 않았다는 증거가 있는 건 아니지만요. 아무튼 전 이런 문제에 관한 한 북부 사람들이 하는 말을 곧이곧대로 믿기가 힘들어요. 나쁜 의도로 하는 말은 아니에요. 그렇지만 결과는 해피엔딩으로 끝날 것 같아요."

"어떤 식으로 말인가요?"

"그것을 이해하시려면 과거의 대공황에 비해 규모는 아주 작지만 지난 몇 달 동안 계속된 불확실한 경제 상황이 평화에 흠뻑 젖어 있는 우리 영혼을 얼마나 크게 뒤흔들었는지 아셔야 하고, 스페인 지방에 얼마나 커다란 혼란을 야기했는지 이해하셔야 해요. '연합 수은'이 스페인 사람이 소유한 그룹에 팔릴 거란 사실은 저도 알고 있어요. 그나마 위안이 되는 소식이죠. 우리가 북부 지역에 경제적으로 예속되어 있다는 걸 생각하면 '연합 수은' 측에서는 이 사실을 노골적으로 말하기가 부끄러울 거예요. 우리 지역 주민은 더 큰 확신을 갖고 슈퍼 컴퓨터를 따를 거고요."

"그럼 이제 그곳에 더 이상 문제가 없을 거라고 생각하십니까?"

"물론이죠. 이제 아무 문제도 없을 거예요. 최소한 알마덴에서는요."

북부 지역
- 규모 : 2천 9백만 제곱킬로미터
- 인구 : 8억 명
- 수도 : 오타와

북부 지역은 여러 방면에서 최고를 달리고 있었다. 북극점에 있는 지역 조정자 히람 멕켄지의 오타와 사무실에 걸린 지도도 이 사실을 자랑스럽게 강조하고 있었다. 이 지도에는 스칸디나비아와 아이슬란드가 유럽에 포함된 걸 제외하면 북극 전체가 북부 지역에 포함되어 있었다.

이 지역은 대충 두 개의 큰 부분으로 나뉜다. 지도 왼쪽에는 리오그란데 위쪽에 있는 북미 대륙 전체가 있고, 오른쪽에는 예전의 소비에트 공화국 전체가 들어 있다. 원자력 시대 초창기에 지구 전체를 대표하던 두 강대국이 이 지역에 다 들어 있는 것이다. 예전의 두 강대국 사이에 있는 예전의 대영 제국이 유럽 진출의 교두보 역할을 한다. 지도 맨 위에는 이상하게 비틀어진 거대한 형상의 호주와 뉴질랜드가 있는데 이곳도 북부 지역의 일부였다.

지난 수십 년 동안 많은 변화가 일어났지만 북부 지역이 지구의 경제 중심지라는 사실은 한 번도 바뀐 적이 없었다. 이는 바이어리가 둘러본 각 지역의 조정자 사무실 중에서 지구 전체 지도가 걸린 곳은 맥켄지 사무실밖에 없다는 사실에서도 알 수 있었다. 다른 지역과 경쟁하는 게 전혀 두렵지 않기 때문에 자기 지역만 편애할 필요가 없다는 자신감처럼 보였다.

맥켄지가 위스키 잔을 든 채 완고하게 대답했다.

"불가능합니다, 바이어리 경. 본인은 경께서 로봇공학을 공부하신 적이 없는 것으로 알고 있습니다."

"그 말이 맞습니다."

"으흠. 그리고 안타깝지만 제가 보기엔 칭과 노마, 그리고 세계 초브스카 조정자께서도 로봇공학을 공부하신 적이 없는 것 같습니다. 지구 전역의 많은 사람들은 세계 조정자는 조직 능력도 뛰어나야 하지만 아는 게 많아야 하고, 우호적인 인물이어야 한다고 생각합니다. 요즘은 특히 로봇공학에 조예가 깊어야 하지요. 죄송합니다. 괜히 바이어리 경을 불쾌하게 만든 것 같군요."

"아닙니다. 저도 동의합니다."

"예를 들어 이미 말씀하신 내용으로 미루어 세계 경제를 운영하는 과정에서 최근에 발생한 몇 가지 사소한 이탈 현상에 대해 걱정하고 계신다는 느낌을 받았습니다. 무엇을 의심하시는지 모르겠지만, 과거에도 비슷한 이유로 슈퍼 컴퓨터에 엉터리 데이터를 입력하면 어떤 일이 벌어질지 걱정한 사람들이 있었습니다."

"그래서 어떻게 되었나요, 멕켄지 경?"

스코트 출신 조정자는 한숨을 쉬었다.

"으흠, 수집한 데이터는 인간의 손과 기계적인 검색이라는 복잡한 과정을 거쳐 선별합니다. 그래서 그런 일이 일어날 가능성은 아주 적습니다. 하지만 그런 일이 일어났다고 칩시다. 인간은 오류를 범할 가능성도 많고, 부패할 수도 있습니다. 일반 기계도 기계적인 오류를 범할 수 있으니까요.

이 문제의 핵심은, 우리가 말한 '틀린 자료'는 기존의 다른 모든 자료와 일치하지 않는다는 점입니다. 바로 이것이 우리가 옳고 그름을 가늠하는 유일한 기준입니다. 슈퍼 컴퓨터의 기준도 마찬가지고요. 예를 들어 아이오와의 7월 평균 기온이 화씨 57도라는 내용을 근거로 해서 슈퍼 컴퓨터에게 농사 방식을 내놓으라고 지시했다고 칩시다. 그러면 슈퍼 컴퓨터는 그 자료를 받아들이지도 않을 것이고, 해답도 내놓지 않을 겁니다. 구체적인 기온에 대한 특별한 선입견이 있어서 그런 것도 아니고, 해답을 도출하지 못해서도 아닙니다. 그 이유는 슈퍼 컴퓨터가 지난 수십 년 동안 접해 온 수많은 데이터에 근거할 때 7월 평균 기온이 화씨 57도일 가능성이 전혀 없다는 걸 알고 있기 때문입니다. 그래서 그 자료를 거부하는 겁니다. '틀린 자료'를 슈퍼 컴퓨터에 억지로 입력할 유일한 방법은 그 내용을 제대로 된 자료에 포함해 넣는 것입니다. 그러면 슈퍼 컴퓨터는 뛰어난 능력을 갖고 있는데도 불구하고 전체 내용이 너무 정교한 나머지 오류를 파악할 수 없게 될 것입니다. 하지만 이런 과정도 결국은 슈퍼 컴퓨터의 경험치를 조금 늘리는 것에 그치고 말 겁니다."

스테판 바이어리는 손가락 두 개를 콧잔등에 올렸다.

"그렇다면 슈퍼 컴퓨터에 손을 대는 건 불가능하겠군요. 그럼 최근의 오류에 대해서는 어떻게 생각하시나요?"

"친애하는 바이어리 조정자 경, 경께서는 기본적으로 큰 착각을, 그러니까 슈퍼 컴퓨터는 모든 걸 안다고 착각을 하고 계시는 것 같습니다. 개인적으로 경험한 일 중에서 한 가지 좋은 사례를 말씀드리겠습니다. 면화를 구입한 경험이 아주 많은 사람들이 있습니다. 이 사람들은 쌓여 있는 수많은 면화 부대에서 무작위로 소량의 면화를 꺼냅니다. 그런 다음 살펴보고, 만져 보고, 길게 풀어 보고, 필요하면 작게 자르면서 소리도 들어 보고, 혀로 맛도 봅니다. 이런 과정을 거치면서 부대 전체에 가득한 면화의 등급을 결정합니다. 면화에는 약 열 가지 등급이 있거든요. 어쨌든 자신들이 판단한 결과에 따라 구체적인 가격에 구입한 다음 일정한 비율로 섞는 겁니다. 아직까지 슈퍼 컴퓨터는 이런 구매자들의 역할을 대신할 수 없습니다."

"이유가 뭐죠? 관련 자료가 그렇게 복잡하지는 않은 것 같던데요."

"아마 그럴 겁니다. 하지만 경께서 말씀하신 자료라는 게 어떤 자료인가요? 어느 섬유화학자도 이 구매자가 소량의 면화를 꺼내 검사한 내용을 구체적으로 정리하지 못합니다. 오랜 세월 동안 쌓아 온 경험을 통해 면화의 평균 길이와 느낌, 매끄러운 정도와 속성, 서로 걸리는 힘 등 수십 가지를 살피면서 거의 무의식적으로 판단할 테니까요. 이 검사의 양적 속성은 알아낼 수 없습니다. 따라서 우리는 슈퍼 컴퓨터에 입력할 내용을 하나도 정리할 수가 없습니다. 그리고 구매자도 자신이 왜 그런 판단을 내렸는지 정확히 설명할 수 없고요. 그냥 '자, 한번 보라고. 자네는 저게 이런저런 등급이란 걸 모르겠나?' 하고 말하는 정도겠지요."

"알겠습니다."

"이 세상에는 이런 사례가 수없이 많습니다. 슈퍼 컴퓨터도 결국은 계산하고 해석하는 부담을 덜어 주어 인간이 훨씬 빨리 발전할 수 있도록 도와주는 장비일 뿐입니다. 인간의 두뇌가 하는 역할은 분석할 새로운 자료를 발견하고, 실험할 새로운 개념을 개발하는 일 등 예전과 똑같은 형태로 남아 있습니다. '인간을 위한 사회'가 이 사실을 이해 못하는 게 안타까울 뿐입니다."

"그 사람들이 슈퍼 컴퓨터에 반대합니까?"

"그 사람들이 옛날에 살았다면 수학과 글 쓰는 능력 자체도 반대했을 겁니다. 역사의 반동으로 존재하는 이들은 슈퍼 컴퓨터가 인간의 영혼을 앗아 간다고 주장합니다. 하지만 제가 보기에 현사회에서도 능력이 뛰어난 인간은 여전히 소중한 존재이고, 적절한 문제를 생각하고 제기할 지적인 능력을 소유한 사람도 계속 필요합니다. 이렇게 능력 있는 사람들을 찾기만 하면 조정자께서 걱정하시는 불일치는 발생하지 않을 겁니다."

지구(사람이 없는 남극 대륙을 포함)
- 규모 : 8천 6백만 제곱킬로미터
- 인구 : 33억 명
- 수도 : 뉴욕

　석영 뒤에서 타오르던 불길이 어느덧 잦아들더니 이내 죽음의 길로 접어들며 퍽퍽 소리를 냈다.
　조정자도 사그라드는 불길처럼 차분해졌다. 목소리도 낮았다.
　"그 사람들 모두 사태의 심각성을 과소평가하고 있어요. 지금 저를 비웃고 있을지도 모르지요. 빈센트 실버는 슈퍼 컴퓨터가 실수를 저지를 가능성이 없다고 주장하는데, 저로서는 그 말을 믿을 수밖에 없습니다. 그리고 히람 멕켄지는 틀린 데이터를 입력할 가능성이 없다고 하는데, 이 말 역시 사실입니다. 하지만 슈퍼 컴퓨터가 약간 이상한 방향으로 가고 있다는 것 역시 사실이에요. 그렇다면 여기서 또 다른 가능성이 생겨납니다."
　바이어리가 수잔 캘빈을 흘끔 바라보았다. 두 눈을 감고 있는 모양이 마치 자는 것처럼 보였다. 하지만 수잔 캘빈은 자신이 말할 차례가 오자마자 질문을 던졌다.
　"또 다른 가능성이 뭔데요?"
　"정확한 데이터를 입력해 정확한 해답이 나왔는데도 사람들이 무시하는 겁니다. 슈퍼 컴퓨터가 주인에게 자기 말대로 하라고 강요할 방법이 없으니까요."
　"마담 세게초브스카가 북부 지역 사람들에 대해 이야기하면서 이것하고 비슷한 암시를 한 것 같아요."

"맞아요, 그랬어요."

"그렇다면 왜 슈퍼 컴퓨터를 따르지 않는 걸까요? 그 동기가 무언지 생각해 보세요."

"제가 볼 때 그건 분명해요. 수잔 캘빈 박사님도 분명히 알고 계실 겁니다. 인류가 올라탄 보트를 의도적으로 흔들려는 겁니다. 슈퍼 컴퓨터가 통치하는 한 지구에는 심각한 갈등이 생길 수 없고, 어떤 집단이 필요 이상의 권력을 장악한 다음 인류 전체의 이익은 외면한 채 자신의 이익만 추구할 수가 없습니다. 하지만 무시해도 좋을 정도의 오류로 시작해서 점점 슈퍼 컴퓨터에 대한 대중의 믿음이 깨져 간다면 다시 정글의 원칙이 통용될 수 있습니다. 네 지역 가운데 적어도 한 곳은 이런 상황을 원할 수도 있는 것 아닐까요?

동부 지역에는 전 세계 인구의 절반이 살고 있고, 열대 지역에는 지구 자원의 절반 이상이 있습니다. 각자 자기네가 지구 전체를 통솔해야 한다고 느낄 수 있지요. 게다가 둘 다 북부 지역에 지배당한 아픈 역사가 있으니까 무분별하게 복수를 꿈꿀 수도 있고요. 반면에 유럽 지역은 위대한 전통을 가지고 있습니다. 한때 지구를 통치했으니까요. 그리고 권력에 대한 추억만큼 오래가는 것도 없지요.

하지만 다른 각도에서 보면 도저히 믿을 수가 없습니다. 동부와 열대 지역 모두 각자의 영토 안에서 급격히 팽창하는 중이니까요. 놀라울 정도로 발전하고 있단 말입니다. 군사적인 모험을 할 만한 역량이 남아날 수 없는 상황이라는 거죠. 그리고 유럽은 다른 건 하나도 없이 꿈만 남아 있고 말입니다. 군사력이 아예 없다고 할 수 있지요."

수잔 캘빈이 끼어들었다.

"북부 지역을 빼먹었어요."

바이어리가 열심히 대답했다.

"네, 그래요. 북부 지역은 백 년 전부터 현재까지 가장 강한 지역으로 군림해 오고 있습니다. 하지만 상대적으로 힘이 약해지고 있는 중이지요. 파라오 시대 이후 처음으로 열대 지역이 문명의 중심에 들어서고 있는데, 북부 사람들 중에는 이 사실을 두려워하는 사람도 있습니다. 주로 북부 사람이 모여 만든 조직인 '인간을 위한 사회'는 로봇에 대한 반감을 노골적으로 드러내고 있습니다. 수잔 캘빈 박사님, 그들은 수는 적지만 막강한 권력을 가진 사람들입니다. 소위 '로봇의 심부름꾼'으로 전락한 자신의 처지를 증오하는 공장 책임자나 산업과 농업을 합병한 회사의 이사 같은 사람들이지요. 모두 야심만만한 사람들이에요. 자신에게 가장 좋은 걸 스스로 결정하고, 다른 사람한테 바람직한 길을 제시할 능력이 있다고 자부하는 사람들이죠. 한마디로 슈퍼 컴퓨터의 다양한 결정을 거부하는 방법으로 순간적으로나마 세상을 뒤흔들 수 있는 사람들, 바로 그런 사람들이 '인간을 위한 사회' 회원들입니다.

수잔 캘빈 박사님, 이제야 모든 게 하나로 연결되는 것 같습니다. '세계 철강' 이사 다섯 명이 '인간을 위한 사회' 회원인데, '세계 철강'은 과잉 생산으로 고생하고 있습니다. 알마덴에서 수은을 채굴하는 '연합 수은'은 북부 지역 회사인데, 현재 회사 구성원을 조사 중이긴 하지만, 책임자 가운데 적어도 한 명 이상이 그 모임 회원일 겁니다. 혼자서 멕시코 해협을 두 달 동안 지연시킨 프란시스코 빌라프랑카 역시 '인간을 위한 사회' 회원이라는 건 벌써부터 알고 있고, 그리고 라마 브라사야나도 그 모임 회원인 게 분명합니다."

수잔 캘빈이 차분하게 말했다.

"그 사람들 모두 나쁜 마음으로 그런 일을……."

바이어리가 급히 끼어들었다.

"하지만 당연한 건 아니에요. 슈퍼 컴퓨터의 분석에 따르지 않는다는 건 최선을 따르지 않는다는 것이고, 그 결과는 예상보다 참혹합니다. 그들이 지불할 수밖에 없는 대가지요. 지금 당장은 작은 문제지만 혼란이 커지다 보면 결국에는……."

"그래서 어떻게 하실 건데요, 바이어리 씨?"

"망설일 시간이 없습니다. 그 조직을 불법 모임으로 선포하고, 중요한 자리에 있는 구성원들을 모두 다른 자리로 옮겨야겠어요. 그리고 앞으로는 그 모임에서 활동하지 않겠다는 각서에 서명한 사람으로만 중역과 기술자를 채워야겠습니다. 시민의 기본권이 어느 정도 제약당하겠지만 의회에서도……."

"그 방법은 성공할 수 없어요!"

"뭐라고요! 왜요?"

"뻔하잖아요. 그러면 앞으로 계속 힘든 일이 생겨날 거예요.

끝까지 밀고 나갈 수가 없을 거라고요. 한 걸음씩 나아갈 때마다 고통이 더 커질 수밖에 없으니까요."

바이어리가 뒤로 주춤거렸다.

"왜 그런 말씀을 하세요? 기꺼이 동의하실 줄 알았는데……."

"잘못된 전제에 근거해 행동하는 한 동의할 수 없어요. 당신은 슈퍼 컴퓨터가 틀릴 수 없고, 엉터리 데이터를 받아들일 수도 없다는 사실을 인정해요. 그렇다면 그 사람들도 결국은 슈퍼 컴퓨터가 제시한 방법을 거부할 수 없다는 사실을 가르쳐 드릴게요."

"정말 그럴까요?"

"그럼 들어 보세요. 슈퍼 컴퓨터의 구체적인 지시 내용에 따르지 않는 사람은 다음 문제를 해결하는 데이터의 일부가 되는 거예요. 그러면 슈퍼 컴퓨터는 그 사람이 지시에 따르지 않는 경향이 있다는 사실을 깨닫겠지요. 그 경향을 데이터에 집어넣으면 슈퍼 컴퓨터는 다음부터 그 사람이 어떤 방향으로 얼마나 강하게 반발할지 판단할 거예요. 그렇게 되면 미리 충분히 고려해 해답을 내놓아 긍정적인 방향으로 문제를 풀어 나가겠지요. 내 말은 슈퍼 컴퓨터가 충분히 알아서 해결한다는 거예요, 바이어리 씨!"

"그건 확실하지 않아요. 단순한 추측일 뿐이에요."

"로봇하고 평생을 살아온 경험을 바탕으로 추측한 거예요. 내 추측을 믿는 게 좋을 거예요, 바이어리 씨."

"하지만 그러면 뭐가 남습니까? 슈퍼 컴퓨터는 틀릴 수가 없고, 그들이 판단하는 전제도 옳습니다. 이미 우리도 인정한 내용이지요. 그리고 이번엔 박사님이 사람들은 결국 지시 내용을 어길 수 없다고 말하고 있어요. 그렇다면 틀린 게 뭡니까?"

"해답은 당신도 알고 있어요. 틀린 게 하나도 없다는 거예요! 슈퍼 컴퓨터에 대해서 잠시 생각해 보세요, 바이어리 씨. 그들 역시 로봇이고, 따라서 제1원칙을 지켜야 해요. 하지만 슈퍼 컴퓨터는 한 인간이 아니라 온 인류를 위해 일해요. 따라서 제1원칙은 이렇게 되겠지요. '로봇은 인류에게 해를 입혀서는 안 된다. 그리고 위험에 처한 인류를 모른 척해서도 안 된다.' 바로 이거예요, 바이어리 씨. 그런데 인류에게 무슨 해가 있겠어요? 원인이 무엇이든 기껏해야 경제적인 불일치 정도겠지요. 그렇지 않나요?"

"맞습니다."

"앞으로 경제적 불일치를 초래할 가능성이 가장 많은 건 뭐죠? 대답해 보세요, 바이어리 씨."

바이어리가 마지못해 대답했다.

"슈퍼 컴퓨터를 파괴하는 행동이겠지요."

"내 생각도 그래요. 슈퍼 컴퓨터도 그렇게 생각할 거고요. 그러니까 슈퍼 컴퓨터의 첫 번째 관심사는 우리 인류를 위해 스스로를 보존하는 거예요. 그래서 자신에게 위협이 되는 유일한 요소를 조용히 관리하고 있는 거죠. 인류가 올라탄 보트를 흔들어 슈퍼 컴퓨터를 파괴하려고 하는 건 '인간을 위한 사회'가 아니에요. 지금까지 당신은 그림을 거꾸로 보았던 거예요. 슈퍼 컴퓨터는 보트를 아주 살짝 흔들고 있어요. 로봇이 인류에게 해롭다고 생각하는 몇 사람을 떨어뜨리려고 말이에요. 그래서 브라사야나가 공장을 잃고 그런대로 괜찮은 직장을 구하게 된 거예요. 생활비를 못 벌게 된 것도 아니니까 심각한 피해를 입은 건 아니지요. 기본적으로 로봇은 인간에게 해를 끼칠 수 없고, 더 많은 사람을 구해야 할 때만 최소한의 손해를 입힐 수 있으니까요. '연합 수은'은 알마덴을 통제할 힘을 잃었고, 빌라프랑카는 이제 중요한 프로젝트를 책임지는 엔지니어가 아니에요. 그리고 '세계 철강' 이사진은 철강 분야에서 경쟁력을 잃고 있는 중이고요."

바이어리가 반박했다.

"하지만 지금 말한 내용이 모두 확실한 건 아니잖아요. 박사님 주장이 옳을 거란 요행만 바라고 있을 순 없어요."

"그래야 해요. 당신이 이 문제를 입력했을 때 슈퍼 컴퓨터가 한 대답 기억나요? '이 문제에 관해서는 그 어떤 설명도 받아들일 수 없습니다.'였어요. 슈퍼 컴퓨터는 설명할 게 없다거나 설명할 수 없다고 대답한 게 아니에요. 아무 설명도 받아들이지 않겠다는 것뿐이었어요. 쉽게 말해 설명 내용을 알려 주면 인류에게 해가 된다는 거죠. 바로 이것 때문에 우리는 추측하고 또 추측할 수밖에 없는 거예요."

"그럼 수잔 캘빈 박사님, 박사님 추측이 맞다면, 그 설명 자체가 우리에게 어떻게 해가 될 수 있단 말입니까?"

"바이어리 씨, 내가 옳다고 한 건 슈퍼 컴퓨터가 직접적인 질문에 대한 직접적인 대답을 통해서만이 아니라 세계 정세와 인류 전체의 심리 상태에 근거해 우리의 미래를 준비해 나간다는 뜻이에요. 그런데 우리가 그 내용을 알게 되면 불행해질 수도 있고, 자존심이 상할 수도 있어요. 로봇은 인간을 불행하게 만들 수도 없고, 그래서도 안 되는데 말이에요.

바이어리 씨, 인류의 궁극적인 선을 달성하는 데 뭐가 필요한지 우리가 어떻게 판단하죠? 우리는 무한한 요소를 마음대로 할 수 없지만 슈퍼 컴퓨터는 할 수 있어요! 아시잖아요. 지금까지 생겨난 인간의 기술 문명은 그 문명이 없었을 때보다 훨씬 불행하고 비참한 상황을 만들어 냈어요. 우리 인간에게는 문화 수준도 떨어지고 사람도 훨씬 적은 농경 문화나 유목 문화가 훨씬 좋을 수도 있어요. 혹은 완벽한 도시화나 완벽한 계급 사회, 완벽한 전제 국가가 해답일 수도 있겠죠. 그렇다면 슈퍼 컴퓨터는 그쪽으로 움직여야 해요. 그러나 인간의 무식한 편견은 익숙한 것만 좋아해서 변화에 저항하겠지요. 그러니까 아예 말해 주지 않는 쪽이 더 좋을 거예요. 우리는 여전히 그 내용이 무엇인지 몰라요. 오직 슈퍼 컴퓨터만 그 내용을 알고 있고, 우리를 그쪽으로 데려가고 있는 거예요."

"수잔 캘빈 박사님, 그렇다면 박사님 말씀은 인류가 주도권을 잃게 될 거라는 '인간을 위한 사회'의 주장이 맞다는 뜻입니까?"

"사실 인류는 주도권을 가져 본 적이 한 번도 없어요. 잘 알지도 못하는 다양한 사회 현상과 경제 현상, 변덕스런 날씨와 전쟁의 운에 따라 늘 좌지우지되었지요. 그런데 슈퍼 컴퓨터는 이 모든 걸 이해하고 있고, 아무도 막을 수 없어요. 슈퍼 컴퓨터가 '인간을 위한 사회'를 능숙하게 처리하는 것처럼 이 모든 요소를 처리할 테니까요. 인류 경제의 완벽한 통제라는 가장 거대한 무기를 마음대로 행사하고 있으니까요."

"정말 끔찍하군요!"

"어쩌면 아주 훌륭할 수도 있죠! 생각해 보세요. 마침내 모든 갈등이 완전히 끝나고, 슈퍼 컴퓨터 혼자 무한한 힘을 발휘하게 되었으니까요!"

석영 뒤에서 타오르던 불은 완전히 꺼지고, 한 줄기 연기만 남아 불타던 자리를 가리키고 있었다.

★ ★ ★

수잔 캘빈 박사가 일어서면서 말했다.

"이게 전부예요. 나는 말도 못하는 불쌍한 로봇이 생긴 초창기부터 로봇이 인류의 안녕과 파괴 사이에 존재하는 현시점까지 계속 지켜봐 왔어요. 하지만 이제는 더 이상 지켜볼 수 없을 것

같군요. 내 생명이 끝나 가고 있으니 말이에요. 선생은 앞으로 다가올 세상을 볼 수 있겠지만."

이제 나는 수잔 캘빈 박사를 두 번 다시 만날 수 없다. 지난달에 여든두 살의 나이로 세상을 떠났기 때문이다.

작품 해설
로봇 우주의 창조자 아시모프와 《아이, 로봇》

박상준(서울SF아카이브 대표)

《아이, 로봇》의 작가 아이작 아시모프(1920~1992)는 아서 클라크, 로버트 하인라인과 함께 'SF계의 3대 거장' 중 하나로 꼽히는 세계적인 과학소설 작가이자 저술가였다. 그는 작고할 때까지 무려 500여 권에 달하는 책을 냈으며, 소설뿐 아니라 여러 분야의 논픽션도 수없이 펴냈다. 별다른 취미 활동도 없이 오로지 집필에만 전념했던 그에게 '글 쓰는 기계'라는 별명이 붙기도 했으며, 심지어 1992년에 작고한 뒤에는 '외계인 아시모프가 고향 별로 돌아갔다.'는 농담이 떠돌 정도였다.

1920년 옛 소련의 페트로비치라는 작은 마을에서 태어난 아시모프는 만 3세가 되기 전에 가족을 따라 미국으로 이민을 갔으며, 그 뒤로는 계속 뉴욕에서 생활했다. 그가 과학소설에 눈을 뜨게 된 것은 초등학생 때였던 것으로 전해진다. 어느 날 아버지가 운영하던 작은 과자 가게를 보고 있다가 우연히 옆 상점의 잡지 진열대에서 당시 유명한 SF 잡지였던 《어메이징 스토리즈 Amazing Stories》를 발견하게 된 것이다. 아홉 살 소년 아시모프는 그 뒤로 SF 잡지의 열성적인 애독자가 되었으며, 원래 독서를 좋아하는 성격까지 겹쳐 닥치는 대로 책을 읽어 나갔다고 한다.

그가 작품을 쓰기 시작한 것은 아직 10대 중반이던 소년 시절이다. 부지런히 작품을 써서 SF 잡지에 투고하던 그는 18세가 되던 해에 처음으로 자신의 작품을 파는 데 성공하여 프로 작가로서 첫 발걸음을 떼었다. 당시의 유력 SF 잡지였던 《어스타운딩 사이언스 픽션Astounding Science Fiction》에는 미국 SF 문학사상 가장 영향력 있는 편집자 중 한 사람이었던 존 캠벨이 편집장으로 있었는데, 그는 아시모프를 작가의 길로 이끌면서 이런저런 조언을 아끼지 않았다.

로봇소설 작가로서 아시모프의 명성이 시작된 것도 그가 아직 19세였던 1939년의 일이다. 그해 5월 어느 날 아시모프는 새롭게 쓴 단편 하나를 보여 주기 위해 캠벨을 찾아갔는데, 바로 그 작품이 이 책에 첫 번째로 수록된 〈로비〉였다.

그러나 당시 캠벨은 이 작품을 대충 훑어본 뒤 그냥 처박아 두었다고 한다. 그 즈음 다른 작가들이 발표한 로봇소설들과 비교해서 그다지 독창성이 뛰어난 이야기는 아니라고 판단했기 때문이다. 하지만 이 단편에는 훗날 아시모프를 유명하게 만든 '로봇공학의 3원칙'의 단초가 되는 아이디어가 들어 있었다. 즉, 제1원칙인 '로봇은 위험에 처한 인간을 모른 척해서는 안 된다.'는 설정이 나왔던 것이다.

아시모프가 로봇이라는 제재에 대해서 각별한 관심을 기울이게 된 것도 바로 〈로비〉 이후부터였다. 그는 로봇소설들의 창작 아이디어를 가지고 계속 캠벨과 토론을 나누었고, 마침내 그 과정에서 '로봇공학의 3원칙'이 탄생하게 되었다. 바로 다음과 같은 내용이다.

로봇공학의 3원칙

제1원칙 로봇은 인간에게 해를 입혀서는 안 된다. 그리고 위험에 처한 인간을 모른 척해서도 안 된다.

제2원칙 제1원칙에 위배되지 않는 한, 로봇은 인간의 명령에 복종해야 한다.

제3원칙 제1원칙과 제2원칙에 위배되지 않는 한, 로봇은 로봇 자신을 지켜야 한다.

이 원칙은 그 뒤 숱한 로봇소설들에 공통적으로 적용되는 배경이 되었지만, 나중에는 원칙 그 자체도 확장·변용되기에 이르렀다. 일본의 어느 SF 독자는 이 원칙을 가전제품의 3원칙으로 일반화할 수 있다고 보았고, 아시모프 자신도 나중에 이 원칙을 확장해 인간이 쓰는 모든 도구에 적용할 수 있다고 했다. 그 내용들을 다시 정리하면 다음과 같은데, 로봇공학의 3원칙과 비교해 보면 결국 같은 맥락을 담고 있음을 알 수 있다.

가전제품(도구)의 3원칙

제1원칙 안전해야 한다.

제2원칙 사용하기 쉬워야 한다.(효율적이어야 한다.)

제3원칙 튼튼해야 한다.(기능이나 안전을 위해서는 망가질 수 있다.)

한편 아시모프는 나중에 '로봇공학의 0원칙'이라는 것을 추가했다. '로봇은 인류가 위험에 처하도록 해서는 안 된다.'는 것인데, 이는 인간 개개인이 아닌 집단으로서 인류 전체의 안전에 대해 로봇에게 경각심을 심어 준 것이다. 과학기술이 발달하면서 인간에게 직접적으로는 위해가 가지 않는 행동이더라도 종국에는 인류에게 위협이 될 수도 있기 때문이다. 예를 들어 로봇들에게 아마존의 밀림을 모두 개간하라는 명령을 내린다면 당장 누군가의 생명을 위태롭게 하지는 않겠지만 인류의 생존 환경에는 큰 악영향을 미칠 수도 있다. 그래서 이 0원칙은 다른 3원칙보다도 상위에 있는 가장 중요한 법칙으로 새로이 자리 잡게 되었다.

《아이, 로봇》은 아시모프가 1940년부터 10여 년 동안 여러 SF 잡지에 발표했던 로봇소설들을 한데 모아서 1950년에 처음 단행본으로 펴낸 책이다. 이 책은 오늘날 가장 유명한 로봇소설 모음집으로서 첫 출간 뒤 60여 년이 지난 지금까지도 변함없이 전 세계적인 인기를 누리고 있다. 수록 단편의 일부가 영국과 옛 소련에서 텔레비전 드라마로 제작된 바 있고, 미국에서도 여러 차례 영화화 시도가 있다가 마침내 2004년에야 '20세기 폭스사'에서 윌 스미스 주연으로 영화를 만들었다. 그러나 이 영화는 아시모프의 《아이, 로봇》과 내용상 직접적인 연관은 거의 없으며, 로봇공학의 3원칙을 비롯한 몇몇 구성 요소들만 차용해서 시나리오를 쓴 것이다.

아시모프는 《아이, 로봇》 이후에도 수많은 장·단편 로봇소설들을 집필했으며 그가 구축한 로봇 이야기의 세계는 훗날 산업계에도 영향을 끼쳤다. 미국 최초의 산업용 로봇 회사를 설립한 조셉 엥겔버거는 대학생 시절 아시모프의 로봇소설들을 읽고 동기를 얻었다고 밝힌 바 있다. 또한 컴퓨터용 모뎀을 생산하여 1990년대 우리나라의 PC통신 이용자들에게도 친숙한 미국 회사 'U.S.로보틱스'는 바로 이 책에 등장하는 로봇 회사 이름을 그대로 따서 쓴 것이다.

이상에서 살펴보았듯이 《아이, 로봇》은 현대 과학소설의 클래식으로서 SF 독자라면 누구나 한 번쯤은 거쳐 가게 되는 필독서이다. 로봇을 주제로 한 소설집으로는 세계에서 가장 유명할 뿐만 아니라, 첫 출간 이후 지금까지 반세기가 넘는 세월 동안 30여 차례에 걸쳐 끊임없이 재간될 만큼 튼튼한 생명력을 지니고 있다. 이 책은 현대 과학기술사와 과학문화사의 형성에도 작으나마 기여를 한 만큼, 로봇이 인간과 공존하게 될 미래에는 학교에서 교과서로 읽히게 될지도 모르겠다.

끝으로 《아이, 로봇》에 수록된 각 단편들의 원제와 간단한 프로필을 소개하는 것으로 작품 해설을 맺고자 한다.

로비_소녀를 사랑한 로봇

원제는 〈Robbie〉이며 1940년 9월 잡지 《슈퍼 사이언스 스토리즈Super Science Stories》에 〈신기한 놀이 친구Strange Playfellow〉라는 제목으로 처음 발표되었다. 당시 그 잡지의 편집장이었던 저명한 SF 작가 프레드릭 폴이 제목을 바꾼 것인데, 아시모프는 계속 마음에 들지 않아 하다가 《아이, 로봇》을 내면서 비로소 원래 제목으로 돌려놓을 수 있었다. '양전자 두뇌' 로봇이 최초로 등장하는 작품이기도 하다.

스피디_술래잡기 로봇

원제는 〈Runaround〉이며 1942년 3월 《어스타운딩 사이언스 픽션》(이하 《어스타운딩》)지에 처음 발표. '로봇공학의 3원칙'이 처음으로 온전하게 등장하는 작품이며, 로봇기술자인 파웰과 도노반이 첫 선을 보인 이야기이기도 하다.

큐티_생각하는 로봇

원제는 〈Reason〉. 1941년 4월 《어스타운딩》지에 처음 발표되었다. 양전자 두뇌가 등장하는 두 번째 작품이며, 1967년에 영국에서 텔레비전 드라마로 제작된 바 있다.

데이브_부하를 거느린 로봇

원제는 〈Catch that Rabbit〉이며 1944년 2월 《어스타운딩》지에 처음 실렸다. 사람이 안 보면 나타나고 쳐다보면 사라지는 컴퓨터 버그를 '하이젠버그'라고 하는데, 이 작품은 종종 하이젠버그의 초기 예화로 간주되기도 한다. '하이젠버그'라는 이름은 양자역학의 불확정성 원리를 밝힌 물리학자 하이젠베르그에서 따온 것이다. 불확정성 원리란 간단히 말해서 관찰 행위 자체가 관찰 대상에 영향을 준다는 것으로서, 이 소설에도 비슷한 상황이

묘사되고 있다.

허비_마음을 읽는 거짓말쟁이

〈Liar!〉가 원제이며 1941년 5월 《어스타운딩》지에 실렸다. 양전자 두뇌 로봇이 등장하는 세 번째 작품이며 1969년에 영국에서 텔레비전 드라마로 만들어진 바 있다. SF 문학사에서는 '거짓말을 하는 로봇'이 등장하는 최초의 작품 중 하나이다.

네스터 10호_자존심 때문에 사라진 로봇

원제는 〈Little Lost Robot〉이며 1947년 3월 《어스타운딩》지에 처음 실렸다. 1962년에 영국에서 텔레비전 드라마로 만들어진 바 있으며, 영화 〈아이, 로봇〉도 이 단편과 비슷한 스토리라인을 취하여 원작에 대한 경의를 표하고 있다.

브레인_개구쟁이 천재

원제는 〈Escape!〉이며 1945년 8월 《어스타운딩》지에 〈역설적 탈출Paradoxical Escape〉이라는 제목으로 처음 발표되었다.

바이어리_대도시 시장이 된 로봇

원제는 〈Evidence〉이며 1946년 9월 《어스타운딩》지에 발표되었다. 아시모프가 군복무 시절에 집필한 작품이며, 나중에 영화계의 거장 오손 웰즈가 영화 판권을 샀다. 아시모프는 〈시민 케인〉과 같은 걸작을 기대했으나 웰즈는 더 이상 영화 제작을 진행하지 않았다.

피할 수 있는 갈등

원제는 〈The Evitable Conflict〉이다. 1950년 6월 《어스타운딩》지에 발표되었다. 로봇공학의 3원칙보다 앞서는 '0원칙'의 아이디어가 처음 나오는 작품이다.

작가 연보

1920년 러시아(옛 소련) 페트로비치 출생
1923년 미국으로 이주
1938년 친구들과 함께 '미래인 과학문학협회' 결성
미국 컬럼비아 대학 화학 박사 수료
보스턴 대학 부교수 재직
1951년 '파운데이션' 시리즈의 첫 작품인 《파운데이션Foundation》 출간
1954년 '로봇' 시리즈의 첫 작품인 《강철 도시The Caves of Steel》 출간
1965년 '파운데이션 3부작'으로 휴고상 특별상 Best All Time Series 수상
1973년 《신들 자신The God Themselves》으로 휴고상 및 네뷸러상 수상
1977년 《아시모프의 SF 매거진》 창간, 편집 담당
1989년 《네메시스Nemesis》 출간
1992년 《골드Gold》로 휴고상 중편 부문 수상, 작고

로봇 시리즈
《강철 도시The Caves of Steel》(1954)
《벌거벗은 태양The Naked Sun》(1957)
《여명의 로봇The Robots of Dawn》(1983)
《로봇과 제국Robots and Empire》(1985)

파운데이션 시리즈
《파운데이션Foundation》(1951)
《파운데이션과 제국Foundation and Empire》(1952)
《제2 파운데이션Second Foundation》(1953)
 ─이상 파운데이션 3부작
《파운데이션의 끝Foundation's Edge》(1982)
《파운데이션과 지구Foundation and Earth》(1986)
《파운데이션의 서막Prelude of Foundation》(1988)
《파운데이션을 향하여Forward the Foundation》(1993)